講談社文庫

我々の恋愛

いとうせいこう

講談社

我々の恋愛

主な登場人物

華島徹……23歳、東京都在住。大型遊園地『あらはばきランド』でアトラクション「レイン・レイン」を担当する

遠野美和……20歳、群馬県桐生市在住。パン店チェーンを経営する『洞窟コーポレーション』で新しい酵母を開発

カシム・ユルマズ……70歳、イスタンブール在住。トルコの世界的恋愛詩人

島橋百合子……67歳、神戸市在住。関西国際空港でカシムと約50年ぶりに再会する

『BLIND』調査委員会のメンバー

佐治真澄（日本）
アピチャイ・パームアン（タイ）
P.U.チダムバラム（インド）
ヘレン・フェレイラ（アメリカ）
エマ・ビーヘル（オランダ）
ルイ・カエターノ・シウバ（ブラジル）
金郭盛（台湾）
ワガン・ンバイ・ムトンボ（セネガル）

1

ただいま過分な御紹介にあずかりました、デュラジア大学人間科学研究所准教授・佐治真澄でございます。

むしろジョルダーノ先生の長年にわたる御研究こそが我々恋愛学者の導きの星でありました。一九六四年「沈みゆく船の甲板で出会う異性の印象は二割増し理論」の発表、翌六五年の「人はなぜ水中で恋におちないか」、七〇年から八年越しとなりました「失恋は路上でか室内でか論争」とジョルダーノ先生ら路上派の輝かしい勝利、そして八六年の大著『特に恋愛はなかった』を突然発表してからの長い沈黙、九三年「CD『恋人たちの周波数を再現』テルミン編」リリースに至るまで、パオロ・ジョルダーノ先生の話題が世界中の大学の恋愛学部内で出なかったことなどなかったのであります。

五日間の会期中、あちこちで鳴り響いたオペラ歌手のごとき先生の声。まさにその唯一無二の周波数での御挨拶こそが、こうして盛況のうちに幕を閉じようとしております第十七回『二十世紀の恋愛を振り返る十五ヵ国会議』の締めくくりにふさわしいことは、ここにおります百人を越す関係者すべてが知っていることでしょう。同時に二〇〇一年の今年は、六十八年間の長きにわたった伝統ある会議の終わりでもあります。私たちはついに二十一世紀の恋愛を考えなければならない時を迎えました。

しかしながら、最高賞を受賞したグループの代表がその栄誉のひとつとして最終スピーチを担当させていただくという、第一回会議からの取り決めでございます。つまり、弱冠二十歳のジョルダーノ先生が二時間半にも及ぶ歴史的なスピーチをされたという一九三三年夏のベニスの、偉大な運河を見下ろす白いホテルでのけだるい夕暮れからの。

さて皆さん、涙とともにパンを食べたものでなければ天の御力はわからない、とは御存知のごとく大文豪ゲーテの言葉であります。苦渋と励ましに満ちたこの言葉の主こそ、これまた言うまでもなく恋多き人物でございました。

であるならば、皆さん、先に挙げた格言を我々はこう言い換えてよいのではないでしょうか？　恋愛とともにパンを食べたものでなければ現実を超えた力などわからない、と。

　では、ダンテ・アリギエーリはどうでしょうか。特にジョルダーノ先生、あなたの祖国の大詩人は。わずか九歳にして永遠の愛の対象ベアトリーチェ嬢と出会ったあの勇敢なる恋愛の冒険者は『神曲・地獄編』の中でこう言っています。幸せだった日々を思い出すほどつらいことはない、と。

　幸せだった日々を思い出すほどつらいことはない。

　まことにその通りです。私たちの最後の五日間もそうした日々でした。そして、私たち恋愛学者が常に研究対象に強いてきた回想もまた、彼ら彼女らを幸せでつらいものの中へと呼び戻す作業であったことを、決して忘れてはならないでしょう。

　皆さん、恋愛を蘇らせることが個人の魂の奥底をのぞき込む行為にとどまらないという考え方は、七〇年代後半の恋愛学改革以来、私たちの大前提であります。

……大拍手、おそれいります。

　事実、会期初日の五月十五日夜、やはりこの山梨県民文化ホール内ブドウの間で行われましたレセプションパーティの席上、トルコ芸術音楽大学名誉教授カシム・ユルマズ博士から、会議の名前から「恋愛」という文字を取り去り、『二十世紀を振り返る十五ヵ国会議』と短く変えてしかるべきではないか、少なくとも二十一世紀を振り返り始める新会議ではそうなればよい、とのスピーチをいただいたことを思い出します。そうです、忘れてはおりませんよ、博士。少々耳の痛いお話ではありましたが、ということはその分だけ私たちは幸せでもあったのです。

御提案に従えばそれは若干ぼんやりした会議になってしまわないか、と短い沈黙で危惧を示した私たちに対して、古今東西の恋愛詩を網羅的に収集し、体系化し、全集に収めてこられたユルマズ博士、これまで恋愛学の会議に一切御出席なさらなかったあの美しい釣り糸のような白髪の、優しい頬ヒゲの、私たちの誰もが写真で知っている通りの細い縁の丸眼鏡をおかけになった先達は、悠揚迫らず続けられました。

恋愛を振り返ることは、そのまま世界を振り返ることなのだから、と。

今回、会議の名前こそ最後まで変わりませんでしたが、博士、まさしく我々は五日間をかけて、二十世紀を総括したのであります。二十世紀の歴史を、人間を、口癖を、仕草を、そして何より性そのものを。

カシム・ユルマズ博士にどうぞ大きな拍手を……そうです、皆さん、そしてジョルダーノ先生もお立ち下さい。お二人がついにひとつの場所に列席なさることは、私たちの悲願でありました。これは恋愛学の歴史に残る五日間だったのです。

ユルマズ博士、お座り下さい。博士。ジョルダーノ先生も、どうぞテルミンをおしまいになって。演奏は今夜もまた近くのスナック『蛍』の方で拝聴いたします。

それでは、細かいレポートはすでに初日にお配りしておりますので、ここでは数枚のレジュメにしたがって、きわめて簡潔に、第十七回『二十世紀の恋愛を振り返る十五ヵ国会議』において最高賞を獲得した日本の恋愛事例をおさらいし、私の挨拶にかえさせていただきたいと存じます。

まず、一人の男がおりました。

2

『ヤマナシ・レポート』(上)

カシム・ユルマズ(トルコ芸術音楽大学)
二〇〇一年五月三十日付
「イスタンブール読書新聞」より

人生は旅である、と私は言いたくない。言ったところで何になるわけでもない常套句の、これこそ筆頭に挙げられるだろう。

人生に旅券は必要ない。旅行鞄になぞらえるような対象は、特に人生には見当たらない。人生に終わりは絶対あるが、旅が必ず終わるとは限らない。列車や船などなくても人生は進むし、旅は頭の中だけでも出来る。

人生は人生である。旅はただ旅である。だからこそ、両者は互いを豊かにするのだ。

私は今、日本に来ている。訪れるのはこれで二度目だ。

一度目は、第二次世界大戦の終戦から六年ほど経ってのことであった。私は大学院に籍を置きながら、神戸で二年間、父の仕事を手伝った。私はわずか二十歳に過ぎなかった。自分の詩はまだ数えるほどしかなかった。

思えば、当時の私は何も見ていなかった。何も聴いていなかった。日本は日本でなく、ただの異国だった。憧れは個別性の外にあった。生き直せる時間があるならば、私はあの頃に戻りたい。

二度目の現在、私はヤマナシという日本列島の中央部近くにいて、世界十五ヵ国の学者・有識者たちと五日間にわたる論議を終えたところだ。夜も更けた今、私が彼らとしたたかにワインを飲んで虚しく再会を誓い、だが深い満足感に酔いしれてもいることをどうかお許しいただきたい。前世紀を最もよく象徴する恋愛とはどのようなものであるか、我々は日々話し合い、その間ずっとあたかもその恋に直接触れるかのように物語の輪郭をなぞり、愛を舌の上にのせて吟味し、血管の中に流し込んで共に生きたのだから。

イギリスの作家、アーロン・エメットが採集してきた〝自分が蟻であると思い込んでいる男と、自分が枯れた樹木だと思い込んでいる女の恋愛〟は我々を驚愕させた。

南アフリカからは低空飛行するパイロットとそれを見上げた村娘のひとめ惚れが報告された。村娘の視力は八・五以上あった。

中国東北部で今も一匹の狼が背中に恋文を乗せて移動しており、誰も中身を読んでいないにもかかわらず男女でそれを目撃すると恋におちるという村々の若者たちからの聞き取りを、朗々と漢詩で読み上げる懐かしい同志・老いた鄭岳長《ジェンユエジャン》の姿も胸を打った。

また一九七〇年代、ある大学寮で二年半の間、十一人の男子と十六人の女子による集団恋愛（各自が全異性に、時には同性にも恋をしていたというのだ！）が実現していたというスウェーデンの事例に関しては、とりわけ発表者であるインド系医師ジョン・ダルワラの詳細な検証によって、愛の束縛というものへの思い込みを粉みじんに砕き去った。

サウジアラビアの財閥系研究機関で人間の行動パターンを数量分析しているハレド・オハイフが、〝別れても別れても必ず三日以内に偶然出会ってしまう二人の奇跡の六十年間〟という詳細なレポートを実験映像付きで提出し、パリ第八大学きっての無神論者（そう、エミールのことだ！）にさえ神の存在を再考させたことも忘れがたい。

ちなみにこの実験映像は、〝別れても別れても必ず三日以内に偶然出会ってしまう二人〟をわざわざラスベガスに招き（資金が潤沢なアラブ圏の研究機関ならではのことだ）、同じホテルの豪華なスイートに宿泊してもらう三日間の早回しであった。研究チームは〝別れなければ出会えまい〟と考え、〝その場合、二人はどうなるか〟を観察したのである。

すると、スイートの中で相手をさかんに見失う二人は、就寝中にさえ一方が何度もベッドから落ちた。這い上がってくる一方を、もう一方は必ず寝ぼけまなこで見つけて驚いた。また一方がトイレに行くつもりでホテルの廊下に出てしまい、迷子になる十数時間もあった。するともう一方もまたバスルームに入るつもりでやはり廊下に出てしまい、ホテルの監視カメラの映像の中、巨大な地下駐車場の隅のゴミ箱の前でばったり出会うのであった。

私たちはそれらすべての恋愛の奇跡に惜しみない賛辞を送った。悲しみに悲しみ、喜びを喜び、悔しさに歯ぎしりをし、結末に安堵して大きな息を吐いた。そして改めて、それが二十世紀をよくあらわしているかどうかの討議を行った。

このように充実した時間を過ごしたあと、私はひとつの確かな考えに支配される時の、あの希有な感覚を得つつある。

人生が旅だとは言えない。

だが、人生は恋愛のようだとは言える。

どちらも時に熱狂的で、冷酷で、現実とはうらはらで、あきれるほど陳腐で、二度と訪れることのない偶然の細い糸で縫い合わされているのだ。

けれど、私にはもう遅い。

私の二十世紀はとうに終わってしまった。

これは徒労感ではない。

清々しい嘆きだ。

微笑とともにあらわれるゆるやかな諦めだ。

そして、遠いあなたへの呼びかけだ。

私の読者よ。

3

『ＢＬＩＮＤ』（報告　佐治真澄／日本）

まず、一人の男がいた。

男は不思議な夕焼けの夢を見た、と言っている。

行ったこともない南の島の、長く白い砂浜に男は素足で立っていた。濃いオレンジに溶けた太陽はすでに左手の岬にそびえる黒い山の向こうに沈みきっており、残光だけが薄く残る山頂付近以外、空は藍色に染まっていた。やがて、夜の始まりを告げるかのように、背後からコーランがエコーたっぷりに鳴り響いた。そこがイスラム教圏内であることを、男は知っていたと思った。

次の瞬間、立ちくらみのように視界が狭まった。不安に襲われて男は何度かまばたきをした、と言う。すると、暗くなっていくと思われたあたり一面が、みるみる茜色に変わっていくのがわかって、男の胸はつまった。

たちまち、あらゆるものが茜色になった。見渡す限りの空が茜色であり、吸う空気も吐く空気も茜色だった。砂がどこまでも茜色だったし、波のしぶきも、ビーチを走る馬の汗ばんだ皮膚も茜色だった。

そうだ、ほんとうの夕焼けとはこういうものだと男は思った。すっかり終わったかに見えた太陽の時間のあと、夕焼けは復活のようにやって来て、世界を茜色に染め変えてしまう。

圧倒的な幸福感があった。茜色の光が、波動になって体中の細胞を震わせている気がした。茜色は男の体を自由に出入りした。

一九九四年三月二十三日早朝、目が覚めたあとも同じ幸福感がまったく途切れなかった、と華島徹《はなしまとおる》は言っている。それほど気分に影響力のある夢を、華島はかつて見たことがなかったそうだ。

　明け方、雨がサッシを細かく叩く音は確かに波が引く音に少し似ていただろう、と我々は想像する。したがって、華島の住むモルタルアパートの二階は夢の中の海に近かったのかもしれない。

　予感といえば予感でした、とは華島徹の言葉だが、むろんこれは事態が深まったあとでそう思っただけであり、恋愛はこうしてすべての物事を、遠い過去に至るまで「当事者二人」の運命の中に整列させてやまない。

　以後もこの思考は華島を強く捉えるし、我々はそれを逐一報告するだろう。なぜなら、無意味な事象の偶然的積み重ねに過ぎない人生を、気に意味づけ、一気に色鮮やかにするのはわずかに恋愛と宗教くらいのものであり、後者の場合が〝すべての物事を、遠い過去に至るまで「神と自分」の運命の中に整列させてやまない〟のである以上、我々は恋愛研究において神を扱うも同然だからである。そして御存知のように、神は細部に宿るのだ。

　ともかく、一九九四年三月二十三日水曜日、華島徹は帰宅後に起こる予期せぬ出来事に実際まったく気づかぬまま、顔を洗い歯を磨き背広に着替え、しかし夢の残照とも言える茜色の幸福感にはなお満たされつつ、入社一年目の職場『あらはばきランド』へと向かったのだった。

コーポ萱松《かやまつ》（ワスレグサと常緑樹のふたつの名を持つ質素なアパートメント）二〇三号室から東亀沢駅までは大人の足で歩いて十分ほど。そこから急行で七つ進めば、目的地あらはばきランド駅である。したがって、華島が出勤にかける時間は多く見積もっても五十五分で済んだ。

七〇年代後半に出来た大型遊園地『あらはばきランド』には、当時、十八個のアトラクションが存在した、と記録されている。

大観覧車、ふたつの大人用ジェットコースター（ひとつは室内型）とひとつの子供用ジェットコースター、垂直落下するゴンドラ、メインキャラクターあらはばきちゃんの赤い人形が運転士を務める三両の小さな汽車、黒馬だらけのメリーゴーラウンド、各種の錯覚を利用したいわゆるビックリハウス、昆虫（主にカブトムシ）を模した椅子がついた空中ブランコなど、ほとんどが王道の変種と言えるアトラクションの中、唯一「レイン・レイン」が異彩を放っていたというのがもっぱらの評判で、それがまさに華島の担当だった。

「レイン・レイン」は青色の本体に虹が描かれたドームで、入場者は全員透明なビニール傘と、透明な靴、透明な合羽を渡されて中に入った。アトラクション内には総じて雨が降っており、それが七つの部屋ごとに変化した。日本的な梅雨から大陸的な豪雨、ロンドンのしとしと雨とアラスカのみぞれ、ついには熱帯雨林の耳をつんざくような雷などなどを体験し終えれば、入場者は晴れ上がる青空が足元から頭上まで一面に描かれたトンネルを抜けて、出口へと導かれる。

こんな独創的なアトラクションは世界に類を見ないと評価する者と、雨の日に入った時のつまらなさを強調する者、そもそも冬には館内が寒過ぎるという主に高齢者の指摘や、逆に夏の自然な涼しさを言う者など、「レイン・レイン」には常に毀誉褒貶があった。

華島はと言えば、そのどちらでもなかったと我々は聞いている。地方の国立大学を出て『あらはばきランド』に就職をした華島は、与えられた仕事をとにかく丁寧に覚えた。好き嫌いを仕事に持ち込むべきではない、というのが華島の考えだった。

研修期間中、人事課に連れられてディズニーランドを視察したおりにも、同期五人が各種アトラクションに興じている間、華島だけがしばらくの間、スタッフのあとをつけ続けた。ゴミ発見の秘訣が知りたかったのだそうだ。それは華島の同期にとって、華島という人間を最もよく示すエピソードらしく、全員で会う機会があるごとにその話を華島にした。

4

『BLIND』（報告　故アピチャイ・パームアン／タイ）

華島徹の父によると職を得るまでの徹は違った。幼い頃から何事に対しても集中出来ずにぼんやりしているというのが華島要《かなめ》（徹の父）の息子観で、長年小学校の教諭を務めている立場からもその観察に間違いはないと彼は確信していた。

むしろ執着という醜いものを故意に身につけるぐらいが妥当ではないかと徹が小学校高学年になった一九八一年六月二十七日（土曜日）の午後、父親は息子の部屋にあったありとあらゆる物（家具を含む）を物置と裏庭に隠そうとした。帰宅した徹が号泣してくれることを要は熱望した。作業にとりかかって五分ほどで耳慣れぬ物音をいぶかしんだ妻・俊子《しゅんこ》に見つかり、その激しい抗議によって目論見は中止されたものの要はそれくらいショッキングな〝事件〟が徹の人生に起こるべきだ、と真剣に考えていた。

俊子（旧姓・幅田）は要のかつての教え子だった。石川県金沢市立味ヶ岡小学校で俊子が六年生の時、要は担任を務めたのである。私立中学に提出する内申書に「幅田さんの正義感はクラス一」と要は書いた。その事実を俊子が知ったのは十年後（一九六八年）、地元の短大を卒業して司書の資格を取り、親戚のつてを頼って公立図書館に勤めてからのことだった。授業の資料を集めに来た華島要を俊子はすぐに認識した。だが話しかけてみると要は俊子をすぐには思い出さなかった。

ほら理科実験部の、と俊子は誘い水を与えた。

タカクワさん？　と要は言った。

違います、ええと、交換留学生のルイーズさんを一ヵ月間、家まで送り迎えしていた……。

あ、イズミさんだ。

いえイズミさんじゃありません。

ええとそうなると……。

あのー、体育の日の玉入れで上まで棒をのぼって怒られた、と俊子はとっておきの情報を与えた（玉入れとは棒の上にカゴを取り付け、紅白二組に分かれた者たちがチームカラーの玉をより多く投げ入れようとする日本特有の競技である。児童の肩を鍛えるのであろうか）。

はいはい、サルサワくん。

それ、男子じゃないですか。

あ、すいません。

侮蔑されたような気持になった俊子の半ばうるみかかった目の端で一人の老いた女性がつまずいた。若い男が読書用の机に背を向けて座り両足を投げ出していた。その男の右足に女性の左足がぶつかったのだった。黄色い装丁のドイツ語の本を大事そうに抱えた白髪の女性は軽く頭を下げた。大判の園芸雑誌を開いていた男は舌打ちをした。

途端に俊子は俊敏な野生動物のように小さく飛び上がり、大股で五歩ほど行って若い男の背後に立った。そこから先は書くまでもないだろう。

幅田さん、もう彼も謝っていることですし、と華島要は数分後ささやき声で俊子に話しかけたという。

なだめる者は相手の感情の起伏にぴったりと寄り添いながらそれを完全に統御しようと最大限の力を注ぎ、しかも事を成功裡に終わらせるまでにたいていは複数回の失敗を余儀なくされて傷つく。

したがって俊子をなだめ終えた要は、すでにその短い時間の中でひとつの恋のプロセスを経験していたと言える。

二年後、俊子が三歳の頃から通っていたカトリック教会で二人は結婚した。要の家は代々一向宗門徒（彼らは日本の中世、統治者に逆らって信仰に基づく地方自治を可能にした）であり、遠い祖先は一揆の先導をしたとさえ言われていたから親戚の多くは俊子をこころよく思わなかった。

世界では同時革命が叫ばれていた。特に日本では「日本赤軍」が呼びかけを行っていた。

徹が生まれるのはさらに一年後、一九七一年のことだった。

臨月になってもなお俊子は金沢市内の（小さな）街頭デモに参加した。やがて日本を代表する国際空港となる成田ではその年の二月二十二日、反対派の強制排除が始まった。延べ二万人の警官が土地収用に反対する延べ二万人の地元農民や学生と衝突した。農民の中には立ち木に自らをくくりつけて抵抗する者があった。俊子は排除に反対しなければ筋が通らないと言った。要は筋そのものがのみ込めなかった（彼に流れる一向宗門徒の血はこの時まったく騒がなかったことになる）。

仕事に対する徹の真面目さはこの母から来ていると言ってよい。そして父・要は最初に図書館で俊子に気づかなかったように（この事実は俊子によって長く繰り返し非難されている）、徹の中に厳然としてある岩めいた頑固さに気づかなかった。何事に対しても集中出来ずにぼんやりしているという息子観はそのまま要自身にこそ当てはまった。

だが徹はただ母だけに似ていたのではない。『あらはばきランド』で徹が最も深く慕っていた上司、園田吉郎《きちろう》の性格や風貌が父・要に大変よく似ていた。けれど徹はその誰にとっても明らかな事実に気づかなかった。まるで父自身も気づかないだろうように。

奇妙なことにこの父によく似た男・園田吉郎（四十五歳）こそが徹が恋に落ちるきっかけを、本人もそうとは知らぬまま作り出していたのであった。

園田はまた「レイン・レイン」を作った人物でもあった。

5

『ＢＬＩＮＤ』（報告　佐治真澄／日本）

一九九四年三月二十三日、華島徹があらはばきランド駅で銀色に赤い線が一本だけ太く入った私鉄電車の先頭車輛を降り、そこから現実の小雨の中、徒歩とロープウェイ使用で坂を登り下りして『あらはばきランド』運営本部に到着したのが午前八時三十二分。それはタイムカードにはっきりと記録されている。

普段より一、二分早かったのは、その日の気温が前日よりぐっと下がったからだろうと本人は話している。寒さが足を速めさせた、というのだ。

　事実、ロッカールームで緑色のつなぎに着替える時（胸には「レイン・レイン　華島」とベージュの糸で刺繍があった）、華島はいったんランニングシャツのままで汗が引くのを待った。その華島に背後から声をかけた者がいた。

「マワッテルダロ？」

　一瞬、誰が誰に問いかけているのかさえ華島にはわからなかったので、そのままの姿勢でいた。すると、声は繰り返された。

「マワッテ……」

　途中で園田吉郎の声だと気づき、華島は苦笑しながら振り向いたという。そのように唐突な話し方をするのは園田の特徴だった。話題の導入部を平気で削ってしまい、核心しか口に出さない。

　ちなみにこのとき、背の低い園田（すでに緑のつなぎ着用済み）の頭部がいくぶん白く煙っているように見えたし、それ以降園田が未来を先取りして語るようになったと華島徹は言い、その様子は毛髪の薄い頭頂部が外気と化学反応を起こしているかのようだったとも真剣に強調するのだが、理由はいまだにわからない。少なくとも我々は、園田が運命を透視する能力を持っていたという前提には立たないし、ましてや園田の頭頂部がその能力の受け皿であったとも思わない。

ともかく園田は、本部の企画係が飼い始めたハムスターのケージの回し車のことを言っていたのだった。その年、日本に輸入されたばかりのロボロフスキーという体の小さな種を、犀川《さいかわ》奈美という中年女性がいち早く入手し、数日前からケージごと社内に持ち込んでいた。この動物は必ずアトラクション化出来る、と犀川奈美は考えており、その研究を各部署で横断的に行うべきだと主張したのだ。

しかし、我々が問題にしている日の前日、それまでさかんに回し車を回していたハムスターの様子が変わった。回し車に乗るには乗るのだが、この頃には「ベン」と呼ばれるようになっていた黄褐色のハムスターはじっとうずくまり、ピンク色の鼻だけをひくつかせた。犀川はケージのそばにつきっきりになり、通りかかるあちこちの部署の人間をつかまえては、ベンが回らない、ベンがおかしいと言った。

犀川奈美はおそらく便秘か何かでいらついていたのだろうと園田はのちに指摘し、〝確かにベン（日本語では同音で排泄物を指す）がおかしかったのだ〟という洒落を何度も反復してひとりで笑ったそうだが、同時にベンの不調は彼女自身のヒステリックな大声によるものだとも陰で華島に言った。小動物はおびえていたのだ、と。

というわけで、マワッテルダロ？　という言葉は、犀川奈美が前日の午後、〝体調不良〟で早退したことへの示唆を含んでいた。そして事実、ハムスターは犀川の早退後すぐ、元のように元気よく回った。つまりその日も。

のちにわかることだが、この園田の言葉が発されたと思われる午前八時四十六分、華島徹のアパートの部屋で留守番電話が第一回の作動を始めていた。

はい、華島徹です。ただ今留守にしています。ピーッという音のあとにお名前とご用件と連絡先を吹き込んで下さい。

と、まさにテープは〝回って〟いたのである。

これこそが遠野美和が初めて聞いた華島徹の声であり、我々の語り継ぐべき恋愛のすべてがそこから始まったのだった。

6

『親愛なるカシムへ』
二〇〇一年六月十日
島橋百合子

神戸に寄ってくださっていたとは、夢にも思いませんでした。いえ、貴方が生きていることさえ、私は忘れていたのです。残酷だ、と貴方はあの夜と変わらぬ言葉をつぶやくでしょうか。

私たちが同じ時間の中でとまどっていたあの頃、神戸にはまだ戦争の爪痕が点々と残っていました。

私もまた、その爪痕のひとつだったかもしれません。父の庇護下で生活には困らなかったけれど、確かに私は敗戦国の娘で、十七年かけて覚えた人生の習慣をほぼすべてかなぐり捨てている最中だったのですから。

けれど、カシム、貴方だけは無傷でした。貴方の魂それ自体、何も傷ついておらず、またそれが私をさげすんでもいないことが若かった私をどれだけ救ったことか。

港の荷下ろしを見るのが、私たちのお気に入りだったことを覚えていますか。月曜日と水曜日の午後、坂の上にある父の行きつけの中華料理屋の円卓で貴方に英語を半時間教わってから、狭い三叉路を歩いて港に出たものでした。錆の塊のような大きな船の横腹に荷がぶら下がるのを、私も貴方も飽きずに眺めていた。

望郷が浮かんでいる、と貴方は何度か言いました。いつだったか、私にとっては解放だと言うと、貴方はようやく私を見た。その時の貴方の、形のよい眉の下の緑色の右目をはっきり覚えています。ただし、やがてまとまる貴方の処女詩集には、揚げ荷と望郷のテーマのみが出現して光輝き、解放の象徴として船腹にぶら下がる荷も、むろん貴方の緑色の右目も出ては来ないのだけれど。

真っ赤な船が来た午後のことを覚えていらっしゃいますか？　埠頭に腰をかけて足

をぶらつかせている私の後ろで、貴方はまだ遠く小さな船を眺めて汽笛が鳴るよと言った。

汽笛は鳴りました。

私は時が止まったように感じ、実際まわりの景色が一切動かず、その真っ赤な船だけが三十分かけて神戸港に入ってきたように記憶しています。

貴方はすでにそれがイギリスの船だと言い、船の名前は中世の女王からとられていて、甲板には髭の生えた男ばかりが乗っていると話してくれていた。

すべて当たっていました。

知っていたの?

船の赤さが黒さに近づいていく夕暮れの中で私はそう聞いた。

知らなかったという声がした。

知っていたことを当てたのではなくて、僕が言ったからそうなったんだ、と貴方は言った。僕の言うことが本当になる時間が来た。星の見えてくるこの夕刻に、と。

なぜ今なんだろう、と貴方は悲痛な声をあげた。もっとそうであって欲しい時はあったのに、なぜ今。

私は貴方より悲しいように感じた。

貴方が来た年、進駐軍は神戸港の占領を終えました。私にとってはその巡り合わせだけですでに、貴方が神秘でした。貴方が茶の湯を見たいと言い、華道や連歌に興味を持って、戦後間もないゆえに秘密で指南を再開した私の師匠の会に出席し、着物姿の私をユリコと呼ばず、「神秘嬢（miss mystique）」と言葉遊びのようなあだ名をつけてからかい出した時、私は貴方の左右色違いの目こそが神秘だし、同じ頭韻ならユリコ・ユルマズの方がよほど上等だ、と今から思えばまことに生意気な言葉を何度言いたかったことか。

現代の十七歳では考えられないほど子供だった私は、貴方の伴侶になる想像を音の響きから偶然得たと当時、思っていました。きっと貴方が笑ってくれるに違いない、と。これはいかにも大人びた洒落た切り返しだ、と。

けれど私は決してそれを口にすることはなかった。言葉にしたらその途端、恐ろしいものに呑み込まれて狭い暗闇に閉じ込められてしまいそうだった。

貴方が「神秘嬢」と口にする度に、私は悔しい思いをしました。言い返せない自分がひどく無力だと感じて。

7

幼い私はまだ、人の心の仕組みを知らなかったのです。

『ＢＬＩＮＤ』報告書・扉より

人に知られりゃ浮名も立つが
知られないのも惜しい仲
（日本近代・明治期の都々逸）

8

『ＢＬＩＮＤ』（報告　エマ・ビーヘル／オランダ）

遠野美和という名前は、日本の古代史が集約された土地、奈良の神聖な山からとられている。美和の姉が香《かおり》と呼ばれるのも、同じ理由からである。彼女らの父、まさにその日本国民が第二次大戦での敗北を知らされた時刻、一九四五年八月十五日正午過ぎに奈良市内で生まれた遠野太一（したがってこの人物こそ、日本の戦後そのものだとも言える）が、二人の名付けをした。

なぜ太一は故郷の山に思い入れたのか。もし山に思い入れがなかったのだとしても、すでに関東で十数年生活していた結婚後の彼が、なぜ遠く離れた奈良の山々と自分の娘の名に関係を持たせようとしたのか。妻である壮子にも、きちんとした説明がなかったという。

遠野美和が生まれた翌年の一九七五年、太一は故郷に住む親戚に〈セイボ〉（自分より立場が上の者へ年に数回贈り物をする習慣が日本にはある）の礼状を書き、その中で「重蔵おじ、もし次が男の子だったら俺は」と仮定して、やはり奈良の山から奇怪な名をとっている。ちなみに、この遠野重蔵氏（郷土史家）は電話取材に際して、三つの山の頂点を地図上でつなぎ、各辺の中央をさらにつないでみるとどうなるか、とさかんに我々を挑発したのだが、ここで古代ミステリーの世界に迷い込むわけにもいくまい。

むしろこの名付けのエピソードには、無口だと誰もが口をそろえて言い、いつまでもよくわからない人物と評される太一の、何事か手触りのある思考の輪郭を我々は感じる。決して気分屋には出来ない、継続した沈思黙考の中に遠野太一はおり、次女の美和はそれを鋭敏に受け取っていた。父はいつでも何かを考えていました、けれども父自身にもそれが何であるかがわかっていない風でした、と美和は言っている。

一九九〇年、美和が十六歳になった夏の初めに、遠野太一は長年家族と住んだ群馬県桐生市内の一軒家を出たまま帰らなくなってしまった。死んだのではなかった。美和によれば、父はまるで帰り道を忘れたように家からいなくなっただけ、であった。

実際、太一は年に数回、美和にだけ電話をしてきた。つまり、美和が最初に電話を取り、しばらく無言でいる父の息遣いと耳を澄ましているらしき集中に気づいて、近くには誰もいないと告げた時にだけ、太一はしゃべり出した。したがって、太一からの着信自体はもっとずっと多かったと推測される。

美和との通話において、太一は主に妻・壮子と長女・香の消息を聞きたがった。したがって、美和は自分のみが父の声を聴き得るという特権のかわりに、父が自分については何も知ろうとしないという事実を突きつけられて混乱した。だが、だからといって美和は父からの電話を拒絶しなかった。

その太一からの電話が途絶えたのが一九九三年五月四日以降、と手帳も見ずに日付を言ったのは美和で、拒絶するどころか彼女が父からの着信を心待ちにしていたことがよくわかる。さらにこの証言の直後、美和は同日カンボジアのバンテアイミアンチェイ州で（何度か録音テープを聞いたが、美和はこの州の名をよどみなく発音している。日本語を母語とする調査員によれば、この音列の再現は日本人には非常に難しいらしい）日本から派遣された文民警察官が武装集団に襲われ、死傷者が出たことを思い出している。遠野美和に取材したことのある人間で、こうした彼女の高い記憶力に驚きの声をもらさなかった者はいない。

その美和の能力によれば、彼女の母・壮子が、生まれ育った桐生市の友人と共に『伝説のカイコ〈白月〉を復活させる市民の会』を立ち上げたのが、父・太一の失踪のちょうど前日であった（〈白月〉はホワイトムーンを指す漢字二文字で表され、カイコの種類としてはシラツキと読むが、ひと組の漢字ではビャクガツ、ハクゲツと発音され、月が満ち始めてから満月に到るまでの約二週間を示す）。

壮子は蒸し暑い一九九〇年七月七日の夜、彼女自身の証言では、出身校である桐生第三女子高等学校の同級生・花房由香里（『伝説のカイコ〈白月〉を復活させる市民の会』副会長）と二時間ほど〝珍しく〟長電話をした。

珍しく、と付け加えたのは壮子自身だが、ある時期から彼女の通話は常に長かったと美和は言っているし、姉・香もそれには完全に同意している。そして、その〝ある時期〟は、太一が職を手放した頃とぴったり重なる。

それまで太一が勤めていた会社は、壮子の父・数一が興した地方の広告代理店であり、なんの手柄がなくても事業を継承することが内々に決まっていた。だが、その年の五月初旬、太一は突然退職願を社に出し、家の自室（夫婦はその二年ほど前から各々の部屋で寝ていた）にこもって二ヵ月の間、慰留を拒んだ。もちろん、〝突然〟と見たのは周囲の人間であり、太一は入社以来、その日を待ち望んでいたのかもしれない。太一に関する詳細な調査報告は他のメンバーに委ねることにして、我々はこの項を進める。

　当時、壮子は自分の父とも、取引先の地方財閥の重鎮とも、社の株主たちとも電話で長い話をした。おそらく、この件に関しては太一とこそ最も会話をしなかったのではないか。結果、壮子は父の財産であるマンションを二棟譲り受け、その家賃を運用することで遠野家の経済をまかなっていくこととなった。

　さて、退職願が受け入れられたと社から連絡があったのもまた、問題の一九九〇年七月七日である。午後十時過ぎ、すでに述べた通り壮子は長い通話をし、そのあとで自分が養っている家族全員を居間に招集した（この時は太一も二階の角部屋からギンガムチェックのパジャマで降りてきたという）。そこからの彼女の話はまた長かった。

　七夕は〈棚機〉とも書き（織り機を指すとも言われるこの漢字二文字を、彼女は実際新聞広告の裏に筆ペンで大きく書いてみせた。美和が保管してあった実物を縮小コピーで資料に添付しておく）、織物の文化と密接に結びついているというエピソードから始めて、遠野家の住む町の隣が織姫町であることを皆に改めて思い出させたのち（オリヒメは七月七日を象徴する女神であり、一年に一度この日が晴れなければ愛する男神と天空で邂逅出来ないという、いわば遠距離恋愛の代表者でもある）、かつて我が町で生まれた白月という種類のカイコが戦後数年の間にいかに貴重で強靭で神秘的な輝きを持った絹糸を作り出したか、滔々と熱弁をふるった。

だが、白月はウィルスに弱かった。他品種の導入、交配の間に、かの美しい種は一気に絶滅した。あたしは、その白月をもう一度この町に甦らせたい。壮子は七夕の夜、家族の前で力強く言い放った。

美和の中で、この不在のカイコ復活への母の情熱は、退職願を出して以来家から出ようとしない父への叱咤激励と直接つながっており、同時に皮肉にも当の父を失踪させてしまう原因でもあると考えられていた。

翌日、太一はほとんど何も持たずに失踪した。そして、太一がいなくなったからといって、壮子が活動を休止することはなかった。白月の復活の方を壮子は乞い願った。ちなみに、それ以来毎年七夕には、遠野家の居間に巨大な笹が飾られ、そこに取り付けた細長い紙に「甦れ!」「甦れ!」「甦れ!」と執拗に同じ達筆が躍ることともなったのである（紙に願いを書いて笹に下げる風習は江戸期に広まったとされている。本来は手芸を中心とする芸事の上達を願ったのだが、さらに遡れば織姫が蚕織を司る女神である以上、カイコに対する「甦れ!」という呼びかけは的外れとも言えない）。

我々の調べでは、娘二人のうちで美和のみが両親のこうした行動のちょっとした過剰を気に病み、逐一記憶にとどめていた。姉・香は幼稚園に通う頃から、我関せずという外界への一貫した態度でつとに知られており、一時は自閉傾向も認められていたくらいだった。

　家族の中で最もよく繰り返されたのは、香が中学二年生で修学旅行に出かけた折（日本の教育機関はなぜかこの生徒集団での旅行を貴重なものと考える）、同級生集団と京都市内ではぐれたという逸話である。一時間後、担任に発見された彼女は、交差点の中央で〈V〉の形になって止まった二台の大型トラックの、ちょうど文字の接点の内側に立っていた。衝突という派手な交通事故に巻き込まれたのだが、奇跡的に香には怪我はなかった。救急車とパトカーと野次馬と担任の金切り声で騒然とする夕方の交差点で、香は静かにパズル雑誌を開いて問題を解き始めたという。理由を聞かれる度に、暇だったからと香は面倒くさそうに答えた。

　美和は恋愛以前、この姉に苦手意識を持っていた。香をどう扱っていいのか、美和はまるでわからなかったのである。いや、それを言ったら、美和は母の扱い方もわからなかった。父に至っては、扱おうにも消えていた。

　だから遠野美和はいつも微笑んでいた。とまどっている時、美和の顔は柔和になった。その笑顔のまま高校を卒業し、短大英文科をトマス・ハーディ作品（特に『日陰者ジュード』）を使った文法教育を受けて出ると、祖父の会社に入る話を断って（先に姉がそうしてくれていたから、母からの反対はさほど強くなかったという）、県内で数店のパン屋を経営する会社に就職した。

本社を『洞窟コーポレーション』と言った。チェーン店の名は「パン・ド・フォリア」、〈狂気のパン〉であった。美和は小学生の頃から通っていたこのパン屋で、自分が過去食べたパンの名前をすべて言えた。くるみパン、クロワッサン、狂気のクロワッサン、レーズン入り食パン、全粒粉パン、チーズ&パセリ練り込みロール、狂気のチーズ&パセリ練り込みロール、あずきカンパーニュ、クラブハウスサンド、懐かし蒸しパン、狂気の懐かし蒸しパンと狂気のゴマ、悪魔のエピ、大粒イチジク入りカンパーニュ、有機野菜BLT、ライ麦畑のパン……。美和は洞窟コーポレーションの社長から驚異の新人と呼ばれ、企画事業部に配属されることがすでに内定していた。

そして、入社前特別研修中の一九九四年三月二十三日、あの午前八時四十六分が訪れる。

華島徹のいる東京には雨が降っていたという。

美和の桐生市は晴れていた。

9

『BLIND』（報告　P.U.チダムバラム／インド）

二十一世紀の明日生まれる子供は、〈子機〉という存在になんの思い入れも持たずに育つはずだ。どの国の者であれ、彼らは思春期に至る以前に、個人的な通話のすべてを自分専用の携帯電話で行い始めるだろうから（もしくは貧困のため地域全体が電話網につながっていないかのどちらかだ）。

かつて子機は家族からの情報上の自立を象徴し、同時に家族からの微温的な監視をも暗示していた。通話は親機のランプの点滅で必ず確認出来たから、誰がいつ使っているのかを同居者はお互い暗黙のうちに知っていたのである。

つまり、それはまさに家族と密接につながった〈メディア〉だったのであり、我々『二十世紀の恋愛を振り返る十五ヵ国会議』参加者はみな、その発明の懐かしさを知る最後の世代なのに違いない（ほんの十年もすれば、子機を知らない研究者がこのレポートを読むことだろう）。

その朝、我々の美和もまた子機を持ち、二階の自室に上がったのである。母・壮子が買った純白の留守番電話機セットには、もともと子機1しか付属していなかった。が、長電話のためだろう、壮子は子機2も追加購入し、1を自分専用として自室に置いたのだった。したがって、美和が使用したのは二台ある子機のうち、2の方である。

美和は酵母について徹底的に学んでおくようにと、洞窟コーポレーション社長・黒岩茂助（五十五歳）から直接、厳命を受けていた。新しいパンのためには金も命も惜しまないという社是を、遠い目をした黒岩は白い毛混じりの濃いヒゲの下から地を這う声で朗々と語ったという。そして新しいパンには新しい酵母が必要だ、と美和の手を両手で握って目をうるませながら伝えた。

感激した美和はある限りの関係書籍を図書館から借りて短時間で読み尽くし、酵母の染色体ダイナミクスやテロメラーゼ欠損、加圧凍結やゴルジ体への関与などを縦横に語って黒岩茂助を面食らわせ、自宅でもパン生地の発酵を何度か試した。すると一九九四年三月二十二日の午後二時過ぎ、買い物から帰った壮子が「いろんな種類の酵母でパンを焼く店がトーキョーにある」と言い出したのだった。商店街でかかっていたFMラジオの番組（『モーニング・デュー』）で紹介されていたのだそうだ。壮子はそらで店の名前を言えた。変わった店名だったから、と壮子も美和もそれぞれ言っている。

美和はぶ厚い電話帳から即座に店の番号を見つけ出した。話を聞きに行くしかないと美和は決意していた。誰も使ったことのない酵母でふくらんだパンについて、早くも美和は夢のような構想を、まさにパン生地のごとく練っていたからであった。

応接間のテーブルの上で、美和は十ケタの電話番号を『酵母ノート』に書き写した。このとき、右から二番目の数字を写し間違えていなければ（3であるべきところが5になっていた）、我々の長いレポートは生まれていない。

　本当は開店時間である午前九時きっかりに、調べた番号を押すつもりだった。だが、自室の机にノートを開き、子供の頃から使っている木の椅子に座ると気がはやった。営業日か否かも心配だったと美和は証言している。だから美和は相手が出るかどうかだけをまず確かめるために、電話をかけた。

　相手が出た途端に切るつもりでかける電話はかけ手に罪悪感を与える。イタズラ電話に魅了されていない限りは。ゆえに、03から始まるひとつながりの番号（それは東京都区部を意味した）をプッシュしながら、美和は冷たい子機2を耳に押しつけて息を詰めた。

　コールは五回だったと美和は言っている。チッという舌打ちのような音がして、美和の心臓ははね上がった。すると耳への圧力が変わり、速度の一定でないうねりが聞こえてきた。それが音楽であり、留守番電話につながったのだとわかるまでにわずかな時間がかかった。

　店が休みなのかもしれないと思う以前に、その音楽に聞き覚えがあるという確信が美和を強くとらえた。甘く翳りのあるメロディだった。確かに自分はその曲を知っていた。だが、タイトルが出てこない。そのメロディにまつわる風景が脳の奥にあるのだが、美和にはそれを引っ張り出せなかった。音楽のテンポが正確に再現されていなかったからだ。

数秒の旋律に続くメッセージを、美和はほとんど聞き逃した。一九九四年三月二十三日、午前八時四十六分の通話はそのまま終わった。

園田吉郎が華島徹に譲り渡した古い留守番電話のテープには、したがって何も残らなかった。このMEISON社製の初期型留守番電話ＫＬ－Ｂ２００がなぜ園田から華島に手渡されたかは不問に付し、我々はまずここで美和をとらえた音楽について報告しておきたい。

華島徹によって確認されたところによれば、それは紛れもなくビル・ウィザースが歌う『Just the Two of Us』、一九八〇年のヒットソングであった（グローヴァー・ワシントンJr.『ワインライト』収録）。ちなみに、本曲をＢＧＭに使うようにと華島にきわめて古いカセットテープを渡したのはやはり園田吉郎で、そのため音の速度が一定でなく、美和を迷わせたことになる。

歌詞が二人にとって大変〈予言的〉なので、一部をここに掲載しておこう。

透明な雨粒が落ちていく
そして美しいことに
太陽の光がやがて

僕の心に虹を作る
時々君を思う時にも
一緒にいたい時にも

二人きり
二人きりでいればかなう
二人きり
僕ら二人でいれば
砂上に楼閣を築きあげて
たった二人
君と僕

10

『ＢＬＩＮＤ』（報告　佐治真澄／日本）

その夜まで、ここで語るべき話はない。

華島徹は「ランド」閉園後、園田吉郎につきあって駅前にある唯一の飲食店で生ビールを二杯飲み、幾つかのつまみと鳥ササミカツを食べ、最後に茶漬けをすすった。それは園田がランドに打ち合せ経費として提出したレシートからもわかる。

小雨の中、なお頭部を白く煙らせて上機嫌でいた園田とホーム上で反対方向に別れ、東亀沢駅に着いたのが当時のダイヤによると午後九時二十一分。コーポ萱松の二階には午後九時四十分までにたどり着いていたことになる。

傘を閉じ、木目調のドアを開けようとすると、暗い部屋から静かに光がこぼれ出してきて華島はひどく驚いた。しかし、それは脚色された思い出だろう。実際は単純な赤色の光であったはずで、ベッドサイドを小さく染めたに過ぎない。通話を示すランプだった。華島はベルの音が苦手で音量を最小にしていたから、光にだけ意味があった。

靴を脱ぎ散らかして部屋にあがり、受話器を取ったが、すでに電話は切れていた。ツーツーツーという高い音が薄闇の中に響いた。留守番電話の件数を示す小窓に5と、やはり赤く表示されていた。それほど多くのメッセージがあったのは初めてで、実家で何かあったのではないかと華島は不安になった。雨で濡れた靴下をはいたまま、華島はデジタル数字が放つ光を頼りに再生ボタンを押した。

すべてが無言だった。無言のまま、録音の規定時間いっぱいまで相手は通話を切らなかった。最後まで聴き終えると、華島はのろのろと靴下を脱いだ。雨でびっしょり濡れていた。裸足で風呂場に移動した。外で自転車のブレーキがブランコめいた音できしんだのを、華島は覚えている。

足を洗うのもそこそこにベッドサイドに戻り、もう一度1から5までの「無言」を聴き終えた。かすかな息づかいがあるように思った。再生音量を上げ、息づかいの奥を探った。同じ人物が何度もかけてきていると華島はやがて確信し、メッセージがないこと自体がメッセージではないかと思った。この時点で、すでに華島は美和のことを美和以上に理解していた。

ヘレン・フェレイラは黄金色の髪をした長身のアメリカ人女性で、我々の中では執拗なほど細かい聞き取りをする調査員として有名だし、パリで数年間カール・ラガーフェルドのフィッティングモデルをつとめていたという異色の経歴の持ち主だが、御存知のように彼女もまた、その日の五回に及ぶ通話を美和側から克明に記録している。

一回目の時刻はもう我々がそらで言えるはずの、午前八時四十六分である。

二回目は切ってすぐ。美和は目当てのパン屋に電話がつながっていないと考え、その理由がわからず不安になり、テープの中で最初に店名を言っていたのを聞き逃したかもしれないと思い直しながらも、すでにその時点で例の音楽の、「海底をたゆたう藻のような揺れや曇天の下の群衆のざわめきに似たくぐもり」の音像をかなり正確にとらえていたと言われている。

その証拠にとヘレンは、美和が通話時に開いていた『酵母ノート』の隅に描かれた意味不明な、もじゃもじゃした、西部劇などで風に吹かれて地を転がってくる枯れ枝の塊のような図を提出している。それは一回目の電話と二回目の電話の間に描かれたいたずら書きとされているのだが、数回に及ぶ『BLIND』調査員会議において、ヘレンはボールペンの赤いインクの跡が、件の曲のキーボードの音の高低に完全に一致していると抑制的な声で主張し、それもひとえに驚異的なリスニング能力、表現力ゆえだと称賛した。美和＝超人説も我々の中に絶えないが、ヘレン・フェレイラはその説をとる最右翼の人物だろう。

それはともかく、美和は一分も経たないうちに、リダイアル機能を使うことなく番号を入力し直した。押し間違いの可能性を考慮したからだが、かといってノートを再確認することはしなかったと、これもヘレンの強調するところである。

呼び出し音が切り替わると、またあの音楽が押し寄せてきた。南国の湿気のような、心地よい疲れのようなあの音楽。クリーム色の竜巻がスローモーションになって見えた、と美和は言っている。これはヘレン・フェレイラ以外の調査員もレポートに書き込んでいる言葉だ。

「川が氾濫した時のようなカフェオレ色の濁流が一本、自分を巻き込んで立ち、ゆっくり上へ上へと動いていた」（P．U．チダムバラム）

「絶えず空気が上昇していくような竜巻の中で、美和は襲いかかる寂しさに耐えた」（エマ・ビーヘル）

すると、靄の奥から、くぐもった男の声が聞こえた。

はい、ハナシマトオルです。

美和はうろたえた。そして、間違い電話をしたのだとはっきり認識した。

ただ今留守にしています。

見知らぬ人の家に二回も呼び出し音を響かせたことに反射的な怖れを感じると同時に、ではこの人に曲名を訊ねることも出来ないのだな、と美和は奇妙な失望を感じたという。

ピーッという音のあとにお名前とご用件と連絡先を吹き込んで下さい。

謝罪の言葉が出かかった。美和がとどまったのは、自分がすぐにもう一度電話をするとわかったからだった。

次で必ず記憶を呼び起こしてみせる。あの曲を自分は知っているし、それにまつわる重大な思い出がメロディの向こうに隠れているのだ。美和はそう考えながら子機2

の『切』ボタンを押し、今度はリダイアルの機能を使った。その瞬間、あえて間違い電話をかけるという次元の違う行為に美和は足を踏み入れたことになる。

ヘレン・フェレイラは、三度目の電話のあとの遠野美和の落胆を想像してみるよう、レポートの読者に訴えている。あれほど記憶力の高い人物が、三度もチャレンジをして失敗したのである。もやもやはいっそう増し、罪の意識も「出来あがったソーセージを羊の腸でもう一度包むように」厚くなったという。

美和はいったん階下に降り、電話帳で番号を確認し直した。写し間違いの事実は、記憶をたどれなかった敗北感と共に彼女をしたたかに打った。美和はその場で親機を使い、開店直後のパン屋『デルス・ウザーラ』に電話をすると、一方的に酵母の話をして店員をとまどわせたという。

「あの時、美和の話していたアイデアは画期的でした。酵母の組み合わせというか……ちょっと今はくわしく言えないんですが、私は発想を盗まれてしまうんじゃないかと心配で、キッチンから飛び出しそうになったほどです。幸運なことに、相手が酵母に知識のないアルバイトの男の子だったようで、美和もあきらめて電話を切りました」（遠野壮子）

実際の壮子は何も聞いていなかった。突然インタビューされて母親らしい作り話をしたのだ、とのちに告白している。ただ、それから夕方まで二人は一階の居間にいた。掃除も洗濯も久しぶりに一緒にしたのだが、美和は考えごとにふける様子で、時おりテレビを置いたチーク材の幅広い棚からアナログレコードを引っ張り出しては、それに針を落として聴いた。美和自身は物心つく頃からCDにしか触れていなかったから、そのほとんどが父の太一の残していった所有物で、壮子が言うには「アジアの民族音楽やロシア正教の音楽コレクションがたくさんあるのに、娘は俗な音楽ばかり選んで少しずつかけてはやめ、せっかく掃除した部屋を埃臭くした」のだそうだ。

四回目と五回目の電話は、姉・香の帰宅を待った夕食後、それも明らかに壮子の入浴時を狙った午後九時過ぎに行われた。それは香の「やましい電話ではないかと感じた」という証言でもわかる。美和は壮子の監視をさけるように、母親がバスルームに入るのを待って二階に上がったのだった。

もしもつながったら切るつもりだった、と美和本人は言っている。曲の名前を思い出そうとしているうちに、彼の声の記憶を何度もなぞるようになっていました、とも。

11

『ＢＬＩＮＤ』（報告　ルイ・カエターノ・シウバ／ブラジル）

翌日も同じ銀色の電車に乗り、同じ駅で降りて『あらはばきランド』まで歩いた。僕は気に入っていた青いベルトのスウォッチを何度も確認したし、運営本部の上方に掛けられた丸い時計とタイムカードを見比べた。いつもより少し早いペースで歩いたはずなのに、僕は普段と同じ時間に会社に着いていた。

ロッカールームでつなぎに着替え、担当エリアごとに本部の壁面に並べて下げられた鍵束をつかむと、連絡書類にサインをしてからバックヤードに入り込んだ。午前中の空気はまだ肌寒かった。指定のボア裏地付きジャンパーをはおって出ればよかったと思った。少なくとも、すれ違う僕と〝ハロー、おはようございます〟と決まった挨拶を交わし合うスタッフは男も女も年齢問わず、みなその群青色のジャンパーを着ていた。

さらに早足になった僕はN扉からゲストエリアに入ってバックヤードを抜け、開園前の「レイン・レイン」の裏口に移動した。ちなみに当時、N扉は裏口から五メートルほどずれた位置にあった。そのせいで、もしゲストが入場している時間だと、スタッフが一瞬見えざるを得なかった。だから扉の内側、目の高さあたりには常に『ここから先はあなた自身がアトラクション！』という貼紙があった。

裏口の鉄扉は外壁よりかすかに濃い青に塗られていた。僕は三つある錠をすべて開け、冷たく湿った空気の中に入った。常時回っているモーターの低い音が地の底から重層的に響いていた。振動そのものを耳にしているのは、今自分だけだと思った。

「レイン・レイン」はアトラクションとしては七つのブロックに分かれていた。入り口奥から左右、その向こうがそれぞれ階段で地下室と二階へ上下ふたまた。その設計はH_2Oの分子構造、つまりV字形の連なりを模しているからだそうだった。

僕は裏口からスタッフスペースに入り、さらにひとつ錠を開けて地下一階の操作室へ降り、複数あるモニターのスイッチをひとつずつ入れた。タイムラグがあって、やがて各ブロックの映像がモノクロで揺れ出した。

特に闖入者がいる様子もなかった。操作盤によれば流れるべき水はすべて正しい方向に流れていたし、夜になると嵐がやむ区域は今日の豪雨を待っていた。内壁をつたう水滴はほとんど落ちきっており、それが床に隠されたパイプを通って排出されているのは、湿度メーターや自動ポンプの動きで確認出来た。各ブロックを視認しようと、僕は備え付けの懐中電灯を片手に操作室を出て一階に上がった。

来た、と思うと裏口の鉄扉のノブが回った。逆の順ではなかった。

「お、早いじゃないか」

扉から館内に体を滑り込ませながら、園田さんは僕の姿を見ずに言った。

「ハロー、おはようございます」

「ほい、ハロー」

古参の中でも、園田さんは特別に挨拶が雑だった。曖昧に下を向いたままスタッフスペースの小さな青いプラスチック製ベンチに座った園田さんは、こちらに背中を向けていた。肩にはおった群青色のジャンパーと、薄い頭頂部だけが薄暗がりで見えた。頭上にはその日、白い煙がただよっていなかったように思う。

隅のゴミ箱に何か軽いものを放った音がした。フックに吊るした作業連絡ノートを手に取って開いたのもわかった。一度ティッシュで鼻をかむのに続いて、まだノートに目を落としているだろうと思われるこもった声が部屋から漏れてきた。

「人生に不均衡があらわれるときは、まず地鳴りが聞こえるんだよ。やつも昨夜聞いただろう」

「え？」

という声が自分の咽喉の奥からした。地鳴りという単語から、さっき聴いたモーター音を連想するのが精いっぱいだった。園田さんは続けて、しかし今度は少しゆっくりと言った。

「水沢傳左衛門はじき、捕まる」

ますますわけがわからなくなった僕は、思わず地下の操作室に戻りそうになった。早くも園田さんは折り畳んだ新聞の一面に目を移していて、そのままの姿勢で口を開いた。

「水沢ってのは会長だよ、ここの」

「それはわかってますよ。その、まず地鳴りってなんですか？」

園田さんはそれにはまったく答える気がないようだった。

「俺も長い付き合いだから感慨深いよ。こっちはしがない雨職人、向こうは大経営者だけどな。お互いにいい時代を過ごしてきたもんさ」

ようやく園田さんはベンチから振り返って僕を見た。そしてくしゃくしゃっと笑った、ように見えた。

「じゃ、捕まるってなんですか？」

「新しい用地買収を始めてたのは知ってるだろ。第二ランドを千葉に作ろうとしてたのさ。国が手放す予定のでっかい敷地に」

「ええ」

「それでどうやら現地で官僚を接待してて、帰りに酔って道端で他人の自転車動かして」

「八十過ぎで、ですか？」

「そこが水沢傳左衛門だよ。頭の中はガキなんだ。まんまと職質受けて警官にたてついて、秘書の間壁にはがいじめにされたらしいが、それを殴りかけた」

「でも間壁さんならしょっちゅう殴られてますよね？」

「千葉の警官の目の前でだぞ、徹。しかも水沢を張ってた新聞記者が写真撮ったらしいんだ。ま、行為自体は警察的には説諭で済んだんだが、謝ってるうちに水沢のやつ、ハンカチと間違えてポケットから談合の数字のメモを出しちまって、なんだろう？　と紙を広げて見てるところをまた撮られたっていうんだ」

「それが載ってるんですか？」

「何に？」

「だからその新聞に、一面に」

「いや、載ってないよ。今日は別のニュースで埋まってる。でもじきだろう。間壁がビビってついさっき俺に教えてくれたんだ」

「メモならわからないんじゃないですか？」

「なんで？」

「だって数字が書いてあるだけでしょう？」

「お前ね、脇が甘いんだよ。新聞記者をなめるなよ。もともと連中がかぎ回ってたのはその談合なんだから。水沢傳左衛門も潮時なんだ。だから地鳴りを聞いたに決まってるよ」

もう何を聞いても答えないだろうと思った。園田さんの中で物事が完結してしまったのだ。

ヘルメットをかぶった園田さんの後ろを僕は歩いた。まず通用路から入り口に最も近い〈ジャスト・ビフォー・ザ・レイン〉へ移動した。東南アジアの島でスコールが始まる直前の湿度を、その部屋は忠実に再現していた。不連続にそよぐ不穏な南風も、みるみる空を覆う黒雲も、急激な気圧の変化も、作り物の屋台から立ち昇る香草入りスープの匂いと共に、すべて園田さんのプログラム通り動いていた。お客さんはその日もこのアトラクション内で、案内パンフレットによれば「動物ならではの勘を取り戻す」に違いなかった。

雨が降る、と思うのだ。

もごもごと口の中で何かつぶやいている園田さんについて歩き、ブロックすべてに特に異常がないことを確認し終えた僕は、作業連絡ノートをつけに一階の裏廊下へと歩き出した園田さんとは別に、地下一階にある熱帯雨林の部屋〈サンダー・フォレスト〉へ戻った。

疑似池がいくつもつながる水辺の白い靄の奥にアマゾンツノガエルが生きている、という噂があった。自分で世話しきれなくなった数匹をゲストが放してしまったのだ、と言われていた。噂には、小型のワニがいるというものもあった。『あらはばきランド』本体としては、「レイン・レイン」が水族館ではない以上、そんな生物たちが存在していてはならなかった。

そして確かに〈サンダー・フォレスト〉にワニはいなかった、と思う。ただ、小さな水棲生物の方は、張りぼての岩やプラスチック製のシダやツタのからまる疑似池の中にいた。そいつを発見したのも、アマゾンツノガエルだと同定したのも、池の中にエサとしてメダカを放しているのも園田さんだった。僕を含むスタッフの何人かはそれを知っていて、本部の人間がたまに検査に来る折などは、ＢＧＭを大きめにした。疑似環境音の中にはカエルや鳥の声が混じっていた。

園田さんはその朝、カエルたちの食欲不振をしきりと心配していた。近頃メダカが思うほど減らないとつぶやいたし、そもそもアマゾンツノガエルの姿を見ないと首をひねった。それが園田さんの独り言のほとんどを占めていた。

僕はかわりに見つけてやろうと思った。機械が稼働し始めた施設内は基本的に暗く、うっそうと茂るかに見える疑似植物の葉をかきわけて進まねばならなかった。頻繁に雷が光ったが、むしろそれが目をくらませた。生温かい雨はひっきりなしに頭上の植物から頭に垂れた。ちなみに、案内パンフレットには〈サンダー・フォレスト〉の宣伝文として、落ちる雨音はサンバのリズムと書かれていた。

最奥の疑似池まで行き、水面を仔細に見た。カエルが休めるように蓮の葉が何枚もしつらえられていた。したがってそこだけがアマゾンというよりもアジア風になっていた。あたりにはプラスチックで出来た毒々しい色のカエルやトカゲが目立った。本物がいなかった。

ザーザーと雨は鳴り、あちらこちらでチョロチョロと水流を作っていた。水辺は絶えず揺れた。僕は寄せる小さな波をぼんやり見た。生き物らしい動きがあれば、すぐにそちらに焦点を合わせようと思っていた。無数の水紋が繰り返し広がった。はおった合羽にも水滴が落ち、雷鳴の中でパタパタと響き続けた。やがて音は寄り合わさって意識の奥にしりぞき、奇妙な集中状態に入った。

かわりに前夜の留守電の、僕自身の声に耳を傾ける誰かのかすかな息遣いが記憶から引き出された。それはひそやかで高い音の領域にあり、喉と口腔の狭さを暗示していた。女の人だ、と思った。ひょっとすると小さな女の子かもしれない。助けを呼ぶように受話器を握りしめ耳に当て、テープから流れる声を聞いているか弱い存在を僕は感じた。

結局、僕はアマゾンツノガエルを見つけられないまま、「レイン・レイン」のエントランスに向かった。朝礼はその黒塗りの壁の前、電光掲示板が小さな赤い電球の数で各ブロックの雨量を示している場所で行われることになっていた。

スタッフ、キャスト総勢八名の前で園田さんは話をし、声をひそめて水沢傳左衛門がじき逮捕されるとまた言った。理由は言えないが、『あらはばきランド』に大きな変化が生じつつある、いや変化してしまったと言った。まるで今月小選挙区比例代表並立制が成立してしまったあとの日本のように、その前日にアメリカからスーパー301条を再び突きつけられたあとの我々のように、もう取り返しがつかねえだろう、と。

みんなが眉根を寄せる中、派手なメイクの大柄な女子大生でバイトに入ったばかりの藻下さんだけが、なんで会長の名前は昔のサムライみたいなのかとか、なんでスーパー301条はスーパーなのかとかしきりに質問をした。藻下さんはすでに「なんでちゃん」というあだ名で呼ばれていて、彼女の配属以来、朝礼は少し長めになっていた。

その後の一日はいつも通りに進んだ。違うのは会長が本当に逮捕されてしまうのかという疑いと、思い出そうとするとすぐに鼓膜の内側によみがえる音があるという事実だけだった。

園田さんが先に消えてしまった朝礼の間にも、年齢層の幅広いゲストを迎える間にも、「封筒」というあだ名で呼ばれている背中の四角い佐々森と昼食に社員食堂でカレーライスを食べている音の中にも、午後に再び〈サンダー・フォレスト〉の疑似池に忍び込んでカエルの脊椎らしき真っ白な骨を見つけてしまった瞬間にも、伸びないゲスト数を本部で揶揄されながらタイムカードを押した夕方にも、藻下さんの誘いを断って少し早足で駅に向かい、家に帰って夕食をカップラーメンですませたあとも、あの音は僕を貫いていた。

12

『親愛なる百合子‐さん‐へ』
二〇〇一年六月十九日
カシム・ユルマズ

はじめまして、百合子‐さん‐。

と書くのは、我々にとって新しく始まったこの往復書簡の上では、という意味です。

昨日届いたあなたの手紙は、私が長年慣れ親しんできた、しかしもはや懐かしい形式にのっとった手書きの、紙と万年筆でしたためられたものでした。

幸運なことに、そうでなければ私は手紙を書き送って下さったあなたが本当の百合子‐さん‐か、つまり一ヵ月ほど前に奇跡のように再会できた「神秘嬢」かどうかしつこく疑っていたことでしょう。

私は『二十世紀の恋愛を振り返る十五ヵ国会議』に出席し、我が国のとある新聞のための長い文章を快適なホテルで書き上げたあと、一睡もしないままヤマナシからコウベへと向かったのでした。祖国に帰る便をトウキョウ発からオオサカ発に変更してまで、私はあの港町をこの目で見ておきたかったのです。

再会の折にしどろもどろでお話ししたことの繰り返しになりますが、私は自分の通ったあの商科大学を訪問し、母校の隆盛ぶりをこの目で確かめました。私が在籍していた当時は、ご存知の通り日本が戦争に負けた直後でまだ学舎も小さいものばかりでした。例えば、貫禄のあるツタなどはどこの壁にも這っていなかったはずです。

私は満足して翌日、空港に向かいました。

そして、私たちは互いに出合い頭、相手が誰であるかを知りました。

覚えていたのです。

忘れはしなかったのです。

まさに空港のロビーで。あと数分でイミグレーションに入ってしまうというところで。友人を見送るあなたと、日本を立とうとする私は、信じられない確率で出会ったのでした。友人に手を振りながら後じさるあなたのハイヒールが私の足をしたたかに踏むという形で。

あなたの重さを覚えていたわけではありません。謝るあなたのおっとりした声と困惑した表情が、私に五十年の時を超えさせたのです。あなたはあなた以外の誰でもなかった。

私はまた、あなたの優しい手が生み出す文字の癖も覚えていました。これは手紙をいただいて初めてわかったことです。アルファベットの中の幾つかの文字にそれは顕著でした。私は自分があなたの手跡を覚えていることに面食らいました。それまで長らくあなたの書く文字をすっかり忘れていたからです。空港であなたの手帳に私の住所を走り書きした時にも、私は自分の悪筆を恥じるばかりで、あなたにもあなたの文字の癖があることを想像しませんでした。

私は忘れていたのです。あなたのQが繊細な髭を持っていることを。

そして思い出したのです。あなたのCが笑顔のように楽しげに空気を吐き出すことを。

さて、あなたからの手紙は、二十世紀が終わって間もない今、私が受け取る最後の手書きの郵便ではないかと思います。もう誰も、いまや編集者からの依頼でさえも電子メール、少し旧式の仲間でもタイプを使いますから。

みな、筆跡を残さないように生きているのです。身体の重みはもう必要とされないのでしょうか？　私たちが迎えた新たな世紀に癖など要らないというのでしょうか？

つまり、あなたのQやCは。BやMの味わいは。

いいや、愚痴はやめましょう。私は老いていると思われたくないのだし、この「手紙」以降は、まさにその証拠の残らない書簡をあなたと交わしたいのですから。私は今、紙と万年筆の世界にあなたが戻ることを欲していません。私には時間がないのです。電子メールは身体性をはぎとるかわりに、私たちに大量の素早い情報をくれます。私はあなたと話したい思い出が、それこそ山ほどあるのでした。

さて、百合子‐さん‐（こうして名前の後ろに付ける「さん」という日本語への懐かしさが、あなたにも理解していただければと熱望します。私はこの敬いの音をいつでもあなたの思い出と結びつけてまいりました。今でも様々な国のチャイナタウンで「先生《シンサン》」という広東語の敬称を聞く度、私は日本語の「さん」の響きをそこに重ねて感慨深い思いになります。そして、イスタンブールにチャイナタウンがないことを残念に思うのです）、私は思いがけない言葉をあなたの手紙の中にいくつか、まるで厳冬の湖に浮かぶ鳥の姿を見つけるように見つけました。

例えばそのひとつが、あの頃少女のあなたが私にみじんも感じさせなかった異国の青年への憧れでした。むしろ反対にあなたは私に理知を匂わせ、距離を示し続けているると思っていました。若い私はあなたの冷静さを、十七歳の女性には不釣り合いなほどの堅牢さを特に強く感じていたのでした。そして、ここだけの話、私はその思い込みによって少々落胆もしていたのです。

その私が一瞬にして二十歳そこそこの私と入れ替わりました。私は未来しか持たない若者のあてどない不安を今、理解出来ます。同時に可能性しか持たない人間の果敢さも魂の中央に感じます。百合子－さん－、私は私の日々が明るく照らされたことをたとえようもないほど感謝しております。人生の精妙な複雑さ、先の読めなさ、面白さを私は存分に味わっているのです。

ああ、私はやはり古い人間なのでしょう。こんなに長い手紙を書いてしまいました。

しかし、あなたにはいくらでも長い文が許されています。特に、これから送り合う新しい〝手紙〟には厚さがまったくないのですから。

どうぞお好きなだけお返事を、気の向いた時にでもお送りください。

私からの懐旧の、紙に書かれるおそらく生涯最後の手紙、本日はここまでにしておきます。

ユスキュダルの町からボスポラス海峡を見下ろして。

あなたのカシムより

13

『BLIND』（報告　金郭盛／台湾）

翌日。三月二十四日木曜日、午後九時十八分。

ガチャリという音がした瞬間、美和は小宇宙を吸うかのように口を開けてのけぞり、そのまま動けなくなったという。

もしもし。

という声が続いて受話器から耳に響いた。いや、本当はあとからそう思っただけで、実際は聞き取れない低い言葉が部屋にするりと入り込んできたと感じたはずだった。

自分がかけたのだから相手が出るのは当たり前だった。なのに美和は不意をつかれ、泣き出しそうになったと証言している。

もしもし、もしもし。

声は何度か繰り返され、美和の正体を明かすよう迫った。美和は凍りついて動けないまま、あ。

と言ってしまった。

相手が、つまり徹が息をのんだのがわかった。少女ではないと徹は判断したのだった。

それからは互いにゆずりあって黙り、相手の息の音に集中したと、二人とも言っている。

しばらくそうしていた。

相手の無言にじっと耳をすますことが、すでに両者にとって懐かしい行為になっていたのかもしれない。美和も徹も留守番電話のテープを通して、何度もそうしてきたのだから。

ついにその夜、なんと三十分以上、二人は何も話さず受話器を握り続けた。

じゃあまた。

そう言って仕方なく電話を切ったあと、徹は相手の名前さえ聞いていないことに驚くとともに、名前以上のものを聴き取ったように感じた。

美和は階下に静かに降りて父親のアナログレコードを一枚見つけ出し、中の一曲をカセットテープに録音して繰り返し自室で聴いた。

14

『電話に関する覚書』（報告　P.U.チダムバラム／インド）

物語めかせばこうなる。

電話が発明されたのは十九世紀後半のことだが、アレクサンダー・グラハム・ベルが米国で弁護士を通して特許申請をしたのは一八七六年二月十四日、よく知られるようにイライシャ・グレイが予告記載書というものを提出するわずか二時間前であった。いわゆる聖バレンタインの日に、男たちの熾烈なゴールイン争いがあったわけだ。

その一ヵ月前には、かのエジソンがすでに電話の特許出願をしていた。書類上の不備で受理されなかったことは有名だ。まさに世紀の凡ミスである。おかげで電話はエジソンの偉業の列から外れてしまった。

さらに十六年さかのぼった一八六〇年、ドイツでフィリップ・ライスという物理学者が電話機を発明し、人工鼓膜を振動させることに成功していた。ライスこそがこの機械に〈テレフォン〉という名前を付けたのだが、ギリシャ語で「遠い声」を指す言葉は皮肉にもドイツの学会での電話《テレフォン》の評判と響き合っていた。誰もこの発明の意義を理解しなかったのである。

ライスは周囲に無視されたまま改良に没頭し、ベルの特許申請のわずか二年前にこの世を去る。それは彼の人生の中の数少ない幸運のひとつであったろう。悔しさに身悶えて命を落とすより、何も知らずに夢だけ抱えて天に召された方がよっぽどいい。

ではフィリップ・ライスが本当の電話の発明者かと言えば、これも違う。現在では、イタリア移民のアントニオ・メウッチが一八五七年に完成させた〈テレトロフォノ〉がすべての始まりだというのが常識である。メウッチは勤めていたニューヨークの劇場内で裏方が指示を出すための装置を、まず考え出したのであった。その試作品から彼は、重い病を患っていた妻と作業場の自分が話すための機械を作った。

ところが、メウッチは特許が取れなかった。極貧のため、申請を確実にする資金がなかったのだ。おまけに、なけなしの金を注ぎ込んだベルへの提訴にも彼は敗北した。

電話の起源にはこうして、嘘のようにドラマチックな事実が潜んでおり、私のようにメディア史学から恋愛学に入った者はそれを無視してはとうてい『ＢＬＩＮＤ』レポートに参加し得ないのだけれど、我々がここで焦点化すべきは、二十世紀の恋愛を強く支配した固定電話という機械の出自ではない。

遠隔地へ音を運ぶ技術が完成しつつある間、それはラジオのようにひとつの拠点から複数の場所へ音楽を伝えるメディアとしても利用されそうになった。届いた場所それぞれでも受話器は複数あって音声を聴くことが出来た。つまり、有線で一対多をつなぐ〈放送〉への道が構想されかかったのである。実際ハンガリーの首都ブダペストではそのように使われて人気を博したし、それを真似るようにイギリスでもアメリカでも電話は〈放送〉として機能した。

だが結局のところ、電話が市場を一気に拡大したのは、一対一のメディアとして人々の欲望をかき立て始めてからだった。つまり〈無駄話〉を交換出来るメディアとして、電話は〈二人〉のものとなったのだ。

それは当然〈秘密〉の到来を意味した。

一人の人間の耳元で相手がしゃべる声を他の誰も聞くことが出来なくなった（しばらくは交換手が自由に会話を聞けたが、それもやがて禁じられる）。

電話の普及以前、こうした〈秘密〉は手紙の独占市場だった。けれど手紙は第三者に盗まれると対話内容の絶対的な証拠になるのに対して、通話は違った。互いの心のうちにのみ、言葉は残った。声は空気の中に溶けてなくなってしまう。

例えば我々が調査している一九九四年三月の日本では、徹にさえ美和の電話番号は秘密であった。〈ナンバー・ディスプレイ〉と呼ばれる、相手に番号を知らせる制度がまだ一般化していなかった。それは四年ほどしてようやく各家庭に行き渡る。それまで電話は「誰からかかってきているか、受話器を取ってみないとわからなかった」。二十世紀末以降に生まれた人たちには信じられないことだろうが。

ちなみに、日本において携帯電話が販売されるのは〈徹と美和〉が通話を始めた次の月、一九九四年四月のことである。それまで日本で携帯電話はレンタルでしか使えなかった。あくまでそれは〈公共の物〉であった。

〈二人〉が〈自分〉の携帯電話（日本では輸入品などを表記するカタカナで、「ケータイ」と書かれることが多い）を持つのはまだずっと先のことだ。当初それは首都圏でしか使用出来ない高価な通信手段に過ぎなかった（ちなみに、「ケータイ」という四文字はポータブルを意味しており、もはや電話であることを示す必要もないほど日本人が自己をこのメディアに同一化させていることを示す）。

二〇〇一年の現在でさえ、世界の若い恋人たちの大半はまだ「ケータイ」を持っていない。普及にはあと十年ほどかかるのではないか。

15

『ＢＬＩＮＤ』（報告　佐治真澄／日本）

前の晩、通話を終えて数分、華島は相手の名前も電話番号も聞かなかったことを誇らしくさえ感じた。

何ひとつわからないのに自分たちがつながっていたのは奇跡だと思った。

ところが、蛍光灯の白い明かりの下で灰色の電話機ＫＬ－Ｂ２００を見た途端、高く頑丈な不安の壁に急激に包囲された。

二度とかかってこないのではないか。

華島はそう思った。

考えは悪いほうにばかり向いた。

もともと気まぐれにかかってきた電話だったはずだ。声の記憶をたどれば、一度も話したことのない知らない女性だった。少なくとも昔の恋人ではなかった。会話がはずんだわけでもなく、ただ沈黙が支配していた。

自分からかけることは出来なかった。番号を知らないから。日本電信電話株式会社から加入者に配られたぶ厚い電話帳を開いたところで、相手の名前すら知らない。

彼は無言で小さなソファの上に座り続けた。電話の内容を幾度も反復し、彼女の「あ」という声を思い出してみた。たった一人につながれないというだけで、あらゆる連絡網から断絶されている気がした。世界の中で遭難しているような感覚があった。

あくる日は金曜で、晴天だった。

『あらはばきランド』には予想以上に客が入った。華島徹は「レイン・レイン」の操作室にこもり、〈コールド・コールド〉に通常より多くブリザードを起こした。室温を氷点下三度にまで一気に下げると、モニターから客の悲鳴が聞こえた。白い氷の粒が舞ってカメラの表面にこびりついた。熱湯を遠隔操作で注ぐ園田の考案した灌水器を作動させ、ワイパーでぬぐった。家族客が助け合って耐えている姿が歪んで見えた。

その間も華島はずっと考えていた。

二度とかかってこないのではないか。

16

『BLIND』（報告　エマ・ビーヘル／オランダ）
一方、美和は翌二十五日金曜の大半を、心臓がテニスボールのように落ちては弾む感覚にとらわれて過ごしたといっている。ボールは物理法則に反していつまでも弾み、気分を落ち着かせなかったそうだ。まだ忘れていることがあるのではないか、と美和は思った。完全に思い出したあのラブソングでは足りない何があるというのだろうか。

自室の壁に貼った入社前特別研修の予定表を何度も見直したし、提出書類を机から出して点検もした。母からの頼まれ事がなかったか、キッチンの横を通る度に冷蔵庫に貼られたホワイトボードを見るのだが、壮子の乱暴な文字は姉・香に貸した千円札の返却を要求するのみだった。

洞窟コーポレーション支社が入った高崎駅前のビルまで行き（ＪＲ桐生駅からは両毛線で一時間弱だった）、美和は白衣をはおって小さな酵母開発室にこもると、社内で〝お母さん〟と呼ばれていたリーダー木暮小枝《さえ》（五十三歳）の指導を受けながら幾種類ものガラス瓶の中から天然酵母のサンプルをとって顕微鏡で拡大した。シャーレの底でふらふら揺れる半透明の菌を見ると、自分の心をのぞいている気分になった。

何かが動く分だけ胸に空洞が出来ているのがわかった。穴の奥をのぞき込もうとすると周縁がキュッと閉じた。痛みに似た感覚が美和に生じた。美和はその痛みに執着し、繰り返し目をこらした。

不安というのではなかった、と美和は強調している。むしろうれしくて飛び跳ね、その拍子に肝心なものをふるい落として失っているのではないかと感じ、けれどもだからこそ身軽になっている自分に驚いていたのだと。

三つ揃いを着て社長室から出てきた黒岩茂助の謎の言葉（「遠野君、君はもうパンだ」）に送られて洞窟コーポレーションをあとにした時も、両毛線の車内から田植え直前のまだ水を張っていない四角い空間を見やる間も、渡良瀬川の上を行く時にも、居間の樫で出来た大きなテーブルで母のかわりに家計簿をつけている時も、夕飯のあとで〝大学生たちが行く先々で温泉を掘りあてる〟という内容のテレビドラマシリーズ（『湯あたり女子大生』と判明。八〇年代中盤から日本では女子大学生がもてはやされた。ちなみにこの時期くらいを境にして日本男性の興味の対象は女子高生になるようだ。私にはたいへん汚らわしく感じられる）をぼんやりと見ている合間にも、急に増えた鼻歌がとぎれた瞬間にも、美和は体が浮いているような気分を味わった。

本当に浮いていたのではないか、とヘレン・フェレイラはいつものあの真っ赤な口紅を塗った唇で主張している。

17

『ＢＬＩＮＤ』（報告　佐治真澄／日本）

午後九時十八分に電話が鳴った時、華島は低いベッドから飛び上がり、大きな安堵のため息を天井に向かって吐いた。

前日とまったく同じ時間にかかってきたから、誰からの電話か疑いようはなかった。

華島は「イェール大学」と英語で文字の入った紺のトレーナーを着ていた。仕事からまっすぐ帰ってきて、いったん着替えたのだという。見えるわけでもないのに、と華島は当時を思い出しながら頭をかいた。

美和がどんな服装だったかについては、本人がかたくなに証言を拒んでいる。言えないほどの格好となれば半裸、もしくは全裸だったのではないかという議論も我々にはあったが、そこまで知る必要もなかろう。

むしろ我々がここにはっきりと記しておくべきは、その日も二人が二十三分間、「もしもし」という挨拶さえ交わさず、前日同様黙り込み、受話器を耳に押し当てて相手の息遣いを聴いたという事実だ。

そして、ついに胸が破裂しそうに思った華島はこう言ったという。

「じゃあまたかけて」

「うん」

美和の返事で通話は終わった。

18

『遠野香の日記　1994／3／26』

妹に好きな人が出来たのではないか。昨日も一昨日も、午後9時を過ぎてから、隣で半時間ほどtelしている。ずいぶん声をひそめて話していて内容がわからないが、友だちとのtelとはあきらかにフンイキが違う。彼女、私には決して相談しないだろう。

今朝は納豆、生卵、塩ジャケ、のり、油あげとワカメのみそ汁、きゅうりの浅漬け。母と二人で。妹、起きて来ず。母の一人しゃべり。テーマは節税。聞くふり。

8：32AMのバスで会社。乗車時、前のおじいさんが転びかけたのをとっさに支えたら左足から乗ってしまった。何年ぶりだろう。スキーで右足を折ってマツバづえだった時以来。それが気になってか、エンジン音がいつもより高く聞こえた。最近耳がちょっとおかしいかも。

社では一日パソコン仕事。サコタ（今日はフキゲンで、ヒゲそりあとの青いアゴをとんがらせてた）が部長に提出する書類、インドネシア工場からのネックレス完成品がどんなペースで輸入出来るかの見積もりを手伝う。細かい計算に気をつかった。昼は陽華亭、長崎ちゃんぽん*（75点）。

午後、「不要な数字の確認（サコタ談）」に私がこだわり過ぎるとクレームをつけられた。が、工場からは3〜4％の欠損品が来る。特に月をまたいでのレポートに月末状況の記載もれが多いのは事実。それを予測出来るのならするべきと反論した。サコタはなにしろフキゲンなので、日頃の私の態度にまで文句を言い出す。

つきあいが悪いと言う。人を見くだして黙っていると言う。ふたつのことが同時に出来ないと言う。話しかけづらいと言う。言うまいと思ったが、思わずそれは全部サコタさんのことじゃないかと指摘した。すると彼は小さな目を丸くして、珍しいと言った。遠野さんにもそんな声が出るのか、とかなんとか。私はさほど大きな声を出したつもりがなかったし、論点がずれてた。拍子抜けがして、話しているのがバカらしくなった。

残業少々。会社飛び出る。7：02PMバス。希山停留所付近、大きな道路工事が始まっている。季節はずれ。冬にまとめればいいのに。

夕食は家で。母が買ってきた春巻（具の水切りが甘いのか皮がしなしなしていた。60点）、かぶのカニあんかけ、油あげとワカメのみそ汁（朝に同じ）、もやしのナムル。私が父の椅子に座るようにしてから三ヵ月、家の中に空白がある感じは多少埋まっている。凍りついていた家族が溶けて動き出したようにも。ただ、その変化を母に話すつもりはない。

　観察。食卓での妹は気がせいていた。いつもノロノロ食べるのに春巻を自分の分だけ二本、先に取った。母の皿にも二本、一度にのせて嫌がられた。テレビでは『熱*血！　ドンパチ先生』が今週も女装生徒と彼につきまとうビジネスマンの話をやっていたが、妹は毎週録画するほど好きな番組を注意力さんまんにしかみなかった。早くみんなに食事を終わらせて部屋に入れてしまいたいようだった。

　彼女はたくらみに気づかれているとはまるで考えていない風で、目はうわついているし、急にニヤニヤしたりした。ひとつのことしか頭にないような顔で、エサにばかり熱中している小動物めいていた。妹が昔飼ってたハルを思い出した。よくしゃべるインコ。得意なセリフは「イラハイ、イラハイ」「タケヤ、サオダケ」「カオリチャン、カワイイ」だったな。すべて母が仕込んだ。

『熱血！　ドンパチ先生』が終わってすぐ、リモコンをとって私がみてない先週分をわざと再生してみた。本気でみる気などなかった。妹の顔はみるみるくもった。やはり彼女は私たちがいつまでもダイニングにいると都合が悪いのだ。かわいらしいこと！

　そんな事情には一切かまわず、母がドラマのテーマは男女の染色体の違いだと言い出し、カイコのオスメスの話を始め、結果いつものエピソードの連続になった。ビデオを止めて、話に無言でつきあう。

妹は母の「マユから這い出てくる時のカイコの真似」のあたりでキッチンに入り、片づけものをして食後の時間短縮をはかった。常日頃、作ることしか面白くないと言って片づけは主に母か私にまかせるのに。妹はお茶さえ出そうとしなかった。私は率先してダイニングを出、シャワーを浴びた。終わってすぐに母にも入浴をすすめた。

私は、それが誰であれ妹が相手とうまくいけばいいと思っている。

＊長崎ちゃんぽん　鎖国時代の日本が唯一海外との通商を行っていた場所・長崎で開国後に中国人シェフによって生み出された麵料理。「ちゃんぽん」の語源には諸説あるが、〝まぜこぜ〟をあらわすというのが有力な説のひとつ。

＊『熱血！　ドンパチ先生』　九〇年代に驚異的な視聴率を誇った学園ドラマシリーズ。暴力組織から抜け出て教師を始めた主人公が、結果的に拳銃によってしか事件を解決出来ないジレンマが日本国民の心をとらえたとされる。「ドンパチ」は日本語で拳銃の音を指す。

（注　佐治真澄）

19

『ＢＬＩＮＤ』（報告　ルイ・カエターノ・シウバ／ブラジル）

『あらはばきランド』の特設ステージ前は閑散としていた。

一九九四年三月二十六日土曜日。晴天。

ステージでは水沢傳左衛門会長の肝いり企画、〈縄文デイズ〉が開かれていた。僕が入社する前年、つまり二年前の三月から始まったものだ。

半月の期間中、ランド内のイベントスペースでは連日、日本の縄文時代、人々はこう生きていただろうという推測を大胆にショーアップした演し物が行われた。

まず、ニセモノの毛皮を着た男女が五人ほどでアトラクションのあちこちを走り回り、やがてメリーゴーラウンドの前でイノシシ役の男性を見つけると、テーマ曲「狩り、狩り、狩り」を始めとした三曲を歌い踊り、土器を叩くことでリズムを刻んだ。

毛皮の男女は次第に特設ステージへとイノシシを追い込んで仕留め、様々な声で雄叫びをあげながら、縄文時代に高度な文明があった証として土をこねて食器を作る所作をし、火を熾《おこ》す真似事などしたが、その際ステージに招き入れられた子供たちはたいてい泣くか、つまらなそうな顔で遠くの森の梢を見た。

けれど園田さんはその〈縄文デイズ〉のイベントを高く評価し、事実出来る限り「レイン・レイン」の作業の合間にショーを見に行ったし、特にイノシシが捕まるタイミングでは必ず奇声をあげたが、数回付き合わされた僕には異様な行動にしか見えなかった。

その日も僕は昼食後、〈縄文デイズ〉のセカンドステージに誘われた。園田さんは食堂で「話もあるし」と言った。僕にも話ならたくさんあった。

ステージ前に行くと、輪になった男三人が女二人の周囲でとびはねていた。ギター中心のロックがかかっていたが、ハウリングを起こして耳に痛かった。

まだ日中でも少し寒く、太陽が当たるのはステージだけで他は暗かった。園田さんはズボンのポケットに手を入れたまま、背を丸めて演し物を見ていた。僕はその隣に立っていた。縄文人の一人がリズムに合わせて槍を突き上げ、もう片方の拳で胸を叩いて自分の筋肉を見せつけ始めたのと同時に、園田さんは少しだけ僕の方に顔を向けて言った。

「徹、なんかあったのか？」

「はい？」

と僕は反射的に聞き直した。

「最近」

とだけ園田さんは付け加えた。僕は何を言われているかの確信を持ちながら、もう一方で気づかれているはずがないとも思っていた。

園田さんはそのまま黙り、ステージに注目するかに見えた。白分が持ちかけた話を早くも忘れてしまったのだろうか。あっけにとられて園田さんを見た。すると、園田さんの頭の上に白い靄がただよっていた。

知っているのだ、と僕は観念した。

「おかしいですか、近頃の僕は？」

園田さんはイノシシ役の男性が舞台袖から走り出てくるのをそっけなく確かめてから答えた。

「おかしいね」

僕は園田さんの足元に視線を落として、続く言葉を待った。

「鼻歌が頻繁だよ、徹。どれも陰のあるラブソングのかけらだ。恋が憂いを帯びたものだということくらい、特に初期症状がそうだというくらいは俺にだってわかるフォーッ！」

最後はイノシシを仕留めた縄文人への賛美になっていたけれど、園田さんは僕の状況をずばりと言い当てていた。数日の間盗聴されていたのではないか、と思うくらいだった。

「それにお前、昨日のブリザードはなんだよ。あんなに温度下げやがって。灌水器のあちこちが凍りつくところだったぞ。俺はあれで確信したんだ。お前はいつものお前じゃない。誰かに恋をし始めているんだフォ――――ッ！」

施設操作上の判断ミスを責めず、運ばれて行くイノシシに拍手を送っている園田さんに僕は頭を下げた。

「相手は？」

園田さんはそう言うと、きびすを返して「レイン・レイン」の方に歩き出した。シヨーのクライマックス、と園田さんがとらえている場面は終わったのだった。というより、ステージに上げて矢じりを触らせるべき子供が一人もいなかった。いつの間にか、観客は園田さんと僕だけになっていたのである。

園田さんはすでに数歩遠くに行っていた。僕は追いかけそこね、視線を空に向けた。〈縄文デイズ　原始の力〉と白い文字で書かれた小さな赤い風船がステージ上空にふたつ飛んでいた。園田さんはこちらに背を向けたまま、今度は大声で言った。

「相手は誰なんだ？」

園田さんはどうしても聞き出したいのだった。知人女性ではないかと勘ぐっている可能性もあった。そう考えるとむしろ気持ちが軽くなって小走りに園田さんの横まで行くと、右耳に吹き込むようにささやきかけた。

「知らないんです」

「え？」

「園田さんの言う通り、僕は恋におちかけていると思います」

そう言って、赤い風船を見失ったのに気づいた。

「でも相手がどんな人か、知らないんです」

「ふーん……へ？　どういうことだ、それ？」

「この二日間、電話がかかってきていて、合わせて一時間くらい……お互いに黙ってるんです。名前も住んでる場所も年齢も聞いてません。ただ、きっと今日もかけてきてくれると思います」

園田さんは許しがたいことを聞いたというように目をむき、一度大きく息を吐くとさらに早足になった。僕はとがめられると思い、自分も歩を早めて園田さんの右横にぴたりとついた。黒馬がゆっくり上下するメリーゴーラウンドの横を抜けて行きながら、園田さんは怒鳴り声で言った。

「面白い」

僕は答えるべき言葉を失った。園田さんは聞こえなかったと思ったのか、もう一度怒鳴った。

「面白そうな恋だ」

そして我々の操作室にたどり着く間もなく、園田さんは早口で言った。

「だが、そのままおかしなシチュエーションを続けていても仕方ないぞ、徹。次は必ずしゃべるんだ。相手が黙り続けても、お前はしゃべれ」

「一方的に、ですか?」

「そうだ。お前が必死にしゃべってるのに黙ってるなら、何か事情があるわけだよ。そうでないなら向こうも少しは口を開くさ。駆け引きだよ、徹。ここからは駆け引きだ。地上を離れた天使みたいな時間は終わらせるんだよ」

園田さんはシャレたドラマの主人公みたいにさっと振り返り、まぶしくもない日陰の中で目をことさら細めて後ろ向きに歩きながら言った。

「いいか、徹。ひと言でもいい。吐かせろ」

僕からは園田さんの毛の薄い頭頂部ばかりがよく見えた。数分前まで濃厚だった靄が風のせいか消え去っていた。

20

『恋とは何かをあなたは知らない』

（第十七回『二十世紀の恋愛を振り返る十五ヵ国会議』テーマＢＧＭ原曲詞より）

演奏レニー・トリスターノ（インストゥルメンタル）

恋とは何かをあなたは知らない
ブルースの意味を知るまで
やがて失うその恋におぼれるまで
恋とは何かをあなたは知らない

唇が痛むのをあなたは知らない
口づけをするまで　その代償を支払うまで
ときめいて　そのときめきを失うまで
恋とは何かをあなたは知らない

あなたにわかるだろうか
虚ろな心がどれほど追憶を恐れるか
涙の味を知った唇たちがどうやって

口づけの感触を失っていくか

成就せず消えもしない恋のせいで
どれほど胸が焦がれるかあなたは知らない
眠れぬ嘘で夜を明かす日々が来るまで
恋とは何かをあなたは知らない

（原詞訳　佐治真澄）

21

『BLIND』（報告　金郭盛／台湾）

もしもし。
もしもし。
徹はその夜の電話で二回そう言った、と美和は証言している。
今日も君だよね？
昨日と同じ時間だからわかるよ。

僕の知りあいかもしれないし、そうじゃないかもしれないけど、どっちにしても無言なのを責めるつもりはないんです。

いや、無言っていうかほんの少し声は聞いたし、その声で悪い人じゃないなって勝手に思ってて。あ、悪い人だったらごめん。いやいや、それは僕が謝ることじゃないな。

吹き出しそうになったと美和は言う。その夜の言葉をすべて覚えている美和は。

とにかくね、色々考えてるんです。もしも知りあいだったらずいぶん昔の知りあいで、だって僕は上京してから一年ちょっとで女性の友達とか特にいなくて、だとすると大学か高校かの同級生とかになるんだけど、だったら無言って変だなと思ってて。あの時の私だけどとか懐かしいねとか、必ず言うはずですよね、なんか恨みとかないかぎり。え、あるんですか、恨み？

美和は受話器を持ったまま首を振った。それが徹には見えているようだった、という。

とすると、君は僕の知らない人じゃないかと思うんだけど、じゃあなんで僕の電話番号なんだろう。どこでそれを知ったんだろう。相手なんかわからなくて適当にかけるイタズラ電話もあるって聞くけど、二日間もお互い無言って、そんなイタズラ面白いかなあって。じゃあまたかけてって言ったら、うんって答えるようなイタズラ電

た。

　徹は自分で言って自分で笑い出したのだそうだ。美和もいったん受話器を遠ざけておなかが痛くなるほど忍び笑いをしたという。そして、なぜ私はこんなにしゃべるのを我慢しているのだろう、しゃべってしまえば一緒にゲラゲラと笑えるのに、と思った。

　けれど、どうやってしゃべり始めればいいのかが美和にはわからなかった。ただそれだけだった。きっかけを失っていた。過ぎていく通話時間のすぐ先にそれがあらわれるという予感は美和をとらえ続けていた。徹は計算した様子もなく、何度もそのきっかけを作り出していた。

　二人は今すぐしゃべり出せるはずだった。

　笑いが終わると徹はこう言った、と美和は証言する。

　ごめん、一人で笑っちゃって。

　二人のきっかけはそこにもあった。私も笑ってた、と美和が答えさえすれば。

　僕だけ楽しいんだったら、それって僕が無言電話かけてるのと同じだよね。

　徹はそう付け加えた。

　でもね、ほんとにそうなんです。一昨日はちょっと不思議な感じの方が強かったけど、昨日はなんだかドキドキしちゃって、しゃべらずにいる間に息が少し聞こえるのがうれしくて受話器を必死に耳に当てたりして、まるでイタズラ電話ですよね、盗聴してるみたいな感じにもなっちゃって。そのうちに、明日もかかってくるかなあ、こないといやだなあって思うようになっていました。

美和は私も出るかなあ、出ないといやだなあと思っていたと言うべきだった。けれど胸の奥からあふれてくるあたたかい風のようなものに気を取られて、大きく息を吸うだけだった。

だから、かけてくれてありがとう。僕ばっかりしゃべることになっちゃってるけど、もしもいやだったり違うと思ったりすることがあったら、遠慮しないで切って下さい。それまで僕がしゃべります。で、しゃべることがなくなったら黙ります。少し無言でいるのも好きになったし。

そう言って徹は実際、三十秒ほど黙り込んだそうだ。美和は徹の話し方も好きだし、お互いの沈黙に耳を傾けている様子も好きだと思った。

あ、と徹がやがて小さく声をあげた。

吸い込まれちゃう、無言電話の世界に。

そう言い、かすかに笑って徹はまた黙った。黙ってしまうと、受話器から伝わるザ――ッという雑音が二人を強くつないだ。その音が大きなパイプとなって二人を閉じ込めた。他の誰もそこにはいないと美和は感じたという。

ますます美和はしゃべれなくなった。

二十分ほどそうしていて、徹は意を決したように、宇宙飛行士が船外活動のための命綱を切るように、母体から生まれ出る赤ん坊のように、盲導犬がしかるべき駅で主人を導くべく立ち上がるようにこう言った。

じゃあまたね。

美和は返事をした。その夜体験したすべての感情が徹の深いところへ届くといいと願いながら。

うん。

22

『親愛なるカシム－さん－へ』
送信者　島橋百合子
送信日時　2001/6/30/20:22

お手紙、ありがとう。

でも、それ以上何を書けばいいでしょう？　そして、何を書くべきかわからないのに何か書きたいと思うのは、ずいぶん老いてしまった者が懐かしい思い出を一気に甦らせたいと願うからでしょうか？

　貴方のような大詩人に美しい言葉を書き送る能力が私にはありません。だから、思いつくままに書かせて下さい。

　貴方が祖国にお帰りになった一九五三年の暮れ、私は本当に寂しく思いました。貴方は気づいていなかったとお書きになっていますが、私はずいぶん素直に感情をあらわしていたと記憶します。

　私は港で涙を流しました。鯨のように黒くて大きな客船の前で。私は貴方の革の手提げかばんの端をつかんでなかなか離さなかったはずです。十九歳の私の手に力が入っていたのは、貴方の帰国を止めたいのと同時に、あふれ出しそうな自分の言葉を抑えるためでもありました。私は貴方の国へ連れていって欲しかったのです。

　あのあと、何通か手紙を下手な英語で書きました。けれど、すべて出さずに机の中にしまい込んだ。昨日、押入れの奥のクッキーの缶の中から引っ張り出し、すっかり黄ばんでいたそれらをちぎれないように開いて読んでみました。

　文字の中にあるのは、異国の青年への憧れどころではありませんでした。若くて未熟な私が、失ったものを悔いる悲痛な思い。今からすれば恥ずかしくてむずがゆいような、切ないような、どこか怒りにも近い自分勝手な感情、つまり若さそのものです。

ですからちなみに、前回の手紙は私が四十数年ぶりに貴方へと本当に送ることの出来た、私にとっては奇跡のような一通だったのですよ。

さて、貴方と貴方の国への憧れに焦がれていた私はしかし三年後、父の会社に勤めるある男性を自然に好ましく思うのですから、青春というのはまことに気持ちのうつろいやすい季節です。私たちは一年ばかり交際をし、父の許しを得て結婚しました。素晴らしい伴侶でした。優しくておおらかで、ちょっと馬鹿で背の高い人でした。

でしたと書くのは、彼が今はいないからです。神はわずか五年で私から彼を奪いました。貿易の仕事でオランダと日本を行き来していた夫は、かの地で病にかかり、私が駆けつけるのを待たずに亡くなってしまいました。私と、まだ幼かった一人娘を置いて。

私は夫のないまま日本の高度成長期を見続けました。父の会社はみるみる大きくなり、経済的には私になんの心配もありませんでした。日本は公害をまき散らしながら、けれどずんずんと一人の巨人が歩くような音を立てて豊かさへの道を突き進んでいきました。

そして、あの時の日本はもうありません。焼けて呆然として、しかしすべてをやり直そうと希望にみなぎっていた国は。私もすでに七十歳に近いのですよ。貴方はご自分ばかり年をとったようにおっしゃいますが、私も同じ地球で同じ時間を生きてきたのです。

もちろん私は夫を愛していたし、その思いに変りはありません。けれども同じようにあの頃の自分を大事にしたいとも、今は考えています。貴方と再会したことで、あの神戸、あの時代、あの貴方、あの私がかけがえのないものだと思えて仕方がないのです。

私からひとつ提案があります。

けれど、それはおいおい（ただし、あまり悠長にもかまえていられません。私たちにも終わりは平等に訪れるのですから）。

気がつけばこちらもずいぶん長く書いてしまいました。拙い英語で誤解が生まれないか、前回同様不安です。

神戸にて
百合子より

23

『BLIND』（報告　金郭盛／台湾）

翌日三月二十七日、日曜日。

その日も美和からの電話が来た。

大急ぎで『あらはばきランド』から帰ってきていた徹は、前日同様思いつくままにしゃべった。

今日は仕事を抜けにくくて間に合わないかと思った。それで思ったんだけど、なんで君がかけてくるのが午後九時十八分なんだろう。意味があるのかなあとか電車の中であれこれ考えても、まともな答えは浮かばなくて。語呂合わせでもなさそうだし、単に君が仕事を終えて帰ってきてほっとする時間なのかなあとか、当たり前の推測しか出来なかった。

それで僕は……。

美和はじっと聞いていた。目の前にあるメモ帳に誰とも知れない人の顔を描きながら。

徹は話を続けた。内容はあたりさわりのないものだったと我々は判断している。いやむしろあたりさわりがないことこそ必要で、それこそが次の偶然を引き寄せたのだ、と。

十数分した頃、リラックスした美和の左の中指がふと子機に付いたボタンのどこかを押してしまったのだった。彼女本人は音階からして「1」のタテ列147のどれかであったと言っているし、ヘレン・フェレイラも完全模造した子機の大きさ、重さ、美和の手のサイズ、握力、疲労度、受話器を持つ時の癖からしてまず間違いなく「4」であったろうという結論を出し、『起源の4』という言葉さえ生み出している。

そのプッシュ音は徹にも聞こえた。

あ、と徹は言った。

もしよかったら、今押したその音で答えてもらえませんか？　もちろん別のボタンでも。イエスだったら一回、ノーだったら二回で。答えたくなかったら無視して下さい。

美和はそのアイデアを聞いた途端、頭の奥で火花が散ったように感じたという。華島徹の発想力に驚き、同時に誰かに自慢したいと思ったそうだ。

徹はその間もしゃべっていた。

僕思ったんですよ。君はあんまりしゃべるのうまくない人なのかもって。まあ、僕もうまくないんだけど。それか、声の出にくい人だったり。もしもそうだったら、僕だけしゃべってるのよくないから。そしたら今、ピッて鳴って。

ひとつ息を吸ってから、徹は改まった声を出した。

どうですか、僕たちはこの方式を採用しますか？

まるで結婚式の誓いのようだったと美和は言っている。ただし牧師の方だけど、と美和は笑ったものだ。

少し無言が続いた。徹はじっと待った。

ピッ。

と、一回鳴った。送話器も受話器も。

それが再びの始まりだった。ずっと黙り込んでいた二人、一人しゃべりを続けた徹というふたつの時期を終え、そこでほぼ対等な会話が成立した。じゃあまたかけて、うん以外に。

まず徹が聞いたのは次のことだった。

君は僕が知ってる人ですか？

ピッピッ。

女の人だよね？

ピッ。

なんかコックリさんみたいだと思わない？

徹は日本でポピュラーな降霊術の名前を出した。

ピッ。

答えはイエスだった。徹は続けた。

でもこの方式、すごくいいよね。

ピッ。

ありがとう。

ピッピピッピッ。

あははは、三回っていうのもあるの？

ピッ。

徹は美和のユーモアに夢中になった。

えっと、何を聞こうかな。いや、質問責めはいやだな。さっきまでみたいに普通にしゃべるから、時々鳴らしてくれればいいです。

わずかに考える時間があって、答えはこうだった。

ピッピピッピッ。

え？

今度は徹も頭をひねった。

美和はありがとうと言いたいのだった。それはピッでもピッピッでもなかった。ちょっと待ってよ、その謎すごいよ。さっきは僕がありがとうって言ったら、君が三回鳴らしたんだよね。てことは、どういたしましてみたいな感じでしょ?

ピッ。

徹は笑い出した。

だから、えーと、だとすれば、そうか、三回はその他ってことだね!

ピッ。

ピッピッピッ。

え、何それ? 今の三回、何?

美和は「そう、さすが」と言いたかったのだった。それで一回ピッと押し、続いてピッピッピッと押した。徹ならきっとわかると思った。最初はわからなくても、やがてきっと理解してくれる。

徹は楽しく混乱した。子供の頃、父親とよくやった『海戦ゲーム』が脳裏に浮かんだ。それは父・要が幼少期に祖父から教えてもらったもので、手で隠した紙の上に枡目を書いて、様々な種類の戦艦を配置しあう遊びだった。お互いに相手の船の位置を知らない。だが、攻撃する位置を縦横の軸の数字で報告すれば、近さ遠さを正直に答える必要があった。勘と推測によってぴたりと相手の戦艦を撃沈するのが快感だった。

うーん、三回がその他だってことはわかったとしよう。問題は……待って待ってまだ返事しないでいいからね。考えるから。問題はそのあとのピッピピッピッなわけで、イエスのあとにその他ってことは、えーと。

徹は思考のために黙った。

美和は見守るために黙った。

するといつの間にか、あの沈黙が二人をつないでしまうのだった。

言葉が要らなくなった。

夜は冷えた。

いつの間にか毛布にくるまっていた徹は、うっすらとした眠気の中でひとつの音を聞いた。

ピッと鳴っていた。

一回だった。

うん。

と返事をした。徹が。

そろそろ切ろうと言っているのだと徹は思ったのだった。

じゃあまたかけて。

徹は自分たちがルールを超えて会話していることに気づかずに言った。
ピッ。
美和はルール通り答えた。
その日の電話はそこで終わった。
一時間半、二人は受話器を握ったままだった。

24

『ＢＬＩＮＤ』（報告　ワガン・ンバイ・ムトンボ／セネガル）

タイの優秀な恋愛学者アピチャイ・パームアンが故国で悲惨な事故にあう百日ほど前、つまり彼と私が共に日本の事例を調査研究していた折に判明したことだが、一九九四年三月二十六日、『あらはばきランド』特設ステージでの縄文デイズを見ていた華島徹と園田吉郎を、さらに遠くから眺めていたのが企画係の犀川奈美三十八歳なのであった。

犀川は当日の午後、四階建ての本部ビルの屋上にいた。社内で飼っていたハムスターを透明の球体に入れて散歩させたすぐあとのことである。犀川はその屋上からランド全体、またはその東側に連なる小山を見るのを息抜きとしていた。イベント会場にいる華島と園田がこそこそと話をしているのを見つけた犀川はメンソール入りの細い煙草をくわえ、一度大きく煙を吸うと、社の者には絶対に聞かせることのない深いため息をついた、灰色の岩をビルの上から落とすかのように。

ため息は華島にも園田にも関わりがなかった。それは純粋に犀川の個人的な問題に起因していた。彼女は二年以上、ある変事を抱えていた。端的にいえば、犀川奈美は悪霊と愛を交わしていたのである。

始まりは五年前にさかのぼる。犀川は一人の男を愛した。痩せていて羊のような癖毛をした男は時に犀川に暴力をふるい、金を借り倒し、連絡なしに外泊を続けた。だが、犀川は男との関係に固執した。半同棲生活が一年ほど続いたあと、男は忽然と姿を消した。

少ない友人たちにも男のふた親にも弟にもいっこうに連絡がなかった。犀川は警察に捜索願を出して男を待った。自分に男が必要であるように、男にも自分しかないと思った。二人は傷を作りあい、それを強く押しつけあい、互いの肉と骨とを癒着させたのだと犀川は考えた。私たちは離れられない。

亡くなったことにしないと奈美ちゃんが壊れる、と友人たちが言い出した。新しい縁もあるだろうにと心配してくれたのだった。

男が消えて三年後のこと、犀川自身は拒んだのだけれど、ある冬の晩に数人の男女が犀川の家に集まって男をしのぶ会を行った。位牌こそ作らなかったものの、友人たちはテーブルに果物や酒や男の好きだったビーフジャーキーなどを置き、献杯めいたことをした。

犀川はただ黙って儀式につきあった。もしかしたらという憂いはあったが、犀川は男が死んでいるとは思いたくなかった。

行方不明になった男が死んだとされたその晩遅く、友人たちがみな帰ったあとのがらんとした部屋でラップ音が始まった。リビングの中央に吊り下げられたバラの形の照明の周囲を小さな破裂音が駆けた。やはり男はもはやこの世のものではないのか、と犀川は胸が潰れるように思い、同時に体の奥が熱く溶けるような幸福感にも貫かれた。あの人は私に会いに来た。犀川は立ち上がり、音を追ってマンションの中を経巡った。

気づくと、玄関とリビングをつなぐ廊下の白壁に薄茶色の古い血痕めいたシミが浮き出ていた。シミからはそれより少し濃い色の液体が垂れた。犀川は何度も深呼吸をし、頬を叩き、洗面所で鏡の中に自分を映して正気を確認してから廊下に戻った。シミも液体も変わらずそこにあった。犀川はへたり込んで壁に手をつき、しみ出る液体をぬぐって口にした。彼の精液の味がする。犀川は太い声で泣いた。息が長く出来ないほどの命がけの嗚咽だった、体から体がごっそり抜け出るような。

いつの間にか、犀川は冷え冷えとした廊下に身を横たえて眠っていた。悪夢が彼女を襲った。眠りの中で女の体は宙に浮き、地に叩き落とされ八つ裂きにされ火にくべられた。目玉をくりぬかれ、舌を切られ喉を何度も鋭利な刃物で突かれた。痛みはきわめてリアルで度々夢から醒めた。

しかし彼女はしがみつくようにまた眠りに向かった。戦いに挑むように、大切なものを二度と失わぬように、女は自分を傷つける世界へ走り込んだ。

それが毎晩だった。光のあるうちに犀川は仕事に出かけ、夕食を外ですませて家に帰った。部屋の中はいつもめちゃくちゃにされていた。テレビは倒れ、CDは散乱し、メダカのいる小さな水槽の中にスリッパが突っ込まれていたこともあるし、天井には切りつけられたナイフの跡、壁のシミは日々別な場所に現れ、床自体に糞尿じみた臭いのする粘液が溜まっていた。

犀川は生きた男の粗相を片づけるように鼻歌など歌いながら一時間強をかけて部屋を元に戻した。天井の切り跡や壁のシミは翌日には必ず消えたが、犀川はそれでも濡れタオルをよく絞り、男の体に出来た疱瘡を癒すような丁寧さでそこを拭いた。

現象は犀川だけの思い込みではなかった。男の仮の葬式以来あまり招かれなくなった友人の一人、元木和江はある時、地下鉄有楽町線の駅構内でばったり犀川に会い、驚愕して彼女の腕をつかんだ。

「奈美、その腰に憑いてる犬は何？」

元木によれば犀川の腰回りにぐるりと一頭の茶色い中型犬が張り付いており、その他にもよく見れば赤い顔の老婆や厚い眼鏡の青年などが背中に覆いかぶさったり、頭の上によじのぼったりしていたのだという。

あたしも霊感の強い方ではあるけれど、と元木は私たちに向かって目を丸くしたものだ。あそこまではっきりと霊が憑いた人間を見たことがありません。

元木以外にも、特に茶色い中型犬の存在を見てとる者は少なくなかった。犀川が街を歩いていると横断歩道で、スーパーマーケットの冷凍食品売り場の前で、タクシーの後部座席で犀川は何度となく話しかけられた。一刻も早くその犬の霊を祓うべきだと彼女は忠告された。私が今から祓おうと池袋駅のホームで言い出した僧侶もいた。犀川の肩をつかんで揺すり、早くしないとあなたは死んでしまうと言った女性もいた。

先に名を挙げた元木和江はそのまま犀川の家に押しかけた。部屋に入った途端、元木もまた怒り狂うような激しいラップ音を聞き、目の前の壁にシミが浮き出ては消え、小刻みに停電したり触ってもいないラジオが大音量で鳴ったりするのを体験した。悲鳴を上げ続けた元木の声は三十分もしないうちに嗄れてしまったのだそうだ。

だが犀川は絶対に霊を祓わないと言った。中型犬も老婆も青年も男に関係した何かなのだ。むしろ自分は男自身にとり憑かれる日を待っているのだし、毎晩のむごい悪夢こそが男からの愛の濃さだと知っている。犀川は澄みきった目で元木にそう話した。その時の声の優しさはまさに聖母というべきものだった、と元木は語っている。

酒乱の男に尽くす女のように、犀川は不可思議な現象にこそ喜びを感じていたのだった。コップが浮き、壁に叩きつけられて割れ、破片の断面から血のようなものがにじみ出てくると、犀川はそれを口の中に入れた。キッチンに飾った切り花はひとつずつ潰されたが、女はその潰れた形のままをドライフラワーにして保存しようとした。引き出しが開けられ、中の物をすべて床にぶちまけられれば、その散乱の中に男との思い出の品がないかひとつひとつつまんで眺め、あるとそれを写真に撮った。

元木和江に再会した日からだと犀川は記憶しているが、悪夢の中に茶色い中型犬が出てくるようになった。犬はまずさかんに骨を欲しがった。犀川は男がどこかで圧死したのだと思った。骨を粉々にされて死んでいるからこそ、あの人はかわりの骨を求めている。犀川は泣いた。男の無残な死に方が可哀想で仕方なかったし、そのことを犀川に訴えるようになった男により一層の愛しさを感じた。

やがて犬は遠吠えを始めた。家がきしむような、不安定な長い声だったという。犀川は男のオペラだと直感した。あの人は犬になって歌っている。私がそれを聴く以外、誰が耳を傾けてやれるだろうか。犀川は夢の中で腕を切り落とされ、足の裏に真っ赤な焼きごてを押しつけられ、喉の奥に金属の棒を突き込まれながら目をつぶり、男の歌劇を聴いた。男は私への未練を歌っていた。

ただ、行方不明になるまでの男の音楽の趣味といえばもっぱら相撲甚句であり、相撲レスラーたちの優美な歌唱に日がな一日耳を傾けていたことこそあれ、オペラを好んだ形跡などどこにもなかった。むしろオペラは犀川の好みだった。男がオペラを歌うなどということは、友人たちからすれば絶対にあり得ないことだった。

どうやらそのようにして、犀川奈美は悪夢を手なずけつつあった。悪霊自体そうだったといえる。霊の引き起こす無意味な現象のひとつずつを、犀川は例外なく自分への愛を基本として解釈し、対応し、受け入れた。根負けしたのは悪霊の方だったかもしれない。

したがって、犀川が華島徹や園田吉郎を屋上から見てため息をついた頃には小康状態が訪れていた。悪霊の暴れ方にアイデアが乏しくなってきていたのである。

ありとあらゆる事態に犀川奈美は素早く最適の対応をした。部屋中に防水処理がしてあったし、割れる素材の小物は捨てられ、ゴムやビニールに替えられた。スピーカーを廃棄処分したため、男の残していったステレオはヘッドフォンを通した最大音量を出すのみですっかりポルターガイストの迫力を失っていた。何よりも悪霊は恐ろしさを感じない犀川に落胆の色を隠せないでいたのではないか。やることの規模が小さくまとまり、同じことが夜毎おざなりに繰り返されていたことでそれがわかる。

むしろ、犀川が本部ビルの屋上から落としたため息は、求める刺激を得られない女のそれだったともいえるだろう。悪霊と過ごしてきた波乱の恋愛の日々が、どこか退屈で満ち足りぬものになりつつあった。もちろん犀川は十二分な愛に満ち、男への思いに貫かれてはいたのだが。ドメスティック・バイオレンスは必ずこのような悲惨な被害者を生むものである。被害者とは悪霊のことであり、犀川のことだ。

そして私ワガン・ンバイ・ムトンボは思うのだ。

女に辟易して『あらはばきランド』内に迷い入り、アトラクションからアトラクションへと隠れさまよって数々の伝説を作り出した悪霊が、ランド跡地におもむいた従業員からの聴き取りをした同志アピチャイ・パームアンにとり憑き、共に飛行機で海を渡ってあの大事な人物を死に至らしめたのではないかと。

その意味で、私は犀川奈美を決して許すことが出来ない。彼女がもっと新鮮な気持ちで日々悪霊に振り回されていてくれれば、我々はあの笑顔の印象的な恋愛学者を失わなくてすんだのである。

――アピチャイの思い出とともに

25

『取り急ぎ』

送信者　カシム・ユルマズ
送信日時　2001/6/30/18:46

ユリコ、これはなんという〝手紙〟でしょう！
愛しい孫娘に簡潔な教育を施された通り、指先でカチッと枯れた小枝を折るような音をさせれば、すぐさまあなたの郵便箱に私の言葉が届くだなんて。
届いた〝手紙〟をもう一度読んで、落ち着いてお返事いたします。私はまだこの乗り物のスピードに酔っておりますので。

時代の異邦人より

26

『ＢＬＩＮＤ』（報告　佐治真澄／日本）

そして三月二十八日月曜日、五度目の午後九時十八分が来た。

この日については華島徹の立場から記述を始めるのが妥当であろうというのが、我々『ＢＬＩＮＤ』調査委員会の結論である。

夜、華島はコーポ萱松二〇三号室（六畳間とキッチン、シャワールーム、トイレ付き。日本では畳の枚数で不動産面積をあらわすことが多い。この物件の場合、部屋全体でおよそ〇・〇〇〇三エーカー）で蛍光灯の白い光の下、灰色の電話機ＫＬ－Ｂ２００をにらみつけていた。

それはなかなか鳴らなかった。華島の青いベルトのスウォッチも電話機本体に付いたデジタル表示も九時十八分を無音で告げた。

まず電話機の液晶パネルが約束の時間を過去のものにした。スウォッチもあとを追った。

かかってこなかった。

華島は正確な時刻を知りたくて、時報を伝える番号１１７に電話したくなったと言っている。しかしそうしてしまえば、美和からの着信を妨げる可能性があった。

前日の通話内容が、華島の脳裏に断続的にフラッシュバックした。あのピッという音での「会話」を相手が嫌がっていたのだとしたらと仮定すると、目の前が急激に暗くなった。自分はすっかり喜んでいると思っていた。今日も同じ方法で「彼女」と話が出来ると信じ込んでいた。

　華島徹は小さなソファの上で動けなくなった。ずいぶん長くその人と付きあってきたような錯覚があり、その人がいきなり厚い壁の向こうに消え去ったという喪失感があった。

　カツカツとハイヒールが外で音を立てた。遠くの家で*黒電話のベルが鳴っていた。聞こえないはずの駅前の遮断機の音までした。

　五分が過ぎ、十分が過ぎた。

　華島徹は言葉を忘れてしまい、虚ろな顔できょろきょろあたりを見た。何も見えなかったと華島は言っている。なにひとつ認識出来なかった。少なくとも色はすっかり消えていた、と。

　午後九時三十一分、通話ランプがあたかも、止まっていた心臓が動き出した合図のように光った。ほぼ同時に華島に世界の色彩が戻った。耳に小さな呼び出し音が響いた。紫の光が脳裏に点滅した。

　かつて大学入学のための試験勉強に熱中し過ぎて、華島は硬直しきった背中と腰をゆるめるために筋弛緩剤を使ったことがあった。その時とそっくり同じ温かいだるさが体中をめぐったという。

もしもし。

受話器を取って華島は言った。

ピッピピッピッ、という音が向こうからした。いきなり三回だった。

ごめんなさいと言っているのだと華島は思った。

うん、大丈夫。

華島はそう言い、ため息だと相手に気づかせないように受話器を一度遠ざけて太い息を吐いた。

用事があったの？

もう一度受話器を口元に寄せてから華島は聞いた。すると、わずかな間があってから答えが来た。

ピッピッ。

え、違うの。じゃ、いつもの時間を忘れてたの？

ピッピッ。

わあ、難しいな。どういうことだろ。

華島がそう言うと、耳の中に鈴の音のような、柔らかい春風のような、夏の入道雲のまぶしさのような、プールの底に響く水の上のはしゃぎ声のような、雪の日に雑音が吸われた中で響くバスのクラクションのような、ここちよい振動が伝わった。それはこう言っていた。

ごめんなさい。家族が使ってて。

そして、声は続いた。

あ。

それは華島が初めて聞いた「彼女」の言葉の反復だったが、その日は続きがあった。

私、しゃべっちゃった。

華島はボタンで返事をした。

ピッ。

＊アナログ回線による昔ながらの電話で、映画で見るようなダイアル式。本体、受話器、コードのすべてが黒いことから、一般にそう呼ばれた。

27

『BLIND』（報告　金郭盛／台湾）

二人は笑い出し、そのままおずおずと話し始めた。

どちらかが何か言うと、少し間があってからもう片方が答えた。

最初はむしろ、徹が一方的にしゃべっていた時よりも会話に時間がかかった。プッシュ音と沈黙が彼らの母国語であるかのようだった。

けれどその分、言葉が意味だらけだったと美和は言っている。どんな無駄話でも、ゆっくり話すことで彼らはそれを何かのシンボルのごとく扱った。空白の時間でくるまれた切れぎれの言葉は宝物めいていた。

無言がこわくなかったから、と徹は言う。

それで始まったから、と美和も言った。

静寂をおそれて空疎な単語を並べることは二人にはあり得なかった。いや、空疎であれなんであれ、彼らは互いに相手の言うことにじっと耳を傾けた。真剣に聞くことが、発される言葉をより強くきらめかせた。

その日、三月二十八日。三十分かけて美和が話したのは、以下のたった三つの事柄だ。

もともとは美和の間違い電話だったこと。

留守番電話のメッセージの後ろに流れていた音楽が、知っているのにタイトルを思い出せない曲だったこと。

何度かかけるうちに、メッセージの声の主に興味を持ってしまったこと。

これらは書いてしまえば簡単だが、プッシュ音で伝えるには複雑過ぎた。

いちいちの話について、美和は誠実に打ち明けたいと思うあまり、また自分特有の言葉の癖に気づかれまいと何度も途中で言葉をのみ、ツーと鳴る通話音、体を動かした時に起きる電話の乱れによる雑音に支配されかかった。徹も前日までのようにはしゃべらなかった。美和の声に聞き入ったからだ。彼女が大事な話をしていると思ったから。それから彼女がしゃべる言葉の平坦な〝音の訛り〟が美しく感じられたから。

例えば、最後の話に至っては、短い言葉と背後に広がる無言と時おりのプッシュ音で、こんな風に構成されていたと美和は言っている。

それで……。

無言。

無言。

無言。

うん。

無言。

無言。

私……。
無言。
無言。
ごめんなさい。
無言。
ピッ。
無言。
……どんな人なんだろうと思って。
うん。
無言。
無言。
無言。
なのに自分はずっと黙ってて。
無言。
無言。
無言。
無言。

無言。

ピッ。

ありがとう。

ピッピッピッ。

笑い声。

徹はそこでこう話しかけたという。

明日は休日だから、ゆっくり話せるんです。だから……。

ピッ。

もしよかったら、またかけてくれるかな？

うん。

と美和は答えた。

そしてピッと音を足した。

あ、……でも家族がもし……。

美和はその日の反省からそう言った。徹はすぐに答えた。

うん、そうだね。十一時までに電話が来なかったらその日は連絡出来ないんだなって思うことにします。あと……。

うん。

こんなに長い時間電話していて家族の人が心配してたりしたらいけないから……。

無言。

無言。

無言。

だから、三日に一度とか決めるのはどうだろう。

うん。わかった。

あ、約束の日じゃなくても、コール音が一回鳴って切れたら、君がかけたんだなって思うことにするよ。

うん。

そしたら電話代かからないし。

そうだね。

徹は当時若者の間で大流行していた安価な無線受信機、「ポケットベル」のように、内容はともかく何かを送受信すること自体に意味を持たせようと思いついたのだった。けれど自分たちの通話は似て非なるものだということに徹は気づいていなかった。コール音の送り主を徹は確認出来ないばかりか、折り返すことが不可能なのだ。

徹はその圧倒的不利にもかかわらず、のんびり言った。

でも、今からすぐ三日ごとはいやだな。明日は話せるといいんだけど。

ピッ。
僕からかけてもいいよ。
無言。
無言。
ピッピッ。
わかった。じゃあ待つ。
うん。
また明日。
ピッ。
二人は二人だけの言語を獲得しつつあった。

28

『やあユリコ－さん－』
送信者　カシム・ユルマズ
送信日時　2001/7/1/18:28

こちらは過ごしやすい夏です。

今日は一日、家にいました。中庭の椅子で老眼鏡をかけたり外したりしながら、あなたへの手紙を紙に書いては消し、急に思い出してアラブの古い詩の本を書庫に取りに行ったり、覚えている日本の和歌を走り書きしたり、といかにも日曜日らしい安らかな時間でした。

あなたが思い返した数十年の日々は、私にも私の国にも過ぎています。優しい神戸の港から意気揚々と祖国へ戻った私はイスタンブールの大学に職を得て東洋文学史を教えながら、韻律から自由な詩など書いて世に認められ始めましたが六〇年のクーデター、翌年のメンデレス首相の処刑を目の前にし、その後の学生運動を支持して処女作を発禁処分にされ、七〇年代も八〇年代も友人の死や亡命をとどめることが出来ないまま、逮捕をおそれず詩を発表してまいりました。いや、実際逮捕拘禁もされてきたのでした。

激しい日々でしたよ、ユリコ。

ようやくこの数年です。私たちがひと息ついたのは。

私はヤマナシに恋愛詩学の代表者として呼んでいただきました。けれど、あなたこそ理解して下さっているだろうと信じますが、私たちトルコの詩人は自由を勝ち取るための詩もたくさん書いてきたのです。同志を励まし、自らも勇気を奮い起こすための韻を、比喩を、言葉の飛躍を。軍事クーデターのさなかにも。

一方でそれまで私が世界中の恋愛詩の収集・編纂に携わってきたのは、ひとつの抵抗でありました。私は権力が恋を支配するのを許さなかったのです。銃が恋を遠ざけ、愛の隊列を引き裂くことを一切認めなかったのです。邪魔が入ることで恋が燃え盛るのではないかと平和な国で何度か質問されましたが、彼らインタビュアーは命を絶たれてしまった者たちが恋をし得ると思っているのです。

かわりに私は偉大な庭園を、しかも高く固い壁もロボットのような顔の警備兵も一切存在しない園を作りたかった。蜜が流れ、蝶がとどまり、そよ風と時おりの雨が潤す土地を。それは詩の王国、詩の楽園です。

その間、何人かの素晴らしい異性と私は人生を共にしてきました。一人は行方知れず、二人目は牢獄で亡くなり、もう一人は民族解放の戦いに出たきりとなりました。尊敬すべき美しい人々です。私は彼女たちと今も声なき会話を続けています。その記録を私は詩にしているのです。

私にこの〝手紙〟の送り方を教えてくれた孫娘は、その母を生んだ祖母を知りません。彼女は戦いに出てしまった。大学構内で知りあった彼女は。詩は無力だと私の頭を抱きしめて。私にはこれが詩だと銃をさし示して。自らの詩集を捨て、五歳の愛娘アルザーンを置いて。

彼女は自らに四分の一流れる血の源流、クルド人のもとへと迎えの車に乗った。振り向くことはなかった。神戸を私が去ってから、わずか四半世紀後、一九七七年の冬のことでした。

疾風怒濤、とゲーテなら言うでしょう。

私ならただ苛烈、と言います。

ああ、おだやかな風の吹く小さな庭で草稿が書かれた〝手紙〟が以上です。私はユリコ、あの日本の飛行場であなたにとうてい伝えられなかった長い日々の出来事を、こうして一気にしたためたのです。そうしないではいられない、と私は考えたのです。

あなたと再会したことで、あの神戸、あの時代、あのあなた、あの私がかけがえのないものだと思えたから。

さて、ひとまず私たちはこうして近況を教えあいました。

これからもっとくわしく過去を共有しましょうか。それとも新しい時間を作り出しましょうか。

あなたのお孫さんの自慢話でもけっこうですよ。私もそれをしたくてうずうずしているのですから。

凪いだ海　カシムより

29

『ＢＬＩＮＤ』（報告　ルイ・カエターノ・シウバ／ブラジル）

　僕たち二人の電話はこうしてほぼつつがなく始まった。つつがなくというのは園田さんの口癖で、「レイン・レイン」のスタッフにもキャストにも一九九四年最もよく使われた言葉だったのではないか。『あらはばきランド』の経営が決してつつがなくなどなかったにもかかわらず。

　翌三月二十九日。午後七時半には僕は部屋に帰っていて、例の時間まで何も出来ずに待った。普段ならランドが閉園してすぐに帰り支度をしても間に合わない時刻だった。

　園田さんは〈ナイトランド〉が実施される夏から秋以外、午後六時半と決まっている閉園時刻から必ず一時間かけてシステムを休ませていき、同時に各部屋を点検して回った。最も機械の消耗の激しい〈コールド・コールド〉をのぞけば、掃除以外の部品チェックなどはさほど時間がかからなかった。営業時間中にもパーツ交換などを行う方針だったからだ。

少し面倒なのは熱風が吹く砂漠にポツリポツリと雨が降り出す様子を再現した〈ロンサム・デザート〉で、常にあちこちに黄色い砂塵を舞わせているから送風機のバネや軸、灌水器に砂が詰まった。わずかな水を吸ってむくむく砂の間から飛び出してくる仕掛けの植物の芽、トカゲや齧歯類も、そもそも開園中は一時間に一度ずつキャストが素手でまわりを掘ってやらないと埋もれて見えなくなった。

閉園後、〈ロンサム・デザート〉の砂をバイトがシャベルでおおまかに整えると、ベテランの神田さんが白い送風パイプを持って強風を起こし（あだ名を風神と言った。ぎょろりとした目をしていて茶色に染めた髪を立て、白い顎ヒゲを生やしていた。照明の加減なのか、砂の中の神田さんの顔はいつも緑がかっていた。園田さんいわく「熟練の風職人」なのだそうだった）、翌朝のための大きくなだらかな砂丘のヒダを作った。風で吹き飛ばされた砂の中から、ゲストに配る防塵メガネ付きマスクがよく出て来た。客の中にはある種の人が一定数いて、せっかくだから苦難をよりリアルに顔面で受け止めてみたいと考えるらしかった。

なんにせよ、そうした部屋のすべてを一時間以内に開園前の状態に戻すことは園田さんによって徹底されていた。

「職人とはそういうものだ」

これも園田さんの口癖のひとつだった。けれど、適用に規則はなく、結局どういうものが職人なのか僕も佐々森もよく首をひねったし、定義の中に僕らまで入っていることがしばしばあった。

それはともかく三月二十九日。

前夜彼女にも言った通り、この日は火曜日で『あらはばきランド』の定休日だった。僕は社員シフトとしては午前十一時までに「レイン・レイン」へ行き、短時間の試運転をすればいいことになっていた。

「で、今日も電話が来るわけだな」

園田さんはどこかの部屋にいて、音もなく操作室に入り、唐突にそう言ってきた。僕は〈竹林〉の笹をわずかに揺らす水滴の量をメインモニターで数値化して見ているところだった。

「ゆっくり話そうって言ったわけだろ、お前」

ユニフォーム姿の園田さんが難しい顔をしているのがモニターの表面に映り込んでいたのを覚えている。

「徹、仕事はやめて飲もう。俺はもう待ち切れねえよ」

「昼間から何言ってるんですか？　だいたい僕の電話なんだから園田さん関係ないでしょう」

「お前、それはないよ。これはすでに俺を含んだ恋愛なんだから」

僕は椅子ごと後ろ向きになって、はっきり言った。

「含んでません」

すると、園田さんは頭頂部をかいた。

「そうかねえ」

「そうですよ。そもそも恋愛かどうかわからないんだし」

「え。わからないの？」

園田さんの声は裏返った。

「何度も言ったじゃないですか。僕はともかく、向こうがどう思ってるか」

園田さんは僕がかぶっていた「レイン・レイン」の紺色のキャップのてっぺんをつまんで脱がせ、それをひょいとコントロール盤の上に投げた。

「どう思ってるも何も、お前の声が気になって電話かけてたって言ったんだろ？」

「やめて下さいよ。園田さんがしつこく聞くから少し答えただけで、許可もなく勝手に話の内容を漏らしたりした自分がバカでした。もう僕たちを放っておいて下さい」

「僕たち、だってよ。まだ名前も知らねえくせに。まずそれを聞けよ、お前」

僕の顔は真っ赤になった、と園田さんは言っているそうだ。それは金郭盛さんにもルイ・カエターノ・シウバさんにもからかわれたことだ。けれど、僕自身はそれほど動揺したつもりがなかった。二人の距離は二人で決めていきたかったのだった。そこに他人が入って来るのなら、僕が追いはらうべきだと考えていた。たとえそれが園田さんでも。

「ま、いいや。しばらく何も言わねえよ。おい、徹。そこ、早いんだよ。雨粒もっとゆったりと、つつがなく。〈竹林〉は梅雨の京都なんだぞ。寂《さび》（特に十四世紀以降の日本で重んじられた美意識。衰えに魅力を見出す）ってもんを考えなきゃ。この時期、水道の圧力が微妙に変わるからきっちり調整しとかないと。ウォーターあらはばきちゃんが派手に水まきやがるからな」

「はい。すいません」

それから僕はまた各部屋の基本操作を反復してゆき、モニターで異常がないか確認した。園田さんはいつものように現場を神出鬼没なやり方で見て回った。

三十分ほどして操作室に戻ってきた園田さんは、送風に余念のない神田さんをトランシーバーでねぎらい、僕を連れて外に出た。小山の上のランドのまわりにも春は来ていて、施設の塀の向こうに見える森の梢が震えながら黄緑色に変化し始めていた。園内で最も古いアトラクションとも言われる山桜の巨木に、紅色の固いつぼみが点々とついていたのも僕は思い出せる。自分が生まれ育った金沢の家の庭なら今頃どうだろうとふと考えたのを覚えているから。

「ハロー」

「ほい、ハロー」

あちこちのアトラクションから声がかかった。ランドの敷地は南北を縦軸にしたひょうたん形で、「レイン・レイン」は入り口から最も奥の真北に位置しているから、南西にある運営本部まではいったん狭いくびれを経て右側の湾曲に沿うように「昆虫ブランコ」「恐怖の恐怖館」「トイレD」の裏を歩き、ふくらみの頂点にあるB扉を抜けていく。そこまでの間に十人以上の男女スタッフとすれ違った。

僕が一番好きな『あらはばきランド』がそこにはあった。休日の、ゲストの誰もいない、スタッフと若干のキャストが黙々と各アトラクションを調整しているランド。メンバーがみな互いの仕事ぶりをチェックしあい、口元ではにっこり笑って挨拶する感じが僕には誇らしく、体中に張りあいがみなぎった。

運営本部でタイムカードを押し、ロッカールームで緑のつなぎを脱いで長袖のネルシャツに着替えていると、ランニングシャツ姿の園田さんがドアを開け放ち、煙草をくわえて近づいてきた。

「そうだ、徹。例の水沢傳左衛門のことなんだけどな」

左右に目を走らせ、園田さんは押し殺した声で言った。

何人かの事務の女性がこちらを向くのが見えた。園田さんの押し殺した声はひどく通るのだ。

僕たちは駅前の『だるま哉』本店に移動しなければならなくなった。そこから三時間、『だるま哉』のランチが終わって休憩に入っても、常連の園田さんは奥の座敷で生ビールを飲み、お茶で付きあう僕に『あらはばきランド』の危機について、様々な憶測を語った。園田さんは話の途中で、店員さんにかわって座敷の座布団を片づけたり、突出し（日本の酒場における「アミューズ」のことだ）の味つけを決めたりもした。

そのせいで三月二十九日火曜、僕がコーポ萱松についたのが午後七時半だったのである。

「九時十七分、電話がきました。僕は上司につかまって今日は大変だった、と園田さんの様子を少しずつ話しました」

最初はそんな風に短い証言をしただけだった。けれど、ルイ・カエターノ・シウバさんも佐治真澄さんも亡くなったアピチャイ・パームアンさんも、つまり調査員だという人たちの誰もがもっとくわしくと言った。ほんのちょっと余計に話すと、ではその時どう思ったのかとか他に周囲に人はいなかったかとか今の単語を説明してくれとか話に矛盾があるから整理して欲しいと言われた。

僕は話がうまくないから、インタビューがどうまとまるか、まるで自信を持てない。

　ただ、長くかかった調査のおかげで僕は彼女とのことを、普通の恋人たちでは絶対にあり得ないほどはっきりと思い出すことが出来る。それだけは確かだ。

　さて、その電話以降の一ヵ月ほどを、今では第一次安定期と呼ぶのだそうだ。園田さんなら、つつがない期間と言うだろう。僕は決してつつがなくはなかったと思うけど。

30

『水沢傳左衛門一代記（抄）』（報告　故アピチャイ・パームアン／タイ）

　水沢傳左衛門（本名・山田太郎）は日本の〝歴史時間〟で言えば大正元年が始まった日、つまり一九一二年の七月三十日に佐世保で生まれ、小倉に移って祭り太鼓を聴いて育ち、薄雲垂れ込める小浜、モダンで緊張感にあふれる横浜、雪深い岩手久慈と日本の海沿いを転々としたあげく、十五年戦争（と日本の歴史家は呼ぶ）中に志願兵として海軍に所属して大陸に向かい、しかし戦地で軍を離れて行方をくらますとわずか数年で巨万の富を得て戦後を迎え、帰国のかわりに富のすべてを失ったと言われている。

ただ記録として確認出来たのは大正元年佐世保生まれという一点のみで、これは戸籍の写しがたまたま当時の市役所内を撮った写真集の一ページとして市立図書館に残っていたのである。父は山田トラヲ、母コメ。他は傳左衛門自伝『魚になりきる』『魚だ』『魚』、または数多くのインタビューからの抜粋によって構成してあるのだが、すべてデタラメではないかと思われる。真実を求めようとすれば彼の生涯はすぐに錯綜し複数化しはぐらかされ個人史は闇の奥へと消え去ってしまう。

私は何度となく熱海の病院にいる傳左衛門を訪問し（そのうちの数日はワガン・ンバイ・ムトンボも一緒だった）、非情なほどハードな聞き取り調査をした。だが一九九九年に八十七歳でこの世を去るまで、彼は言を左右にして〝シッポをつかませなかった〟。俺は生まれついての魚だからな。水のあるところに必ず俺はいて、すいすいと移動するんだ。そして君の心に棲む。そうだ、君と君の心にだ。

あんなに他人の人生に夢中になったことはない、とワガンは言ったものだ。私にしても同じだった。調査の原則にしたがってひとまず傳左衛門を〝洗った〟我々は、これまで恋愛学者として数多くの奇矯な人間を観察してきた我が目を疑った。〝洗えば洗うほど〟傳左衛門の、ことに戦後十年間、すなわち一九五五年までの歴史はよくわからないものになったからである。あたかも〝洗う〟ことでそうなるように。

彼が職をたくさん持っていたからとか、嘘をついていたからというのではない。調べれば調べるほど、調べる度に次の証拠が出て来て以前の事実を打ち消してしまうのだ。傳左衛門は引揚者であり僧侶であり作詞家でありニンジャ学校設立者であり漁船団を率いてスト荒らしをし馬を調教しソ連大使館で料理人を務め信じられないことに三味線の女師匠でさえあったが、それは調べ方によって違った（調査する相手があらかじめ全員買収されていたという有力な説もある）。

まるで量子だ、量子力学だよ。これもワガン・ンバイ・ムトンボの、熱海の安宿から二人で潮騒を聞いていた夏の夕方の言葉だ。窓の下の岸壁には蟹がいて私が頭を出すとコンクリートに出来た穴の中に引っ込んだ。知ろうとすればその分、確実に触れられなくなってしまう。ワガンの黒く光る目、それは自ら発光するかのような白目の中央で、外から来る淡い光を集めて反射させながら海の向こうをにらみつけていた。夜空を小さな二つの瞳孔で吸い取ろうとするかのように。

傳左衛門が量子でなくなり、計測可能な存在になるのはしたがって一九五八年のことだ。彼は東京の西北部で三駅しかない鉄道会社を設立し、かたくなにその路線と駅前に出来たショッピングゾーンを守った。他の長い路線を所有する鉄道王と比較され、「鉄道王子」と若干小さく評価されるゆえんである。

水沢電鉄の社長・水沢傳左衛門（本名・山田太郎）は、それまでに得ていた資本を新しい発想で投下し、結果たった三駅から莫大な利益を得た。山肌に沿って三階までしかない高級リゾートマンション群を造り、小さなデパートを三駅それぞれに誘致して競わせ、ヨーロッパの山岳を這う車両を走らせて乗客を増やし、谷川に沿ってレストランを建てさせ、土地の価値をヒバリが飛ぶごとく天高く上げた。五、六〇年代、これほど斬新なイメージ戦略は日本になかった。

そして一九七九年、ついに「鉄道王子」が動いた。山を切り開いて駅をもうひとつ奥に作り、路線を延ばしたのである。それが「あらはばきランド駅」であった。斜面を平地にする作業中、土から縄文時代の土偶が複数出たという。傳左衛門はそれを役所に報告しなかった。埋蔵文化財包蔵地にされてしまう可能性がきわめて高かったから。だが、土偶に魅せられた傳左衛門、その祟りを恐れた傳左衛門はもともと『でんでんランド』と決めていた遊園地の名を『あらはばきランド』と変えた。あらはばきは、山の小さな社でまつられていた神の呼称である。

生まれたばかりの息子を遊ばせたくて遊園地事業に乗り出したのだ、と傳左衛門は各メディアで言っている。傳左衛門六十六歳の春のことであった。息子は傳八と名づけられた。母は傳左衛門の三人目の妻、怜子三十一歳であった。傳八にランドをやりたいと傳左衛門は公言したし、怜子によればその内容を含む遺言書が弁護士に渡されていた。それは傳八への愛というより、怜子への服従を形にしたものだという者もいた。

それが水沢電鉄副社長・傳左衛門の長男である山田傳三には許せなかった。長男の名前に「三」という数字が付いていることからも、彼が決して血統として最初の息子でないことは明らかだ。水沢傳左衛門には非嫡出子がいた。あちらこちらにいた。まるで量子のように、それはあらわれては消えた。すべてが男子だと噂された。

全員を把握しているのは傳左衛門と秘書の間壁だけだとさえ言われていた。傳左衛門は社長室でよく彫刻刀を器用に操って大人の手に収まるくらいの木彫りのイルカを作った。秘書の間壁がそれを箱に詰めて全国各地に送ったという。子供の誕生日には必ず、傳左衛門はそのノミ跡も大胆なイルカ像を与えたのだった。とらえどころがない前歴を持つ男は、そのアイデンティティにだけこだわりがあった。

一人にやれば他の全員にもだ。誰にも差をつけずに毎年、俺は同じイルカを彫って贈り続けてきた。それは俺そのものだからな。海沿いをすいすい泳いでここまで生きてきたんだ。息子たちの心に棲みつくために俺は手間を惜しまんよ。傳三だってもう五十個は俺のイルカ像を持っておるだろう。なんだ、アピチャイ君。え、イルカは魚類ではない？

一代記（抄）はここで終わる。我々にとって重要なことはひとまず示唆し得たと思う。

いや、まだ書いておかねばならないことがあった。

まず長男・傳三は一九九三年、水沢電鉄グループの重役会議で『あらはばきランド』社長の座を事実上傳左衛門から奪った。傳左衛門は会長となったが、実権は大株主の意向をくんだ息子の手中に落ちた。そのことが徹と美和の関係をよりドラマチックにするのだが、報告はずっとのちのことになる。

そしてもうひとつ。傳三は中学二年の夏以降、届いたイルカ像をすべて焼却している。

それまでに貯まっていた十三個のイルカも同じ夏の朝に灰となった。

31

『BLIND』(報告　エマ・ビーヘル／オランダ)

その日、一九九四年三月二十九日。

午後五時十二分に、遠野家の電話が鳴り、家に唯一いた遠野美和が受話器を取った。

もしもし、と日本式の挨拶を何度も重ねたが返答がなく、耳を澄ますと民謡らしきものがかすかに聞こえたのだという。駅、あるいは観光地の食堂といったものが美和の頭の中に浮かんだ。

父だ、と思った。

お前か、としばらくして声がした。やはり父・太一の懐かしい声だった。ただし、それは風に吹かれて動く枯葉のような音をまとっていたという。美和はうん、とだけ答えた。

壮子と香は元気か、と父・太一は言った。

また美和は、うんと答えた。

なぜだろう、太一は美和以外に誰もいないことをすでに知っているかのように、自分の話を始めた。最初に黙っていたのは、美和の反応によって背後の状況を探るためなのかもしれなかった。

父が美和のいる日にだけ唐突に電話をしてくるのは、美和という選ばれたヒロインの類いまれなる運命だと言う者もあるが、私はむしろ遠野太一の持つ幸運、ないしは洞察力のたまものだと考えている。

ともかく、太一は居場所を推測させるいかなる言葉も残していない。それどころか、なぜ電話をしてきたのかについてもまるでつかみどころがなかった。話の初めは、この季節になると壮子と香があんころもちを食べ始めることを思い出したのだというため息混じりの告白だった（「あんころもち」とは、粘性の高い特殊な米を搗いて作った半固形物〈モチ〉を、小豆と砂糖を煮て作ったペースト〈アンコ〉でくるんだ、日本で大変ポピュラーな菓子。その時期から壮子と香が「あんころもち」を食べ始めるという事実はない、と美和はうつむきがちに証言している）。

そこから話題は食べ物の連想になった。

おなかがすいてるの、パパ？

美和はしばらく聞いてから質問した。

いや、足りている。

と予想通りの答えが来た。まるでその拒絶がしたかったかのように、太一の声に力が入った。そしてまた、受刑者か浮浪者同士が憧れて口にしあうような食べ物の逸話が続いた。

うん、という言葉の他は何も言うことが出来なかった。父・太一はそれが食べたくて話題にしているのではないと言っているのだから。にもかかわらず、尽きることなく壮子はあれを食べる、香はこれを食べると太一は話した。

そしてほんのたまに、美和はどうだ？　と聞いた。

……食べるよとか、好きだよという返事しかなかった。それでも美和は父・太一と話が出来ていると思ってうれしくなった。早く誰か帰って来ればいいと思った。同時に誰か帰って来れば電話が切れることも知っていた。

あ、あのパパの好きだった曲……。

美和は母・壮子の帰宅を予感してあわてた。

グローヴァー・ワシントンJr.の、あの……。

タイトルは父の三つの言葉にさえぎられた。

要らないよ。

もう聞かないから。

パパは。

そして玄関で鍵を開ける音がした。買い物袋がガサガサする音も。

美和に聞こえる音は父・太一にも聞こえていた。

じゃあまた。

父はそう言った。

うん、と美和は答えた。

そして、似ているけれど違うと思った。自分と華島徹の通話とこれは、と。

その考えを割って否定するようにガチャリという音が耳元で鳴った。

果たして「これ」と「あれ」はどう違うのか。その日の二人の電話については金郭盛のレポートに譲る。

私がここに付け加えておくべきは、美和が通話後に自分の部屋へあがり、夕方だというのに徹に電話して子機を耳に押し当て、留守番電話の音を聞いたということだ。徹の声の後ろで鳴るあの音楽を、美和は求めていた。

32

『ＢＬＩＮＤ』（報告　金郭盛／台湾）

三月二十九日火曜日。

東京曇り。

桐生曇り。

その夜、かかってきた電話を取って徹はもしもしと挨拶し、すぐにこう言った。

さっそく昼間かけてくれた……んだよね？

美和の返事はすぐではなかった。

少し待ってから、徹はさらに言った。

でもいつもの留守電とは違ってたな。同じ無言なのに何かが違ってた。どう言えばいいんだろう。ほんとに空白っていうか、君の存在感が薄いっていうか……あれ、何言ってるんだろう、俺。

　無言。

　無言。

　ごめんね。

　あ、全然いいんだよ。ああいう風にかけといてくれるとうれしいから。一回鳴らして切るだけじゃ、僕がいない時は意味ないもんね。なんのためにかけてるんだってことになるよね。だから留守電残ってて、ああこれでいいんだって思った。

　……ピッ。

　徹は会社の上司、園田さんに午後、飲みに付き合わされた話をした。

　あの留守番電話の音楽をくれた人？

　美和は園田と聞いて、まずそう反応した。声音がやっぱり平坦でかわいらしかったと徹は言っているが、その時は美和が訛りを恥しがらないか気にしてそうそうとだけ答え、続きを話した。園田さんが自分たち二人の電話にひどく興味を持っていること、我が事のように進展を見守っていてうるさいこと、放っておいてくれと言うと素直に黙り込んだこと、園田さん自身は久しく女性と話をしていないらしいこと、頭のてっぺんに靄が見えることなどなど。

　美和は楽しそうに話を聞いた。

そのうち徹は、園田さんに言われたことをふと口に出していた。名前も知らないいくせにって、園田さんは僕たちのことをバカにするんだよ、と。

沈黙が来た。

それが緊張の沈黙だと互いに気づいたという。徹はそこでとどまっていてはならないと思った。

あの、よかったら名前、教えてくれないかな？

そう口に出してみて初めて、二人が避けてきたことが今、自分たちを悲劇に近づけるのではないかと徹は妙な予感を持った。

けれど、徹は前に進んだ。考えてみれば、園田さんに背中を押されていたのだとのちに徹は語っている。

僕はハナシマトオル。

すると、美和は笑って答えた。

知ってる。

え、なんで？

徹は虚をつかれた。

……だって、留守番電話で何度も……。

あ、そうか。

ここで二人は笑い合った。そして、笑いが消える前に美和が言ったのだという。

漢字は？

華やかな島に、徹底的の徹。

漢字ひとつひとつが持つ意味が徹から美和に手渡された。

私、花束の花だと思ってた。

よくそう言われる。

私は……。

と美和は言い、悲しそうに言いよどんでから続けた。

……遠野美和。

こうしてとうの昔から我々が知っていたことが、ようやくこのレポートの主人公である華島徹に知らされた。本来の時間軸で言えば、最も早くそれを知った者に。

知らせた名前を、美和は漢字に割って説明した。

……遠い野原に、美しい平和の和。なんだかのんびりした名前でしょ。

遠野さん、か。

と徹は言った。

そう。

と美和は言い、少し困ったように、

……徹くん。

とつぶやいた。独り言だったと美和は言っている。

だが、徹は語りかけられたと思った。

何？

と聞いた。

私は今……。

と美和は言い出して長く沈黙し、それから急に話を変えた。

私の休日はね、来週から月曜日。パン屋さんに就職するの。今は研修中で、毎日酵母の基本を習ってて、すごく楽しい。

美和はそれまでになくすらすらとしゃべったが、その直前のためらいを徹は気にしたし、以来ずっと忘れなかった。

まったくささいな間だった。

本当は何を言おうとしたのだろう。

何を遠野さんは隠したのか。

その徹の記憶がやがて二人を強く支えることになるとだけ、我々もまた記憶しておこう。

その日は美和に「レイン・レイン」という名前が告げられた。徹は「パン・ド・フォリア」という名を知った。次の電話のある四月一日金曜日は美和が初めて正社員として出勤する日だった。もしかすると、いつもの時間にはかけられないかもしれないと美和は言葉を選びながら伝えた。

それでもう十分だった。

のろまな自分たちには、と二人とも思ったことを我々だけが知っている。

じゃあ、今度は三日後にね。

徹は美和をいたわるように言った。

………。

言い出せないことがあるような間ののちに美和は徹くん、と自分に言い聞かせるかのように発音した。

徹はまたいぶかしく思ったが、それよりも伝えたいことがあった。

遠野さん、先に言っとくよ。社会人おめでとう。じゃあまた。

美和はその言葉を胸の奥へ吸い込んでから答えた。

うん。

33

『遠野香の日記　1994／4／5』

新人マキオがトロい。うちも社運をかけて四年ぶりに社員をとったのに、なぜあんな男なんだろう。けっこういい大学を出てるのだけど頭がはたらかない。物覚えがわるい。マキオって苗字か名前かわからない。

今朝は納豆、アジの開き*、卵焼き、とろろ昆布、メカブの味噌汁、デザートはヨーグルト。作ったのは私。食べたのは三人全員。

妹は何か気になることがある様子だった。母に話しかけられてもいつもの笑顔がない。別な案件があるみたいな顔でしきりに庭の梅の木のあたりをみていた。つまり朝日のちらつくのを。

昨夜は隣でよく笑ってた。帰って夕飯をすませる間からすでにテレビを見てケラケラ笑っていたけど、それとは感じがちがっていた。

電話の相手に祈りを送っているみたいな、エネルギー補給みたいな笑い方だったように思う。

本人は朝になって疲れている。相手はパン屋でできた親友なのか。やっぱり彼氏なのか。どこで知りあったんだろう。声が聞こえてから30分くらいしゃべっていた。その間、不意に黙ったりした。

今朝のバス、乗り遅れて8：50ＡＭ。家を出る時に母につかまり、現金書留を出すように言われたため郵便局を経由させられた。そろそろカイコを卵からかえす時期で、長野県の農家にお金を送るのだという。そのうち段ボール箱にどっさり来るだろう。母は地元の桑でないものを試すようになっている。年中行事。

会社には15分遅刻。イイダ社に寄って発注を直接聞いてきたと言い訳。すんなり通る。イイダさんにはすぐ一階の公衆電話で注文を聞く。タイミングよくジルコニアのリングが一ケース不足していたとのこと。

午前中、マキオの発注ミス連発をカバー。三つあったミスをわざとひとつ見逃して、会社に不要なプリンターが一台届くようにしておいた。給料から引かれるくらいのことがないと新人はシゴトを覚えません！

昼はフラノ食堂でB定食（春ジャケのフライ、トマトとレタスのサラダ、ワカメと卵のスープ、コーヒーで78点）。午後はイヤマ室長とマレーシアの鉱石掘削所との契約条項をチェック。私はもっぱら英語を訳すだけ。そしてイヤマさんの群馬訛りを消して英訳するだけ。私でさえききとれないことがある。

そのあと、母から会社に電話。夕飯のための買い物を頼まれる。会社の私の番号に直接かけてきてしまうのはダメ、といくら言ってもなおらない。まあバレても母に文句の言える人が会社にいない。大家が彼女だから。

それがほんっとに私はイヤ――――！　生ぬるい。なにこのイナカ。家族体質。根深い家同士の関係。きつい。それでいて大ざっぱ。血の温度が二度高い。風は冷たい。からっ風。

帰りのバス。19：12発で駅前を通過するのに乗り、スーパー八百カクで買い物。偶然、ユミコに会う。久々だった。赤ちゃんをしょってた。似てなかったなあ。夕食、妹から電話で30分おくれるとのこと。母と8時半に食べ始める。ひと口カツと千切りキャベツ、イモ煮、ゆでアスパラガス、ワカメの酢のもの、豆腐と油揚げの味噌汁。

妹はのんびり9時過ぎ帰宅。昨夜はあんなに急いで帰ってきたのに。

そういえば電話が始まる時間が一定な気がする。今度から注意して覚えておこう。火曜日の10時といえば『ベッケン』第一回。ＯＬもの。アカサマリエがそこそこかっこいい。追いつめられると「別件！」と叫んでうやむやにしてしまう。ほんとリアルだ。

ドラマが終わって振り向くと、妹。風呂あがりで頭をタオルでふきながらパジャマ姿。立ったまま遠くからテレビを見ていた。昔からあの子はそう。子供の頃から。まったくならない。

それこそ「別件！」か。
＊開き　刃物で魚の身を開き、陽光で干す。保存性と旨味を増す方法。カット、オープン&ドライド。
（注　佐治真澄）

34

『BLIND』（報告　ルイ・カエターノ・シウバ／ブラジル）

第一次安定期と勝手に呼ばれている時期、つまり一九九四年三月二十九日火曜日以降、基本的に三日に一度ずつ、遠野さんから電話が来るようになった。

四月一日金曜日、遠野さんは会社の歓迎会に出て帰宅が遅く、夜十一時直前に電話が来て七分ほど話す。

四月四日月曜日、二十八分。

四月七日木曜日、十六分。そののち、コール音一回。

四月八日金曜日、いつもの時間にコール音一回。

四月十日日曜日、昼間に無言の留守電二回。夜は十四分。

四月十三日水曜日、二十二分。深夜にコール音一回。

以上は当時のメモから再現したのだけれど、たったこれだけの通話の中でも僕の感情は日々揺れた。

電話で楽しく話したのに、次の電話までの間にあれは言わないほうがよかったのかもしれないとか、あれはどういう意味だったんだろうとか考えた。いや、通話の最中にもそう思うことがあって自分が情けないと思ったし、素直に言葉を選んで話している遠野さんがうらやましかったり、少し憎たらしくなったりもした。

一度コール音があると、翌日も気になった。約束の日でもないのに、僕は四月九日の夜、電話機の前でじっと待ったのを覚えている。

夜十一時以降にかかってきて、油断していて受話器を取れないうちに切れてしまうのも困った。こちらからかけ直すことが不可能だったから。

遠野さんは意外に勝手な人なのかもしれないと思いながらも、僕が電話の近くで過ごす時間はぐんと増えた。僕の帰宅時間も以前よりずいぶん早まった。交替で取る週二回の休み以外、閉園後の運営本部や駅前の『だるま哉』でだらだら過ごしていた僕には大きな変化だった。

毎日ならむしろ一定の事情として周囲も理解しやすかったろうが、園田さんによれば「不定期に」「朝からなんとなく」僕は「挙動不審」らしく、閉園後は左腕の「時計ばかり見た」。僕は相変わらず仕事をもっとしっかり覚えようと考えていたし、手を抜くつもりも一切なかったけれど、はたからは様子が違って見えたらしい。

まず「封筒」が、眉をひそめ出した。四月十日の日曜日だったろうか。彼はバイトだから運営本部の僕の机には近づかず、タイムカードが並んでいるエントランスの黒いビニール張りの長椅子に座っていて、早足で通り過ぎる僕に声をかけた。

「今日は直帰ですか」

「いやちょっと」

としか僕に言える言葉はなかった。

電話の日でなければ僕はしょっちゅう彼と肩を並べて駅前までロープウェイを使わずに舗装道路を歩き下り、『だるま哉』の店長、通称「だるまさん」からその日の早朝釣りの結果やらブルースギターの話やらを聞かせてもらいながらビールを飲んだ。

しかし、その日に当たっていたから対応に困った。大きなガラス扉を開けて建物を出る僕の後ろ姿に「封筒」、つまり佐々森は言った。

「四月病？」

「いや」

日本では休日の続く五月に心が鬱屈する傾向があって「五月病」と呼ばれるのだが、それを佐々森は前倒しにして冗談に変えたのだった。笑いもせず早足になる僕を、佐々森は長四角の背中をまっすぐに立てて追いかけてきた。

「徹くん、今日はまた変だそうですよ」

右肘の先をふらふら動かしながら佐々森は言った。マリオネット、というのが彼のふたつ目のあだ名だった。

「だそうですよって、なんですか？」

僕は警備員の森口さんに頭を下げ、通用口の鉄扉を押してランド外に飛び出た。佐々森と僕は同い年で、彼がランドでバイトを始めたのと同時期に僕が入社をしていた。共に「レイン・レイン」に配属されて一年近くべったりと友人付き合いをしていたのだが、いつまでも丁寧語で話をした。

仰いだ空はすっかり黒く、斜面になった通路沿いに点々と置かれた誘蛾灯がまばゆく青く輝く左右に山の影がなお黒かった。下には住宅地の灯がびっしりと黄色く広がっていた。佐々森は長い足を交互に動かしながら言った。

「藻下が言うんですよ」

「なんでちゃんが？」

「ええ。なんで華島くんは近頃考え事ばっかりしてるんですかって」

藻下さんは年下だったが帰国子女だからなのか、僕を華島くんと呼んだ。佐々森のことは封筒さんと、さん付けだった。

「封筒さん、今日は特にひどいんですって俺に訴えてきて。華島くんはこの頃一人になるとにやにやしてるけど、今日は朝から……」

「一人になると？　なんで一人の時の俺がわかるんですか？」

「あはは、徹くんがなんでちゃんみたいになりましたね」

笑い事ではないと思った。僕は自分の一日を記憶の中で点検した。にやついてなどいないはずだった。アスファルトの勾配がきつい場所で僕は黙ってマフラーを巻き直した。まだ春は本調子ではなかった。佐々森が何かにつまずいて転びかけ、ぴょんとはねて言った。

「うちの壁はあちこちが黒くてピカピカですからね。後ろからとか二階からとか映って見えてますよ、顔が。ていうか、問題は徹くんが藻下にロックオンされてるってことじゃないですか？」

「ロックオン？」

うつむいて歩く僕の横で、佐々森が少し言いにくそうに説明した。つまるところ、藻下さんは僕に好意を持っているというのだった。そのことはもう「レイン・レイン」で知らない者はいないと佐々森は言った。園田さんもかと聞くと、佐々森は両手の肘から先を持ち上げて手を叩いて言った。

「真っ先に気づいてたと思いますよ。園田さん、館内の恋愛事情知りたがるから」

僕は藻下さんがどうこうというより、園田さんがそういう人だと思っていなかった。それまでさかんに僕と遠野さんの電話に興味を持っていたのも、ただゴシップが好きだからなのかと疑うとキリがなくなった。

佐々森は僕が黙り込んだからか、『だるま哉』にも誘わなかったし僕の部屋にも来ようとしなかった。急行でひと駅行って降り、彼は水沢電鉄とは別な路線に乗って反対方向へ行った。僕はそのまま列車の中にいた。

その夜、四月十日の電話が短いのは、気になることが多すぎたせいだろうか。

いつものようにお互いつっかえながら話す中、遠野さんがころころと鈴を鳴らすようによく笑い、徹くんは素直だねと言ったのを覚えている。不機嫌というか心ここにあらずというか、そういう時の声が音階にして一度くらい低い、と遠野さんはゆっくり言った。

かといって、遠野さんは話には立ち入ろうとしなかった。それが僕への尊重なのか無関心なのかを、今度は僕が声から知ろうとしたが、気が散っていて何もわからないうち電話を終えていた。

次に話せるまでまた三日も待たなければならなかったのに。

35

『偉大なるカシム・ユルマズ』

送信者　島橋百合子
送信日時　2001/7/4/09:43

カシム。

いいえ、偉大なる詩人カシム・ユルマズ。

どうして貴方の足跡を知らないなどということがありましょうか。

私たち日本の読者も、特に詩を人生の星座と見上げる者なら必ず貴方の激しい音階を、戦いに敗れた存在へのあふれる愛の泉のような霊感を読んでまいりました。

その過程で伴侶を失ってきた貴方の、そっけないようでいて慟哭を秘めた告白、私は読んでしばらく仕事が手につきませんでした。

仕事といっても短詩を読む仲間で作っている同人誌の作業、自分の身の回りのささいな家事に過ぎませんが。

貴方の家の中庭からは直接ボスポラス海峡が見渡せるのでしょうか。以前の手紙で貴方はユスキュダルからそこを見下ろしながらと書いていらっしゃいました。

私は昔ながらの小さな家に住んで、山の斜面から神戸湾の輝きを見ながらこの手紙を書いています。猛暑です。摂氏三十度を毎日越える夏です。風もやんでいます。

それでも庭のアオキや南天、垣根のイヌマキ、そして私がここに越す前から生えていた一本の大木の葉の繁りが濃い日陰を与えてくれます。その手前の縁側で、私はノートパソコンというずいぶん重いノートの中に貴方への共感と敬いと悲嘆に満ちた文章を書き綴っているわけです。

重ねて偉大なるカシム・ユルマズ。

貴方の人生は貴方の祖国の歴史です。

そして貴方の詩は貴方だけのもの。

本日はこれでノートを閉じましょう。

風を待って　百合子

36

『BLIND』（報告　ルイ・カエターノ・シウバ／ブラジル）

「佐々森の密告」から、僕と園田さんの歯車が少し嚙み合わなくなった。といっても、園田さんはきっと何も考えていなかっただろう。変わったのは僕だった。僕は電話の内容を園田さんにまったくしゃべらなくなった。何度か探りを入れてきた園田さんだったが、そのうち興味を失ったかのように聞かなくなった。

佐々森は藻下さんにも何か話したようで、「レイン・レイン」のスタッフ通用路などで様々なコスチュームの藻下さんとすれ違うと、質問と言いながらメモを手渡してくるようになった。折り畳まれた紙を開くと、こんなことが書いてあった。

「質問　華島くん、なんで眉を寄せてる日があるんですか？」

「質問　華島くん、なんで封筒さんと飲まなくなったんですか？」

「質問　華島くん、なんで髪形を変えたんですか？　ステキですけど」

面倒なことになったなと思った。数日後の四月十六日、土曜日、遅い昼食を本部ビル地下一階の社員食堂でとったあとで操作室に戻ってみると、機械の上に妙に首の短い折り鶴があった。形を崩すと、それは質問状だった。

「質問　華島くん、なんで顔も知らない女の人に電話で色々相談してるんですか？」

相談とは何のことだろう。いやそれよりなぜ電話のことを知っているのか。園田さんがしゃべっているに違いなかった。藻下さんがそうやってズカズカとプライベートに踏み込んでくるやり方にも僕は腹が立った。その場にあったあらはばきちゃんの形をした特製メモパッドに走り書きをし、僕は八個あるサブモニターで藻下さんのいる場所を確認して裏動線を小走りになった。

〈嵐が丘〉だった。

古いイギリス風の洋館の玄関が一部分だけ再現され、室内の右奥から飛び出していた。あとは広大な荒野が地平線の彼方まで広がっているように見える。荒野は湾曲した凸面で、空や彼方の壁は凹形に湾曲していた。照明は夕方と夜をゆっくり行ったり来たりした。土肌に群れをなす背の低い植物を開園時間中ずっと冷たい風がなで、みぞれ混じりの強い雨が時に斜めに降った。寒々と、と園田さんはよく指導した。〈嵐が丘〉は寒々としていなきゃいけない。人情はいらねえ、と。

ゲストの若い女性が二人、「レイン・レイン」で配られる透明な合羽を着用したまま古めかしい洋傘をさして手前の斜面に立ち、記念撮影をしていた。撮っているのがキャストの藻下さんで、十九世紀初頭のイギリスの使用人姿をしていた。高い白襟の長袖の黒ドレスを着てフリル付きの白いエプロンをかけ、頭の上にぎゅっと長髪を結い上げてリボンで飾った藻下さんは少し目が吊りあがっていた。

ゲストはたいてい自分たちをまずキャストに撮らせ、続いてキャストと共に写真を撮った。そういう場合のカメラを置く位置は古めかしい郵便箱として設営されていて、さらに藻下さんはあらゆるメーカーのカメラについてセルフタイマーの操作法を熟知していた。

つなぎ姿でキャップを深くかぶった僕は、いかにもスタッフらしく手を後ろに組んでゲストの撮影が終わるのを待った。その間、〈嵐が丘〉は自動制御で嵐の音を鳴らし、弱い風の中を小雨が舞う状態になっていた。半球になった部屋の奥、ふくらむ荒野の暗い空には照明で雷が落ちた。

ゲストが〈嵐が丘〉を出て螺旋状のスロープを下がり始めたのを確認して、僕はすでにじっとこちらを見下ろしている背の高い藻下さんに書いたばかりのメモを差し出した。

藻下さんははっと目を開き、その分だけ頭の上の髪が動いた。僕はしまったと思った。彼女の思い込みの激しさは普通ではなかった。それこそ、こちらがなんで？と聞きたくなるような思考回路の持ち主であることを、僕はいらだちのせいで忘れていた。

案の定、何をどう考えたのか、濃い青色のアイラインに囲まれた藻下さんの目がうるみ出した。

「読んで下さい」

僕は一生懸命にそう言った。雷がより大きくとどろいた。藻下さんの薄い唇が半分開いた。

困ったことに周囲がどんどん劇的になっていった。

強風が吹き荒れ、その音も強まった。七種類ある雷がよりによって連続して鳴り始めた。

「早く！」

と僕は叫んだ。

「華島くん！」

藻下さんは両手でメモを握りつぶすようにして叫んだ。

「華島くん、ありがとう！」

「違うんだ！」

僕はメモを読んでもらおうと藻下さんの拳を開こうとしたが、それは藻下さんの手を握ることに他ならなかった。

「華島くーん！」

藻下さんは一層大きな声で叫んだ。僕はあらん限りの力で彼女の両手をこじあけ、中からメモを出して広げて掲げて見せた。

「答え　僕は恋をしているからです」

と書いてあった。

読むと藻下さんは深くうなずき、その場に座り込んで僕の両足首を両手でつかんだ。

「うれしい。私のことを相談してたんだね」

という言葉がかろうじて聞こえた。

「違う違う違う！」

と僕は叫んだのだけれど、壁に描かれた遠くの一本の木に向かってバリバリと雷が落ちてその声をさえぎった。一日に一回しか、その雷は落ちない設定になっていた。同時に雨は最高潮になった。風がそれを巻き上げた。

自動制御ではあり得なかった。操作室に園田さんがいる、と僕は思った。

藻下さんの誤解を解くには以後、長い時間が必要になった。

一体これのどこが第一次安定期だと言うのだろう。

37

『ＢＬＩＮＤ』（報告　佐治真澄／日本）

我々のレポートは時に遠野美和を追い越しがちだ、とヘレン・フェレイラが獅子のごとく髪を振り立てて異議を唱え続ける通り、少し遡って彼女の四月前半に寄り添う必要がある。例えば、洞窟コーポレーションの入社式が行われた一九九四年四月一日午前九時に。

高崎駅前の雑居ビルの五階、ひとつのフロアが丸ごと洞窟コーポレーション支社であった。これまで述べて来たように、美和は入社前特別研修という名目ですでに一ヵ月の間、週の半分はその階を訪れ、木暮小枝の教えにしたがって数々の素材からガラス瓶の中で天然酵母を発酵させ、その白く泡立つ液体の一部を取って顕微鏡で観察するかたわら、実際に様々な強力粉の配合を変えたものに混ぜては温度を保って寝かせ、また粉と水と砂糖を加えながらかき混ぜて発酵させを繰り返し、支社から少し行った商店街の「パン・ド・フォリア」一号店へ運んで行くと職人とともにその元種へさらにライ麦粉や全粒粉を足し、水、塩、良質のバターを混ぜ、発酵を微妙にコントロールしながら丁寧に成形して数段階の温度で実験的に焼いたのであった。パン界をリードせよ、という社長・黒岩茂助の大言壮語とも言える指示を受けてのプロジェクトだった。

美和は母・壮子のパン作りを小学生の頃から手伝い、パン教室にも通った時期があったから、基本はわかっているつもりだった。だが、木暮小枝から与えられる示唆のひとつひとつが美和の甘い考えを、まるで魚の塩釜焼きを石鎚で割るように粉々に砕いた。例をひとつ挙げれば、木暮はガラス瓶の中をしょっちゅう嗅いだ。元種作りの過程でも粘り気のある白い物体をことあるごとに鼻の近くに持って行った。母・壮子なら目で見るだけだった。むしろ壮子の方が手慣れているようにさえ思えたくらいだった。

木暮は美和にも時々、匂いを確かめさせた。これを覚えることから始めるように、と痩せて色黒で皺が多く小さな体をして少し妖精めいた木暮小枝は低い声でしつこいくらいに言った。実際、木暮が満足げにうなずいて送り出した元種から出来たパンは、様々な温度で焼き分けられたにもかかわらず、どれも基本的に香りがよく、味わいに複雑さがあって美和を驚かせた。その秘密が匂いの差の中にあるのだなと思い、美和は違いを記憶した。

その木暮小枝は、社長・黒岩茂助とは異なり、美和を誉めなかった。研修中にひとつのミスもしなかったことも、一度教えられた方法はすべて覚えてしまったことも、笑顔を絶やさなかったことも、「パン・ド・フォリア」一号店の大きなオーブンの前でどれほど汗をかこうと中のパンの状態を決して見逃さなかったことについても、木暮は何も言わなかった。

ただ、表情もなく美和を嗅ぐようにわずかに顔を寄せた。時には美和の背中にそっと手を回してあてた。まるで発酵の段階をまたひとつ終えたパン種の手触りを確かめるように。温度を感じ、粘度を感じ、微生物たちの活発な運動を確かめるように。そして、木暮はうなずいた。美和は自分が発酵してふくらむような感覚を覚えた。

社長・黒岩茂助がきわめて長い挨拶をして終わった朝の入社式のあと（その年の新入社員は遠野美和一人だった）、美和は二号店へ移って新人研修を続けるようにと副社長兼人事部長・佐野公太から口頭で言い渡された。ひとまず木暮のもとからは去ることになったのだった。

木暮のロッカーの一部を借りて私物を置いていた美和はそれらを片づけ、物が散乱した小麦粉だらけの作業場のドアを開けた。白衣を着た木暮がぎっしり並んだガラス瓶の上で鼻を泳がせていた。冬の蝶のようだったと美和は言っている。ゆらゆらと浮かんでいた、と。

小枝さん。

美和はそう言った。木暮は振り向いた。

短い間でしたけどありがとうございました。

まずそれだけ言って、美和は息を吸った。たくさんの酵母の匂いがした。

これからも色々うかがいに来てもいいでしょうか？

美和がそう続けると、木暮は黙って数歩近づき、少し間を置いてからうなずいた。

そして言った。

遠野さん、私は酵母やパン種の匂いを覚えてねって言ったでしょう？

今度は美和がうなずいた。

たぶん遠野さんは、匂いの良し悪しで奥深い味のパンが出来ると思ってる。

もう美和はうなずかなかった。木暮は続けた。

私たちのパンは家で作るパンとは違う。お客様に売る品物だし、お客様の口の中に入る食べ物だから。私はね、遠野さん、雑菌の繁殖に気をつけて欲しいだけなの。匂いですぐわかるようになってくれないと、あなたもパンも使い物にならない。わかる？　美味しさはあなたにはまだ早い。

木暮の皺だらけの顔の中の、手で押して作ったくぼみのような目を、美和はじっと見た。そして、はい、とかすれ声で答えた。

すると木暮は美和の胸のあたりを嗅ぐかのように前かがみになり、目を閉じて美和の腕に触れた。ぽんぽんと叩くようにした。それはやはりパン種の最終点検に似ていた。

やがて木暮は大きくうなずいた。

本当の入社式はこれだったのだ、と美和は思った。

それからの日々、今度は高崎駅前から少し離れた寂しい場所にある「パン・ド・フォリア」二号店で美和は新しい先輩、友人と長い時間を過ごすことになるのだが、報告は別の機会に、あるいは他の調査員の筆に譲ろう。

38

『なぜ彼女はパンなのか　黒岩茂助1』（報告　エマ・ビーヘル／オランダ）

Q　まず端的にうかがいます。黒岩さんは『洞窟コーポレーション』でキャバレーや女性が接客をするパブなどを経営されてきました。今もなさっています。同じ会社でパンを作って売ることになるのは一九七二年で、〈二人の黒岩〉がいるとさえ評されていますが、パン業界に参入したきっかけを教えて下さい。

A　あなたにとって端的な質問でも、私にとっては長い答えになります。日本人相手にはしゃべったことのない話です（と黒岩氏は一度低いテーブルの上のグラスを持って水を飲み、黒革のソファに浅く腰かけ直した）。

私は六つの年、上野にいました。上野というのは、長い鎖国をといた江戸幕府時代の終わりに、近代化を求める軍との激しい衝突があった街です。そこは同時に、第二次世界大戦後、多くの戦災孤児、浮浪児が駅周辺に住み着いていたことでも知られています。

私にも親はありませんでした。その年の三月に一回、四月に二回、五月に二回、東京はアメリカ軍によって大量の焼夷弾を落とされ、何度も火の海になりました。といってても小さな空襲は日々続き、私が数えるだけでも百回は越えていましたが。つまりあなたがた連合国軍による攻撃だった、というわけです。

その最初の日、一九四五年三月十日、本所という職人の街で〈袋物〉（革や織物を素材とした、主に小さなバッグ）作りの下請けをしていた親父もそれを手伝っていたお袋も、荷車に家財道具を載っけて家から逃げたり元に戻ったりしているうちにバラバラになり、私は焼けた我が家に帰っても寝る場所さえなく、あてもなく焼け跡をさまようううち顔見知りの上級生に声をかけられて上野駅の地下にねぐらをかまえたのでした。ふた親は死んだと思います。たぶん両国（十八世紀から相撲レスリングの興行地として栄えた街）の、今は公園になっているあたりで。そこでお前の親を見たぞ、という人が何人かあったのです。親父たちがその時にどういう姿だったか、みな口をつぐんでいました。思い出すとなぜか脂の焼けた匂いが鼻の奥に甦ります、今でも。

当時は戦災孤児、浮浪児が日本全国でざっと十万人以上いると言われていました。空襲で焼け出されて親と別れた子供、中国や朝鮮半島やソ連から引き揚げてくる途中で迷子になった子供、親を失った子供、家出をした子供、その中でも上野にはかなりの人数が集まっていました。何百人もいたように思います。そこに大人の浮浪者も数倍いましたから、上野の地下道は異様な場所でした。

私たち孤児は食うや食わずの生活で、通りがかる大人から小銭をもらったり、遠くまで歩いて出かけてゴミをあさったり、靴磨きもしましたし、人には言えないこともありました。私たちはウミと泥と汗と垢とに汚れ、真っ黒な体でガリガリに痩せていました。朝になると亡くなっている子供も大勢いました。大人は大人で戦地で誉められた思い出を酔って小声で、あるいは反対に大きな声で反省をしてみせ、「出直しだ」と叫んだりしていましたが、私たちはただ巻き込まれて天涯孤独になって明日があるかどうかもわからない身の上だったのです。

進駐してきた連合軍の兵隊が時々ジープで通りました。歩いて視察のようなことをしているのもよく見ました。青空市場には、地方から列車で運ばれてきた食料や進駐軍払い下げの物資が道路狭しと広げられ、つまり闇市でした。政府からの配給品だけでは人は生きていけず、数倍の値段でも買ったのでした。非合法に。私はその闇市を手伝いました。ほんの少しの金と食べ物をもらえたからです。

そして、敗戦の翌年七月終わりの日の午後だったと思います。明くる日から市場閉鎖だとお触れが出回っていましたから。誰かが〈禁制品のパン〉（配給以外の手段で得る品物はすべて禁制品とされたが、民衆はそれなしに生きて行けなかった）をひと抱え盗み、追いかけられました。私も追いました。盗んだ男は坂の途中でつかまって袋だたきにされました。ハマダとかヤマダとか繰り返し遠くで怒鳴る者がいましたから、男は顔を知られているのに泥棒をしたのです。よほど飢えていたのでしょうが、それを言ったら飢えていない者などいませんでした。

坂道に日が照っていました。男はつかまれ揺すられ、抱え込んだパンを手放さなければならなくなりました。その時、私はそのパンのほんのひとかけらを手にしたのです。群がる者の後方にいた私の、はだけた胸のところに、男から取り返されたパンのかけらがちぎれて飛んできたのです。コペとみんなが呼んでいた茶色い皮に包まれたものの端っこが。鳥の羽根のように軽い、古い蔵の中から風に吹かれて出て来た綿のような香りのパンでした。私は夢中で口に入れた。そうすればもう誰にもとられないと思ったからです。私は噛みました。穴だらけの、蜂の巣のようなものが唾液でまとまり、そこから潮汁に似た液体が喉に垂れるのがわかりました。あんなに潮の味のするパンを私はそれ以降、食べたことがありません。

私は街で知りあった者たちが、生きて行くために作ったなわばりめいたものに入れられ、並ぶバラックのさらに後ろに店を出しました。つぶされてもつぶされても私はあきらめなかった。どうせあのゴザを敷きつめた垢臭い地下から出て来た私なのです。洞窟、から。そう、私は洞窟から出てきた人間でした（黒岩氏は遠い目をしてから立ち上がり、窓を大きく開け放った。以後しばらく黒岩氏はあたかも右手の遠い榛名山に向かって語りかけるように話した）。

休む暇もなく二十五年以上がむしゃらに働き、気がつけば七〇年代の初めに店を三つ、都内に持っていました。どれも女性が酒を提供する店でした。酒以外のものも提供したかもしれません。何度も検挙されました。それは調べればわかることですから、隠しません。けれど、経営は軌道に乗りました。私は若き成功者でした。そして三十三歳になった私は昭和四十七（一九七二）年の正月、赤坂に持っていた自宅マンションから自由になる資金をすべて持ってほとんど衝動的に家を出ると、タクシーに飛び乗ったのでした。あくまでも個人の預金で、会社の金には一切手をつけていません。

上野の隣が浅草という街です。浅草寺という有名な寺の境内にも昔は孤児がたくさんうろついていたものですし、私も仕事で組む仲間を探しによくそこに行ったものでした。その浅草、正月でにぎわう寺のそばへ、タクシーに乗った私は向かっていました。隅田川沿いに〈東武線〉（十九世紀末に開業していた歴史ある鉄道路線。東京大空襲時に沿線は被災している）の終点がありました。そこから電車に乗って反対側の終点である伊勢崎まで行き、まだまだ遠くへ行きたいと思って〈両毛線〉（小山・前橋間は絹織物を輸送するために開通。二十世紀初頭にいったん国有化された。私の故郷オランダは鉄道王国でもあり、こうした日本のローカル線の細かい成り立ちに敬意と興味を持ってやまない）に乗り換えて高崎駅まで行きました。高崎なら上野から直接行けた駅でしたから、私は苦笑したものです。自分は何を遠回りしていたのか、と。〈上越・長野新幹線〉（どちらも時速百六十マイルを越す高速鉄道で、優秀な技術によって日本の経済発展を支えた）が通るずっと以前のことです。

ともかく、その日のうちに私は駅前のビルのワンフロアを借り、そこに自分の会社、洞窟コーポレーションの支社を置くことにしました。有限会社の役員とは少しモメましたが、本社を彼らの自由にする形で話はまとまりました。急なことで、彼らは疑っただけなのです。会社を占有化するのではないかと。足を洗うのだ、と私は言いました。この表現があなたにわかるでしょうか。二度と東京には戻らないし、元の仕事もしない。私は誓約書を役員たちに送ることになりました。

会社など譲ってしまえばよかったのではないか、とあなたは思うかもしれません。私も何度かそう思いました。しかし、私は洞窟コーポレーションという社名にどうしても捨てがたい思いを持っていました。帰化をして日本名を得ることより、私は社名を他人に与えることにこそ抵抗があったのです。

誰もまだいない支社に机を置き、椅子を置いて座ると、本当に解放された気分でした。私は同時に、会社の定款を変えさせてくれと説得していました。それまでは食品に関して提供しかなかった項目に、製造と販売を加えるためでした。

私はパンを作りたかったのです。

あの日、私の胸に落ちてきたようなパンを。

以来、東京での私と群馬での私がいると言われているようですが、どちらも私です。どちらかを否定しては私が成り立たないと、この数年しみじみと思うようになりました（そこでようやく黒岩氏は榛名山への告白を終え、ソファに戻った）。

39

『あらはばきランド霊異記３』（報告　ワガン・ンバイ・ムトンボ／セネガル）

犀川奈美（三十八歳）に取り憑いていた悪霊がふらふらとランドに迷い出で、ひょうたん形をした敷地の中央、くびれた場所に施設造営前から生えていた古い山桜を数日根城にしたと噂されることはすでに書いた。

幹は瘤だらけであちこち白緑色の苔に覆われており、雨が降ると濡れて女の髪のように黒ずんだが、その中央部にちょうど男の長い顔だけが浮き上がったという、例の話である。つぼみで樹上がピンク色の薄雲に見える春の夜、相撲興行で聞いたことのある歌が桜の上から聞こえたと報告する者が複数出た。

それを聞きつけた犀川奈美は、山桜に注連縄を張ることを企画会議で提案したのだった。注連縄とは、神社や聖地の岩などに張られる稲や麻製の藁縄のことだ。あの桜はランドのシンボルです。花が咲く前に急いで神格化して話題にしましょう。

その日、犀川は朝出勤すると、コップ一杯のサケを木の根元に注いでいた。家の中で起きる異変が完全になくなり、かわりにあらはばきランドに次々とおかしな噂が流れていたから、愛する悪霊がどこにいるかはわかっていた。私のそばだ。あの人はみんなに見える場所で、私を苦しめようとしている。一度は退屈の極致にいた犀川は、屋上に上がって煙草に火をつけ、ランド全体をにらむように見渡した。目の奥はぎらぎらと輝いていた、と犀川自身が言っている。

そもそも、悪霊が満月の夜、子供用ジェットコースターのてっぺんに立っていたとささやかれるところからこの霊異記は始まったのだった（『1』参照）。

一九九四年四月十一日午前一時過ぎ、闖入者は堂々と手を腰に当て長髪を風になびかせていたと警備員の森口氏が証言し、捕獲しようと走る間に消えたと言った。話を聞いた犀川は翌日、子供用ジェットコースターの配電盤の裏にお札を貼った。魔を祓うというより、魔に戻ってきてもらうためである。

追いつ追われつの恋のゲームは、密かにランドの夜を彩った。二人だけの（ただし一方は悪霊)、本当のアミューズメントが始まっていた。これはどちらにとっても危険な賭事であった。悪霊は再び犀川の部屋に閉じ込められるかもしれなかった。犀川はそこで繰り広げられるあの異常な日々を求めた。いや、もっと酷い日々を。

悪霊はランドのゲストに憑いていつでも外に出られた。のちに我々の故アピチャイ・パームアンに取り憑くことが出来たのだから。しかし、彼はそうはしなかった。追われることが好きで仕方のない男はいる。そのせいで神のみもとへ行けず地を這ったとしても、むしろ追われていることに悪霊は〝死んでい甲斐〟を感じていたのに違いない。

山桜から素早く霊は消えた。いかにも犀川を誘うように。探すのが簡単な場所に、あの人はいる。必ず待っている。

翌日、今度は昼間から別の場所で幽霊の噂が立ちのぼった。

発注されていた注連縄は、すぐに発注取り消しになった。犀川は隙のないスーツ姿で緊急会議を要請し、伊達眼鏡越しに出席者数名をにらみつけたのだった。

シンボルにシンボルは要りません。シンボルだけでもう十分なのです。

別の場所とは「恐怖の恐怖館」だった。犀川はうれしさに狂わんばかりだった。予想通りの移動だった。悪霊としてそれ以上居心地のよい棲みかはなかったのではないか。誘惑、なんて露骨な誘惑だろうか。

薄暗い館内では、ランタンが切れて長い舌を出していた。タヌキが内臓ごと真っ二つになって展示されていた。墓場があり供物の造花があり、そこに生涯落ち着いてもよかった。教会のシルエットの前に電動コウモリが横切って飛び去った。通路の足元の人工藪からビニール製の手が出た。「血みどろ」と赤い筆文字で書かれた書が天井から垂れていた。しじゅう経が流れ、部屋によっては賛美歌が響いた。その合間にキャーッという絶叫が反復された。あまりにすぐさま反復されるので人は慣れてしまい、首を振ってまるでビートに乗るような感じになるゲストもいた。

中に女のマネキンだらけの部屋があった。たいていは首だけだったが、服を着ているマネキンは死に装束を含めてみな白い服で、そこにサイケデリックな映像が投射された。歪んだギターが鳴り、例のキャーッという絶叫が入り交じるので、昔のロックコンサートのようだと懐かしむ中高年がいた。恐怖館で最も意味のわからない、だからこそ恐いと言うファンも多い部屋だ。

そこに一人だけ男がいる、と技術スタッフが言い出した。映像の中に溶け込んでいるからすぐに三本あるビデオを入れ替えてチェックしたが、そこには何も映っていないとスタッフは本部地下一階の社員食堂でささやいた。

もう桜じゃないらしい。

昼から出るってよ。

あとで見に行こうか。

また逃げられちゃう前に今度こそだ。

バイトもキャストもスタッフも幽霊探しに夢中になり始めていた。これは各アトラクションの連絡ノートを見ても明らかである。どこの報告にも「お化け」「ランドの神」「ランドマン」という単語が頻出している。

この人気に嫉妬したのは犀川奈美であった。もちろん自分が注目を浴びたいという嫉妬ではない。自分だけの愛の対象が話題になっていることが許せなかったのである。

絶対にあの人を私の手に取り戻す。

犀川は医務室で強引に白衣を借りると、黒とクリーム色のパンプスの底を小刻みに鳴らしながら敷地を横切って「恐怖の恐怖館」へ行き、あのマネキンだらけの部屋の中でじっと映像を見た。ゲストに不審がられぬよう、犀川奈美は口紅を拭きとり顔を白めに塗って白衣を着ていた。つまりマネキン群の最も端に割って入って、そこからあの男を見つけ出そうとしたのである。

この日の昼過ぎから、連絡ノートはこんな言葉でいっぱいになった。

マネキン増えてるらしい！

女がリアルすぎる。

見に行った。叫び声が出た。

俺、あのお化け……どっかで見たことある。

動いてた。

「恐怖の恐怖館」史上、今が一番恐怖！

悪霊はおそれをなしたのか、姿をくらました。しばらく噂にさえならなかったほど出現しなかったから、犀川の大胆さによほどとまどったのではないか。

白衣の女も翌日には消えた。見物に来た関係者の多さに驚いたのだ、ともっぱら好意的に語られている。

マネキンが減った日、と今もランドでは七不思議のひとつとして、四月十四日を特別にそう呼んでいる。

あるいは、「ランドウーマン」消滅の日と。

40

『BLIND』（報告　ルイ・カエターノ・シウバ／ブラジル）

ずいぶん長い時間が過ぎたように感じた。

といっても、まだ一九九四年四月二十二日金曜日で、僕が〈嵐が丘〉で藻下さんに告白をしたというあらぬ噂がたってから、六日しか経っていなかった。

あらぬ噂は主に藻下さん自身がたてていて、「レイン・レイン」スタッフの中でそれを信じている者は少なかったと思う。彼女は頻繁に、そうした思い違いから周囲を混乱させていたので。

ただ一人、園田さんだけは心が揺れていたようだ。やはり園田さんは操作室のモニターであの様子を目撃しており、「よかれと思って盛り上げた」と直後に言ったのだから。

早足で操作室に戻った僕に園田さんはさらにこう続けたのだった。眉をひそめ、憤りに肩を上下させている僕に。

「つまり、お前はなんでちゃんの気を引くために、ありもしない電話の相手をクリエイトしたってわけだろ」

僕の返答はひと言に尽きた。

「なんで!?」

落ち着いて園田さんの誤解を解かなければならないと思い直し、隣の椅子に座って僕は声を低めた。自分はまずそんなまだるっこしいことを思いつくことが出来ないし、やり通すことも出来ない。まして園田さんをだましてまで、女性の気を引くことはあり得ないと言った。園田さんはモニターに目をやり、さかんに操作盤をいじった。

同じことを、ことあるごとに繰り返さなければならないのだなと僕はすでにうんざりしていた。一度疑い出すと、園田さんはなかなか考えを変えなかった。頑固というより、それはヒヨコが最初に見た動くものを母親だと脳に刷り込むのに似ていた。

翌日も、翌々日も、僕は電話の相手は実在する女性だと園田さんに言った。自分はその人に魅かれていると強調した。藻下さんには失礼だけれど、彼女に特別な感情はないとも言った。その執拗な反復だけが、いつの日かヒヨコに正しい認識を与える方法だった。

一方で僕は、藻下さんに直接話をしたかった。自分が三日に一度ずつ女性と通話しているのは、「君のことを相談するためではない」とやはり正しく認識して欲しかったから。「レイン・レイン」には当時、世話の焼ける二羽の大きなヒヨコが走り回っていたことになる。

けれど、「封筒」が直談判を止めた。藻下さんと二人きりになれば、彼女はあらゆるささいな出来事を自分への好意と受け止めてしまうだろうと言うのだった。そのアドバイスは何日か続いた。

特に四月二十日水曜日の午後、「封筒」は裏動線の階段の踊り場ですれ違うと僕の腕を取り、なんでちゃんをヒヨコ扱いするのは間違いだとささやき声のまま強調した。

「そんなかわいいもんじゃない。彼女は今、飢えた巨大アナコンダですよ」

そして、これはそういう恐るべき生物との持久戦なのだと言った。情報戦でもあると言った。園田さんは巨大生物の横にいる謎の寄生生物のようなものだとも「封筒」は言った。

「もしも、徹くんが本当にその人と電話だけで付き合ってると言い張るんなら……」

「言い張ってるんじゃなくて、これは真実ですから。昨日だって長い時間話しました」

「ああ失礼。いや、ちょっと待って。実際それって付き合ってますか？　相手の方はそう思ってます？」

そう聞かれて僕には返す言葉がなかった。そこに「封筒」はたたみかけた。下の階で始まった〈サンダー・フォレスト〉の豪雨の調子を耳で確認しながら。

「そこなんですよ、徹くん。思い込みが激しいのは藻下さんだけじゃない。園田さんだけでもない。徹くんもその一人かもしれないんです」

僕はその発想に驚いて黒光りするリノリウムの壁を見た。傷やホコリで白く汚れた部分に自分の顔が映っていて、表情はわからなかったがたぶん軽く口を開けていただろう。

「ただ、俺は徹くんを信じますよ。冷静な徹くんがまさか……いや恋愛となると人は判断ミスするからなあ……いやいやそれでも友人としてここは信じたいんですよ。少なくとも藻下、園田ラインよりは絶対に徹くん側につきたい」

「ありがとう」

糸に吊られた人形のように肘から先を動かして心情を吐露する友人の姿に頭が下がった。

「二人がどういう関係だと相手の女性が考えているか、徹くん、ちゃんと確かめて下さい」

「いやいや……それは僕たちの問題であって」

「もう違いますよ、徹くん。こんなにまわりが巻き込まれちゃってるんだから、これは我々の恋愛なんです」

「我々の……？」

「徹くんの納得は後回しにします。ということで、これは持久戦です。情報戦です。徹くんは相手の女性との」

「遠野さん」

「あ、そういう名前なんですか」

「へー、なんかいい名前ですね。やだなあ、徹くん、にやけてないですか？」

「ないです」

「そのトオノさんとのことを出来る限りでいいんで、ちょこちょこ漏らし続けるしかないと思うんですよね。特に園田さんと俺に。それを俺も新田も大山も藻下さんの前でそれとなく口にしますから。そうやって事実を積み重ねて、彼女の幻想世界を切り崩していくより他に手だてがない」

　熱帯の鳥が鳴いていた。蛙の群れが増えた。豪雨は白い幕になっているだろうと思われた。上の階の〈ロンサム・デザート〉から乾いた熱風の音がしてきた。そちらの雨はやんだのだ。

「わかりました」

　と僕は短く答えた。「封筒」、佐々森の目を見上げて。僕は彼もまた興味本位ではないかと一瞬疑念を持ったのだが、そう考えた自分を恥じることに決めた。彼が僕を裏切ったり利用したりする理由がなかった。

　以降、僕は遠野さんとの会話の一部を、もちろん本人の許可を得て園田さんと佐々森に話すようになった。ほとんどの場合、聞かれて話すという形だったけれど、一度は園田さんに自分たちのことは放っておいてくれと言ったわけだからそれは大きな変化だった。遠野さんとの関係にも大きな変化がもたらされたから、佐々森の提案には局面を動かす力があったということになる。

しかし、調査員の人たちの間では、この時期の変化を「なんでちゃん効果」によるものとしているそうだ。「封筒」の働きはまるで評価されていない（少なくともルイ・カエターノ・シウバさんだけはそれを残念がってくれた）。僕の気持ちとしては「なんでちゃん効果」の存在を認めたくないけれど、言われてみれば確かに藻下さんが強引に事態を引っかき回す度に色々なことが進んだ気もする。

さて、こういう成り行きで、次に電話が来る予定の一九九四年四月二十二日金曜日、僕は大事なことを遠野さんに聞かねばならなかった。それは「封筒」の中に入っていた問いでもあった。

僕たちは付き合っているのかどうか。

その日、午後十時過ぎまで遠野さんからの電話はなかったけれど、僕はそうした遅れに慣れつつあった。彼女には実家住まいという事情があって、そもそも家族の目を盗んで電話すること自体に心理的な負担がかかっているはずだったから。

ボリュームをほとんど幻聴程度に下げたラジオで音楽を聞いていると、スティービー・ワンダーの一九七〇年の曲だというアップテンポなソウルがフェイドアウトしていった。ＤＪが再び題名を言い、手紙みたいにサインされて蠟で封緘されて運ばれて、ほら僕は君のものだよと訳すのに合わせて、電話の着信ランプがついた。まるでＤＪからかかってくるようなタイミングで。

もしもし、と言うといつものように最初はピッとプッシュ音がした。それで僕は遠野さんに間違いないとわかるのだった。

今日は姉があちこちに電話してて。

遠野さんはそれだけ言って黙った。

うんと言ったきり、僕もしばらく黙っていて、ちょっと長い話になってもいいかなと前置きをした。

ピッと返事があった。明るいタイミングだった。つまり妙な間もなく、率直にすぐに。

それで僕は藻下さんの話をした。

うまく話せたかはわからない。途中から自分がモテたという自慢話に聞こえたら困るなと思い、それを何度か口に出したし、藻下さんの悪口にならないようにも気をつけた。それは遠野さんへの点数稼ぎというより、自分の気持ちとして。

その間、遠野さんはプッシュ音もさせず、静かな呼吸の音だけをさせていた。

〈嵐が丘〉での藻下さんとのやりとりを説明してから、今度は「封筒」の話を短くした。彼が自分のよい友人であると思っていること、その彼が重要な質問を自分にしたこと。自分としてもその質問が大事だと思うこと。決して今のこの話は、藻下さんと天秤にかけてしているのではないこと。

　そこまで話して、たぶん三十分は経っていたと思う。暖かい春の日だったけれど、夜は少し冷えた。コーポ萱松の東側の小さな庭に桜の木があって、散り残りの花びらがひらりと風に乗り、サッシに当たっては部屋からの光を受けてほの白くなったのを覚えている。

　聞かなければならなかった。

　僕たちは付き合っているのかどうか。

　じっとためらいの間があって、向こうでも集中して聞いている雰囲気が音になって伝わってきていて、僕は自分の心臓の音が電話線に乗って届いてしまわないかと心配になった。

　そして僕は唇が離れる音をさせた。

「遠野さん、デートしませんか?」

　思いがけないことを言ってしまっていた。知らない自分に自分が驚いた。しかしそれはずっと望んでいたことでもあった。考えてみれば、付き合っているかどうかを聞くのは、そのあとの話だった。知らない自分はむしろ、自分なんかよりずっと理性的だった。

けれど、もっと驚いたのは遠野さんからの返事だった。

41

『なぜ彼女はパンなのか　黒岩茂助2』(報告　エマ・ビーヘル／オランダ)

Q　貴方は研修中の遠野美和に「君はもうパンだ」と声をかけました。意図を教えて下さい。
A　これは前よりもっと長い話になりますよ、エマさん。ここにはふたつの道がある。それでも聞くか。やめておくか(と、黒岩氏は私にコーヒーのおかわりをすすめながらこちらの目をのぞき込んだ。私は「聞きます」と即答した)。
では、話します。洗いざらい。

私は確かに彼女にそう言いました。帰り支度を終えた遠野美和ちゃんに。君はもうパンだ、と。彼女に期待をかけていたからです。大きく言ってふたつの意味で。

まず、私が優秀な従業員を緊急に募り、ここから少し歩いたところに今もある「パン・ド・フォリア」一号店を出してからずっと、彼女はその店のパンを食べ続けていたと言いますし、そのひとつひとつの形や香りや味を鮮明に覚えていてくれました。面接の時、彼女はパンの名を発売順にゆっくりと思い出してくれた。私の後半生の試行錯誤のあれやこれやを、やはりこの子はパンを通じて知っているのだと思いました。

遠野壮子の娘が、と正直私は驚いてもいました。つまり菅宮数一の孫が、と。

一円で菅宮数一を知らない商売人はいません。二十歳近く年上ですが、私がふらりと高崎にやってきた頃、すでに彼は資産家として名をはせていました。そもそも、元をたどれば近在を支配していた領主につながるのです。まだ五十歳ほどの彼に話を通しておかなければ、当時から商店連合会やロータリークラブで意見が通らないと言われていました。身寄りのない、洞窟出身の私からすれば〈月とスッポン〉です（スッポンは亀の一種。日本特有の言い回しで、甲羅の丸さは月と同じだが存在の格が比べ物にならないほど違うことからくると言われる）。

その娘、壮子は私が心機一転、高崎に支社を構えた時、二十歳そこそこでした。桐生市の実家に住み、短大を卒業して高崎の宝飾店「ジュエリーあきらか」に電車で通ってきていました。美しい娘でした。小さなバッグを持つ手の形が、まっすぐ前を向いて歩く時のワンピースの裾の動きが、束ねた髪の細さが、輪郭が空気に常に溶けている肌のきめ細かさが、そして何より誰かに話しかけられた瞬間の弾けるような目の輝き、丁寧でおっとりした会釈。育ちの良さとはこういうものかと、私は彼女を見かける度にはらわたをえぐられるような気持ちになったものです。

着ているものはいかにも上等で、しかし私が都内の店で見てきたようなわかりやすいブランド品はひとつもありませんでした。素材がいいのです。柔らかく体にまといついているのです。使い古した色合いのブーツをはいていても、よく見ればそれが一生ものだとわかるような革でした。アクセサリーは小ぶりのものばかりで、しかし近くに寄って盗み見れば、石の輝きが違っていました。デザインは少し昔風で、おそらく母親か誰かから譲り受けたのだろうと思われました。

私が話しかけることも出来ない女だと思いました。生まれ変わっても絶対に対等になれないと思いました。三十三歳の私は、二十歳過ぎの若い娘に憧れ、恋ともつかない思いに胸を焦がしました。決して手に入れられないもの、いや手に入れてはならないものが壮子でした。あらゆる階級の女を扱ったつもりの私でしたが、彼女は出会いようのなかった存在だった。

しかし、その壮子を私は支社ビルから見下ろし、彼女の退社時間に合わせて駅改札の近くに立ち、ガラス張りの喫茶店で同僚とランチを食べている彼女を早足で歩きながら一瞬見つめ、「パン・ド・フォリア」のチラシを商店街の入り口で声もなく渡し、パンを買いに来てくれた藤色のコートの彼女に驚いてすくみあがり、私自らレジを担当して震える手でバゲットを紙袋に入れ、釣り銭を出すのを忘れてにっこり微笑まれ、裏返った声でわびを言って自分を呪いました。彼女の前でしくじった自分の情けなさを、彼女を前にいまだに動揺してしまう自分の抜きがたい過去を（と黒岩氏はまた窓を開けに行ったが、すぐに忘れ物をしたように戻ってきた）。

それでも私は幸せだった。彼女と私は同じ時間を同じ街で過ごすことが出来たからです。遠くからであれ、その傷ひとつない姿を目の中に入れていられたからです。女にスレた私にもそんな心の隙があったことに不安を感じ、その不安が心地よいことにも気づいてそら恐ろしくなりました。

けれどもある日、その彼女が父親を通じて私の身辺をくわしく調べているのを知ったのでした。もちろん実際に調査したのは探偵事務所ですが、菅宮親子は『洞窟コーポレーション』の登記状況から社の履歴、資本の流れ、過去に起訴されたことがないか、支社の行っている業務、人間関係、そして何よりも私の本籍を。

自分が調べられていることはすぐにわかりました。誰かが我々を洗っている、と本社が経営するナイトクラブから通報があったのです。〈蛇の道は蛇〉でした（蛇が行く道は蛇が知っている。同類は互いに通じあっている、という日本の言い回し）。

私はふたつの推測に引き裂かれました。

ひとつ。彼女を見つめる出自の怪しい私を、壮子は恐れて嫌っているのではないか。

　もうひとつ。まさかとは思うが、独身であった私を壮子が見そめたのではないか。

　気が動転した私は、しかし何も隠そうとしませんでした。それまでやってきた仕事が恥ずかしいことだとは思っていなかったし、自分が帰化人である事実をむしろ堂々と菅宮数一と壮子に見せつけてやりたいという気持ちもあったのです。彼らにはわかりようのない自分の、自分たちの過去を突きつけるいい機会だとさえ感じました。

　しかも、もしも壮子が私を結婚の対象として見ているなら、ますます隠し事は禁じられていました。どうせいつかわかることなのですから。私は不安の中で開き直りました。

　けれどその年の終わり、壮子は遠野太一という若者と結婚しました。まだ大学院生だという話でした。生物学の研究をしていたと聞いたことがあります。花嫁である壮子のおなかにはすでに子供がいました。菅宮家のいわば大スキャンダルでした。子供は確か香という名前です。そう、美和ちゃんのお姉さんです。

　なぜ壮子はあの時、私を調べさせたのでしょうか。それがわからないことが以後、私を苦しめ続けています。おなかの子供を誰かの暴力のせいにしようとしていたのではないか。あるいは私に責任を押しつけて結婚させてしまおうと思ったか。

　どういうわけにせよ、私はなんの付き合いもなかった彼女にいまだに未練を感じているのです。私を恐れたにせよ、男として気になったにせよ、裏社会での何かの解決に利用しようとしたにせよ、菅宮壮子が私を〈知りたい〉と思ったことは確かなのです。私はすべてを知られたのです、彼女に。

壮子は私には悪い女です。

なぜなら十年後、「パン・ド・フォリア」に三号店まで出来た夏、パンで言えば私どもが「狂気の懐かし蒸しパンと狂気のゴマ」で話題になった時分、彼女は下の娘を連れてパン教室に通い始めたのですから。つまり、小学校三年生だった美和ちゃんと二人で。

私はまた彼女の意図をはかりかねて、日々胸を焦がした。壮子は屈託なく私にあれこれ語りかけた。まるで知らない人間に話しかけるような調子で。

そしてある日、私は見るべきでないものを見たのでした。壮子と幼い美和ちゃんの関係の、おそらく底辺にあるものを。

エマさん、続きはメシでも食いながらにしませんか？　ずいぶん長く話して疲れてしまった。

近くにうまいものを食わせる店がふたつあります。まず……〈私は迷わず寿司屋を選んだ。もうひとつの選択は「ドイツ料理を出す店」だったから。日本に来てまで私はゆでたジャガイモを食べたくはなかった。それはオランダで子供の頃からいやというほど食べさせられていた)。

42

『あの日のユリコ－さん－へ』

送信者　カシム・ユルマズ
送信日時　2001/7/6/18:46

物への欲など抑え
満ち足りて生きよ
善悪のくびきから
解き放たれよ
酒杯を捧げ持ち
愛する女の帯留めをもて遊ぶがよい
どうせすべては疾く消え去る
楽しみの時は長く続かぬ

大地が君をその子宮へと呑み込む前に
君の人生を悲しみで染めるなかれ
黒々とした苦悩に煩らうことなかれ
それまでは書物を
愛しい女の唇を
かぐわしい青草を
手放すことなかれ

あなたも知っているだろう、イスラム圏で最も有名な詩人、ウマル・ハイヤームの『ルバイヤート』の連なりから始まるふたつの四行詩です。前半は十一世紀の奔放で、なおかつ無常観に満ちた言葉の塔です。後半はあの日の私の即興。当時を思い出して同じように英訳したら、このように行が増えてしまいました。覚えていらっしゃるでしょうか。

一九五三年、私があなたのもとを去る年の春の早朝、お父さんが車を出して下さって、私たちは運転手の財津さんと三人で奈良へピクニックに行きました。当時はまだ珍しかったろう、サンドイッチを籐のバスケットに詰めて。

戦争が炎をまとった巨大なシャベルで大地を掘り返した跡はまだ点々と残ってい

た。私たちは海沿いを東に行き、尼崎を過ぎ、大きな川を渡って大阪へ入ると、そこを突っ切り、さらに東へ東へと山の中に入って、ついに古代の都があったという憧れの奈良一帯を見下ろす春日山の上へと着きました。

ずいぶんと時間がかかった。あなたは途中から私の隣で小さな頭をシートにもたせかけて眠ってしまった。名前を呼んで起こすと、あなたは寝言で私の名を口にした。会話ではありませんでした。夢の中であなたは私と何か話していたのです。起きてすぐ、確かにあなたはそう言いました。

晴れた日だった。空は青く、空気は薄い黄色を帯びていて青々と繁る山肌の草を風で揺らしていた。時間がゆっくりとしか動かないのがわかりました。

財津さんは五重塔を左手に見下ろす場所に敷き布を広げてくれた。いや、塔ばかりではない。大仏殿の屋根も春日大社も他の寺々も小山も畑も一望出来ました。ヒバリが鳴いていた。蓮華の香りがしては消え、その香りの流れの中に白い蝶が転がるように飛んだ。

財津さんは暑いからとドアを開けたままの運転席に戻り、あなたはまだ少し眠そうに敷き布の上に横座りになり、私は腰に手をあてて目を細めながら首を左右に振り続けました。

そして、自然に口をついて出たのです、あの詩が。

物への欲など抑え
満ち足りて生きよ
善悪のくびきから
解き放たれよ

と、わたしは頭の中に鳴るペルシア語を日本語に置き換えていった。目の前の、塔でさえ先端が丸く穏やかに見える国へと、小鳥を捧げ持つように、私はその詩を生み直した。

どうせすべては疾く消え去る
楽しみの時は長く続かぬ

と私はそこまで言い、なぜ自分にその詩が必要であったかをうっすらと悟りました。春霞の向こうに立派な門があるように思った。けれど、それが何であるか確かめている時間はなかった。今にもまたあなたは眠ってしまいそうだったから。
私はあわてて続きの言葉を唇に乗せた。思い浮かぶままのペルシア語を訳した。

大地が君をその子宮へと呑み込む前に
君の人生を悲しみで染めるなかれ
黒々とした苦痛に患うことなかれ

まだその先があると私は感じていました。
そして末尾が来た。

それまでは書物を
愛しい女の唇を
かぐわしい青草を
手放すことなかれ

私は春日山の上で古典と擬古典を訳し終えた。
口をつぐむと、世界が自分の中にしまわれ、ファスナーを閉じられて封印されたように感じた。耳に春だけが黄色く鳴っていた。あのヒバリだった。いや、蓮華の花が一斉に揺れて鳴っていたのだろうか。ふっつりと私は自立し、あなたから遠くなったと感じた。

愛しい女の唇を、かぐわしい青草の上に見ている、と私は突然悟ったのに。それを手放してはならないと自分に命じたばかりなのに。私は最後に背中を糸できつく縫われた布人形のように、存在を完結させてしまったと思い、悲しくなった。

私はそよぐ風の中で、あなたを見ていた。

もしもあなたが、私の読み終えた詩を強引に体を裂くようにしてつかみとり、引っ張り出して敷き布の上にひとつずつ並べ、これは何であるのかと問いただしてくれさえしたら、私は自分が今ルバイヤートを生きているようです、と伝えることが出来たでしょうに。

財津さんの目を盗んで。

あるいは、あの時、私がもっと万葉集に通じていたら、詠み人知らずのこの歌を口ずさんでみせたかもしれません。

春霞
山にたなびきおほほしく
妹を相見て後恋ひむかも

OHOHOSHIKUとは古語のようですね。ぼんやりとしている様をあらわしています。『世界恋愛詩全集第十二巻』に収めたので知っているのです。あなたには言わずもがなでしょうが。

私にとってもあの日の奈良は「おほほし」かった。私を包む感情も、眼下に広がる景色も、遠くも近くも判然としない音の響きも、そして少女のあなたが向けた視線も。

その少女をかすんだ視界の中に入れていながら、私はそれなりに長い年月、自分の心で動いているものを認めていなかった。その意味では、私は神戸でも二年間ずっと「おほほしい」ままだった。

今こそ私はあなたに言ってしまいたい。

あとからそれは来たのです。

後の感情、は。

43

『BLIND』(報告　金郭盛／台湾)

私たち、会わなきゃいけないの？

と美和は言ったのだった。

どういう意味か、徹は計りかねて黙った。自分の発想からは出てきようもない言葉だった。

声の調子によれば、決して拒絶ではないことはわかった。事実、エマ・ビーヘルもヘレン・フェレイラも、美和は素直に疑問をあらわしただけだ、と言っている。

だが、調査員男性グループは私も含めて違った。電話であれほど話した二人が、なぜ会わないことなどあろうか、と抵抗感を示したのである。

普段感情をあまり表に出さないP.U.チダムバラムでさえ、「会わなきゃいけないの？　とは何事か」と『BLIND』報告会の度に語気を荒くしたものだ。「この発言だけは訂正して欲しい」と、まるで議事であるかのようにP.U.は恋愛を誤認し、のちに謝罪したのだ。

唯一、徹だけが違った。会いたいなどと言ってしまうべきではなかったと後悔し、時間を遡る方法を探したのである。しかし、そんな魔法はどこにもなかった。

すると、美和が言った。

会いたいと思ってくれるの？

のんびりした声だと徹は感じた。

うん、と答えた。

それは美和の耳にもおおらかな音色だった。

美和は言葉を選んでゆっくり言った。

私は今みたいに話せればうれしいから。会うなんて考えたこともなかった……とっても楽しいし、幸せだから。

うん。

徹はまたそう答えた。

答えてから、美和の向こうにぽっかりと口を開けた大きな夜があるのを感じた。

美和は美和で、徹の気の抜けたような声を聞いて初めて、落胆という感情を「ほんの少し」理解したという。彼女はたいてい満ち足りていた。彼女は多くを望まなかった。彼女は小さなガラスのコップ、朝露の滴をためる葉、小川の脇の水たまりにとり残された小魚、喉の渇きを無視して飛ぶ渡り鳥だった。

何か徹が言っていた。

え？

と美和は徹を過去に戻すかのように聞いた。

ごめんごめん。

徹はあっけらかんとした声で繰り返した。

ううん。私こそごめんなさい。

美和はいつもよりわずかに早く言った。すると、徹は打ち消すかのように話を変えた。

遠野さん、本当はどんな声なんだろう？

え？

留守番電話に吹き込むメッセージって、ぜんぜん自分と違う声じゃない？

ピッ。

無言。

無言。

だから、今僕が聞いてる遠野さんの声は、普段の遠野さんの声と違ってるんだろうなって。

あ、そうか。

それを聞きたいなと急に思って。

無言。

無言。

無言。

だから誘っちゃったんだと思う。
うん。
ごめんね。
ううん。
無言。
……徹くん、そっちは晴れてる？
晴れてるよ。
……月が綺麗だなと思って。
見えるの？
ピッ。
いいなあ。僕は見えない。北向きの部屋だから。両側とも部屋にはさまれてるし。
好き？
え？
無言。
無言。
……月。
あ、うん。好きだよ。大好き。

私も好き。

無言。

無言。

無言。

無言。

雑音。

僕は仕事の帰りに駅まで歩く道でね、首が疲れるほど見上げる時がある。

そんなによく見える場所なの？

そう。

無言。

無言。

無言。

今、どんな月？

ええと、満月に向かってふくらんでて、左上が欠けてるの。……でも変な形で私は好き。

光ってる？

光ってる。

午前零時を回っていた。

会う話はうやむやになったにもかかわらず、春の夜の二人はまだたどたどしく、親密にしゃべっていた。

母・壮子は一階の居間でテーブルに頬づえをつき、目の前の木箱の中で孵化を終えた黒い糸くずのようなカイコの幼虫群越しに、キッチンとの間の低い食器棚の上の電話機のランプが緑色に光るのを見ていた。

44

『ヤマナシ・レポート』(中)

カシム・ユルマズ（トルコ芸術音楽大学）
二〇〇一年六月三十日付
「イスタンブール読書新聞」より

さて、昨年までの百年間、つまり二十世紀と呼ばれる時間に私たち人類は何をしたというのだろうか。

二〇〇一年五月二十日のこの深夜、次第に身体になじんできたヤマナシのホテルの不思議なほど小さな部屋で、やはり小さな机に向かって背中を丸めている私は、薄い壁の向こうで寝息を立てる同志たちの存在を感じながら、一人こうして記憶をたどるのである。

二つの世界大戦、社会主義国家の成立、相対性理論の降臨、自動車と飛行機による移動距離の拡大、米ソによる宇宙船の打ち上げ合戦、遺伝子の発見、核兵器開発とその残酷な使用、キュビズムとシュールレアリズムの展開、そしてラジオ、映画、テレビといったメディアの席捲。

思えば、世界で初めてラジオの、つまり無線信号の送受信実験が行われたのはちょうど一九〇〇年（つまり十九世紀最後の年だ）、エジソンの研究所にかつて在籍していたカナダ人、レジナルド・フェッセンデンによってであった。ひずんだ音だったという。途切れ途切れにしか信号は届かなかった。まさにそこから、我が世紀が始まったといっていいのではないか。

私も少年の頃からラジオに耳を奪われて過ごしたものだった。居間の黒いチェストの上に白いレースが敷かれ、頑丈なラジオが置かれていた。大きなダイアルを回して周波数を探った。そこから聞こえる恋の歌、民謡、政治家たちの演説、日々同じ奇妙な宣伝文、単純きわまりないニュースの数々が、私を形作った。いまだ音はひずんでいた。人口が急増していく首都アンカラの、そこだけ開発から取り残されたような旧市街の坂道にある石造りの家は、西の大都市イスタンブールから寄せる波の打ち際だった。それは近づき、また遠のいた。

一九一四年、第一次世界大戦が始まると、あのイギリス軍がフランス軍がオーストラリア・ニュージーランド軍が、我らトルコの大地に今度は大波のごとく押し寄せた。老衰死間近であったオスマン帝国から、偉大なる若者ムスタファ・ケマルたちが新しい共和国を産み出し、私たちが代々暮らしてきた町を首都とした。とはいえ、私はまだこの世にいなかった。私の母がその歴史的な瞬間の数々を、ラジオで聞いていた。私の妹がいまだに使っている、あの頑丈なダイアル式のラジオで。

さて、私は自分が生まれる前の時代にまで遡っている。昼下がりのアンカラの、歴史の積み重なった屋敷の暗い居間、古ぼけた写真と絵葉書と絵皿に埋め尽くされた壁と、傷だらけの樫の木のテーブルと椅子。そこに響くかすかなラジオの音に、私の耳は吸い込まれる。

だが、ノスタルジーが私を襲うことはない。

私はそういう年齢さえ越えてしまったと感じる。これまでノスタルジーの摩擦係数の高さは生きる日々の長さに比例して増大し、ついに人生それ自体の車のタイヤを止めてしまうことさえあった。私は過去の甘さにとらわれたまま、半透明の水飴の中に閉じ込められたようにじっと動けない午後を過ごした。

しかし、やがて私はよろよろと前へ進みたいと思うようになったのである。

希望を捨てた老残の身こそが、この上もない解放を招くと知ったから。書斎の孤独を携えて、どこをさまよっても流れる水のように孤独のままでいられるようになったから。七十歳を前にした数年の、様々な経験によって。

さて、こうして見慣れぬ異国で夜の黒い山脈に囲まれ、オレンジ色の灯火の下で、消え去りゆく時代の尾の先に醜く指を伸ばすこともなく、母の家、祖母の背中、鼻をつく年寄りの匂い、西日の束の幅で照らされる埃を思い出し、十字軍に占領された時代のアンカラの、やはり石造りでそこにあったはずの屋敷の居間にまで、私は私の血の記憶をたどる。音を聴く。

ブドウの実の青さはもはや私にない。威厳をもって渇き、伸ばした蔓のすべてを固くこわばらせ、砂地から螺旋を描いて沈黙している私という古木のうちには。

しかし、私の読者よ。

その過去のヴェールのぶ厚い重なりに、私がより多くの恋愛の襞を見てとり、男女や男同士、また女同士のささやき声を察知出来るようになったのもまた事実なのだ。

歴史家のように冷徹に、私は愛を探す。

他人の恋を、その言葉を。

あなたの恋を。

私の読者よ。

45

『Re: あの日のユリコ－さん－へ』
送信者　島橋百合子
送信日時　2001/7/7/22:07

カシム。

今日、日本では七夕です。

節くれだった貴方の長い指が毎年、祖国の安寧を祈って筆を持ち、梶の葉に墨で横文字を書いて精霊棚に手向けたことを今も覚えています。我が家では祖父が平安時代の古式にこだわって、その風習を復活させたのでした。貴方はツルツルした葉の表面に黒々と墨が定着する様子に、必ず目を丸くしていた。浴衣を着せられて。

残念ながら今日、神戸は曇っていて星は見えないけれど、それは天空からすれば喜ばしいことかもしれません。下界から離れたそこをのぞかれずにすむのですから。

きちんとした返事は落ち着いて書きます。
ひとつだけ今にちなんだ返歌を。
万葉集から。

彦星の思ひますらむ心より見る我れ苦し夜の更けゆけば

彦星が別れをつらく思う以上に、それを見ている私がつらいのです。
夜がこうして更けてゆき、朝が来てしまう。

百合子

46

『ＢＬＩＮＤ』（報告　ルイ・カエターノ・シウバ／ブラジル）

私たち、会わなきゃいけないの？

という遠野さんの返事を、翌四月二十三日の土曜日、僕は佐々森に伝えた。「レイン・レイン」の朝礼の前に。

なぜそのタイミングかといえば、朝礼のために館のエントランスに集まると、藻下さんが何か話しかけたそうに僕の方にじりじり近づいてきたからで、佐々森はそれを妨害するように間に立ち、僕の腕を引っ張って少し奥の廊下の湾曲部に移動させて、前日の電話の結果を聞いてきたのだった。

「どうでした？　付き合ってますって？」

「いや」

と僕は言い、さっき再現した返事を再現した。書くと順番は逆になってしまうのだけれど。

佐々森は一瞬、もともと小さめの目を点のようにした。瞳孔が縮小したように見えた。そして、逆上した。

「何言ってんです、そいつは？」

ささやき声に空気を裂くような怒気がこめられていて、僕は最初、意味がわからなかった。佐々森は僕の両肩をつかみ、ゆすった。

「会いたくないなら電話してこないで下さいよ！」

とまるで佐々森が僕であるかのように、そして僕が遠野さんであるかのように、佐々森はガラガラヘビのたてる威嚇じみたシューシューいう音を混ぜて言った。歯をむき出してこちらに見せつけていた記憶もある。

藻下さんは体を斜めにして、それをのぞいていた。あとから聞くと、佐々森と僕の間に恋愛関係があるのかと驚いたらしい。

「そういうことじゃないんですよ」

僕はほとんど笑い出しそうになりながら答えた。そういうこと、というのはもちろん佐々森とのことじゃなくて遠野さんの返事の意味を指していた。

「会わなくても幸せだって、遠野さんは言ってるんです。会いたくないわけじゃなくて。わかります？」

「わかりません」

佐々森は僕の言葉を聞き終わらないうちに首を振ってそう言った。エントランスから園田さんの大きな声が聞こえてきた。朝礼が始まってしまうから、僕は佐々森の左肘を右手でぽんぽんと下から叩いて言った。

「付き合ってるかどうかは聞いてません。でも話をしていて幸せだって言うんだから、それでいいじゃないですか。僕も幸せです」

佐々森の力が抜けた。僕は時間の止まった世界から一人で動き出すようにして、佐々森の両手から体を外し、エントランスへ向かった。

朝礼では、かつて野党だった政党が連立して首班指名を進めていることについて園田さんがひと言コメントをし、それまで何度も槍玉に挙げていた三月四日の小選挙区比例代表並立制（この難しい専門用語を、僕たち「レイン・レイン」のスタッフは全員一気に言えるようになっていた）の改革法案可決への批判をまたしつこく繰り返した。

園田さんのいつもの説明だと、選ぶ議員の数が同じ区域の中で限定され、対立軸を失わせるというのだった。僕にはその欠点が切実ではなかったのだけれど、園田さんはこの法案がやがて日本を硬直させると言った。大きな政党の支配力が決定的になる、と。だから一九九四年三月四日を我々は忘れるべきでない、と園田さんはしきりに話した。

どんなに新しい政権が出来ても、日本をあの日以前に戻せはしないだろうよ。三月四日以前には。ああ、呪われた３４！　もっと言えば１９９４３４！

なぜ数字の羅列で呼ぶのかはわからなかったけれど、１９９４３４は僕と遠野さんの電話がつながった日、１９９４３２４とひと文字違いだったから、僕は遠野さんの一番最初の「あ」という短い声を一人思い出して、急に懐かしさにとらわれた。

しかし、アイラインをひときわ濃く青く塗ってきた藻下さんは違った。

「園田さん、最近聞いてると、そもそも小選挙区制自体に反対だとも取れるんですが、なんで中選挙区制の方がいいと思うんですか？　そっちに問題があったから制度を変えたんじゃないんですか？」

「だーかーらー」

と園田さんは藻下さんの方を向いて言葉を伸ばした。

「いいかい、藻下京子さん」

それから十分強、僕らには非常にわかりづらい討議が「レイン・レイン」のエントランスで行われた。議員定数に応じた選挙区の区割りの是非とか、有権者の意志の反映とか、コスタリカ方式だかブラジル方式だかの限界とか、重複なんとか制度とか、セキハイ率などという単語が飛び交った。おかげで、〈サンダー・フォレスト〉で微妙な異臭が複数報告されている件や、〈コールド・コールド〉の小雪原の中に薄切り豚肉のパックを数個保存していたスタッフがいる件（新田が自供）、〈竹林〉の竹にカッターナイフで好きな女子の名前を刻む中学生ゲストの増加をどう防ぐかなど、むしろ僕たちが緊急に話しあうべき問題はあと回しにされた。

そして朝礼の最後の最後、園田さんはこう言い、そのまま操作室へすたすたと戻っていったのだった。

「水沢傳左衛門にはもう俺たちのランドを守る力がない。いや、ランドはこれからもあるだろう。だが、この雨の楽園をあと半年続けられるかどうか。みんな、どうか悔いのないように仕事してくれ」

がやがやとはこのことかというざわめきがエントランスに生じた。藻下さんは周囲の人を順番につかまえては、なんで？　と聞いた。僕も佐々森も動揺したが、それより風神とあだ名される神田さんのショックが大きいようだった。

朝礼では必ず人の輪の後ろに、まるで隠れるように立っている神田さんは、その時だけスタッフをかき分けて操作室の方に自分もふらふら歩いて行こうとし、

「園田」

とひと言だけ声をかけてから、下を向いて立ち尽くした。制服のつなぎは何年も丁寧に洗われてきたはずで、緑色がほとんど黄色になりかけていた。はいているスニーカーも黄色で、後ろ姿を見ると薄い茶色に染めた髪とあいまって、全体的に一頭の類人猿に見えた。丸めた背中はいかにも寂しげで、森の急激な喪失を前にしたオランウータンのようだった。

森の賢人は目を伏せたまま振り返り、そこで視界に僕の靴を入れたのか、顔を上げて二、三歩近づいてきた。佐々森と僕があとじさるほど、神田さんの顔は青かった。緑色なのは〈ロンサム・デザート〉の中だけなのだな、と妙な感慨を僕は持った。

青い顔の賢人は僕らの前で言った。

「ついに来たな」

そして、そのまま僕らの脇を通って右側へ、つまり〈竹林〉を抜けて彼の居住区〈ロンサム・デザート〉へと帰って行った。

何がついに来たというのか、佐々森と短く話してから、僕は〈コールド・コールド〉の主要な灌水器の凍結をチェックして奥の操作室へ、佐々森はパクチーを潰しにエントランスからすぐの〈ジャスト・ビフォー・ザ・レイン〉へ戻った。

以前園田さんが、第二ランドの土地払い下げに関する談合について教えてくれたことが、事態には最も関係が深そうだった。けれど、「この雨の楽園をあと半年続けられるかどうか」というのはどういう見通しなのか。

黒い金属扉を開けると、中に園田さんがいた。操作盤の前で紺のキャップを目深にかぶり、手早くボタンを押して砂漠にポツリと雨を降らせ、また同じボタンを押して解除し、さらに同じ動きでまた砂漠に雨を降らせ、その水量を操作盤の下に積まれた機材をいじって上げた。モニターのひとつに神田さんが砂丘の真ん中で立ち尽くしている後ろ姿が小さく映っていた。雨を通して、二人の職人が何かメッセージを送りあっているのだと思った。

「佐々森に聞いたよ」

園田さんは別の作業に移りながら、やはりキャップのつばで表情を覆ったまま言った。

さっき話したことであるはずがなかったから、何を言っているのかわからなかった。

「私たち、会わなきゃいけないの？　こりゃ一体どういうことだ。俺たちにケンカ売ってんのか？」

「え――――？」

僕の目は丸くなった。知っているわけがなかった。そのことを佐々森に打ち明けたのは朝礼直前。そして朝礼は園田さんと藻下さんの話しあいで終わったのだ。

「会わなくても幸せだと、相手は言った。会いたくないわけじゃなくて、とお前は解釈している」

神なのか、と息を呑んだ。もし、のちに僕の体験がこのレポートにまとまると知っていたら、園田さんは熱心な読者なのに違いないと判断しただろうが、その朝を普段通り生きている僕は違った。呑んだ息が胸に詰まるほど驚くだけだった。

「そうなんだな、徹」

僕はこちらを向くことさえしない神からそう問われて、洗いざらい答えようと思った。

「はい。遠野さんは悪気があってそう言ったんじゃありません。絶対にそういう人じゃないんです。むしろ善意っていうか、会うなんておそれおおいって思ってというか、あの」

「お前はどう答えたんだ、昨日は」

「ごめん、と謝りました。会いたいなんて言い出してごめんという意味です」

「お前、それで傷つかなかったのか」

「傷？」

「徹はそれでも電話を続けたのか」

「はい、けっこう長く話しました」

「理不尽だ」

園田さんはそのまま黙った。僕は遠野さんのことをきちんと理解して欲しかった。どう話せば、前夜自分が納得した理由をわかってもらえるのだろうかと思った。

ジーッという秋のランド周辺でよく聞こえる虫の音みたいなものが操作室に響いていた。あとは天井の内部のパイプに大量の水が供給される音、弁が開く音、閉じる音。パイプを通してだろうか、各部屋からの雑音が伝わってくるようにも思えた。

やがて、園田さんは口を開いた。

「理不尽なほどの、愛だ」

神はキャップを脱ぎ、いつもの薄い頭頂部をさらしてさらに付け加えた。

「諸君、これは理不尽なほどの一方的な愛だよ。祝福してやろうじゃないか。徹、その片思い、俺たちで応援するよ」

「諸君？」

そこで初めて、操作室から各部屋へトランシーバーがつながっていることがわかった。

「了解。オーバー」

「了解。オーバー」

と新田と大山の声がした。

「僕は保留します。園田さんは人を信じ過ぎる。徹くんのためにこそ、僕は彼女を疑いますよ。以上」

佐々森が〈ジャスト・ビフォー・ザ・レイン〉のスタッフ通路から、これはハンズフリーの内線電話でメッセージを伝えてきたのが、背後でかすかに鳴る東南アジア音楽でわかった。操作室に鳴っていた雑音のひとつはそれだった。

朝礼後、僕が他の部屋を点検している間に、園田さんはいち早く佐々森から報告を受けていたのに違いなかった。その報告はトランシーバーでどうやら全室に送信されていたのだった。

もちろん無断で。

抗議をしようと思った僕を園田さんは片手で止め、モニターを指さした。神田さんが元気よくカメラに向かって砂嵐を吹きつけていた。

わずかな間のあと、受付からだろう、入場者制限をかける時の五音のチャイムが館内に響いた。これは二人の女性の合議によるものと思われた。どういう意味か最初ははかりかねたが、満員を告げる滅多にない合図だから祝福なのではないかと思われた。

というわけで、佐々森が味方をしないと宣言した以外、新田と大山、神田さん（とたぶん受付嬢たち）は園田派になった。

ジ――――ッ。

操作室の中に響く虫の音がひとつ、雑音の波のように高まった。ふうふうと息を吐くのが聞こえた。誰かが送信スイッチを押していた。トランシーバーはまたジ――――ッと雑音を強め、少ししてプツリと切れた。

園田さんはトランシーバーをじっと見つめ、それから僕を見上げた。頭頂部に濃い靄がただよっていた。

雑音をどう訳すかは僕にもわかっていた。

藻下さんは園田派では毛頭なく、話を聞いている間中、ふくらむ疑問で胸をいっぱいにしていたのだ。

その疑問については僕も藻下さんに同意出来た。自分がしているのは片思いなんかではなかった。理不尽なほど一方的な愛ではあり得なかった。

ではなんなのかを僕は言えなかった。

言えないけれど、簡単なことだった。

こんなに簡単なことをなぜ誰もわかってくれないのか、不思議で仕方がないと思った。

園田さんはいつも物を極端な方向に考え過ぎた。佐々森は僕のことを心配するあまり、すっかり機嫌を悪くしていた。新田、大山、受付嬢たちはたぶん状況自体をのみこんでいないまま、園田さんに話を合わせているしかなかった。神田さんは園田さん以上に極端な方向が好きで、スタッフにロマンティストとしょっちゅうからかわれていたから、理不尽な恋だろうがなんだろうがモニターに向かって砂嵐を吹きつけることそのものに酔っていただけだと思う。そもそも砂のせいか耳が悪いのも神田さんの特徴で、館内トランシーバーでの指示がまともに伝わっていないことが多かった。

僕と遠野さんは、僕と遠野さんでしかあり得ないつながり方をしていた。

付き合っているのかどうかとか、会う会わないとか、そういう基準が自分たちには当てはまらないのだと、僕は用もなく操作室を出て〈サンダー・フォレスト〉へ向かいながら思った。

裏口から中に入ると、ごろごろ雷が鳴り、暴風雨が吹き荒れていた。生い茂る熱帯の植物の大きな葉に雨が絶え間なく跳ね返って豆をまくような音をさせていた。息苦しい熱気が部屋に充満し始めた。

遠野さんだけが理解者なのだという確信があった。他に理解者がいなくてもまったく平気だと思った。

僕はなんだかわからないけど、大声を出した。雨が髪を濡らし、頬をつたい、緑色のつなぎをみるみる黒ずませた。僕はいい気分になってもう一度、意味のない言葉を叫んだ。上を向いて開けた口にばらばらと雨が入ってきた。

カッパを着忘れていた僕は、気づくと下着までびしょ濡れになっていた。さしあって操作室に戻るしかなかったが、着替えを常に用意しているのは、会社に無断で寝泊まりすることのある園田さんだけだった。

園田さんのタオルで体をふき、下着を借りてはき、園田さんのつなぎと大きめの帽子を着用する以外に、僕が風邪をひかない方法はなかった。そして、園田さんはふんどし愛用者なのだった。ふんどしは日本の古い男性用下着で紐と布で出来ており、ほとんどの現代人は利用しない。まして貸し借りなど聞いたこともなかった。

園田さんは喜んで赤い一枚を貸してくれたし、はき方を熱心に説明してくれた。時おり遠野さんへの誤解をあけすけに口にしながら。

47

『BLIND』（報告　金郭盛／台湾）

徹はその日以降、「レイン・レイン」で何が起こっているかを美和にほとんど話さなくなった。

話さない徹を美和はそのままにした。

同時に「レイン・レイン」では美和の話を再びしたがらなくなった。

園田も佐々森も、それを許さなかった。仕方なく、徹は通話の一部を再現したが、それがどういう意味を持つかを彼らは知りたがった。

会話です。

としか答えようがなかった。

かけがえのない、と付け加えたところで何が伝わるというわけでもなかった。

例によって無言とプッシュ音とゆっくりした口調の会話で、二人は三日ごとにしゃべった。主に三十分もしない通話の中で、少しずつ言葉を交わした。話題は一日にひとつかふたつしかなかった。

四月の終わりも、五月の暖かい夜も冷える日も。

例えば、美和は自分の家の背後に山があり、頂上に入園無料の小さな動物園があることを隠し、ただ動物園が好きで子供の頃から一人で行くとだけ話すと、徹はそれが美和の住まいを知る重要な情報であるとも思わず、柄が白黒反対のシマウマの突然変異が生まれても誰も気づかないのではないかと真剣な口調で言い出したので、美和は少し考えてからそうかもしれないと笑った。

『あらはばきランド』ではどのアトラクションが一番好きかと徹に聞くと、当たり前のように「レイン・レイン」と即答したのだけれど、中の人間関係を話したがらない徹を思って、美和は二番目は何かと話をずらし、徹は山桜の木と言った。

たったそれだけの会話だった。それだけで時間は濃密に過ぎた。他愛もない思いつきが、知らぬ間に何かの確認作業になり、比喩になり、沈黙の共有と、笑い声の交わしあいになった。

ある日、美和はこれまで見た中で一番汚い字を書く人の文字の列が死んだ虫の群れを写生した一枚の絵のようだったと言葉を区切って話し、徹はその絵が欲しくてたまらないと思った。

大根の辛さが苦手で自分は子供っぽい味覚を持っているのではないかと徹が話した夜、美和は幾つかの野菜の名を挙げたあと、自分はピーマンが一番苦いと思うと話した。

初恋は二人とも中学生の時にしていて、どちらもしごく恥ずかしい顚末だったとおおまかないきさつを告白しあい、徹は不良グループのリーダー格だった女子に渡したラブレターがクラス全員に回されて読まれていた過去を話したのだが、それを他人に打ち明けるのは初めてだった。

年齢が違うことはうっすら推測されていたが、中学高校の頃に熱中していたラジオ番組が同じであることがわかり、しかも美和が一度だけ読まれた他愛もないハガキの内容を、徹は覚えていると言い張ったので、ラジオネームは「白みそ」だったと美和が告白すると、確かにそうだった気がすると言いながら徹は少し自信を失った。

動物園のあるその街の、名前はいいから様子だけでも教えて欲しいと徹が乞い、美和はずいぶん長く考えてからノコギリ屋根と答えてまったく理解されず、ノコギリの歯のような鋭角の屋根が幾つも並んだ工場のことをつっかえつっかえ説明し始め、それがかつて陽光をよく採り込む設計で女たちを長く働かせ、地元に大きな富をもたらす機織り産業を支えたのだと美和の住所のさらなるヒントを出したこともあった。

反対に美和はその夜、徹の住む街のことを聞いたが、芝居小屋が幾つかあることを徹は隠すつもりもなくただ謎めかして伏せ、曲がりくねった小道だらけだと言うと、美和は自分の街もそうなのだと一瞬同じ場所に住んでいるかのように錯覚して声を上げた。

　切れかけの蛍光灯のチラチラする光が嫌いだと徹が言った夜、美和は子供の頃そういう蛍光灯だけを近所の空き家の庭に隠して集めていたことがあることを思い出して黙り込んだ。

　ポケベル（欧米で言う「ペイジャー」。日本では一九九二年から特に女子高校生に流行し、携帯電話に連絡ツールとしての王座を奪われる一九九六年まで、爆発的な人気を博した）を徹は入社直後に持たされたが、園田に私用で呼び出されることが多くなって今はロッカールームに置きっぱなしだと言い、美和はその機械で唯一連絡を取り合っていた友人が親の転勤で引っ越してから使い道がなくなり、契約を解除したと話して、お互いにああいうコミュニケーションがなぜだかどうも苦手だと打ち明けあった。

　エイプリルフールで一番気の利いた嘘はなんだったかと四月も下旬になってから話しあい、美和は明日のエイプリルフールどうする？　と当日聞かれたことだと言い、その嘘はしかしなんのためについたのだろうと二人は考え込んだ。

　自分は泣き方に特徴があると言われると美和は話し、徹は自分は笑い方にあると言われると即座に答えて、それがいかにも洒落た反応だと満足しているのを声の様子で指摘され、顔を赤くした。

美和は自分だけが峻険な山並みに囲まれて育ったことをつい忘れていて、徹が勤める遊園地も山脈の中のひとつを切り開いて造られたのだと思っており、そこへ仕事に出かける徹を毎朝登山をする人のようにイメージしていて、雨の日や風の日のねぎらいが格別厚かったのだが、その勘違いはのちになって調査員の聞き取りをつき合わせてわかったことで、本人たちには伝えられなかった。

つい長電話になった日、耳の上の方が痛くなると美和は言い、もっと軽く受話器を持てばいいと答えた徹は自分の耳の上も実は痛いのだと打ち明けた。

BGMがいらないと思う場所はどこかという話になり、海水浴場と徹はぼんやり答え、美和は「渓谷を行く電車の中」と、わたらせ渓谷鐵道をはっきり思い浮かべて言った。

巨大迷路（木の壁を高く複雑に立てて作られた迷路の中を人が歩き、出口を探す遊具がある時期日本で流行した）に行ったことがあるかと徹は言い、美和は二度、高校時代の同級生五人（男子三人、女子二人）と出かけたがどちらも自分がすんなり解いてしまって気まずかったと笑った。

最もショックを受けたなくしものは読みかけの長編恋愛小説だったと美和は言い、タクシーの中に置き忘れたそれを買い直したが結末がなくしたものとどこか違っているのではないかという疑いが消えなかったと付け加え、徹は幼い頃気に入っていた水色の野球帽をなくした日のことを思い出して、父親が隠したのではないかといまだに思っていると答えた。

　電話をしながらコップの水を飲むと受話器に触れてこぼれそうになるのでストローを使うことにしたと美和が言い、徹は持ち歩けるくらいの小さなペットボトルがあればいいと思うが、もしそんな贅沢なものを売り出しても他の誰も買わないだろうと笑った。

　二人とも高校までの教室ではいつも前の方の席に座っていたことがわかり、後ろから見渡す教室を自分たちは知らないと嘆いた。

　雨が降ってきたと美和が嘘を言った日もあり、そっちはどうかと聞かれて徹は降ってもいないのに降っていると答えた。「嘘」と美和が言うと、「嘘です」と徹は答えた。「遠野さんは」と徹に聞かれて、美和も「嘘です」と即答した。

　こうして二人は話した。

　木曜日、日曜日、水曜日、土曜日、火曜日、金曜日、月曜日、また木曜日、と。

　周囲から自分たちを閉ざして、電話線の中に逃げ込んでしまうように。

　五月も中旬になり、ありとあらゆる草木の葉が緑に染まるまで。

　一本の電話が第一次安定期を終わらせる、あの日まで。

48

『ＢＬＩＮＤ』（報告　Ｐ・Ｕ・チダムバラム／インド）

「激動期へとレポートが進む前に、我々は美和の母・壮子のその間の行動を詳しく知っておかなければならない。四月下旬から五月までの壮子を。特に、美和の返事に激昂したとまで言われるＰ・Ｕ・チダムバラム氏こそ、冷静に美和発言の背後にあるものを解きほぐすべきだ」（第二回『ＢＬＩＮＤ』報告会　佐治真澄／日本）

遠野美和の母・壮子の一九九四年を語るには、まず数年を遡るしかない。

エマ・ビーヘルがすでに報告しているように、壮子は『伝説のカイコ〈白月〉を復活させる市民の会』を発足させていた。

一九九〇年七月七日のことである。

カイコという昆虫の圧倒的な個性については、ヘレン・フェレイラの情熱的かつ壮大にして詳細な報告が添付資料となっているのでいずれそちらを読んでいただくとして、端的に言って〈白月〉とはもはや現代に甦りようのない種であった。

壮子はだからこそ、このカイコに魅了されたとも言える。〈白月〉の繭から取った糸のみを使って織った白地に銀の麒麟（東洋における伝説の動物で、鹿と龍を混ぜたような形をしている）の柄入りの帯を屋敷の屋根裏部屋から見つけ出した瞬間から。

その糸の輝き、その細さ、しかしその強健さが地元桐生の生んだ希少なカイコなしではあり得なかったと、壮子は自分の母親・塔子から度々聞かされていた（ただし、飼育にはエサの桑が余計に必要だったとも、謎の流行病に罹って全滅したとも）。菅宮家に嫁いで来た折、塔子はその麒麟の帯を締めていたのだと言われたし、次にその帯を締めるのはお前だと縁側で抱かれながら聞いて育った。

ところが、待ちに待った結婚式で、壮子は〈白月の帯〉を締めることが出来なかった。すでに妊娠している腹に和装は厳しかった。父・数一はなるべく早い挙式を望んだ。壮子の体の中に子供がいることに気づかない遠方からの客が多い方がいい、と言った。どうせすぐにわかることなのに、と壮子は主張したがその意見ははねのけられた。洋装の下に特製の幅広の腹帯を着けろ、と命令された。

式も披露宴も盛大に、洋装で執り行われた。

壮子がその目で〈白月の帯〉を見たのは、式の三ヵ月前のことである。彼女の母は前の年、一九七一年に亡くなっていた。死因は今もわかっていない。ある日、顔を青くして寝込み、それから物も食べられず、みるみる衰弱して命を落としたのであった。何事か大きなショックがあったと噂されたが、父・数一は口をつぐんだままだった。

県内一の入院費を誇る総合病院の日当たりのいい部屋で、母・塔子はブラインドを閉めたまま軽い体になってゆき、お前の帯は屋根裏部屋の箪笥の中にしまってある、これまでいくらお前が泣いても鍵を渡すことをしなかったがもうよいだろう、誰かと一緒になることが決まったら開けてみてご覧と言って、小さな煮干しのような鉄の鍵を手渡したのだった。

そして、前述のように壮子は、自分が予想したよりずっと早く、鍵を使うことになった。屋根裏には長い間塔子と、お手伝いの茂木佐和子だけが入っていたが、ついに身重の壮子がそこへ上がることになった。長持や古道具の箱、母の若い頃の愛読書らしきものが数十冊、そして右奥に桐箪笥が二つ並んでいた。

よく晴れた日の午前中で、小窓から金色の光が差し込んでいた。そのまぶしさの中で見る〈白月の帯〉は生まれたての赤ん坊のように初々しく輝き、手の平でしなり、わずかに縮んで肌にすいつくようだったという。

自分がこれを締めることはない、と壮子は思った。私が産んだ子供が次にこの帯を締めるまで、大切に宝物として保管しておくのだ。自分はそのためにこの家に生まれて来たとまで壮子は思い、光のあたる床に涙を落とした。

この報告を読んでいる方は、ちっとも一九九四年の話にならないではないかといぶかしんでおられるかもしれない。しかしこの一九七二年を経ないことには、一九九四年がわからない。そして壮子を語らねば香がわからず、香がわからなければ美和がわからないのである。もう少しだけ私の報告にお付きあいいただこう。

遠野壮子は忘れてしまったのであった。

報告をではない。帯をだ。

あれほど自分の役割を〈白月の帯〉の受け渡しだと思い定めた壮子は、そのまま桐箪笥に帯をしまい、以降結婚式を前にしてウェディングドレスとブーケとケーキの発注に夢中になり、そのあと数ある持ち家の中から広い二階屋を選んで父から贈与させ、そこで長女香を産み育てるうち絵本作家になると言い出して庭に離れを作って絵の具セットと大量の紙を買い、次にまた妊娠して絵本のことは忘れて離れを解体させると、出来たてのフィットネスクラブのプールに通い出してふくらんだおなかを水の上に浮かべ、同じことが出来る大きな風呂が欲しいと言って長い間、夫の太一と口論を続け、美和が生まれて二年ほどすると突然朝食中にあっと叫んで電話で小麦粉を注文し、バターと塩を買い、パン作りに凝るなどして暮した。

で、忘れたのである。

帯のことを。

そして、ようやく自らの使命を思い出したのが一九八九年、正月のことなのであった。

父・数一は新しい夫人と高崎のマンション高層階に暮していた。したがって桐生の屋敷は物置同然となっており、まして屋根裏部屋にいたってはそこまで上がるための簡易的なはしごも足で踏み抜きかねず、はね上げ式の戸も向こうから鍵がかけられたように固く閉ざされてしまっていた。

壮子は一月三日の朝、上等なカシミアのコートを着たままはしごを注意深くのぼり、頭の上の四角い戸を真下から叩いた。まるで子供の頃の自分が母親を呼ぶように。あるいは棺桶の中で甦った人が外に出ようとするように。砂のようなザラついた粉末が戸の隙間から流れ落ち、壮子の顔に塗られたファンデーションや口紅に吸いついた。目にもそれは入り込んだ。痛む目を閉じたまま壮子はまた戸を叩き、次第にそれが動き出すのを感じると、両手で一気に押し上げた。

埃が積もり、餌もいないのに蜘蛛が巣を張り、小窓はどこかから吹きつけたのか泥と鳥の糞で覆われていた。階下から風が通り、もうもうと砂が舞った。部屋の隅に黒い染みがあり、どこからか雨が漏れていたのがわかった。

壮子はその部屋の中で目を傷めて涙を流し、口に入った埃を吐き出しながら目指す桐箪笥の前へ行った。帯が入っている一番上の抽斗は、意外なほどするすると簡単に開いた。たとう紙（着物をしまう時に使う包み紙）はところどころ黄ばんでいたが、思ったほどのダメージは受けていないのが、薄目ながらわかった。

片膝をついてその場に座り、壮子は包みを自分の膝の上に置くと、紐をほどいて安堵の息を吐き、帯を持ち上げようと片手を差し入れた。その瞬間、織り込まれた麒麟の模様に変化が生じた。小さな丸い形をした暗い影、あるいはより白い光があちこちに生まれたのだった。涙が散ってしまったのかと思った。

虫が食っていた。

たたまれた帯をあわてて広げると、穴は全体に展開していた。見れば裏側にもそれは点々と跡をつけていた。

その時の無念さといったらありませんでした、と壮子は言っている。子供に帯を締めさせることさえ出来なくなった。そうしてしまったのは全部自分のせいだったんです。

壮子は帯をたとう紙に戻し、紐を結び、一式を脇にはさんではしごを下りた。もしも段が抜けて自分が転がり落ちたとしたら、それも運命だと思ったという。無事に車で家に帰ると、すぐさま県内の大学にある生物学研究所の電話番号を調べて子機1でかけ、留守番電話に自分の旧姓を使って話しかけながら、遺伝子解析の依頼をしたいのだがどうすればいいかと吹き込んだ。二時間のうちに計五回、壮子は同じメッセージを残した。最後の一回には、三が日でも研究は続けているべきではないかという真摯な苦情も付け加えた。

〈白月〉という種のカイコを手に入れるしかない、と壮子は決心していた。その繭から糸を取り、職人に織らせるしかない、と。

その壮子に向かって正月の酒で顔を赤くしてソファに寝ていた太一は、夕飯に山芋のすったものが出るかと寝言のように聞いた。十五歳の香はリビングのカーペットの上であぐらをかいて残りの酒をあおっていた。美和はそれを台所から見ていた。

壮子は太一に宣言した。

「もう我が家のお正月は終わりました」

執念の炎はめらめらと壮子の胸を焦がし、決意のすべてをぺらぺらと口に出させていた。汚れたままのコートで外へ飛び出たあとも、壮子は一人でしゃべり続けた。ありとあらゆるカイコの資料を図書館から借り出そうとし、まだ館が開いていないと警備員に足止めをくらっている間も、〈白月〉の素晴らしさ、自分のふがいなさ、母・塔子との思い出、桐生という土地での青春時代、ついには関係ない同級生の悪口、図書館の外壁の色への不満、市の行政への呪いの言葉まで壮子は語ったという。

こうして一九八九年、遠野壮子は絵本でもアクセサリー集めでもテーブルマジックのタネ集めでも風呂プール化計画でもパン作りでもなく、カイコに夢中になった。

手始めにその夜、県下の養蚕家に連絡をし、最も古い種の卵が欲しいと言った。養蚕家はおおらかな老人で、壮子のおしゃべりをひと通り聞いたあと喜んで卵を分けることを約束したが、たいして古い卵は持ち合わせていないし、もし県の研究所にあったとしてもまだ冬だから孵化をしないと答えた。

壮子はビニールハウスがあればどうか、と子機1を握りながら聞いた。太一の目をにらみつけていたのを、美和はよく覚えている。電話機の向こうで相手がとまどっているのがわかった。母・壮子の勢いに押されて可能性を割り増ししている様子も。

そして、ビニールハウスなど遠野家にはなかった。太一は寒空の下、知人の農家を訪ねて道具を譲ってもらい、夜を徹して庭にそれを作った。酒で赤かった顔は翌日、霜焼けで赤かったという。

だが、エサである桑が今はないと翌日わかり、今度は春に備えての庭での桑畑作りに太一は奔走させられた。それを家の中から香と美和は見ていた。太一と壮子は力を合わせて庭木を何本か抜き、そこを耕した。

以来、桑さえ育てば原理的には一年中、壮子はカイコを飼えた。だからといって、むやみに飼っていても〈白月〉を復活させる手だてにはならなかった。養蚕に使われる種は交雑されて少しずつ変化しており、とりわけ〈白月〉のような明治末期（一九〇〇年代初頭）の、しかも病気にかかったと言われるカイコは危険視され、保存されていなかった。

壮子は養蚕農家を訪ね歩き、県立の研究所へ行き、県外でも研究家の噂を聞けば駆けつけるようになり、近い種をマレーシア北部で見たという学生の話をうのみにしてすぐに飛んで行き、虫の外皮の色からして違うと落胆した。

ある日（一九八九年六月十五日）、彼女の熱意にほだされた若い大学助教授がひとこと、大学構内の喫茶店でガラスにつたう雨を見ながら、こう言ってしまった。

「今、〈白月〉の遠い子孫ならわかっているわけです。〈三橋丸〉と〈悠大〉です。特に〈悠大〉がより近い遺伝子を持っているのではないかと思われます。それを何度もかけ合わせて、長所が消えたものを選抜育種していく。つまり短所のみを伸ばす。芽を摘んでいくんですね。繭がより小さく、糸がより細かったカイコを選んで、オスとメスをつがわせる。普通りの時間をかけての選出固定です。ただし進化でなく、退化のための。その方法でなら、〈白月〉は復活するかもしれません」

のちにこの助教授にあてて、太一は一度長い手紙を書いた。壮子に無駄な夢を見させた罪は重い、と太一は伝えたかったのではないかと思われるのだが、我々の調査では書面には「丁寧で執拗な感謝の言葉と、しかしという逆接の言葉の繰り返し」以外の何物も存在しなかった。

さてその六月の雨の日から、壮子はビニールハウスでしきりとカイコの観察を始め、資料として残る〈白月〉の幼虫の特徴（真っ白な体で、背中の半月紋、星状紋がとりわけ大きいことなど）、繭の形、重さ、糸の太さ、強さを何百匹分か、常にノートにとっていった。

結果、世界の養蚕技術にならって一年で三度の交尾期を作り出すことに成功した壮子のビニールハウスは、彼女の居間であり、玄関であり、時に寝室になった。壮子は家の中に戻ると、その日気づいたことを誰かれなくしゃべりかけ、これはカイコに夢中になる前からのことだが、話題を次々にスライドさせて、相手にしゃべり返す暇を与えなかった。たとえ、かなりの幸運によって別の話題を持ちかける一瞬を持てたとしても、壮子はガラス職人が赤く燃えた原料をひょいとひねるように、自分がしたい話へと接合してしまった。

そういう人だった。

遠野壮子という人は。

美和が自分の言葉に劣等感を持つのも、この母・壮子のとめどないおしゃべりのせいかもしれなかった。真実はどうであれ、美和自身はそう思っていたし、この報告より後に編まれることになるだろうエマ・ビーヘルの、黒岩茂助へのインタビュー続編にもそれは明瞭にあらわされている。

香は対応出来ていた。というより、対応しなかった。耳を貸さなかった。だが、父・太一と美和はそれが出来ずに立ち往生したのではないか。まるであの時、〈V〉の形になって止まったままだった二台のトラックのように。

特に、まだ言葉を覚える前から母・壮子の一人語りを浴びていた美和、物心つく頃から移り気な壮子の趣味ひとつひとつに付きあった美和は、言葉の嵐に圧倒され続けた。

遠野美和はパンではない、と私は「パン・ド・フォリア」経営者・黒岩茂助にそう言いたい。

もっと適切なメタファーが彼女にはあるのだ。

彼女は退化させられてきた。

しかも彼女は探されなかった。

長い間、ずっと。

49

『ユリコ－さん－へ』

送信者　カシム・ユルマズ

送信日時　2001/7/7/17:03

今はサマータイムです、ユリコ－さん－。

あなたの六時間後を私は生きています。

ですから、牽牛も織姫もまだ太陽の光の中にいて、出会う準備をし始めたところでしょう。

織姫の化粧はもっと早く始まっていたかもしれませんが、牽牛は水を浴び、歯を磨き、クリーニング屋から返ってきていた衣服を屛風に掛けて香を薫きしめているかもしれません。それともメールで待ち合わせを確認している？

薫いているのは真那伽《まなか》、でしょうか。マラッカ産の柔らかな香りの木。あなたがたの香道でいえば、「曲《くせ》ありて、譬へば女のうち恨みたるが如し」という、私には大変奥行き深く感じられる表現の名香です。

あの時、あなたとお友達が山の斜面の茶室で教えてくれたのは、伽羅《きやら》と羅国《らこく》でした。私たちトルコ人の文化の中にも香りは重要な位置を占めていますから、私は鼻の奥で時代と距離を無限に縮めたり伸ばしたりしているような気がしたものです。すぐに虚空へ去る香りに誘われて。

さて、以前の〝手紙〟に、ひとつ提案があると書いてありました。

私はそれを読むのが待ちきれず、前回、春日山の上でのピクニックの思い出から、少し行き過ぎた和歌を送ってしまったのです。

けれど、あなたからの返歌はやはり優雅なものだった。拒みもせず、かといってすっかり受け入れたというのでもなく。香木の煙のように私を甘く包み、しかし不安にもさせ。

これでは、「男のうち恨みたるが如し」ではないか、ユリコ－さん－。六時間先を行く人にいつまでも追いつけぬまま、私はこうしてひっそりと老いた心を濡らしていればよいと言うのでしょうか。あなたの国にかかっていた貴族たちのように。

私はますます、日本の古典を読みあさって暮しています。あなたの背後にある山道を見通したくて。六時間先を行く人の、千数百年の昔を私は追っている気持ちでいます。

どうか、ご提案をたまわりますよう。

平安時代ならこのメールからも真那伽がふと香り、さっと消えていたことでしょう。

あなたのカシムより

50

『遠野香の日記　1994／5／7』


大型連休、めんどくさい。

月も金も休まされて、一週間以上の強制長期休暇。

で、ようやく連休の終わり前日――。

私は特に旅行に行くわけでもない。そういうのにキョウミないし、どこも混んでるってテレビで言ってるし。

朝食はシソを刻んで混ぜた納豆、カリッと焼いたシャケ、生卵、ジャガイモとタマネギの味噌汁、デザートは升屋*どら焼き。

連休中盤はざまあみろの雨がちだったけど、今日は曇り。どんよりした天気。私もどんより。母はどこかに出かけたまま、午後いっぱい帰らず。テレビつけっぱなし。暗いリビングで誰も見てないテレビが鳴ってるのってサスペンスっぽくてわりと好き。なんにも起きてないからつまらないんだけど。

クロスワード難易度マックスをふたつ解く。というか、ふたつを同時に解いていくと煮詰まらない。新人マキオからメール。休日にだよ。休みに仕事の相談って。マキオ、友達いないのかよ。しかも、波平オフィス主催のゴルフコンペに新人として出るべきかどうか、自分は大学でゴルフ部だったからうまい、接待ゴルフは出来ない性格だ、あらかじめ断るのも失礼ではないかなど。

知るか！

昼食はインスタントラーメン。塩。ゆうべの残りのアサリの上にレタスを炒めたやつどっさりと入れた。われながら高得点。

庭に*ウグイスが来ていた。歌のうまい方。しばらく父の巣箱に入ってどこかへ行った。

ウグイス、歌の下手な方はやっぱりモテないから必死に飛び回るのか。ホーホーケで止まってケケキョと言ってた。何度やっても下手だった。私がリビングでゲラゲラ笑ってると母も後ろで笑い出した。あれ、何日前だっけ。4／29。そっちも祝日だった。

もとは昭和天皇のバースデイだったけど、五年前に大きなおそう式をした。それでいきなりみどりの日ってアイマイな休日が出来た。みどりの日？　庭のクワじゃあるまいし。みどりはどうせどんどん切られて虫に食われるだけだ。生命の底辺を支えるのはごめんです。

夕飯、妹を待たずに母とすませる。スーパー八百カクで野菜のテンプラが安かったらしい。だからといってあんなに大量に買うのはアブノーマルだ。そこそこ処理したけど。母はカイコに夢中。背中にしるしが出たとか出ないとか言って、テンプラくわえたままゆらゆらと真似が始まったので、目の前で本出して食べながら読む。『避妊具の歴史』、食卓で読了。

さて、今夜はそろそろ彼女の電話の日じゃないか。忘れた頃にとなりから声がする日。ぼそぼそ。きゃっきゃっ。ピッ。ってやつ。

それを楽しみに10時のドラマ、部屋で見る。土曜日といえば『六角形の家』だ。今日はどんなデッドスペースを活用するのだろうか。見事なんだよなあ、ホシカワタエコ。先週はTシャツ丸めて五個ずつタテに積んだ。しびれた。

＊カステラ生地を二枚丸くパンケーキ状に焼き、間に〈アンコ〉を挟んだ日本の菓子。升屋は都心にある有名店ゆえ、誰かからもらったみやげと推定される。

＊東アジアに生息する小さな黄緑色の鳥で、日本人にとってその鳴き声は春を象徴し、多くの古歌に詠まれてきた。また、鳥飼育の趣味にも好んで使われ、声のいい親鳥から習得させる技術などが発展した。

（注　佐治真澄）

51

『遠野香の日記　抜粋　1994／5／10』

完全にわかった。
こんな簡単なことがなぜわからなかったんだろう。
簡単すぎたんだな。

52

『水沢傳左衛門一代記　別伝a』（報告　故アピチャイ・パームアン／タイ）

前年（一九九三年）に大株主の過半数をまとめあげた傳三は、そのまま『あらはばきランド』の改革案をもまとめ、六月最終営業日の前日、すなわち多くの日本企業が株主総会を行う日に自ら株主の前で発表すると言われていた。噂はすでに前年末からあったが一九九四年の四月下旬あたりからそれが確定的な事実としてランド内にも伝わったし、株価にも影響があった。それは上がった。傳三の画策通り、株価が上がることで早くも改革案に信任を与える形になったのである。

傳左衛門側は不利だった。ただ一人の理解者であり大株主でもある渋谷良子と、『あらはばきランド』の独自性をこそ愛する遊園地マニアたちは。第二ランドの開園はいわば傳三サイドの動きへの、傳左衛門の牽制でもあった。すべてのアトラクションを解体すると予測される「傳三システム」への。

解体だけならまだしもだと傳左衛門は新宿の行きつけのバーで繰り返した、とその時期発行の経済誌はゴシップ欄に（固有名詞はすべて頭文字のみとはいえ）綴っている。

「更地にして山の上にマンションかホテルでも建ててくれるなら面白い。しかしDは新しいアトラクションを作ると言うんだ。当たり前の陳腐などこにでもあるやつばかりを、どっかのアニメ会社と組んで（とDは我々に語った。どちらもDでわかりにくいかもしれない）」

それは傳左衛門側の故意のリーク情報だった、と今ではもっぱら言われている。実際そのあとパソコン通信（インターネットまではあとひと息だった。ウィンドウズ95が日本で発売されたのが翌一九九五年の十一月二十三日。労働者の祝日であったから）の中で『あらはばき論争』が巻き起こる。

「マーケティングか、あらはばきか」と名づけられた〝部屋〟で激論があったのも傳左衛門による仕掛けとされている。敵を「マーケティング」と大きくとらえるよう、のちの〝オタク〟(徐々に世界の標準語となりつつある日本発の専門用語だが、くわしい解説はP．U．チダムバラム氏にまかせたい)たちを誘導したのだ。コンピュータ世界をまるでわかっていない水沢傳左衛門、もしくは渋谷良子にそんな智恵はないはずで、私はここに園田吉郎の影を見る。

少なくとも『あらはばき論争』で最も〝熱い〟とされたのは「レイン・レインを救え」というキャッチフレーズのもとで論陣を張るグループであった。

そこにハンドルネーム「ame」がいた。この三文字は日本語で「雨」を指す。奇怪なほど内部情報に詳しい「ame」は「あらはばき派」を主導した。遊園地界の攘夷派(日本近代化の過程で現われた排外主義者たちの名称)とも言われ、彼は時に過激な言葉を使いながら「マーケティング派」を論難した。お前らはベンだ、クソだ、クソハムスターだ、人間の心を持たねえんだと「ame」は言った(ちなみにこうした「ame」の書き込みに素早く反応する者の中に「kaze」がいたことも忘れてはならない。日本語で「風」を指す)。

ベンとは「ランドの中心部にひそむネズミ野郎」のことであった。

もし犀川奈美が当時このことを知ったら、さぞ悲しんだろう。犀川の唯一の心の安らぎは見つめると見つめ返すベンのつぶらな黒い瞳、立ち上がった彼のピンク色の細い手足、回し車に戻っていく時に黄色い埃の玉のごとくふくらむ体、そして警備員・森口修の他は誰一人いない（悪霊を除く）『あらはばきランド』の敷地内を一晩中駆け続けるその一途さだったから。

53

『ＢＬＩＮＤ』（報告　ルイ・カエターノ・シウバ／ブラジル）

五月一日日曜日、十四分。コール音一回。

五月二日月曜日、「昨日はありがとう。またね」と遠野さんから昼間、公衆電話からしき、少しこもった声で留守番電話。

五月四日水曜日、十七分。

五月七日土曜日、十八分。コール音一回。

五月十日火曜日、十五分。コール音一回×２。

五月十一日水曜日、無言留守番電話。

五月十三日金曜日、二十九分。そして……。

大型連休の間は『あらはばきランド』も混雑していて、「レイン・レイン」にも入場客の列が長く出来、各部屋の人気の差が如実に現われてスタッフの士気が高まったり低下したりした。

連休中、最も人が集まったのはいつもはゲストの少ない〈ロンサム・デザート〉で、砂の中に砂金が混じっているとか珍しい鉱石が出るなどという根も葉もない噂が飛び交っていたとも聞く。そういえばモニターで見ている限り、ゲストは男ばかりでほとんどが下を向いて時おりしゃがみ込み、黄色い砂をほじるような仕草をした。面白いので、そのタイミングで砂地から草をむくむく生やしてやるとゲストは驚き、人によっては腰を抜かしたように尻もちをついたものだ。

二番人気は安定の〈サンダー・フォレスト〉、続いて〈コールド・コールド〉、〈嵐が丘〉がベスト3から漏れたのはその年、女性ゲストが全体比率で少なかったからだと言われている。とにかく一九九四年五月から、それまでランドに来なかったような、内向的な風貌の男性ゲストが一気に増えてきたのだった。

健闘したのは、地味で定評のある〈エブリバディ・ラブズ・ザ・サンシャイン〉で、ロンドンの曇った空と暗い街角を再現しただけの部屋が堂々五位につけた。同じ〝イギリス系アトラクション〟として〈嵐が丘〉への雪辱を開園以来初めて、果たしたのだ。担当の大山がゲストの入りの少なさを逆にポジティブにとらえ、BGMのゆったりしたクラブサウンドを自分が持ち込んだスピーカーで大きく鳴らし続けたのが若者雑誌のコラムに取り上げられ、数時間そこにたたずむゲストという新しい娯楽スタイルをもたらしたのである。

そこに来るゲストは、〈ロンサム・デザート〉のゲストとは一味違う、地味だけれど色使いに凝った服装で館内を華やかにした。彼らは勝手にバッグから缶ビールを出して飲んだりもしたが、僕たちはしばし放置する方針だった（そのかわり、館内の換気扇を常に強く回して酒臭さを極力消そうとした）。

「昼クラブとしての遊園地」というのが、雑誌コラムのタイトルで、〈エブリバディ・ラブズ・ザ・サンシャイン〉を『ＥＬＴＳ』と頭文字で呼ぶよう提唱していた。大山は書き手が有名なＤＪなのだと吹聴して回り、選曲を気にして毎日変えた。僕たちはふざけて大山を、ＤＪビッグマウンテンと呼んだ。ＤＪＢＭと。

ＤＪＢＭの選曲はちなみに、〈夏の夜ランド〉の中で大人気を博すようになり、ついには新ランドのイベントスペースで音楽イベントまで開くようになるのだが、それはずっとのちの話だ。僕がいなくなったあとの。

で、その頃の僕たちはといえば、僕が忙しかった連休、遠野さんが比較的暇だった一週間のあと、つまりこの節の冒頭にも再現したメモの最後の行、五月十三日金曜日に一度、大きな変化を迎えたのだった。

まず、二十九分間、遠野さんと僕は電話をした。それまで通話が短かった分、僕はさっき挙げたような「レイン・レイン」のあれこれを珍しく話した。おかしなゲストがなお増えていること、砂地が掘り返され過ぎて下の灌水器がむき出しになってしまったこと、てんやわんやの忙しさの中で本部ビルのハムスターが一時行方不明になって大騒ぎだったことなどなど。ただ、園田さんだけが遠回しだと思っている僕らの通話内容への質問が続いていることなどは黙っていた。

遠野さんはじっと聞いてくれた。いつものの のんびりした、僕らの間で出来た用語では〝鈍行スピード〟で、彼女はその日パン屋に来た印象的な子供について話した。新しいカンパーニュが焼ける時間を知っていてじっと待ち、遠野さんが並べるとその中で最も焼け具合のいいものを見事にトングで取って、入り口近くに立っていた母親に示したのだという。母親は黙ってそれをトレイに受け、レジに向かったそうだ。すごい子、きっといつかお店に入る子。遠野さんはそう言った。

じゃあ、またね。

沈黙を二人で楽しんだあとで、僕からそう言った。

名残惜しかったし、ずっと受話器を持ってつながっていたかったけれど、翌日は土曜でまたランドが忙しいのはわかっていたし、遠野さんにしても同じだろうと思った。何より疲れが出たのか、とても眠かった。

ピッ。

遠野さんは一回ボタンを押し、すぐにピッピッピッと今度は三回、同じボタンを押した。

甘えてふざけているように感じてうれしかったし、頑張ってと励ましてくれているようにも思えて心強かった。

うん。

僕はそう答えた。こちらもなるべく短い言葉を返したかった。

わずかに間があって、プツッと電話が切れた。切れ際にもう一度、ピッという音が半分だけ聞こえて、僕は思わず吹き出した。遠野さんらしいやり方だった。

ベッドの横のちゃぶ台（床に座って生活するための低く小さいテーブル）の上で、その日あったことをおおまかにメモし、その紙に通話の時間を書き込み、ピンで壁に留めた。翌日の服はTシャツと下着と靴下だけ替える予定だったので、前日雨のため室内に干しておいた細々としたものをハンガーから外して、一定のリズムで丁寧にたたんだ。そこをいい加減にし始めると、生活全体にゆるみが出ると僕は考えていたから、いくら眠くても時間をはしょらないで作業を続けた。

まだ十二時になっていない。

電話の着信ランプが点いた。プルプル揺れるようなあの光が目の端にあった。

実家からだろうか。こんな時間に。

54

送信者　島橋百合子
送信日時　2001/7/8/22:40

『カシムへ』


思わず吹き出してしまいました。

何度読んでも、貴方は本当に悪い人です。

造作もなくすらすらと、女性の心を揺らすような甘い言葉を書けるのですから。

責めているのではありませんよ、カシム。

若い頃でなくてよかったと思っているのです。今の、幾つか恋をして生き、他人を振り回したり、振り回されて面白がったり悲嘆に暮れたりしたあとの、この私と貴方で。

かといって、決してゲームをしたいのでもありません。そんな悠長な遊びに費やす時間はこれっぽっちもなく、ただただ本能のようなものの指し示すまま、しかし年月の中で培った強い自制心とともに私はこのEメールを書いています。

　さて、提案とはこのようなこと。

　貴方は今秋、ロサンジェルスで開かれる「第二十八回海の詩人賞」授賞の会に御出席なさいますね。私は神戸の友人、ほら貴方も何度かお会いになっている同級生のサヨちゃん、あの日本の香りを楽しんだ素敵な茶室をお持ちになっていた今井さんのお嬢さんです、彼女から偶然とは思えないタイミングでその情報をいただいたのでした。飛行場で貴方と再会したその夜のことです。

「ユリちゃん、カシム・ユルマズさん覚えてる？　彼がついにあの『海の詩人賞』をお獲りになったて、え、今日会った？　ほんま？　信じられへん！」

　しかも、今度は貴方がお信じにならないかもしれませんが、私の孫が現在、アメリカのNPO法人で南米各地のフェアトレードを進める活動をしており、ちょうどその本部のあるロサンジェルスに夏から半年間、滞在しているのです。その孫から、とてもよいアパートメントが借りられそうだから遊びに来ないかと、飛行場の日のこちらは一週間前、私はブツブツと海底のケーブルが魚に突かれているような音のする国際電話で誘われていたところなのでした。

　なんという運命。

　それとも悲運の始まりでしょうか。

私があの椰子の木だらけの街へ行ったら、ほんの短い時間でもその陰でお会い出来ないものかと私は、もちろん今の貴方にパートナーがいてもなんのやましいところもなく、〝ご提案〟申し上げる次第です。

遅ればせながらまずは書面にて、巨匠カシム・ユルマズ様、受賞おめでとうございます。

百合子

55

『ＢＬＩＮＤ』（報告　佐治真澄／日本）

電話を切ってすぐ、華島徹は新宿のタウン情報誌を至急確認しなければと焦った。けれど書店が開いている時間ではなかった。

電話機ＫＬ－Ｂ２００の横に置いてある「あらはばきちゃん」の絵入りメモ用紙の上に、覚えている限りの新宿の俯瞰図を出来るだけくわしく描いた。何枚も同じものを。

　結局、靖国通りと新宿通りのごく一部、角のワシントン靴店、ガラス張りの新宿中村屋、有名な昼の番組をウィークデイに毎日生放送しているスタジオアルタ、歌舞伎町の小さな噴水、噴水の奥にある巨大な映画館・新宿ミラノ座くらいしか、華島にはわからなかった。

　それ以外何も知らない街で、翌日、自分はどんな風に遠野さんと過ごせばいいのだろう。

56

添付資料『カイコについて』（ヘレン・フェレイラ／アメリカ）

　少なく見積もっても紀元前二五〇〇年。

　今から四千五百年も前のことである。

　インダス文明がモヘンジョダロという都市を築くに至り、古代エジプト第四王朝がクフ王のための大ピラミッドを建造していたその頃、中国ではカイコが作られたと伝えられている（ちなみに、美和と徹の住む日本列島では縄文人の大規模集落が出来ていた)。

カイコ研究者の中には、その出現を一万年前と古く取る説もある。これはご存知のように、パレスチナ周辺で人類が麦の耕作を開始したとされる時代だ。ヨーロッパにもアフリカにも、まだ狩猟採集社会しかなかった。にもかかわらず、中国に住む人類は野生のクワコ蛾からカイコを生み、飼い馴らしてしまったという。その営為の正確な年代は今もってわからない。

この昆虫に関して、発生年代のわからなさ程度に疑問を持っていたら、貴方は以降の記述を読み通すことなど出来ないだろう。

カイコ、あの二インチほどの驚くべきイモムシ、繭の中の茶色いサナギ、かよわく白く齧歯類のような黒い目をした蛾は謎に満ちている。それは曇り空からバラバラと落ちてきた天啓のようなものであり、宇宙から届けられた贈り物であり、ひとつにからみあって永遠に解けない複雑な喩えであり、私たち人類にとって最下層の物言わぬしもべである。

カイコは家畜である。牛や馬、豚や犬や猫や鶏のように。

そして、中でも彼らは唯一、完璧な家畜である。百パーセント、掛け値なしの。

考えてみて欲しい。牛や馬、豚や猫や鶏は、人間の手を離れたらやがて野生化する。野牛になり、野良馬、野良豚、野良猫、野鳥に帰って生きて行く(犬だって狼には戻らないものの、見事に野生化しない。

唯一、カイコだけは絶対に野犬となる)。

もし貴方がエサである桑の葉をやらなければ、彼らはその場をうろうろとするだけで飢えて死ぬ。奇特な救助者(それも貴方かもしれない)がふわふわした肌の幼虫を桑の木の根元に吸い付かせてやったとしよう。それでも彼らは死んでしまう。足の力を、あたかも纏足を施されたかのように絶妙に弱められていて、カイコは木を登っていくことが出来ない。数歩行くうち、彼らは土の上に落ちるだろう。いや、数歩行くことさえ出来ないのではないか。吸盤のある十本の〝後ろ足〟は、貴方の指に跡の残らぬキスをする程度の柔らかな吸引力しかないのだから。

カイコの幼虫はほぼ盲いている。嗅覚もひどく弱い。したがって野に放たれても彼らはエサにたどりつけないし、ひょっとするとたどりつこうともしない。これは私が『BLIND』調査のためにニューヨーク大学教育学部での恋愛映画史研究を離れ、デュラジア大学東京キャンパス三鷹寮二階に住み込んでいた一九九九年、相部屋のシリア人女性に嫌がられながら実際に部屋に平たい段ボール箱を置き、中でカイコを飼育したからよくわかる(しかし、日本とはなんと政治的にのんびりした国であろうか。もとをたどればセファルディム、すなわちイベリア半島を追われたユダヤ難民の子孫である私を、日々アッラーへの祈りを欠かさない者と疑いもなく同室にしてしまうのだから。それどころか、フェレイラという姓を見て、十七世紀の長崎で拷問を受けて信仰を捨てた日本名・沢野忠庵、私たち一族の隠された闇であるクリストヴァン・フェレイラを思い出す者さえ、当の日本にはいなかった）。

最も多く葉を食べなければならない繭作りの直前に、私は中の十頭を別の箱に移し、エサを断ってみたのだった。とっくに食べ終えた桑の、もうかじることの出来ない筋（側脈）に彼らのおおかたはしがみついたままであった。そして、そのまま数日かけてゆっくり体の張りを失っていき、体内が液状化するような感触になり、やがてすっかり動かなくなって黒ずんだのである（コマ落としの映像も編集済みなので興味のある方は申し出ていただきたい。死まで計十八分四十秒）。

カイコが完全な家畜である証拠はそれだけではない。

四回の脱皮によって大きくなったイモムシ状の彼らはやがて糸を吐き始め、美しい肌理の繭を自分の周囲に数日かけてびっしりと張る。自ら作ったゆりかごの中でサナギに変態し、ほぼ十日後にその茶色い殻を抜けて繭から外に出る。その時、蛾となったカイコは口から酵素を含んだ液体を吐いて繭の端を柔らかくして頭を押しつけ、一本も糸を切ることなく、隙間から脱出する。

しかも、出て来た蛾は一度だけ排泄物を、それも大量に放出する。あたかも繭を汚さないよう我慢を続けていたみたいに。

この一連の従順さは、貴方の胸の奥にもきっと深い哀れを催させるだろう。なぜなら彼らから糸を採る人間は、実際のところ繭さえ出来れば天日で干すか熱湯で煮るかして、サナギを殺してしまうからである。

次世代を産むべき何頭かは幸運にも繭の外に生きたまま出させてもらう。彼らに羽根はあるが、飛ぶ力はすっかり奪われている。さかんにはばたくのは無力を確かめるためであるように見える。口も持っているが、繭の中で酵素を吐いたあとはそれを使うことはない。何ひとつ食べることなく、彼らはただひたすら至近距離の異性と交尾をする。糸さえ吐いてしまえばカイコにエサは要らず、生きのびた蛾は番《つが》って卵を産むだけだ。

メスは尻を上げてフェロモンを放つ。オスは飛ぶには至らないはばたきを繰り返してそこに近づくと、尻のかぎ爪をメスの尻に引っかけるようにして番う。一、二時間でメスの体内に精子が送り込まれるが、交尾のあと、カイコは自分の力で離れることさえ出来ない。体をつないだままカップルはじっとしている。

したがって貴方がそれを外してやらなければならない。オスは産卵の邪魔でしかないから。「割愛」という言葉が漢字文化圏にあるが、これはもともと番ったカイコを離すことから来ている。大切なものを手放すという意味だが、すでに「強制的に」という本来の含みが巧妙に消されている。

もし割愛したあとでもオスとメスを同じ場所に置けば、彼らは命の限りまた番う。離してても離してもオスはメスを追う。交尾のせいで疲労し、産卵の前に死んでしまうメスもいる。享楽的で退廃的な貴族のように。

同じ祖先を持ち、カイコと同じように脱皮し、繭を作る蛾であるにもかかわらず、クワコは飼育が不可能だとされる。閉じ込めておいても群生を嫌うクワコは逃げたがる。無理やり桑を与えても彼らはカイコのようにそれをじっと動かずに食べていることなどない。

では、どうやって過去の中国人はカイコのような奇跡的な家畜を作り得たのか。それをいまだに誰も知らない。世界中の研究者にもほぼ何もわかっていない。ただただ交配を繰り返した結果、そのような種《しゅ》を固定し得たとしか言いようがない。

それが千年かかったことか二千年か、もっと途方もなく長い時間を人間とカイコ以前の昆虫が耐えたものかは不明だ。そもそも確固たるビジョンなしにそのような交配を代々続けるはずもなく、では誰がカイコの出現を予言し、後代の者を諦めさせなかったのかも不明なら（漢字でそのメッセージが伝えられたわけではない。カイコと漢字はどちらも伝説の支配者「黄帝」の治世に生まれたとされているからだ。逆に言えば、この意味深いふたつの象徴は、同時代に彼らのもとに出現したと考えられているのである）、もし突然それが出現したとすれば、どうやってその授かり物としての希少な種の発現に気づき、どうやってその種を固定し得たのか、やはり謎である。

とにもかくにも作り出されたカイコ、そこから採る絹糸はなんにせよ世界を変えた。中国の歴代帝国は絹の輸出で富を保証された。ヨーロッパはその魅惑的な糸をどうやって得るか知りたがったが、むろん秘密中の秘密だった。伝説では六世紀中頃、東ローマ帝国皇帝が二人のネストリウス派修道士を使者として放ち、彼らが杖の頭をくりぬいた空洞にカイコを密かに入れて持ち帰った。

二人の修道士が通った道がまさにシルクロードである。それは単にカイコが生み出した絹織物とその対価が通る、西安からローマまでの長い道ではなかった。完全な家畜を中国からヨーロッパにもたらした痕跡でもあったのだ（私たちアメリカに住み着いた者はそのような深い歴史に憧れ、一方で自分たちが二十世紀の半ばにナイロンとポリエステルの特許を得て、衣服の王国の領土をカイコと羊から奪い去った営為を誇るだろう。しかし、化学製品は本当に我々の家畜だろうか？　そこに永遠に解けない秘跡が横たわっているものだろうか）。

まだまだ、この虫の遺伝子に潜む神秘と切なさは尽きない。

繭を作る直前、カイコは数回の脱皮前と同様、動きを鈍くする。そのひんやりして張りのある体は一度触れるとやみつきになるほどやわやわとして滑らかで幼い子供の腕の内側のように無抵抗なのだが、それがひと回り縮み、透き通ってくると同時に、唯一にして初めて数頭のカイコが移動をしたがる。時には飼育箱の内側をのぼりさえする。弱い力で、執拗に。ほんの二、三日ほど。

ある雨の午後、カイコ研究を専門とする大学教授にこの移動について尋ねてみると、彼はこともなげにこう言ったものである。

「フェレイラさん、そこだけは人類が飼い馴らせなかったのです」

カイコの何割かは生涯のうち数日、いまだ野性を隠しきれずに右往左往するのだ。誕生して数千年、押さえつけても押さえつけても人が抜き去りきれない性質を、現代にまで持ち来たっているのである。ただし、彼らはそれにとまどっているように見えるし、実際移動を試みる距離はほんのわずかで、逃亡はまず不可能だ。

さて、彼らは脱皮の前に動きを鈍らせる、と私はすでに書いた。孵化から四回、そして繭を作る前に動き回ったあとで、カイコは命がけのメタモルフォーゼを企み、眠ったようになる。この時に無遠慮に移動させると、脱皮出来ずに死ぬ者があるほど、それは繊細な時期だ。この眠りの時期を、中国でも日本でも「眠《みん》」と呼ぶ。我々英語圏では「脱皮」と呼び、そのあとの行動と一緒にして考えるが、一度「眠」という概念を持つとそれ以外の区切り方が出来なくなる。

私と相部屋で暮していた目のつぶらなシリア人女性アマル・マフルーフは、その「眠」の時期の最後、つまり繭を作りだす直前の初夏の半月の夜にだけ、開け放った窓の下で私の家畜たちを見た。その謎めいた姿を見るよう、私があまりにしつこく誘惑したからだ。

　すでに食べ尽くされた桑の側脈に沿って、あるいは新聞紙を敷いた段ボール箱の隅、ないしは仲間の間近で、大量の糸の素を体の中に作り出しているのであろう白いカイコたちは上半身を持ち上げ、胸肢と呼ばれる六本の手のごとき〝前足〟を合掌でもするかのように狭めて、微動だにしなくなった。中にはそっくり返って真上を見続ける者もあった。

　それは集中した祈り以外の何も感じさせなかった。昼夜を超えて、カイコは上空に祈りを捧げた。自力で生き抜くことが出来ない者が、無力の骨頂で祈るかのようなその姿は私たちの心の深い場所を打った。イモムシを見るだけで卒倒すると言っていたアマルでさえ、部屋に差し入る月光の下でカイコに遠くからささやき声で「聖人」と呼びかけたものだ。その呼び名はユダヤ教になじんで育った私にも伝染した。「私たちの聖人」はやがて、一心不乱な祈りを捧げ終えてようやく過去の皮を脱ぎ捨てるや、ぬめり光るような糸を分泌し始めた。

　中国人が彼ら独特の「天」という超自然的な観念を得たのは、祈るカイコの姿に心動かされたからだと私は確信している。伝説では、天は「周」の時代に生まれたとされている。それまでずっと山河を祀っていた中国人は、紀元前一〇〇〇年以降、すなわち黄帝の治世から二千年後、祈りの対象を上空に設定する（そもそも漢字で「蚕」は、天の虫と書く！）。

　同時に、カイコのあまりの無力さ、抵抗のなさゆえに、飼う側は貴人に奉仕しているような感情を抱くであろう。相手が逃げたり嚙みついたりするなら牛や犬にするように暴力をふるい、支配し、使役したくもなるだろうが、カイコは貴方なしでは静かに死んでしまう。すべてを委ねられた貴方は、せっせと世話を続けるしかない。

　青々とした桑の葉をやり、その表面をこそげとりながら育つ幼虫を見つめ、彼らが葉の脇に吸いついてまるで聖なる縦書きの文を何度も読むように頭を上下させて繊維をかじる姿に魅入られ、雪が降り積むのに似た音をさせるのを聞き（アマルによれば「眠れないほどの、ひたすら本のページを指でなぞるようなゾッとする音」）、黒く丸い糞をしょっちゅう捨ててやり、残った葉の側脈から彼らをはがして新しい葉に載せ、繭を作り始める前に仕切りのある箱に入れ替える。

　天と交流するその存在を、貴方はただ息を潜めて支えていることしか出来ない。完全な下層階級生まれの被虐者に、礼儀正しく丁重に徹底的な奉仕をするような倒錯がそこにはある。

　さて、これもまた理由と起源がわかっていないことだが、なぜかカイコはある時、桑特有のアルカロイドを分解し、無害化出来るようになった。以来、彼らは桑だけを食べる（人工餌をのぞけば）。逆に言えば、それが絶えたらカイコは絶滅する。だから人間が桑を育てる以外にない。桑は旺盛な繁殖力のある植物だが、葉は人間の手でカイコのもとに運ばれねばならない。

ゆえに人間が死に絶える時、カイコも種《しゅ》を終える。

人類はこの特異な虫を生み出し、徹底的に依存させ、自分たちもそれなしでいられなくなった。生糸を織る文化は世界を覆い、寒さから身を守り、織りのデザインを競いあい、糸の洗練をもって贅のきわみと為し、絹は財と権力のあかしとなった。

けれど二十世紀、それはハイグレードな衣類の絶対条件ではなくなってしまった。

人間が死に絶えるずっと前に、カイコは絶える可能性がある。

長い間続いた神の恩寵は廃棄されてしまうのだろうか。

例えばすでに二十世紀初頭、日本でも「一代雑種」が推進された。のちに植物、食用家畜の間でも「F1」と言われる、人間にとって都合のよい特徴が強く出る種、その個体自体は交配しても有用性を欠いた子孫しか出ないので子の代は捨てられる種、交配自体が不可能な種のことである。父と母の種だけを生きのびさせ、その度に交配させ、一代限りの優秀な雑種を生ませるわけだ。

それは時間をかけて個体を選びながら種を固定する作業とは違う。

こうして、ある時代から人類は、カイコを工業製品として扱うようになったのだといえる。

ナイロンがアメリカ企業デュポン社のウォーレス・カロザースによって合成された一九三五年よりも、ポリエステルの特許が同じデュポン社に取得された一九五三年よりも、実はカイコへの態度変更の方が早かった（日本で「大日本一代交配蚕種普及団」が結成されたのは大正三年、一九一四年のことである）。

貴方は精神として、とうにカイコを見捨てている。数千年を共に生きた虫、人類の奴婢を。反省は訪れるだろうか。あるいは彼らにさらなる苦役を課し、遺伝子を組み換えて夢の糸を紡がせると言うのだろうか。

でもそれより先に、カイコのうちのある数頭が、突然目覚めて野生化する日が来はしないか。出来過ぎた設定ならオスメス一頭ずつが、番ったままはばたいて、つんのめって、桑の枝にしがみついて。

そのような未来があり得ないことを、私は調査によってよく知っている。むしろそうした可能性を完全に奪われているからこそ、カイコがロマンティックな存在に見えるのだから。

この特殊な昆虫について、あるいはその繭作りのあり様について、フランスの哲学者ジャック・デリダは一九九七年にこう書いている（『蚕』）。

「白夜に身を包んだまま暮すために、再び取り戻した自己を唾のように吐き出す（中略）他者の根底にある影の内側で、栄光に包まれながら孤独へと埋まり込む〈私は自らを君の中へ、君の中へと埋めた（『灰の栄光』）〉。それは愛そのものである」

デリダは自らの周囲に繭を作って引きこもるカイコのことを語る。自死した詩人パウル・ツェランの、ホロコースト体験を思い起こさせる詩を引用しながら。だが、そのごく短いツェランの文が導く暴力のイメージの他には、この虫があらかじめ去勢されていることを知る様子がない。ツェランの精神のごとく、カイコは収容を解かれてさえ逃げ出せないのに。

デリダは、ツェランが桑の木を特別愛したという事実さえ忘れているのだろうか。両親が強制収容所で亡くなり、自らも労働収容所を転々とし、戦後は幾度も精神科病院に入り、ついにセーヌ川から遺体が発見されたあの詩人の、カイコとの重大な共通点を。

そして、それがたとえデリダの皮肉であったにもせよ、カイコが繭にこもる行為を貴方は愛だと思うだろうか。

それは包帯に包まれた痛みであり、変態しながらの麻痺であり、中でサナギになるイモムシは切り取られた陰茎が傷を固められていく途上であり（デリダは同エッセイでカイコを「無垢で小さなそのペニス」と言っている）、繭の内側にあるのは脳手術された者の永遠の夜なのだ。

（付記）

デリダのみならず、P.U.チダムバラムに対しても、私はひとこと付け加えておきたい。

美和はカイコではない。

添付資料の文面では、いかにも私が美和をカイコと重ね合わせるためにこそ、この神の使いのような虫に夢中になっているかに見えるらしいが、それは美和をめぐる事態をまったく理解していない者の感想だ。

実際、彼と同じ考えを持つ調査員は少なくないと聞いている。もし彼らとの妥協点が探り得るとすれば唯一、以下のような表現によってだろう。

美和だけがカイコなのではない。

あのかよわい複雑な記号、最下層のしもべ、眠り、祈り、選ばれ、売られ、繭を編み、与えられただけを食べ、掛け合わされ、切り取られた者たちはそれぞれがカイコである。

まず二十世紀でさえ女たちが。

そして時にある種の男たちも。

57

『ＢＬＩＮＤ』（報告　ルイ・カエターノ・シウバ／ブラジル）

「すいません、遠野美和さんですか？」

「違います」

一九九四年五月十四日、あたたかな土曜日。

晴れた空の下の紀伊國屋書店新宿本店前。

僕は赤いものを身につけた若い女の人を見つけては話しかけ、けげんそうな顔で見られたり、完全に無視されたりしていた。

午前十時四十分から二時間以上もずっと。

前日十三日の夜、遠野さんは電話をもう一度してきた。少なくとも、僕がそれを取ったのは初めてのことだった。

ザザーッという電波が変調するような音の向こうから、遠野さんはそれまでにない重い口調で、けれどはっきりとこう言った。

「会いたいの」

そして、いつなら時間が取れるかと、こちらの様子をうかがうように聞いてきた。

僕は即座に、翌日を全休に出来ると答えた。本当は午前中に施設の点検をし、午後いっぱい勤務するシフトになっていたのだが、園田さんの許可を得て佐々森に代理で出てもらえるはずだと思ったからだ。

たとえ許可が得られなくても、僕は遠野さんとのデートを逃すわけにいかなかった。たとえランドの繁忙期、五月中旬の土曜日であっても。

場所も時間も僕がせっつくように決めた。

新宿紀伊國屋書店前に、午前十一時。

僕は紺色のキャップで、レイン・レインと英語で刺繍のあるものをかぶっていくと伝えた。

「遠野さんは？」と聞くと、だいぶ沈黙があってから、何か赤いものを身につけるという答えが返ってきた。

電話を切ってすぐ、僕は右手で拳を作って心臓のあたりを叩いた。心肺停止した人を蘇生させるみたいに。

すると、前に〈サンダー・フォレスト〉で喉の奥から噴き上がって来たあの大声が出た。

今度は自分のアパートで。夜中に。

それから叩いたあとの胸に触れてみた。耳の中で聞こえる鼓動と心臓の動きがずれていて、僕は自分が分裂しているような気になった。

「あ」

あわてて電話に飛びつき、僕は園田さんの家の番号を短縮ボタンから呼び出した。まずすべてを話して理解してもらわなければならなかった。

園田さんからも佐々森からも熱狂的な快諾を得て、僕は翌日に備えた。とはいえ、例のまったく使い物にならない新宿メモをしきりに書き直すばかりで、どんなデートをすればいいかわからないままだったし、ほとんど眠れなかった。

あとから聞くと、園田さんも一睡もしなかったそうだ。そして、なんでちゃんをのぞく全スタッフに緊急連絡網を使って翌日の僕と遠野さんのデートの詳細を伝え、「当日中に結果を伝達する。朗報を待て」と指令を回していたらしい（それでも、なんでちゃんはどういうルートからか、情報を過不足なく得ていた）。

そして、あくる日。

待ち合わせ時間より少し早く約束の場所に着いた僕は、レイン・レインの刺繍が周囲からよく見えるよう首をゆっくり振り、やはり待ち合わせをしているらしき赤いスカーフ、赤いカーディガン、赤い時計、赤いベルト、赤いスカート、赤いトートバッグ、赤い靴、赤い唇、赤い髪、赤いタイツ、赤いイヤリングを身につけた二十代の女性すべてが遠野さんのような気がしてどうしようか迷い、いかにも誰かを探している様子だとおずおず声をかけた。

誰もが遠野さんとはまったく思えない雰囲気をかもし出していた。もし相手が「はい、私です」と答えたら、僕は驚きでピクンとケイレンしたのではないか。「遠野さんですか？」と呼びかけているくせに。

ではどんな人が遠野さんらしいかと言われれば、僕にも想像がついていなかった。声からすると口腔の広くない、顎の細い感じがしていたが、それが本当のことか確かめようもなかったし、ましてや声は眉の形も髪形も教えてはくれない。

基本的に僕はＪＲ新宿駅から遠い方の、隣の地下がマンモス喫茶カトレアになっている側の壁に背中をつけ（マンモス喫茶と言っても、あのゾウ科の動物が店内に展示されているわけではない。大きなものを時々日本人はマンモスと呼ぶ）、地下鉄へと降りて行く階段にも目を光らせながら、その奥から生暖かい風に乗って香ってくる卵とハンバーガーの焼ける匂いに包まれ、同時に駅側の壁の方で路面に向けてむき出しになったエスカレーターを見、少し歩道に出て駅側にある三峰館のマネキン周辺に目を光らせたり、新宿通りの向こう側にある新盛堂のカバンの群れの前を赤い何かが横切らないか注意したりし、時々居場所を離れて歩いては人に声をかけ、売り場の中をのぞき、駅とは反対方向にある丸井デパートの前を首を出してのぞいたりした。

紀伊國屋書店の一階はLeneというブティックで、待ち合わせの人々とは雰囲気の違う男女が入ったり出たりした。〈エブリバディ・ラブズ・ザ・サンシャイン〉でその頃見かけたボロボロのジーンズや擦りきれたシャツが手前のマネキンに着せてあり、裏の赤いスケートボードが立てかけてあったのを覚えている。赤いセカンドバッグ、赤いカーネーションの花束、赤いヘアピン、赤い胸バッジ、赤いというよりピンク色の短いワンピース。歩道からブティックまでのスペースに小さなワゴンがあって英語の教材らしきものが積まれており、担当のおじさんが目の前を行く人へと伏し目がちに声をかけていた。黒い厚底靴から覗くほぼオレンジ色のソックス、ひたすら赤く塗った爪、誰かの名前が入った赤いリストバンド、赤い頰、赤く細いネクタイ、赤い表紙の雑誌。一時間経っても、僕は遠野さんと落ち合うことが出来なかった。

ひょっとすると十一時と言ったのを、午後一時と間違えているのではないかと、ビルの前をうろつきながら繰り返し思った。

あるいは、チェック柄のネルシャツにジーンズ姿で生成り色のコンバースのバスケットシューズを履き、肩かけカバンからカーキ色の薄いジャケットを飛び出させている僕を見てまるで印象が違うと驚いて、帰ってしまってはいないかとも考えた。

最悪のケースは、遠野さんが途中で事故に巻き込まれたり、体調を崩して倒れたりしていることだった。その場合、遠野さん自身も僕に連絡をつけたいとじりじりしながらどこかの病院のベッドに寝ているはずだった。

電話さえ出来れば、事情がわかるはずだと何度も何度も思い、自分が遠野さんの家の番号を知らないことがどれほど不公平なことかと、恨みがましい気持ちになった。

自分の留守番電話に吹き込まれたメッセージがないか、公衆電話からそれが聞ければどれほどよかったろう。ＪＲ新宿駅東口の前に電話ボックスが幾つも並んでいるのが、書店から見えていた。サーモンピンク色をした電話から通話をしようと大勢並ぶ人々が目に入った。書店近くの道路脇にも電話ボックスはあり、テレホンカード（小銭のかわりとなったプリペイドカード。八〇年代から九〇年代の半ばまで日本中で流行し、様々な柄が印刷されて流通した）を持った人がまわりをきょろきょろ見ながら列を作っていた。

けれど、僕が園田さんから譲ってもらった MEISON 社製の初期型留守番電話ＫＬ－Ｂ２００には、どうせ外部から操作する機能が搭載されていないのだった。にもかかわらず、僕は何度となくブティック Lene のレジで電話を借りようかと真剣に考えた。忙しく服をたたみ直したりキャッシャーでボタンを押したりしている人たちに申し訳なくて思いとどまり、そのあとですぐ、かけたところで自分が自分にメッセージを送るだけだと気づく。そのバカげた繰り返しが続いた。

細い幅をしたエスカレーターに近づいて行く赤いベレー帽の女性がいた。ちらりと僕のキャップの文字を読んだように見えた。赤と緑のタータンチェックの紙袋を持っていた。少し前にも同じ人が書店前の横断歩道の向こうにいた気がした。近くにも立っていて人待ち顔だったので声をかけようとすると、すっと逃げていったのがその人だった。けれど、女性はそのまま二階へ行ってしまった。

青いベルトのスウォッチを見ると、午後一時四十五分になっていた。三時間以上、僕はそこにいたわけなのだった。

約束の場所を離れて家に帰っても、遠野さんが釈明の電話をしてくるとは限らなかった。理由はわからないが、もうそれで電話の日々は終わったのかもしれなかった。もし約束をうっかり忘れていたとしても、二日間じっと待たなければいけなかった。入院でもしていたら、僕には様子を知りようもなかった。遠野さんがまさかどこかで亡くなってしまっていたらとも考えた。

すべての可能性はこう言っていた。

お前からは何も知りようがない。

僕は新宿の雑踏、恋人たちの待ち合わせのメッカの中にいて、世界から切り離されたように思った。何も聞こえなくなる瞬間があった。誰ともつながっていなかった。それほど遠野さんが自分にとって特別な存在だったと、僕は知らなかった。頭が沸騰し、けれどいくら沸騰しても何の意味も持たないと感じた。

混乱してもなお、僕は赤い色に敏感だった。赤ばかりが見えた。赤い裏地の軽いコート、赤いボタンのタイトなジャケット、赤い布地をパッチワークした七分丈のパンツ、赤いペンダント、赤い息、赤い声、赤い仕草、赤い視線、赤い指の動き、しまいには世界が真っ赤になった。

僕より長く紀伊國屋書店前にいるのは、マンモス喫茶カトレア側のざらついた壁にくっついた緑色の小さなカメムシだけだった。ちょうど目の高さにその虫はいた。柄もない、ただ緑色をした虫だった。少し離れて戻る度、それが目に入った。虫は死んでいるのかもしれなかった。あるいは新宿御苑から飛んできて、都会のにぎやかさにおびえていたのかもしれなかった。

田舎者だ、と思った。

午後二時まで待つと、僕は目を伏せて口をつぐみ、赤色の流れに別れを告げた。横断歩道を渡って女性服の並ぶSUZUYAから大きなガラス張りの新宿中村屋の前を通り、タカノフルーツパーラーの入ったビル前を過ぎて信号を無視したまま歩くと、例の公衆電話ボックスの前で列をなす人たちに軽蔑の視線を突き刺し、右手の上方のアルタビジョンと呼ばれる映像スクリーンに知らない黒ずくめの新人バンドが映っているのに眉を寄せ、交番の方へ曲がってその脇から駅ビルに入った。

構内に連絡用の黒板があった。白やピンクや黄色のチョークでたくさんの人がやりとりをしていた。
みえっち、みんな先に行くね！
吉川くん流山くん、『キンクス』は出ました。
あいしてるあいしてる、ボーちゃん。
公安は帰れ！
俺のチンポコどうにかしろよ！
バカ→
ジュリアナいってももうお立ち台ないしさー、おまわりうるさくてディスコつまんない、しんじゅくがんばってよー
江藤浩二君、十八時台のあずさで（佐渡、河原崎より）
ＴＭＮ、来週のラストライブのチケットない？
会いたかったのに……。
なんで来ないの？
さびしいよ。
二度と会えないよ
バカ
バカヤロー

大丈夫?
呪い殺してやる
中のひとつは僕が書いたものだ。

58

『BLIND』(報告　佐治真澄/日本)

その日も翌日も、遠野美和から電話がかかってこなかった。華島は虚ろな目で夜を過ごした。彼女は無事だろうか。自分の容姿が嫌われたのだろうか。答えの出ない問いのまわりをぐるぐると華島は浮いて飛んだ。

朝も昼もだった。園田たちに肩を叩かれ、飲みに誘われるのを断って山をおりる間も、〈エブリバディ・ラブズ・ザ・サンシャイン〉の中に入っては曇り空のロンドンの街並みに紛れて暗がりに座り、下を向いて大山の選曲に耳を傾けている間も(DJ BMは裏口に積んだ段ボール箱の中のレコード盤から、華島の心に染みるような曲を選んでかけたのだという。私は別にそこまで質問していなかったのだが、大山はその日の〝組み立て〟を私にえんえん語ったものだった。『エムベウェ』ジェームズ・メイソンでしょ、『ヘロー・イッツ・ミー』ジ・アイズレー・ブラザーズに行って、『シーズ・リービング・ホーム』シリータからの『イン・オール・マイ・ワイルデスト・ドリームズ』ジョー・サンプ……どうでもいい！）。

　家のある東亀沢駅へと向かう水沢電鉄の車両の中でも、華島は何も見なかった。赤いものが目に入ると反射的に苦痛が生じたが、なぜそうなのかを考えることもなかった。

　早い時間にふとんをかぶって見る夢の中でさえ、華島は虚ろなフォーカスで視界に映る雨の新宿にいた。

　ひどい女だ、とその夢の中で誰かが言った。

59

『なぜ彼女はパンなのか　黒岩茂助3』（報告　エマ・ビーヘル／オランダ）

Q　昨日、黒岩さんは「壮子と幼い美和ちゃんの関係の、おそらく底辺にあるもの」とおっしゃいました。『石寿司』でそれをうかがおうとしたけれど、まだうまくまとまっていないと、私にマグロと穴子と日本酒ばかり勧めて結局〈カ、ラ、オ、ケ、ボ、ッ、ク、ス〉

(小さな防音の部屋が蜂の巣のように群がり、中で老若男女が熱唱する)に行きましたね。酔ったあなたはずいぶん打ち解けてご自分の話をたくさんして下さった。これまで誰にも言わなかったことを話していると、あなたはおっしゃっていました。けれど、遠野壮子と美和のことだけは沈黙を貫きました。今日こそそれを教えていただきたいと思います。あなたはいつ、何を見たというのでしょう?
A　昨晩の記憶がほとんどないので、もし失礼なことを申し上げていたら謝ります。エマさんは実に酒がお強い。私が知ってる女性の中で一番かもしれませんよ。
朝方に気がつくと私は自宅のベッドの上で、ちゃんとパジャマを着て寝ていました(と黒岩氏は会社のソファに座ったまま頭をかき、それを深々と下げた)。何年に一度か深酔いすることがあって、そういう時はたいてい裸で、しかもリビングあたりで寝ているので、いつもと違う上品な酔い方だったとは思うのですが。

ともかく私はしたたかに酔うことで、今からお話しすることのなんと言うか重さから逃れようとしたのかもしれないと思いますよ、エマさん。いやはや、きっとそうに違いない(黒岩氏はそう言い、立ち上がって例のごとく窓を開け、榛名山を眺めた。私たちが二人ともひどく酒臭かったからかもしれない)。

昨日お話ししたように、あれは昭和五十七年、あなたがたの数え方なら一九八二年のことでした。結婚後十年経った遠野壮子は、私が「パン・ド・フォリア」三号店を高崎の市街地に出した折、店舗の奥の作業場で始めた「親子のための狂気のパン」という体験教室に現われたのです。美和ちゃんを連れて。

　七月から月一回、第一水曜日の午後でした。カリキュラムは六回、つまり半年続きましたから、私は同じ回数だけ壮子を間近に見ることが出来ました。もしそう望めば、ということです。事実、私は四度目まで顔を出し、そのあとは私の出店すべてに関わってくれていた腕のいいパン職人の、過去に少し事情があり、東京で私が他の人間では手を出しにくい案件の仲裁に入ったことのある大木明にすべてを任せることになったのです。ちなみに大木というのは、あなたもインタビューなさっていた木暮小枝の内縁の夫ですよ。籍を入れると名前が大木小枝になってしまうという理由で（苗字も名も樹木を指す）結婚を断られておるらしいです、わはっは。

　最初の日は一日中雨だったのを覚えています。昨日までは天気がよかったのに。いったいどういう〝風の吹き回し〟だろうか、と店の前で空を見上げて横に立っていた大木に言ったのを覚えています。その表現は日本語で「人間の事情の変化を天気になぞらえた」もので、私は洒落たことを言ったつもりでした。だが今と同じく、まるで笑いにはなりませんでしたよ、エマさん。わはっは。

　ともかく、そこに遠野壮子が赤い傘をさして歩いて来たのです。かつて私を夢中にさせた女、その間に私を洗ったことのある相手、私の胸にボヤみたいな火を熾したまま、唐突に結婚してしまった憧れの人妻が、です。

高崎駅前のビル群を遠くに背負って、まさに一陣の風とともに壮子はピンクがかったベージュの靴をはき、水色のスーツ上下に白く輝くフリル付きのシャツ、グレーのエナメル素材で出来た小ぶりのバッグを白い腕にさげてわずかな坂を上がって来ました。上から下まで、やはりブランドはまるでわからなかった。当時は三十歳くらいでしたか。まったく容色に衰えは見られませんでした。むしろ昔よりよほど美しく艶めかしい気がしました。これから先もっと恐ろしいほど綺麗になる、と私は確信した。

まだ自分はこの女に魅かれるのかと嫌気がさし、ようやく壮子がしきりに話しかけている美和ちゃんに目をやったのを覚えています。ピンクのセーターでギンガムチェックのスカートをはき、黄色い傘をさしていました。雨靴も黄色でした。いかにも子供らしいと思ったものです。当時小学校三年生の美和ちゃんは母親を見上げて、何か返事をしていました。

壮子は店の前まで来ると、美和ちゃんと話していた調子のまま、私と大木に声をかけました。自分は遠野壮子と言い、この子は美和で八歳であり、パン教室に申し込みの電話をした者だと、ひと息でした。ますます黒くなる高崎の空の下、壮子は問わず語りに彼女がパンをどれほど愛しているか、東京銀座ならどこ、日本橋ならどこ、新宿はどことどこ、自分の街である桐生なら昔はどこ、と店の名とパンの種類を挙げていきました。横で美和ちゃんは母親を見つめながらしきりにうなずいていた。きっと順番に壮子の口にした単語を完璧に繰り返せたはずです。彼女の能力なら簡単でしょう。

その日、大きなガラスで仕切った作業場をレジの側から眺めていた私は幸福でした。長い作業台の周囲に五組の母子が集い、胸元に私どもの店のロゴが刺繍で入ったエプロンをつけて、小麦粉まみれになり、種をよくこね、時々大木の指示を聞いてノートをとったりしています。子供は予想以上に真剣で、長い時間集中力を保ちました。教室は大成功でした。

エマさん、指摘される前に言っておきますよ。そうです、私はパン教室を見ているように振る舞いながら、ガラスの中の壮子ばかり眺めていました。自分の物にして閉じ込めたような錯覚さえ、私は感じていました。一方的に彼女を見ていい立場を私は堪能した。

壮子の鼻の頭に白いフランス粉がついたままでいた時のかわいらしさ、急に後ろを向いてくしゃみをしたあとの笑い顔、美和ちゃんにさかんに話しかけている時のきらきらした目、すべてを私は見逃しませんでした。しかしその分、かつて私の身元を調べたことのある壮子が教室の前後、私に対してまるで初対面のような態度を繰り返すことが悲しく不可解でもありました。割り切れない気持ちはつまり、まだ自分が何かを期待していたことの証拠です。その感情に私は幾度も驚きました。

さて、教室の四回目ですから、十月の第一水曜日です。降っていた雨が上がり、曇った午後でした。教室の母子たちはすっかり腕を上げ、種類の違う小麦粉、ライ麦粉を使ってパン種を作り、一次発酵、二次発酵をさせ、途中でドライフルーツを混ぜ、子供たちが好きな形にし、窯の温度を確認して中に入れるという作業をほとんど大木の微笑みの前で勝手に行えるまでになっていました。

秋が今日のテーマだと大木が伝えると、他の四組の子供はパン種を落ち葉の形にしたり、棒状にこねて焼き芋だと笑ったりしました。けれど美和ちゃんはおかしな山の群れのようなものを作りました。テーマが理解出来ていないのかと大ガラスのこちら側で私は心配でした。

美和ちゃんはカンパーニュにしては下が丸められていない、その不格好なパン種に、ヘラで幾つも線を入れました。ちぎったパン種を平たくして貼り付けたりもした。とにかく執拗に山に取り組むのです。その間、壮子は作業を見るでも見ないでもなく美和ちゃんに話しかけ続け、美和ちゃんも母親の方を何度も何度も見上げて返事をしています。

同じ形の山の重なりをもうひとつ、さらにひとつと粉だらけの台の上に作って並べていく美和ちゃんに、その真意を問いたくなりました。何が作りたいのか。というか、壮子とどんな話をしながら作業しているか耳に入れれば、母と子の総意がわかるだろうと私は思った。

　それまで絶対にしなかったことですが、私は銀色のノブに手をかけ、ひねり、作業場にすっと体を入れました。一瞬、大木が私をけげんそうに見ましたが、私はそちらへ目を向けず、後ろ手でにっこり微笑みながら母子たちを眺めるふりをし、壮子と美和ちゃんに近づきました。

　そして不可解なことに気づき、数秒後には自分の心臓が口から外に出てしまうような、言葉にならない衝撃を感じ、八歳の美和ちゃんがどんな寂しさの中で生きてきたのかを知って、その場で膝から崩れてしまいそうな無力感に占領された。

　壮子はひとり言のように父親・数一の悪い噂を、まだ幼いその孫に話していました。話題はどんどん地崩れ的にズレながらまた数一に戻り、思いつくままにまたズレていきます。その言葉はいかにも誰かに話しかけているように整えられていましたが、口をはさむ間など実はありませんでした。質問のような形式になっていても、相手が答える隙もなく自分で答えてしまうのです。

　美和ちゃんはちらちらとその母親を見上げ、唇を凝視し、わずかでも話が途切れる瞬間を待ち望んでいる様子でした。なぜなら、壮子が息を吸う時に、美和ちゃんは大きくうなずくのです。質問を投げかけられていてもです。必死に息を詰めて、美和ちゃんはそのチャンスを逃すまいとしているように見えました。

それだけではありません。美和ちゃんは時々母親に話しかけているような仕草をしました。けれども実は声をまったく出していなかったのです。口は時々動きます。パクパクと元気のいい笑顔の中で、あたかも何かしゃべっているように見えます。けれど、それは母子の楽しい会話を演技でつくろっていただけでした。

同時に美和ちゃんはパン種を成形していました。そうしないと、母子が一緒に作業をしていることにはならないからです。八歳の子供が母の世間体を守り、自分の寂しさを自分のアイデアと作業で埋めている姿に、私はその場で号泣したいような思いでした。

私は自分が八歳の時もこうだったと思った。ふた親は戦火にやられていなかったけれども、私はまわりの大人から愛されているふりをした。笑顔を振りまき、子供らしい仕草をし、裏では唾を吐き、媚びて生きた。そうでなければ私は飢えて殴られて凍えて死ぬからです。

敗戦から四十年弱が経ち、日本が豊かになり、現に戦災孤児だった私、洞窟のような駅構内で暮していた私がいまや親子のパン教室など開いている。それなのに、あの頃の私と同じように生き延びなければならない子供がいる、と私は思いました。

そしてその悲惨さに気づかない壮子が憎かった。私の心を振り回している壮子は、幼い自分の子まで一方的なおしゃべりで息の出来ないほど封じ込め、窒息寸前にさせている。美和ちゃんを連れ去って思いきり息を吸わせ、抱きしめて頭をなでてやりたい。誘拐して、壮子を苦しめてやりたいと私は発作的に考えた。

途端に、美和ちゃんの癖の理由がわかったのです、エマさん。彼女の言葉が少し〈つっかかる〉わけが。そうです、吃音です。美和ちゃんにはパン教室の時からそれがありました。今もわずかにありますが、当時の方がより〈つっかかって〉いたと思います。遠野という苗字の頭のところで、よく美和ちゃんは一度下を向き、そこにある障害を小さな足で乗り越えるようにしたものです。た行で始まる言葉が少しばかり苦手なのです。

エマさん、私はむしろ美和ちゃんが自分の子供で、壮子に誘拐されているんじゃないかと錯覚しましたよ。自分の母親に話しかけたいあまりに、言葉のリズムを失わされ、そのリズムを恥じて赤い頬になる子供がいるとしたら、あなたはどう思いますか。奪い返したいと考えるのではないですか？

私は私をふたつにもみっつにも裂く思いに耐えるため、ガラスの方を向いて母子たちのにぎやかな声だけを聞くようにしました。レジが見え、売り場に並んだ焼き立てのパンが見え、狭い道を年寄りが買い物袋をさげながら歩くのが見えました。

しかしその手前、大きなガラスには半透明の壮子と美和ちゃんが映っているのでした。母を見上げて少しでもうなずける隙がないか探している子供。その合間にパクパクと口だけを動かして、昼下がりの母子を一方的に演じている子供。母が話に夢中でちっとも進まない作業を肩代わりしている子供。もし母と話せてもあわててしまって言葉を詰まらせてしまう子供が。

ガラスの中に閉じ込められて薄く透き通っているのは、洞窟の子供でした。

そこは洞窟でした。

60

『あらはばきランド霊異記5』（報告　ワガン・ンバイ・ムトンボ／セネガル）

あの悪霊、出現初期には「ランドマン」と呼ばれ、開発工事中に事故死した者の霊と噂され、「捨てられたテルテルボウズ（布や紙で作った天気の精霊）の集合体」とか、「実は変態浮浪者」などと様々な受け取り方を生み出した犀川奈美の愛しい人は、一九九四年六月下旬には『あらはばきランド』の名の由来でもある縄文時代からの信仰対象「あらはばき神」の化身（『4』参照）と目されていた。

これにはオカルト系雑誌『ヌー』（六月十七日発売号）の小特集がからんでおり、

日本全国の遊園地の不思議スポットのひとつとしてそれが紹介された途端、他のどんな場所よりも読者の熱い注目を浴びてしまったのだった。あらはばき信仰という、いまだに正史の中で認められない、くわしい内容もわからない、その上に遮光器土偶、まるで我々アフリカ人がゴーグルをつけ、宇宙服を着て地球外へ去って行く時の置き土産のごとき古代の土器製品さえ関連させて書かれた記事は、読者に受けないはずがなかった。

しかも折悪しく（これは犀川の立場からはという意味であり、『ヌー』編集部的には素晴らしいタイミングだった）、男の霊は珍しく雨に祟られた五月の連休のあと、また空が曇った五月十四日夜九時三十六分、赤い衣装のあらはばきちゃん人形が先頭に乗った、小さな三両の子供用汽車のそのまた先頭、すなわちあらはばきちゃんの視界を塞ぐように立って山の奥をにらんでいる姿を塀越しに撮影されてしまったのだった。

掲載写真を見る限り、悪霊は「恐怖の恐怖館」に出現したとされる時期の白い布をまとった姿で、西の森側から顔は見えず、フードのような部分から長い黒髪が風にこぼれ出しており、両手は腰に当てられている。真っ白い肌が印象的である。

恨みはらさでおくべきか、我ら影の神なり。キャプションにはそう書いてある。確かに白い布の存在は真北の黒い山々を見つめている。「あらはばきちゃんトレイン」

がランドの入り口付近から、ひょうたん形の園内をまっすぐに突っ切って走っており、その動線以外に直線距離が取れる空間がなかったから当然なのだが、それでは記事が面白くない。あらはばき神を制圧した日本のポピュラーな神社がまさにその真北の山の頂上にあることを、編集部は編集後記でも繰り返している。

特集記事の方はそれまで一ヵ月ほどのランド内での、不審な悪霊騒ぎ（子供用ジェットコースターの上↓山桜の上↓「恐怖の恐怖館」↓園外エントランス花壇↓揺れのひどい「昆虫ブランコ」）を端的にまとめ、それとまつろわぬ民、被抑圧者の長い歴史、祟り神との関係は言わずもがなだし、今回に至ってはあらはばき神の前に立って写真に撮られている以上、どうしたってその使者に違いないと断定している。

ランドの「あらはばきちゃんトレイン」担当は記事の上ではノーコメントを貫いた。いや、ランド内でもそうだった。

あれは、と徐桃代（二十七歳）はこの取材が二〇〇一年に発表されることを前提に、すなわちそれ以前には誰にも漏らさないことを条件に語っている。

あれは犀川奈美さんでした。

犀川は徐桃代がその夜、園内の野外アトラクションをすべて一人で動かし、最終点検することを、もちろん古株として知っていた。土日は稼動が多いので念には念を入れるのだ。モモちゃん、ちょっとあさってトレイン貸してくれないかな。五月中旬の夕方、運営本部の徐の席に来て犀川はささやいたという。吐息の中に粒があってそれが弾けて靄を作るような異常な色気があったそうだ。女の自分でも鳥肌がたった、と。

トレインの先頭に夏、お化けを乗せて走らせるイベントを考えてるんだけど、今はまだ秘密だから誰にも言わないで試してみたいの。犀川はそう言い、エントランス側から発車したら帰りはあたしが運転するから放っておいてくれないかな、と返事を待つつもりのない調子で指を唇に当てた。その仕草が秘密の方を指すのか、ひょうたんの向こう側へ行ったトレインで何か性的なことをすると示唆してこちらを誘っているのか、よくわからなかった。ただ、とにかく断りようがなかったんで、と徐は言っている。

犀川に直接理由を聞いた私ワガンは、それが悪霊への一世一代のアピールだったことを知っている。犀川は五月十四日土曜、スタッフのほぼいない夜九時半過ぎ、入り口から入ってすぐ右側のイベントスペースの裏で裸になり、上にボロボロの白い布、すなわち「恐怖の恐怖館」で使って以来、園外エントランス花壇や「昆虫ブランコ」でのドタバタ劇（『４』参照）によってかぎ裂きだらけになってしまった白衣をはおって、「あらはばきちゃんトレイン」の乗車口へ行った。頭には白い手ぬぐいをかぶっていたから、徐桃代は何を言っていいかわからなかったという。前衛劇団の人かなと思いました。妥当な評だろう。

出来れば、そこに立つのは安全上まずいんで。あ、先頭はもっとまずいです。犀川さん。ほぼ裸だし。

出してちょうだい。もし落ちて轢かれてもモモちゃんのせいには絶対しないから。

犀川は振り向きもせずにそう言って両手を一度、十字架の上のキリストのように広げたという。まるで大女優のようでした。ただし、前衛の方の。北の山の方から腐臭のようなものがした、とも徐は言うが、それがなんであるかを私ワガンは彼女には言わなかった。悪霊は犀川の近くまですでに来ていたのだ。犀川もそれを知っていたからこそ、陶酔的にふるまえたはずだ。

白衣の前をはだけて、手ぬぐいをかぶった犀川を先頭に乗せて三両の、といってもミニチュアだから一両ごとに三人、ただし親子なら子供を膝に乗せて六人乗りの無人列車は、月も見えない遊園地の中央をゆっくりと移動した。後ろからその様子を見ていた徐桃代は思った。

こんな企画は絶対やらない方がいいな。

しかし、犀川奈美は悪霊を確かに惹きつけ、肉の腐臭にまみれて幸せだと思った。モモちゃんを説得して毎夜、私はこの人とからみあえる。ようやくその方法を見つけた。男なんて死んでいても簡単なものだ。裸体に夢中になるんだ。

ちなみにこの時、もう一人の男（悪霊を男と数えれば）が担当アトラクション内に無断で泊まり込んでおり、裏口から出て「トイレE」に向かおうとしていたことを犀川も徐も、おそらくは悪霊も知らない。新聞を片手に持った男は園田吉郎（四十五歳）その人だった。男はドーム型の建造物の後ろにあわてて隠れ、南から一直線に近づいてくる細い白樺のような犀川奈美の裸体、恍惚で歯をむいた半眼の、それこそ悪霊としか思えない女をほぼ真正面から見てしまったのである。

あの人なのか、と園田は思ったという。あの人が誰かについては、霊異記としては踏み込まない。ともかく園田にとって強烈な体験だったことは、この夜のことを他のスタッフに一切しゃべらなかった事実でもわかる。

一方、悪霊は悪霊でこう思っていただろう。しまった、ついこの女の押しにつられてふらふら出てきちまった。色事にはどうしても手が出る。ちっともあの世へ行けないはずだ。まさか、写真に俺まで写らないだろうな。心霊写真ってことになると、こりゃ面倒だぞ。俺はこの女の頭のおかしさをスクープさせたかっただけなんだから。いやはや俺の素性までばらされるのはごめんだ。せっかく死んで自由になったのによ。

悪霊は本部での犀川と徐の二日前の会話を、あたりの地霊たちから伝え聞いたのだった。そして企みを素早く見抜いて一計を案じ、『ヌー』編集部に本部の電話から深夜、タレコミをしたのだ。今度の土曜の夜、『あらはばきランド』にバケモノが出ますよ。西側の塀の近くにでかいブナの木がありますから、そこで七時頃から張ってれば必ず撮れますんで。姿……はまだわからないんですけど、お化けは確実にお化けです、はい。

あ、俺ですか？

いや、名乗るほどの者じゃないっす。

61

『ＢＬＩＮＤ』（報告　金郭盛／台湾）

え。

遠野美和はそう言うのがやっとだった。

一九九四年五月十六日月曜日、夜九時二十分のことである。

徹はその前に、電話口に出た美和のもしもしという声をさえぎって、こう言ったのだ。

遠野さん、どうしたの？

相手の返事も待たずに、徹は続けた。

おととい、なんで約束の時間に来てくれなかったの？

そこで美和は「え」と言い、長い沈黙に入ったのだった。

徹はその静けさの中に、考えてきたことのすべてを洗いざらいぶちまけた。そうせざるを得なかった。まるで反応がなかったから。美和がそうする意図がまったくわからなかったから。

自分が紀伊國屋書店新宿本店の前で三時間以上待ったこと。

美和を心配したこと。

そのあと二日間、音沙汰のないのをじっと我慢したこと。

今の電話口での遠野さんの態度が、あたかも何もなかったかのようで信じがたいこと。

それぞれの恨み言に答えがないことに、徹はさらにいらだち、同じことをバラバラに幾度も繰り返した。

すると、やがてその果てしない攻撃の続く白い煙の向こうから、ようやく美和のひと言が聞こえてきた。

また、だ。

今度は徹が言う番だった。

え？

美和は暗い声で続けた。徹に答えるというより、感情が崩れていく時の悲鳴のようだった。

私には……誰かを好きになる資格がない。

その声は一度途切れてから、小さな嗚咽に変わった。最初は笑いをこらえているのかと思い、徹はとまどったという。泣いているのがわかって、さらに彼はとまどった。

だめ、だ、ごめん、ね、私。

美和は不規則な息をようやく言葉にし、その直後、せきを切ったように泣いた。

徹は驚いて何も言えなかった。ただじっと電話を切らずにいた。受話器を耳につけて美和の、理由のわからない泣き声を聞いた。徹は慰めなかったし、問い詰めなかった。それどころではなかった。異変を前にして徹は混乱の頂点にいた。

美和の体は抑えられない力に突き動かされた、という。意識して息を吸わないと苦しくなり、一生懸命に口を開くけれど息が入ってくる前にまた嗚咽が出た。涙が鼻に入って呼吸を妨げた。気が遠くなり、もう息などしなくていいと思いながら、しかし決して子機を手放さなかった。右耳に押しつけていた。

息の乱れは、子供の頃から自分を苦しめてきた吃音のひどい時に似ていて、それが背中を鞭打つように美和には思えた。なぜこんなにいじめられなければならないのか。

また、同じことが起こった。

どうしてこうなるんだ。

徹が耳を傾けてくれているのが、息遣いでわかった。それが美和にとってかろうじて呼吸のようだった。かすかな音が耳から肺へ届くような錯覚がして、美和の息は勝手に吐かれ、子機を通じて徹の耳に伝わっていた。まるで二人でひとつの呼吸をしているように。

徹にしてみれば、二十分間黙っていることなどたやすかった。本屋の前で三時間待ち、電話が来るまで二日間待ったのだ。美和と電話でつながっているのなら、話はゆっくり聞けばよい。

美和からすれば、そのまま電話を切ってしまったら、理不尽な目にあった徹をもう一度理不尽に突きのけることになった。急に泣き出したことも含めて、自分をこれほど動揺させているのは何であるかを、たとえうまい説明でなくても一度は聞いてもらわなければいけないと思った。

あのね……、…、…、徹くん。

うん。

前にも、こういうことがあったの。

前にも？

と、徹は理性では疑念を感じ、感情では嫉妬を感じながら言った。

うん、なんとなく仲よくなり始めてた男の子と知らないうちに約束してて、全然覚えてなくて、すごく怒られて、自分が怖くなって。

遠野さんが覚えてないことなんかあるの？

そう……だからわけがわからなくて、知らない自分がいるんだと思って、ほんとにおそろしくて、それで誰とも仲よくならないようにずっと気をつけてて。

いつから？

高校一年から。

今まで？

ずっと。

僕の留守番電話聞くまで？

そう。

無言。

無言。

無言。

無言。

かわいそうに。

かわいそうじゃないよ。

どうして？

だって私が悪いんだから。……、……、徹くん、ごめんね。

美和はそこまで話して、ああこれで別れるんだなと思った。そういう「ごめんね」が口から出て来ていることに、言ってしまってから気づいたのだった。

じわじわと血のような温かい液体がまた目からあふれた。頬につたうと冷たくなり、それは顎から膝に落ちた。

仕方がない、とやがて美和は思った。もう一人の自分がいるような人間は、誰とも親しくするべきではない。本当にそう決めてきたのだから。病院に行って、もう一人の自分を自分から追い出さなければならない。

自分を救えるのは自分だけなのだ。

美和は、話はもう何もないと思った。悔いも迷いもない。あとは徹にきらんと謝り、それまでの優しさ楽しさにお礼を言って、二度と電話をしないと誓うだけだ。

大きく息を吸う美和に向かって、徹はこう言った。

これからはもっとそういうこと話してくれるかな？

え？

予想出来なかった徹の言葉に、美和はつっけんどんにそう答えたという。徹は続けた。

いや、なんかずいぶん色々あったのに、遠野さんがそういうの隠してるなんて他人行儀だなと思って。

……、……、徹くん。これからなんて……ないんだよ。

どうして？

もう私たちは。

と、しゃべり出す美和がそれを口にしないためだけに、徹はどうでもいいことをしゃべった。

あのさ、紀伊國屋の前で待ってる時、何度も頭の中で遠野さんって呼んでたんだけど、なんていうかすごく嘘っぽいと思ったんだよね。全然リアルじゃなくて。遠野さんですかって人に聞く時も、赤の他人を探してるみたいで。だから、美和ちゃんって勝手に呼んでみたりしたんだ、ほんとは。

ごめんなさい。本当にごめんなさい。私はこの間、……徹くんと約束したんだよね？

そうだよ。金曜日の夜、あれからもう一回電話してくれて、それで会いたいって言ってくれて。

無言。

無言。

ごめんなさい。覚えてないの、そのことを。私は……。ありがとう……徹くん。

待って待って、遠野さん。勝手にまとめないで。僕、全然事情がわからないから。

納得するまで聞きたいから。せめて僕が納得出来るまで、まだ電話で話してて。そうでないと遠野さん、無責任だよ。なんかわざとかな、とか思っちゃうし。

わざと？

わざと呼び出して、わざとすっぽかして。別れたいんならはっきり言えばいいのにって。

……違うよ。そういうんじゃないの。

だったら話そうよ。辛いのかもしれないけど、思い出して。金曜日の夜十二時前だよ。

……、……、徹くんは付き合ってくれなくていい。私が一人で考えなきゃいけないことだから。

これまで一人で考えてきたんでしょ、何年間も？

うん。

それでまた同じことが起きたんでしょ？

……そう。

じゃ、僕もそこに入れてよ。二人で考えさせてよ。

徹はねばった。そこで終わったら、自分にとって理不尽なままの恋になってしまうのだった。電話番号も知らず、どこに住んでいるのかも知らず、せっかくデートの約束をしたから出かけて行ったのに覚えていないと言われ、悪いからもう電話しないと切られて二度とかけることも出来ないなんて。そんな一方的なことがあっていいのだろうか。

と、徹は話したのだった。

美和もその訴えをはねのけることは出来なかった。最後に徹は言った。

今日はきっと遠野さんも話していられないだろうけど、次も必ずかけて下さい。五月十九日にも。これ以上、僕を振り回さないためにも、それを約束して欲しい。約束出来ないなら、今、電話番号を教えて欲しい。

美和は、電話すると言った。つまり約束をした。約束を果たすチャンスを、徹がもう一度与えてくれているのに気づいたからだ。

美和の不安は電話を切ってからどんどん大きくふくらんだ。この電話のことも自分は忘れてしまうのだろうか。もう一人の自分が徹にまた別な電話をかけはしないだろうか。

ひとつの息の大きさくらいだった不安がすぐ体いっぱいになり、部屋全体にふくらみ、どんどん家を包み、山裾まで広がると、今度はその暗い真空が自分を圧迫してくる気がした。舌がわずかにもつれ息が勝手に不規則になるように感じてなお不安になり、美和は自分が苦手な呼び方をあえて選んで語りかけてきた人の名を口にしようとした。

……、……、……。

言葉はひっかかった。

62

『Re：カシムへ』
送信者　カシム・ユルマズ
送信日時　2001/7/9/09:11

甘い言葉、と笑われてしまいました。

ロマンティックだけれど、戯れかけるような（those romantic words flirting

with me)、と。

そのあとで、not with yourself. とも辛辣に書き添えてあったのを、あなたならお国の言葉でどう訳すことでしょう。皮肉をきつくあらわせば、「自分に酔わずに」でしょうか。

いや、あなたのおっしゃりたいことをずばり意訳してしまうなら、こうではないでしょうか。

「恋に恋して」

あなたは私がボードゲームの遊び手のように、詰めの一手を目指して着々と言葉の駒を進めているかに考えておられる。

しかし、そうではないのです、ユリコさん。

自己陶酔もし、恋に恋もし、若気の至りを取り戻して取り乱している心のままに、私はこの〝手紙〟を取り交わしているのです。ほとんど推敲なしで、私は言葉の奔流に心地よく身を任せているのです。

そこに私のこれまでの恋愛遍歴が反映されてしまうことを、否みません。開き直っているわけでもなく、ユリコさん、むしろあなたが知らぬ旅の過程で見た宿の灯の暗さや、町々を往く馬車の車輪と轡の音、言葉の通じない女の手を握り続けた私や、裏切られて詩の草稿をすべて奪われた古都での一夜、月の満ち欠け、海辺の蟹が片腕だけを砂から外に出しているようにして女性を片っ端からあさっていた日々、神戸の次に留学したミュンヘンで恋の森に迷い込んで出られなかった数年、結婚、離婚、相手の結婚、多くの女性の足音、私の足音、誰かの足音、母の足音、白い壁に大きく映るベッドの上での私の孤独の影、朝のツグミの鳴き声、その他いろいろを、私はこの〝手紙〟であなたに知られることを恐れない。

知られることを望むのではありません。知って欲しいというほど、私ももう子供ではない。ただ隠すつもりもないのです。

たとえ私が「自分といちゃつく」ようにあなたにロマンティックな文を書いていたとしても、それであなたを無視しているわけではないこと、すでにご存知かと思います。あなたが「本能のようなものの指し示すまま」と書いたことは、私にもまた同様です。

私の中に湧き出ているものは、あなたのおかげでそうなっているのです。

だからといって、あなたを独占したり、あなたに理解を押しつけたり、あなたを恨めしく思ったり、逆に私に鍵をかけてあなたを入れなかったりもしません。

老いて初めて知るこの胸のときめきに私は年齢相応の足取りで（それは決してのろのろと、という意味ではありません。むしろステップは軽やかだと私は信じます）応じています。

これは未知の領域です。踏破したことがないどころか、見たことも、あることさえも予想しなかったからっぽのどこかです。

こんな魂の空き地がまだ自分に残っていたなんて、私はまるで気づかなかった。

その虚空へと、私は生きてきた七十年の経験のすべてを注ぎ、また反対にその外へすべてを投げ出してしまいたいと感じています。


あなたが提案なさった場所と時間は、きっとそうした私たちの「空き地」に存在しているはずです。

現実のこの世界でなく。

そこでお会いしましょう。

あなたのカシム記す

63

『なぜ彼女はパンなのか　黒岩茂助3（付記）』（報告　エマ・ビーヘル／オランダ）

それは前夜のことである。『石寿司』で食事をし、カラオケに行き、黒岩氏行きつけの〈スナック〉（日本独特の形態をした家庭的で狭いバー）『よいしょ』に行き、氏は泥酔した。

私は女性として彼に誘われたのだと思う。この国の人間と結婚したくないのだ、と黒岩氏はしきりに言った。故郷を焼かれ、追い出され、戻ろうにも帰化人として無言の差別を受ける。自分は貴方にこそ理解されていると感じる、何も気にせず外国人同士しゃべれる、と。

ろれつの回らない口で黒岩氏はそう言った。そして、私は性交などとても出来ないほど酔っている彼の肩を下から支えてやり、紫色のビロード張りのソファから引っぱり上げて、近くの彼のマンションに送っていった。深夜で私も帰る手段を失っていたからだ。

通常ならわずか五分くらいだろう行路を前後左右にふらついて二十分かけて歩いた。黒岩氏は私の着ていたジャケットの肩が丸く濡れるほど泣いた。

エマさん、くわしくは明日話すが、美和ちゃんは哀れだと言った。私はあの子のことがわかると言った。そしてエマさん、私自身も哀れなんだと言った。いくつになっても満たされないと言った。死んだ親が憎いのだ、と言った。私たちはともに散々他人の手で練られ、ふつふつと発酵し、ヤケドしそうな窯で焼かれたんだ、私も私のふた親も美和ちゃんも、そうやってパンになって成仏し、パンになって親から独立した。だから美和ちゃんはもうパンだと言ったのです、私は。

玄関は日本のマンションとしては広く豪華で、床は御影石で出来ていた。黒岩茂助氏はそこからリビングに行き、私は親に捨てられたと思っていると話し、暗いままの部屋のカーテンを開け、おそらく榛名山があるのだろう方角を見つめ、あなたたち連合軍の爆撃で親が死んだとは子供の頃の私は考えなかったと言い、自分を守ってくれるつもりなら両親ともに家財道具を取りになど戻らなかったはずなのだと断言し、奥のガラス棚からブランデーを出して香りとともに液体をグラスに注ぎ、私にも勧めて自分もがぶりと飲むと、本当は違う、私はブリキのおもちゃが荷物の中にないと夜明け前の町角で言ってしまった、それでふた親はついでに忘れたヤカンも湯呑み茶碗も載せて逃げよう、お前は先に橋を渡って浅草の観音さまの裏へ逃げておけ、あそこまで米英も燃やしたりはしないからとそう言ったのだ、と泣いた。

サッシ窓から外を向いたまま、黒岩氏は背広を脱ぎ、シャツを脱いだ。下着が見える頃には、肩に何か模様がついているのが見えた。

人が変わったような雰囲気になっていた。酔っていたはずの男はふらつきながらもしっかり立っていた。横を向いて片頬を見せ、男はベルトに手をかけてスラックスを落とし、中の下着もくるぶしまで下げると両方を蹴り捨てた。靴下はとうに脱がれていた。

黒岩氏は右手でリビングの隅を指し、間接照明をつけるように私に示した。私は静かな迫力に逆らえなかった。いざとなれば黒岩氏の頭を殴って逃げようとブランデーの瓶を片手に持ったまま、私は部屋の調光パネルに触れた。オレンジのひとつの光が彼の背中をぬらぬらと輝かせた。

上半身をあらわにした一人の江戸時代の男らしき者が〈ざんばら髪〉（額は剃り上げられたままで、紐で結わかない状態の髪）になり、両足の先を揃えて立って、右肩の上に手桶をかかげ、そこから水を浴びていた。土に刺された刀が横に立っていて、そこに赤い血がまとわりついているのがわかった。入れ墨の中の男の背中にもまた入れ墨が色鮮やかに入っていた。雲が湧き出て青く赤く染められていた。

親殺しの団七と言うんです、エマさん。

こちらを向くことなく、氏は続けた。人形芝居や歌舞伎に『夏祭《なつまつり》浪花鑑《なにわかがみ》』という演目があって、義平次という義理の親にいじめ抜かれて仕方なく殺してしまう団七は、元は浮浪児ですよ、エマさん。それが血を水で落としてるんです。私の背中の団七は、そういう殺しの直後の姿です。これを私は兄と慕っていた人から勧められて、十六の夏に入れました。昔の無法者には教養がありました。こんなもんを背中に背負ってるやつは滅多にいねえと、おかげでずいぶん顔がきくようになったもんです。

私は親への思いを断ち切るために、この団七を背中に彫ってやってきました。ああ、そうです、エマさん、本当はふた親を忘れないためかもしれません。殺したのは私で、しかしやつらが死んだせいで私は苦しんだ。これを他人に見せたのは三十年ぶりですよ。よほどの女でないと、こんなものを見たら腰を抜かしちまう。あなたには見て欲しかった。どうです、恐ろしいでしょう。これが私の自慢の背中だ。二人の黒岩の、本当の一人はこの背中にいるのかもしれませんよ、エマさん。

そう言うと、黒岩氏は力が抜けたのか、その場に座り込み、あぐらのまま頭を下げて寝てしまった。急にふけこみ、腹のまわりで皮膚がたるんだ。入れ墨の中の男も一気に年老いたように見えた。細かい皺は腕にも首の後ろにも、まるで引っ張られて壊れた蜘蛛の巣のように伸びていた。陰茎は影の中で縮こまって見えなかった。かかとは角質で白かった。

私は空調を入れて部屋を暖め、廊下に出て寝室を探り当てるとそこから布団やタオルケットを持ってきて、黒岩茂助の肩と股間の上へかぶせ、自分は間接照明を消してソファの上でグラスに残っていたブランデーを飲んだ。

私は彼をどうしようもなく愚かだと思った。

64

『BLIND』（報告　ルイ・カエターノ・シウバ／ブラジル）

さて、「最大最長の波乱期」と調査員さんたちが呼ぶものは僕がすっぽかされたことによって始まったらしいのだけれど、その注目すべき時期の始まりを遠野さんと僕が新宿で待ち合わせた五月十四日と採るか、それとも遠野さん自身が事態に気づいた十六日とするかで意見が予想外の派閥に分かれるらしい（ちなみに前者は佐治真澄さん、ヘレン・フェレイラさん、故アピチャイ・パームアンさん、後者はエマ・ビーヘルさん、金郭盛さん、P.U.チダムバラムさん、ワガン・ンバイ・ムトンボさん、ルイ・カエターノ・シウバさん）。

ただ、どちらでも全体の流れにはたいした影響はないという認識は全員共通なのだそうだ。

けれど「レイン・レイン」では違った。

彼女からの誘いの電話が来た十三日こそが、「我々の苦難の歴史の始まり」だと園田さんは、待ち合わせの翌日に出勤した僕をわざわざ朝礼の列の前に立たせ、エントランスで演説したのだった。

あれはひどかった、残酷過ぎたとのちに佐々森は言ってくれたが、その十五日日曜日の朝は園田さんと一緒になってその「苦難」に向かって歯をくいしばり、目をむき、細長い封筒みたいな上半身からマリオネットの腕みたいに両手を持ち上げ、事情を呑み込んでいないスタッフに補足説明さえしていた。

そもそも、新宿で待ちぼうけをくわされた夜、園田さんから電話が来たのだった。どうだったかと言われた。どうもしませんと答えて、僕は電話を切りそうになった。園田さんはまあまあ最初のデートじゃあ何も進まねえよ、と送話器の向こうから呼びかけてきた。それがいかにも温かい心情あふれた声だったので、僕はついまた受話器を耳にあててしまった。

来なかったんです、と僕は説明した。

「遠野さんは来なかったんです」

と驚くべきことに園田さんは即答した。

「ふむ」

「心配だな」

と続けた。

「徹、俺はまずお前が心配だよ。それから彼女のことも心配だ」

それからほんの五分ほど、園田さんは昼間の様子を聞き、そのあとで不意に奇妙な話を始めた。

一九三〇年代、香港島の中心部・灣仔《ワンチャイ》の裏手の山沿いに作られたタイガーバームガーデンという「飴細工が大きくなったみたいなキッチュな庭園」が、園田さんと水沢傳左衛門の憧れのひとつだった、とエピソードは始まった。陶磁器やコンクリートで出来た塔や動物や寺は極彩色に塗られ、様々な中国の伝説を再現していたのだという。

「あの三島由紀夫って男が面白い悪口を書いてるよ。えっと、どうだったか覚えてねえが、実際のところは、けっこう嫌いじゃないだろうと思ったね」

そして、一九七五年。その三島が市ヶ谷の自衛隊駐屯地で決起せよと隊員たちに向かって演説をし、腹を切って自決した五年後だよ、と園田さんは豆知識をちらつかせた。当時は社長だった水沢会長と秘書の間壁さんと園田さんの三人で、タイガーバームガーデンの視察をしたのだそうだ。

不思議なもので、落ち込んでいる時に聞く園田さんの、淡々とした、しかしどこかでこちらを気遣っているとわかる話は、目の前に迫っている現実から自分を横にずらし、解放してくれるように僕は感じた。というか、いつもならきちんと聞いているかの確認が頻繁なのに、その夜は聞き流していても叱られないのだった。まるでラジオに耳を傾けるみたいに、僕は声に耳を傾けた。そしてあとからこうして、園田さんが何を言おうとしていたか理解しているのだ。

香港で園田さんは、会いたい人がいた。昔よく会っていた人だった。会わなくなって何年も経つ人だった。日本人だったが、園田さんと会わなくなってすぐ香港に移住してしまった、そういう人だった。

社長たちとタイガーバームガーデンを見学し、それを造り上げた一族の末裔とも話をした。そもそもはタイガーバームという軟膏薬で巨万の富を得た自分たちのための別荘であり、好きなように造り足していったのだと恰幅のいい丸々とした頬の華僑は言った。仕立てのいいシャツを着て、光る靴を履いて。

貴方たち日本の軍が私たちの創業者を拘束したあとも、この庭は足されていった、と笑顔の奥の目を三人に向けて、男は最後に言ったそうだ。握手を求められた。ふっくらしたその手を園田さんも握った。

夜、日本企業の駐在員と共に食事をし、現地時間の九時。園田さんはまさにタイガーバームガーデンの門の前にいた。事情を知った水沢社長がタクシーを回してくれていた。そこからどこへでも行けるようにと、社長はタクシーにそのまま待機しろと命じていた。

俺は会いたかったんだよ。そこで待ち合わせをしていた人と、ほんとに会いたかった。会って話をしたら俺も日本で『あらはばきランド』の開業後、すぐにそっちに行こうと思ってた。人生を変える気だった。そのくらい会いたかった。

ところが来なかったのだ、という。

その場所からは連絡のしようもなかった。公衆電話もなかったし、そもそも手紙のやりとりだけで約束をしていた。

待って待って一時間が経った。見下ろすビクトリア湾の対岸に並んだビルの灯がうるさく感じられた、消えればいいと思った。タクシーの運転手まで出て来て横で煙草を吸いながら待つようになった。俺もそれをもらって吸ったもんさ、徹。禁煙してたっていうのに我慢出来なくなったんだ。ひと箱なくなったところでやつは無線で友達の車を呼び、カートンで同じ現地の煙草を届けさせた。その間もきっちりメーターは上がっていたけどな、と園田さんはかすかに笑った。

もう一時間だけ待たせてくれと片言の英語と仕草で伝えると、運転手はいいやと首を振った。そして指でVの字を作った。二時間待とうと言ってくれたのだった。俺が花束を持っていたから、そういう相手だとわかってくれたんだろう、と園田さんは言った。

「それで今があるわけさ、徹」

突然、話は終わった。

何も付け足されたり、まとめられたりしなかった。

「じゃ明日」

園田さんはそう言って電話を切った。切り際に送話器の向こうからガサガサと新聞を握る音がした。

夜九時十分だった。


せっかくの園田さんの珍しい打ち明け話も、その夜の僕を完全に慰めることなど出来なかった。ただ、行ったことのないタイガーバームガーデンの映像がぼんやりと僕の脳裏に浮かんだのは、沈む気分を変えるのに役立ったかもしれない。なぜ知らないはずの場所のイメージが靄のように漂ったかと言えば、「レイン・レイン」の操作室の、いつでもブーンと唸りをあげている埃っぽい機械類の間の壁に、版のずれた妙な色彩の中国風絵はがきが、やっぱり埃まみれで貼ってあるのを思い出したからだった。

そして翌日、しばらく僕の恋愛に触れないでいてくれると期待していた園田さんは、電話口とはまるで違う熱さ、ほとんど悲壮なほどの真剣さで例の「我々の苦難の歴史の始まり」について、「いいか、諸君。我々の徹の姿を目に焼き付けろ。さあ徹、前に出るんだ」と僕に無情な命令を下し、そのあとで存分に語った。

「向こうから誘った待ち合わせに当の相手が来なかった場合、ふたつの理由が考えられる。ひとつは不測の事態である。しかも、今朝になってもなお謝罪の電話が来ていないとなると、これは我々としても最悪のケースを含めて徹を見守る必要がある。時に人は無念の死、いやいやその病とか、親の病とか、友達のあれとか、そういうこともあるし、化けて出るような、白い布なんかはおって、いや違う違う、そんなことはよほど相手を好きでない限りあり得ないんだが、じゃなくて色んなケースが考えられるんだから、とにかく徹を見守る。それが諸君の責務だ」

藻下さんがじとっと貼りつくような視線をうつむきがちな僕に向けるのがわかった。最悪の事態を喜ぶほどひどい人ではないのは知っていたが、見守る気が十分あることを彼女は過度に眉を寄せて心配の表情を作ることでぐいぐいアピールしていた。

「ふたつめの理由は、ふむ、これはまた言いにくいことだが、近くまで来ていたが徹の姿を見た途端、あるいは何度か至近距離で見るうちに、その、なんというか、あまりに変貌していること、いやいや、見るのは初めてなわけだから想像をはるかに超えて……苦手なタイプになって、いや、タイプであったという、ないしは反対に、ここで声をかけたらもうあとは結婚まで一直線だ、それほど好きだ、だが自分にもまだ株トレーダーの世界での仕事、いや違う、パン屋だ、パン屋でやりたいことがあり、涙をのんで現れるのをやめよう、それほど長年会えなかった間の思いが募って夜に化けて出る、違う違う、電話で話をしている間の思いが強すぎて、約束の地には来られない、けれど別な場所には会いに来る、あ、ええと、諸君ね、重ねて言うがこれは我々の苦難の歴史の始まりなのだ。真実を見極める日まで共に耐えなければならない！」

再現するとこんな感じのことを園田さんは言った。ほとんど自身の話、二十年ほど続けてきたのであろう迷いと諦めと未練のすべてを園田さんは僕に重ねていたのだと思う。そして、何か他のどうにも理解しがたい思いも。

けれど、そのことが結果的に僕に幸いした。園田さんは朝礼の最後に、しばらく僕に遠野美和について質問することを禁じた。「腫れ物に触るように扱おう」と呼びかけ、「普段と変わらない会話をこころがけるべし」と言った。

本人を目の前にして。

だからこそ、僕は小さな水たまりの上で揺れている枯れ葉みたいな気持ちのまま〈エブリバディ・ラブズ・ザ・サンシャイン〉に行き、アトラクション裏の狭い通路でターンテーブルを操っている大山と面と向かうこともなく音楽を聞き、自分を痛めつけたい衝動に駆られて一階下の〈コールド・コールド〉に行けば担当の新田が都合よく猛吹雪を出して視界ゼロの状況を作ってくれたし、〈嵐が丘〉の裏を通過して〈ロンサム・デザート〉へ移動する間、誰かが藻下さんらしき人を後方からはがい締めにして廊下に出ないようにしているのがちらりと見え、その間にすでに〈ロンサム・デザート〉もまた風神の手によって視界すべてが黄色いような大砂嵐に襲われていたわけだった。

さて問題は、遠野さんの新しい一面、予想外の事実を僕が知った翌日、五月十七日火曜日だ。ランドは定休日だったが土曜日を急な休みにしたかわりに、僕はその日を全日出勤にし、設備点検に費やした。

僕は出社後すぐにエントランスに行って天井の照明を確認し、〈竹林〉の雨滴の速度チェックに向かい、そこから右下へのスロープを下って〈サンダー・フォレスト〉へ移った。機械全体が温まっていない時間だったから雷雨はなく、申し訳程度にゴロゴロと遠い雷鳴だけが響いていた。ただ、熱帯植物の葉には十二分な水滴がシャワーされており、奥の池にも青、赤、黄色の照明が当たってあたりのコケ、シダを妖しく輝かせていた。ドジョウらしきものが浅瀬に顔を出していて、今度はこういう魚を飼うのかと園田さんの懲りなさに苦笑した。

その園田さんは当時家に帰ることもせず、毎日「レイン・レイン」に泊まるようになっていたから確実に操作室にいるはずだった。ゆうべのことをどう打ち明けたらいいだろう、と僕は考えた。だからこちらを見つめていたドジョウの目が、園田さんのものに思えた。

変だな、お前。

という声が聞こえた。また雷が鳴った。

おい、俺の目が節穴だと思うのか。

ポチャッという音を立てて、その汚泥の中でこそ強く生きて行ける生物は体をひるがえし、池に消えた。

ああ、自分は大変なシチュエーションの中で実は心を病んでいるのだ、と素直に感じた。なにしろドジョウに話しかけられているのだから。

ピカッと一瞬部分的にライトが白く光った。しかし続くはずの雷鳴の音は小さく制限されていた。

俺だよ、俺。

声はスピーカーから聞こえていた。

あのー、園田なんですけどー。

あ、と僕はのけぞり、監視カメラの方を見た。小さなきしみを立ててカメラは動いた。その動きもまた、俺、俺と言っていた。

徹、同じアンニュイな時間のつぶし方でも俺には違いがわかるぜ。一体何人の客をモニター越しに見てきたと思ってるんだ。昨日のお前と今日のお前は違う。アンニュイが悪化している。

音が割れてメガホンみたいにキーキー言っていた。それほど園田さんは音量を無理に上げていた。音はお告げのように熱帯の森に響き渡った。

まさかお前、もう次の恋なのか。

まずいと思った。自動的に体が動き、裏通路への扉の前に駆け込んでいた。園田さんはいつも通り勘違いをしており、少しでも否定が遅れればそれが確定事項のようにインプットされてしまう。

カギで扉を開けて通路を走り、〈コールド・コールド〉のひんやりしたゾーンを抜けて左に折れ、操作室の小さなドアを開けた。

園田さんが椅子に座ったまま、こちらに正対していた。

「違うんです、園田さん。昨日遠野さんから電話が来ました。それで……」

「それで？」

「それで信じられないことを言われました」

目をむく園田さんを僕は手で制した。どんな奇想天外な思い込みを始めているかわからなかったから。

そして順を追って素早く、前日の会話を洗いざらい話した。

報告が終わっても、園田さんは黙ってじっと考えていた。それまでの園田さんではなかった。落ち着いていた。

と思わせて必ず妙なことになる……はずが、それでも園田さんは考えていた。どんどん眉の間が狭くなり、心なしか痩せていっているようにさえ見えた。グレープフルーツをぎゅっと搾るところが、その姿に重なった。

「そうか、そういうケースもあるのか」

搾りカスくらいになった園田さんは、最後の一滴を垂らすかのように声を搾り出した。

それから目を虚ろに泳がせ、あの絵はがきの方を見るでも見ないでもない角度の顔を作った園田さんは、再び口を開いた。

「世界は俺の頭を超えてる。わけのわからないことだらけじゃないか」

それが変わり目だった。

ランドの経営方針が変わると噂される大事な時期に「レイン・レイン」を統率すべきリーダーは明るいムードメイカーではなくなり、急に暗い目をして過激なことを口走ったり、一日のうちでも痩せたり太ったりし、朝礼においても挨拶の時間が一定せず、誰の仕事のやり方にも文句を言わない数日と、誰の口の利き方にも執拗に注意をする数日が交替に現われ、その不安定さを反映して操作室で極端な雨を降らせることが多くなり、特に〈竹林〉はとても任せられないというのがスタッフ全員の共通認識で、同時に園田さんは僕の恋愛にも介入したり介入しなかったり、反応がそれまで以上に予測しにくくなってしまったのだった。

ただし頭の上の靄だけは、帽子を取ればむしろ漂いっぱなしになったから、言ってみれば園田さん自身には実は変わりがなく、ただその突拍子のなさが急激に振り幅を増したと考えるべきなのかもしれない。

なぜだかまるでわからなかった。もう一人の遠野さんがいるらしいという話が、そこまで園田さんに衝撃を与えた理由が僕たちには理解出来なかった。

ともかく、それこそが「我々の苦難の歴史の始まり」というべき事態だった。

僕にとって波乱期は、まさにその日の朝に始まったのだ。

65

『ＢＬＩＮＤ』（報告　佐治真澄／日本）

一方、我々の美和はどうであったか。

一九九四年五月十六日の夜以降、自分の知らない自分を見る方法について、美和は新しいノートにメモを書き連ねるようになった。

『二度としてはいけないことのためのノート』

と、美和は表紙の横組みの罫線の上に丁寧な細い字で書いている。事態を乗り越えるために、どうしても自分で整理しておきたかったのだった。

題名の下に美和はさらに細い字で「もし私が望んでそうしてしまっているとしても」、「もし誰かにそうするように導かれている場合にも」と二段に分けて文を付け足している。

こうした美和の自己分析の明晰さは一体どこから来るのだろうか！　と彼女を独特のダミ声で絶賛してやまないヘレン・フェレイラは、ノート全体に関して精緻な論文を書いている。私はむしろ短く事実のみをあげておこう。

メモによれば五年前、我々の美和が桐生市の女子高校に入ったばかりの一九八九年六月、通学バスの中で以前から気になっていた男子（中学までは同じ学校で学年は二年上。二人とも裁縫部であった）、原俊介から誤字だらけの手紙をもらった。

それからしばらく、バス停五個分だけ重なる通学路を行く短い時間、美和と原俊介は他人に見られないようにどう手紙を渡しあうかに知恵をしぼった。カバンを開けて待つとか、ポケットに滑り込ませるのはごく初歩的な手で、ある時など原俊介は、美和の学生カバンとほぼ同じ濃紺に塗った封筒の裏にガムテープを輪にして付け、それを素早くカバンに押しつけて保護色の原理で目立たなくするというスパイまがいのことまでした。

初恋だった、と美和は書いている。

やがて互いの家の電話番号を交換した二人は、まず原俊介がある日の午後八時過ぎ（美和は一九八九年九月二日土曜と記している）、遠野家に電話をした。美和は夕飯をはやめにすませ、何気ないふりを装って電話機の近くにいたつもりだったが、俺だ俺だという父・太一が走ってきて受話器を取ってしまったのだという。

「その時の父の顔、忘れられず。家の中でドロボウに出くわしたような顔だった」とも美和のメモにはある（私にも十歳の娘がいるから想像が出来る。見知らぬ男の子の不安定な声が自分の娘の名前を呼ぶ時、親はどんな表情でそれを受け入れたらよいというのだろう）。

その通話中ずっと、何も言わずにテレビを見ている母と姉をよそに、父・太一は美和の後ろをうろついていたらしい。原俊介も原俊介で、今のはお父さんかと何度も聞き、そうだと答えれば答えたで黙り込むばかりだったし、いざ話を始めても次の手紙はどうやってどちらから渡そうかという打ち合わせに終始した。

自分は付き合っている、と思った。鼻の下に薄い髭で線が出来ていてひょろ長い背丈をした、右耳の下にいつもニキビを作っている原俊介、技術系高校に行ってマイコン部に入ったと言っていた原俊介と自分は、結婚するのかもしれないと美和は考えていた。

美和は自分からも原俊介の家に電話した。何度か母親が出て、いつもお世話になってますと挨拶されるのが不思議だった。何もお世話はしていなかったし、まるで原俊介を互いに子供として育てているような言葉だったからだ。

二人は順調に電話をかわし、手紙をそれ以上にかわし、なんだかよくわからない詩を書きあい、流行っていたポップスの歌詞を盗用し、授業中に描いた絵などの切れ端や枯れ葉を入れたり、原俊介は「すごく貴重なやつ！」とメモを添付した小さなメモリーチップを茶封筒に入れてよこしたりした。子供っぽいけれど、心のこもった交際だったと美和は述懐している。

ところが、ある日の夕方（最初の電話から二ヵ月以上経った十一月二十五日土曜、クリスマスのちょうどひと月前）、美和が母からメモ書きで頼まれていた買い物をすませ、下腹の痛さに顔をしかめながら帰ってくると、留守番電話が九件入っていた。父も姉も母も不在で、自分がそれをすべて聞くことになった。

「遠野さん、なんで来ないんですか？」

「俊だけど、バス遅れてる？　遅れてないよね」

「一時間、待ってるんだけど」

「原俊介です。美和さんと待ち合わせをしていますが、来ません。何かあったのでしょうか？」

「大丈夫でしょうか？」

「冷えてきました。丘公園にいます。原俊介です。観覧車から遠野さんちの二階がちらっと見える気がしますが、暗いので誰もいないようです。心配です」

「もう帰ります」

「ほんとに帰ります。二時間待った」

「ひどいよ、遠野さん。もし駄目ならこのぼくは、もうグレちまうよって、ふざけて手紙で書いたよね。キョンキョンの『学園天国』だよ。出たばっかりのカバー曲だよ。あれ、ほんとのことになっちゃったの？」

覚えていなかった。なぜ来ないかと言われても、意味がわからなかった。原俊介が手紙の中で日本のポップスを一曲丸ごと引用していたのは覚えていた。けれど、その歌詞で自分が責められるとは思いもよらなかった。

とにもかくにも何か誤解が生まれているという焦りと不安が高まり、心臓が刳りぬかれてそのままの形で胸に空いた穴に風がすーすー通るような気持ちがした。すぐに原俊介の家に電話をした。買い物袋の中にあった冷凍食品を冷蔵庫にいれる暇もなかった（あとで母・壮子にひどく叱られた、ともメモにある）。

通じた電話で判明した事実は、五年後に華島徹に繰り返されたものだった。いや美和自身はそうは書いていない。あの頃の子供じみた恋と、今の徹くんとの少しずつ両方から歩み寄っていくような交流を比べてはいけないとむしろ自分を戒めている。けれど、事柄の外形はうりふたつだった。

美和が電話をした。

初めてのデートの時間と場所を指定した。

まったく覚えがなかった。

どちらの場合も、問題は約束を忘れているということより、約束をした自分を覚えていないという事実だった。共通するのは重い生理の直前で、特に電話をしたとされるのは次の朝方に粘度の高い液体が少量ずつ排出される夜だったことも、美和としては医師に相談する上で重要だと考えていた。自分で抑制出来ないもやもやがそういう夜半に無限に湧いてくる体だとしたら。それが母・壮子からの遺伝に違いないことにも、美和は複雑な感情を持っていた（壮子本人は閉経前の不安定な状態さえ気にせず、その時期が来ると普段以上に狂躁的にしゃべりちらし、怒鳴りちらし、五日間に五袋、計三十枚は食べてしまう桐生の老舗の煎餅を携帯してむさぼり食った。煎餅は米を潰して焼く菓子だからカロリーは相当量になるが、発散するエネルギーはそれをはるかに超えていたと思われる）。

美和はいつも細かく余計なことまで覚えている自分、従ってつらいほど過去をひきずらざるを得ない自分を重たいとすでに高校入学時から感じていた。だからこそ、頼れると思う相手に対して極端な忘却をしてしまうのではないかともメモには綴られている。すべて忘れてしまいたいと願っている自分がいる、そういう自分を実現したい、からっぽになりたい、と（これはつまり、「もし私が望んでそうしてしまっているとしても」という場合に分類出来るだろう）。

実際、二十歳になった一九九四年一月二十日、美和はテーブルに置いてあった当時母が気に入っていた東京銀座のパン屋のカンパーニュを見、そこに乱暴に差されたロウソクへと自ら火をつけ、一人でさっさと吹き消しながら、覚えてきたことが多すぎると思った。例えば、その亀みたいな形のパンから思い出せることは皮の焦げ色からも小麦粉の香りからも皮の割れ目から膨れてのぞく生地からも点々と過去に向かって連なっていたし、安っぽい五色のロウソクのそれぞれの蠟の色からもつづら折りの道が出来ていた。ましてたった一人でリビングに立っている自分からつながる過去の像に関しては、多すぎる記憶に押されてむしろ現在が脇道にどかされてしまうほど折々の思い出があった。

忘れられない事柄を、美和は頭の中にあるひとつの山の方々に配置して整理していた。自分の家の裏手にある吾妻山がモデルだったから、そこにある道路や施設、子供の頃分け入った暗い林の中、蛇のように水を運ぶ小川のわずかなカーブそれぞれ、毎年赤い毒きのこが生える樹の根元、山火事注意の看板の前に、美和は記憶した映像、音声、文字を置き、自分の頭から外へ取り出したことにした。

そうでないと頭の中の山は鮮明な色や光の断片、発作的な笑い声、ごく日常的でなんの意味もないゴミのような走り書きでいっぱいになり、もう子供の自分が遊んだ自然な山ではなくなってしまうのだった。記憶は廃棄物のように山裾を山腹を頂上を覆った。わずか二十歳でこうならば、このあと自分の頭はどうなるのだろう。いやでも覚えてしまう細かな記憶が自分自身からあふれ出して混乱し、いずれ嵐に吹かれるように置き場所がバラバラになって私そのものを土砂崩れにまき込んでいくのではないか。

そうした不安は日々、力を増していた。

「徹くんは私を救ってくれる人かもしれなかった。なにもかも忘れたとしても、その私の話を聞いてくれる唯一の人だったのかもしれなかった。だからこそ徹くんには嘘の電話なんかしちゃいけなかった。あんなに気をつけていたのになんでまたアイツが現れたんだろう。私はアイツを許せない、私を許せない」

我々の美和は強い筆圧でそう書いている。

「自分の知らない自分が自分の死角に立ってこっちをじっと見ている、そう思うだけで頭がおかしくなりそう。こちらから見てやりたい、アイツの死角に立って」

ちょうどその二年前、つまり美和にとっては原俊介のあとで華島徹が出現するまでの間に、ビリー・ミリガンという多重人格者が日本で有名になっていた。ダニエル・キイスのベストセラーが翻訳されたからだ。美和もこの本の内容を雑誌で知り、すぐに駅前の書店で買って読んでいた。

数十の人格を持つビリーなどとは違うにせよ、自分にも似たことが起きているとしたらと思うと、読んでいる間中ずっと手が震えたし、読み終えたあとも足元が揺れて歩けなくなるような気がした。考えてみれば確かに理不尽なタイミングで去っていく友人も多かったのだった。人付き合いの中で、まったく理解不可能な悪意を突然示されることを、美和は何度も体験した。それまでは、人間というのはそういう不可解なものだと考えることにしていた。自分は生まれつきそう諦めているつもりだった。

だからこそ、我々の美和は華島徹と知りあうまで、人に心を開かないよう意識的に、あるいは無意識的に気をつけていたはずだ。

私たち、会わなきゃいけないの？

一九九四年四月二十二日に美和が華島に伝えたこの言葉は、大きなとまどいと深い恐れに満ちた魂の底の地響きだったということになる（いやそれは違う、あなたがたは遠野美和に凡庸な悲劇を与えたいだけだ、とヘレン・フェレイラなら赤い唇を頬一杯に引き上げて微笑みながら言うだろう。あの子はただの小さな天使なのであり、生まれたての猫くらいのサイズの幸福を抱きしめていることが出来る。それが彼女のあの言葉の理由なのだ。だから彼女は奇跡なのだ、と）。

ともかく、美和は繰り返しメモにこう書いている。

「私には誰かを好きになる資格なんかない」

66

『遠野香の日記　抜粋　1994／5／16』


なんか重いテーブルを移動させてるみたいな低くて太い音が妹の部屋からして、そのあとひーひー息を吸う音が続いた。これ、あの時と同じパターンだ。たぶん明日から彼女、思いつめた顔で暮らす。

病院のこと聞いてくるだろうな。今度こそ本気で。

私はあの子のために何をしてあげられるだろう。

今日録画しておいた木曜ドラマを見た。『サワガニ家族』のナレーションはこう始まる。

「きびしい水流の下でこそカニは立派に育つ。赤く燃える」

こんなスパルタ精神、男だから思いつく。

私たちはちがう。助けあう。

67

『ＢＬＩＮＤ』（報告　金郭盛／台湾）

資格で人を好きになるわけじゃない。

徹は数回の通話の中で何度もそう言った。

すると必ず美和は「この電話だって、どっちの私がしてるかわからないんだよ」と言った。

徹はわかると思った。

だから、わかると言った。

そもそもあの時は声の感じがまるで違ってたから、と付け加えた。実際そうだった。

少し黙ると美和は、でも私にはわからないと言った。苦しそうに息をするのを聞き取られないように努力した。自分が自分かどうかわからないのは怖い、と思わず言ってしまう時もあった。

そして結局、私には誰かを好きになる資格がないと、そう言うのだった。

私は問題のある人間……だから。

とも美和は言った。

問題のない人間はいない。

と徹は答えた。

じゃ……徹くんには……どんな問題があるの?

あ、ええと、うーんと……。

ないんだよ……、……、徹くんには。……徹くんは……誰を好きになってもいい人なの。でも、私は……違う。

危機だった。二人の関係の危機、美和にとっての精神的危機、もちろん彼女を失う徹にとってもそれは人生最初の危機だった。

ただ徹には矛盾する感覚があった。美和をなんとか説得しなければと知恵を絞る度に言い負かされてしまうのだけれど、高いビルから転落しそうになって片手で屋上の端をつかんでぶら下がっているようなそのピンチの中、凍りつくはずの自分の背中に太陽の光が当たっているように温かく感じ、うれしくなり、照れくさくもなったのだ。

美和が「誰かを好きになる資格がない」と言うのは、誰かを好きだと言っているのと同じだった。美和本人はまるで親友に恋の悩みを打ち明けているような調子だったけれど、つまるところそれは告白を意味した。だからこそ、徹は力強くしかも美和を脅かさないように優しくこう言えた。

　人を好きになるのに資格なんか要らない。

　それは背後に喜びという緑豊かで葉が日を受けてきらめくような広大な森を背負った者の言葉だった。同じ言葉の中で徹は、自分が美和を好きであると打ち明けているつもりでもあった。その場所から一歩もあとには引けない、と思った。美和がほのめかす別れを、絶対に認めない。

　五月後半の二週間、都合五回の通話内容はもし他の人間が聞いていたらただの押し問答だった。けれど、徹には木漏れ日の色と形が刻々と変わるように耳に多彩に聞こえた。

　自分との関係を拒絶しようとしている美和の声にかすかな感情の揺れを聞いていたのだった。断固として宣言している時、自分に言い聞かせている時、開いた傷を同意によって閉じてもらって冷たく外へ放り出して欲しい時、徹を好きであることへの愛着に美和自身が気づいて驚いている時、自我の強さを自分に示すことでもう一人の知らない自分を押さえつけようと懸命である時、などなど声の変化があるうちは、美和に自分の言葉は届く。

徹はそう考えていた。

五月も過ぎ、六月に入ってから最初の電話は三日の金曜日。

電話の最後に美和がまた「じゃあ、この電話は……どっちの私がしてるんだろう?」と自分を責めるように言い始めた時、徹はあることを思いついたのだった。

68

『カシムへ』

送信者　島橋百合子
送信日時　2001/7/12/13:02

お返事に手間取ってしまいました。

神戸は連日、記録的な猛暑です。

その熱風吹く砂漠のような暑さの中、買い物に出た私は坂の途中でうずくまってしまったのでした。

めまいがしたのです。

世界がぐるりと回りました。

ことに青空が。白い雲が。遠く光る港が。

気づいた時には近所の知人のお宅の奥座敷にいました。布団に寝かされて、お医者さんが私を見下ろしていました。長く私を診て下さっている同年配の開業医です。鼻の下の髭がすっかり白くなったお医者さん――安藤さん――は、にこりと笑っておっしゃいました。

救急車はお嫌いだと聞いておりましたから。

紙がカサカサいう音が部屋の隅でするると思っていたら、まさに私の知人でした。亡き夫の会社の取引先で重要な役職に就いていた方の奥様です。

美紗子さんというその方は笑っておられました。そして、お孫さんが道端に両膝をついてうずくまる私を見つけ、走って家に帰って知らせてくれたというのでした。

その坊やはとっくにプールへ出かけ直していて御礼を言いそびれましたが、安藤さんが素早く点滴をして下さっており、翌日に医院へ来られれば来て欲しいと言って去り、美紗子さんも軽くクーラーをかけた部屋に私を置いて出かけてしまうと、私は自分がどこにいるかわからなくなりました。

丸い蛍光灯のガラスの輪が目の上にあり、糊のきいたうすがけの布団に包まれ、空調機の低い音と外から聞こえるセミの声が区別出来ず、白い灯で均一に見える襖や塗り壁、懐かしい色をした細く四角い柱、慎ましい床の間のそっけない花瓶に挿されたのは槐《えんじゅ》の枝、そして薄黄色の花だということはわかりました。花は庭の木に咲いたものでしょう。美紗子さんの飾らない性格、それでいて趣味の清々しさのよくわかるおもてなしでした。倒れたばかりの人の部屋に向日葵というのも、気持ちにきついものです。

お言葉に甘えて一時間ほど休ませていただく間、私は宇宙船の、それもSF映画で観たことのある冷凍カプセルに入っているような錯覚を覚えました。孤独で宙に浮いているのです。家にいれば雑事に追われ、家族からの電話やらご近所との連絡などが絶えず、あれよあれよと時が過ぎますが、私は日本間という一人用カプセルに収容されて衛星のように地球の上空を移動しておりました。

その時に、私は貴方に声をかけたいと思ったのです。電話番号も知りませんし、電話をかけたいと思ったのでもありません。ただ、私は私の言葉を貴方に向けて送りたい、そのことで人生の通信を喜ばしく終えたい、生きた時間とその質を言葉はよくあらわしてくれる、と私は白い布団カバーの下で思いました。大陸と大陸の間にあるイスタンブールを、はるか彼方から見下ろして。

すると、貴方の手紙の言葉が思いがけずすらすらと、私のおそらくは熱中症でぼんやりし、あちこち欠けた思考の霧の下の方から出現するのです。それも貴方の声を伴って。私は貴方が貴方の手紙を読んでいる姿など知りはしないのに。

私は微笑んだり、少しムッとしたり、謎解きに夢中になったり、言葉が引き込む思い出の奥へと足を踏み入れたりしながら時を過ごしました。そして、これが老いた者だけがわかる心の移りゆき、自由な時空間移動であろうと満ち足りたのです。ただし、体内には満ち足りぬ物質があるらしく、私は翌日から娘に付き添われ（少し離れた繁華な場所から駆けつけてくれたのです）、精密検査のために安藤医師の紹介して下さった市内の総合病院に入院することになったのですが……。

その間、私は貴方がどう思っているだろうと、はらはらする気持ちでもあったのです。返事を待つ貴方を心配させていないか、いやかえってせいせいしているのではないか、私が貴方の文面に反発していると思われているのではないかなどと、まるでそれは若者の心の速度であったように感じます。あれほど時空を自在にゆったりと動いた私でしたのに。

さて、検査の結果はまたお知らせするとして（どうせたいしたことはないでしょう。今の日本の夏を平気で過ごせる者など、子供のほかにいないと思います）、貴方と私の物理的移動に関する御承諾、ありがたく受け取った旨、こうしてお伝えいたします。

魂の空き地、と貴方は書いておられました。

私はひと足早く、日本間というカプセルに乗ってその空き地を見渡してまいりました。

現実のロサンジェルスも、この手紙の言葉の中にも、その空き地が明るく、また薄暗く広がっているのを確信いたしますのと同時に、貴方様の御健康を切にお祈りいたします。

その時お会い出来ないとなれば、おそらく私たちは現実世界で空き地を共有するチャンスを失ってしまうのですから。

二度と私たちは会えないのです。

自分が倒れたことで私は、その機会のかけがえのなさを戦慄と共に実感いたしました。

どうぞどうぞ御身大切に。

百合子拝

69

『BLIND』（報告　金郭盛／台湾）

ピッ。

とまず徹は、第一次安定期の間ずっとそうしてきたように1のタテ列の真ん中、4を押して音をさせた。

これ、もう一人の遠野さんに意味わかると思う？

徹はそう言ったのである。

美和は虚をつかれたように黙った。

確かに、もう一人の自分にはわからない気がした。それはとても微妙な言葉だったから。

……だけどね……徹くん、その知らない私が真似出来ちゃうことだってあるでしょ。

警戒して美和はそう言ってみた。

ピッ。

徹はすかさずそう返事をした。

美和は「あるかもね」という意味だと受け取り、
ピッピッピッ。

と返事をした。「ほらね」と言いたかったのだった。

徹は微笑んだまましばらく黙った。沈黙は今した会話を振り返るよう促していた。

長い無言のあとで、美和は言った。

あ、ないかも。

そうでしょ。

その人にはこんな風には出来ない気がする。

僕もそう思うんだよ。

……だけど。

そこで徹は言った。

遠野さんはこの遠野さんでしかこの電話が出来ない。

少し考えて美和は、ついに押し問答から解放される返事をひとつしたのだが、それが通常の言語でなかったことはもはやこのレポートに書いておくまでもあるまい。

70

『ＢＬＩＮＤ』（報告　ルイ・カエターノ・シウバ／ブラジル）
僕は次の作戦開始を六日まで待った。
一九九四年六月六日まで。

なぜなら、それが月曜だったから。

つまり、翌日が火曜で休みに出来たから。

その間、園田さんは数日暗い表情で黙りがちだったから、佐々森だけが僕から途中経過を聞き、その六日の夜に遠野さんに何を言うかの決意を知らされ、大丈夫ですか徹くん？　と心配してくれていた。細長い背中を折り曲げて運営本部のエントランスのソファに座る僕の顔をのぞきこんで、言葉を濁しながらこう言ったものだ。

「その、なんていうか、やめたほうがよくないですか？」

「何をですか？」

「超短期的には今夜のことです。長期的には、ええと、あの……」

「付き合うなってことですか？」

「え、ま、そういうようなことになるかな。ちょっと危なっかしいですよ、彼女。正体がわからな過ぎるっていうか、正直なところを言いますよ」

「はい。手短かにお願いします」

「これは大山からも、新田からも出てる意見なんですが」

「佐々森の考えをお願いします」

「わかりました。言います。遠野美和は魔性の女です」

「は？」

「考えればわかるでしょう。自分の電話番号は教えない。年齢も不詳です。性別だってわかったもんじゃありませんよ。しかも会いたくないと言うかと思えば、すぐにデートの話をしてきてすっぽかす。で、もう一人の自分がいるとか言って号泣。ここまでくると、やばいですよ。はっきり言って、虚言症じゃないですか」

答えずに僕は立ち、警備員の森口さんに会釈しながら正門を出て、ナイロンジャケットのポケットに両手を入れたままデコボコの坂をほとんど走るように下った。佐々森はついてこなかった。言うべきことをすべて言った、というつもりなのだろう。

山の下の街の灯をちらちら見ながら、僕は園田さんの存在の大きさをつくづく実感した。あの人は物事を突拍子もない方向に受け取る。けれども、いつでもポジティブだった。あの日までは。

佐々森は佐々森なりに僕のことを考えてくれていた。それは理解出来た。ただひと言多かった。おそらく故意に。

虚言症、か。

もしそうだとしても、僕には予定を変更するつもりはなかった。むしろ遠野さんがどういう人か見極めるためにも、その夜の言葉が必要だった。

あらはばきランド駅に着き、人のいないホームで電車を待つ五分ほどの間、僕は誘蛾灯とそこに集まる蛾の群れをじっと見た。どこかで羽化したばかりなのか、上手に飛べない蛾がいた。それを一瞬飛び過ぎた黒い影がくわえて去った。群れにはなんの変化もなかった。

夜九時二分、おずおずとした遠野さんからの挨拶で、電話は始まった。姉が電話を使いたがっていて、短くすませるように言われていると彼女は言った。終わったら子機をすぐに廊下にある細長い台の上の充電器にはめておかないとお母さんに怒られるのだと続ける遠野さんを制するようにして、僕は単刀直入に口火を切った。

「明日、会社を休めないかな」

「え？」

「急に休むとかいい加減なことが出来ないのが遠野さ……遠野さんだってわかってる。だけど、僕たちこのままではうまくいかないと思う。会えればそれでいいんだよ。一時間だけでも。約束をして、その約束を果たして、僕がどんな顔でどんな格好か見てもらって、まあ僕も遠野さんを見て、それでそのあとも電話を続けるかどうか正直にまた話しあいたい。そういうことでしか、今のもやもやした感じはふっきれないと考えました。僕はもう休みを取って、佐々森に仕事をかわってもらうことにしてあります」

ひと言ももらさず聞いているのがわかった。

言葉になりそうでならない言葉が息の変化で何回か試された。少しして答えが聞こえた。

「新宿紀伊國屋書店の前で？」

「そう」

「午前十一時？」

「うん」

「わかった。私、青い何かで行く」

「ありがとう。僕は『レイン・レイン』って書いたキャップをかぶっていく」

「……徹くん」

「うん」

そこで遠野さんが欲しいと思った言葉を、ほんの二秒ほどで僕は理解した。

僕は電話を鳴らした。

ただし3の列と2の列を交互に。

ピポピポ、と。

なんの意味もない遊びだった。

けれど遠野さんもすぐに同じ音を返して笑ったのだった。

音楽みたいだった。

71

『水沢傳左衛門一代記　別伝b』（報告　故アピチャイ・パームアン／タイ）

〈遊園地が子供たちの夢の世界だった時代は終わった。今じゃどこのエンチでもカップル向けにムードを作れと上からうるさく言われる。大人の夢をつくれってさ〉（1994/5/20/23:11）

〈前から言ってる通り、オイラにとっちゃ大人の夢ってのは子供の夢のそのまんまの続きなんだけどな。大人が白い象の上に乗って宙を舞ったり、子供と一緒に観覧車から街を見下ろしたりよ。それが出来るのは遊園地だけなんだ〉（1994/5/20/23:12）

〈だけど、オイラもう抵抗する気もなくなった。お化けと俺たちと、それから行き場のねえお前たちが夜のエンチに集合するんだ。それでいいさ〉（1994/5/20/23:12）

五月二十日。

パソコン通信の該当掲示板内にハンドルネーム「ame」は立て続けにそう書き込んでいて、以前のログからするとこれがネガティブな発言の始まりだった（ちなみに、「エンチ」というのは遊園地を指すマニア用の言葉だそうだ）。それまで

「ame」は〈俺はいつだって夢をかなえるアラジン〉〈俺がドリームメイカーだ〉〈夢がお前らの頭に降り注ぐぜ、今夜〉などと、ちょっと古めかしいラジオＤＪのごときセリフの連発によって、古き良きエンチを愛する者たちの士気を高めていたのだから、読み手にはショックを与えた。

したがって瞬時に「どうした、大将？」「あらはばきにまた新事実か。傳左衛門一派は日々劣勢だからな」「敗色濃厚ってことですか」「あらはばきだけが二十世紀の良心なのに！」「月曜来たら持ってる株、ぜんぶ投げるかな」「いやいや、ame派が負けるならさらに株は買いかと（笑）」といった書き込みが下に並んだ。「どうした？　どうしたっていうんだ、ame？」というkazeからのメッセージの前後に。

その翌日、確かに業界新聞の一面にはこんな記事が出た。

「六月二十九日に行われる水沢電鉄の株主総会において、〈水沢傳左衛門完全排除案〉、ならびに〈あらはばきランド改造案〉が提出されるが、その全容が取材によってわかった」

完全排除案とは、傳左衛門派の持ち株を新しく作られる株式運営組織にすべて譲渡するよう迫って会長職を辞任させ、そのかわりに千葉に傳左衛門が造る予定の遊園地（小さな遊技場となる予定）に新組織が資金二分の一を出す他、『新あらはばきランド』の呼称は撤回させ、『水沢でんでん公園』（未定）とすることなどを骨子としていた。あらはばきランドへの傳左衛門の影響を、百パーセント排除する大変厳しい提案であった。

　傳左衛門派の抵抗は必至だったが、あらはばきランドの純利益は年々減っており、それだけ鉄道部門への負担も大きく、経営的な限界が指摘されて久しかった。傳左衛門側からめぼしい代替案がなければ、一般株主たちのこの機会での離反は目に見えていると新聞は書いている。

　だが、そこまでは「ame」たちもわかっていることであった。業界新聞の関連記事は二面に展開され、そこに詳細な〈新事実〉が掲載されていた。その内容が「ame」の鉄の意志を挫いたのではないか、と掲示板ユーザーの多くは今でも語り継いでいる（彼らは「ame」が過去の失恋相手を幽霊として目撃したと思っていることも知らなければ、彼が目をかけている後輩の恋愛相手が多重人格の可能性を持つことも知らなかった。まして、彼がふたつの事象を関連させて思考し、過去の失恋相手が実は多重人格者として大切な約束をすっぽかし、今も苦しんでいるのではないかと妄想していたことなど知る由もない）。

　さて、株主総会を待たずにリークされたあらはばきランド改造案は、まず名称を大胆にも『Aランド』とすること、そしてかねてからの情報通り、現在のアトラクションの半数以上を一気に入れ替えることを謳っていた。

エンチマニアを驚かせたのはその入れ替えのルール、いわゆる「傳三システム」の内容で、アトラクション入れ替えを半年かけた『あらはばき総選挙』によって決めると記事には明記されていた。すべてを来園者のチケット半券による投票に委ねるというのだ。

すでにあるアトラクションは自動的に〈立候補〉、さらに新しくエントリーされる新アトラクション候補には以下があった。

●恋人たちの『びっくりどっきりハウス』（女性が絶対に太って見えない仕組みの鏡、女性の背が高く見える仕組みの鏡など、徹底して女性受けを狙った施設で、年末には同名アイドルグループがデビューとの噂）

●『愛の願いがかなうミニミニなモミの木』（ランドの新シンボルで、申込者による植樹が可能）

●一人乗り『失恋メリーゴーラウンド』（某テレビ局とのタイアップ企画で、馬ごとに首の後ろに付いているビデオカメラに向かって自分の失恋を告白し、番組に採用されると短いアニメとなり、薄謝がもらえるらしい）

●『恋のフォト館』（詳述は避けられているが、その翌年には個室の中で写真を撮り、それをシールに印刷してプリントアウトする謎の遊具が発表されると言われており、新組織はその名称不明の、我々編集部でも消費者に受けるとはとうてい思えない

機械をまとめて十数台置く施設を検討しているという）
●『ザ・まっくランド』（ほとんどの照明を一斉に落とした上での光のショーを早くも現在実験中とのことで、むしろ午前中の入園をやめる方向も検討）
などなど。

例の掲示板では以降、六月末までこの記事に関する議論が交わされた。どの新アトラクションも憎いほど見事だ、俗悪の極みだがこれが時流だ、ここまで練られた傳三案に対抗する提案は不可能だろうという者が数多くいた。第二ランドがどれだけ斬新だろうと、来園者の参加性の高い傳三システムの魅力にはかなわない。〈投票〉のためだけに来園する客からの儲けも見込んで、株価はジリ貧からじわじわ上げている。書き込みが一気に増えたところを見ると、傳三の息のかかったユーザーが入り込んだのかもしれなかった。

黙り込む「ame」をしり目に、別掲示板が立てられ、各人の考える『消えるアトラクション・ベスト3』が面白おかしく書き込まれた。日々その統計をとっていたユーザーによると、例えば（六月十七日現在）までの結果はこうだ。

三位　ビックリハウス
（主な理由　びっくりしない）
二位　黒馬だらけのメリーゴーラウンド

（主な理由　不吉）

一位　レイン・レイン

（主な理由　水の使い過ぎで採算がとれない／マニアック過ぎる／隠れて飲酒をしている／世界中の雨を体験する意味がわからない）

このランキングこそ傳三が工作員を潜り込ませていたことの証拠だと言われている。なぜなら遊園地マニアの間で「レイン・レイン」は別格の存在であり、オピニオンリーダー「ame」がそこの職員であることも公然の秘密であったからだ。一般客の行動の予測とはいえ、〝奇妙さ独自性こだわりにおいて世界第一〟であるアトラクションが真っ先に消えるなどということがあり得てはならなかった。

だが当の「ame」、園田こそが「レイン・レイン」の朝礼でずっとこう言ってきたのだ。

「水沢傳左衛門はじき、捕まる」

「水沢傳左衛門にはもう俺たちのランドを守る力がない」

「この雨の楽園をあと半年続けられるかどうか」

「レイン・レイン」を最もよく知る男、『あらはばきランド』の世界観を傳左衛門と共に造り出した人間は、傳三たちがどのようにして荒波のごとく経営権を獲得し、どのような方向にランドを引きずっていってしまうかを冷静に見通していたのではないか。
　その上で、何日か掲示板から姿を消していた園田が「ame」として「レイン・レイン」へのバッシングに応えたのが以下の書き込みである。
〈雨の楽園がおしまいなら、この世界も終わりだとベンどもにわからせてやるだけさ。お化けと俺たちと、行き場のねえお前たちが化けて出るのさ〉(1994/6/23/23:51)
　ずっとのちに、これが園田の起こす事件の全容をあらわすものだとわかる。けれどその時には他の誰も意味を理解出来なかった。ただの愚痴だとして軽く受け流される中、一人「kaze」だけが食い下がった。
〈お化けと俺たちと行き場のねえお前たちってのはなんなんあ《ママ》んだよ、ame？〉
(1994/6/24/00:01)
〈お化けってなんだ？　え？　行き場のねえお前たちってのは。この板でエンチを語ってる俺たちのことか？　それが死んでるっていうのか？〉(1994/6/24/00:06)
〈おい、正しいエンチの救世主ame、なんとか言え！〉(1994/6/24/00:07)
〈お前には秘策があるって言ってたろ？〉(1994/6/24/00:12)
　その夜えんえんと続いた「kaze」の書き込みの最後の一行が、私の胸に最も重く響く。
〈俺はしゃべるのが苦手だから、ここでしかお前に聞けねえんだよ。なあame、俺

も行き場のねえ仲間ってのに入ってるのか?〉(1994/6/24/02:36)

72

送信者　島橋百合子
送信日時　2001/7/18/07:16

『カシムへ』


お仕事に没頭されているならごめんなさい。

これまでのペースからすると、ずいぶんお返事が来ていないように思い、こんなお手紙を書いてしまいました。

何かあったのなら、私のことは放っておいて下さってけっこうです。

そのことにお力を尽くしていただければ。


ただ電報のようなひと言でもあれば、安心いたします。

私の前の手紙から六日が経ってしまいました。

御身大切に。

百合子より

73

『BLIND』（報告　金郭盛／台湾）

翌六月七日火曜日。東京の最高気温二十三・三度。

約束の時間を五分過ぎても十分過ぎても、美和は新宿紀伊國屋書店前にあらわれなかった。

徹はあっけにとられるような思いでいた。

来ないはずがなかった。

けれど前日の夜、電話を切ったあとで二回呼び出し音が鳴ったのを徹は思い出さないわけにもいかなかった。あれは気が変わった美和からの約束を断る電話だったのだろうか。あるいはまさか自分が話し、プッシュ音を鳴らしあい、約束をした方の美和がもうひとりの美和だったというのか。

もうすぐ二十分が過ぎようという時、徹は目の前に水色のシャツを着て眼鏡をかけた女性が立っているのに気づいた。頭に青い布を巻いたその女性は徹がかぶったキャップの文字を確かめていた。

ハナシマトオルさん……ですか？

あ……はい。

この人が遠野さんなのか、と徹は思った。けれど顔をきちんと認識出来なかった、という。急に近くにいて、目の焦点が合いませんでした、気持ちの焦点も、と徹は言っている。

女性は二階を指さした。

ハナシマさんへのお電話が店の方に来ているんですが。

チェックのベストの左胸に、横山と書かれた名札を付けているその書店員は言った。

彼女は美和ではなかった。

美和からの電話を取り次いでいた。

74

『BLIND』（報告　佐治真澄／日本）

美和がどこから電話をかけて来ているか、華島徹にはわからなかったのだという。何もわからないまま、華島は新宿紀伊國屋書店の横山文恵に導かれてビル二階に上がってすぐ右のレジの端に行き、何段かに分かれた内線の通話ランプがあちこち光る白い多機能電話の受話器を渡された。

私も新宿にいます、と美和は言った。

待ち合わせ時間のずっと前から、と。

美和は新宿紀伊國屋書店の前に立っていた。そこに華島徹が現れた。

イメージしていた通り、感じのいい人だった。背丈も体のしなやかな細さも誠実そうな目もぴたりと閉じた唇も服のそっけない着方も。のちに美和は我々にそう話したが、当日の華島に伝えられたのは以下の言葉だった。

思わず逃げてしまった。……徹くんを見たら、急に足の下の方から冷たいものが上がってきてその場から消えたくなった。

「気づいたら、一階の通路に入って奥に抜けていて。また……徹くんを待たせちゃいけないから戻ろうと思って、もう一度ぐるっと回って紀伊國屋の前に……近づいたんだけど……徹くんはまだ自分を見てないんだと思うと……どうしても勇気が……出なくなって。私は……徹くんを見たけど……徹くんは」

華島はレジの外側に立ったまま、コードを不自然な方向に引っ張って受話器を耳にあて、目のやり場に困りながらうんうんとうなずいてばかりいた。ひっきりなしにレジに並ぶ客が本を差し出し、店員はそれを素早く紙で包んでは華島の方をちらりと見た。

その時に目の前を通りすぎていった本のタイトルを華島は妙に克明に覚えている。

大往生
アムリタ
地獄先生ぬ〜べ〜第一巻
日本一短い「母」への手紙
完全自殺マニュアル
三国志（横山光輝作マンガ版・全六十巻を一気買い）
マディソン郡の橋（なぜか同じ本を三冊、中年女性が）
ワールズ・エンド……なんとか

ひと通り美和がしゃべり終えるのを待ってから華島徹は言った。

「今どこにいるの？」

美和は一瞬とまどって、見てたと答えた。

「何を？」

「……徹くんを上の方から」

聞けば美和は紀伊國屋書店の前にある洋品店の三階から、どうしていいかわからず華島を見下ろしていたのだった。そして、店の電話を借りて１０４の番号案内へかけ、オペレーターに書店の代表番号を調べてもらってそちらへかけると、華島徹という人を呼び出して下さいと頼んだ。書店の案内係は二階へつなぐから少しお待ち下さいと言い、やがて華島のもとに青い布を頭に巻いた女性が現れて一緒にエスカレーターの方に消え、こうして電話口に現れた。

だから今ここからは徹くんが見えない、と美和はおかしなことを言った。

見ないよ、と華島は言った。

美和には意味が通じなかった。

レジにいた上品そうな白髪の老女は自分が言われたのだと思ったのか、目を丸くして華島を見た。自分こそ見ていないと言わんばかりに。その間に店員は、老女が差し出した薄い本にカバーをかけた。華島には読めない奇妙な文字が表紙になっていた。詩集だったかもしれない。

いやいやと手を老女に向けて振ると、今度は美和が不審そうな声を出したという。

華島は急いで受話器に語りかけた。

「遠野さんが見られるのが怖いんなら僕は見ない。喫茶店に行って話でもしようよ。

うっかり見ちゃうとか視界に入っちゃうってこともないように、ずっと横を向いてる。約束するから」

華島はそこまで言って、まだその場を去りがたく思っているらしい老女に硬い表情で会釈をした。すると、老女は憂い顔で笑い、華島に小さな声でこう言ってその場を去った。

生きてるうちに大事にせな。

「あ、はい」

「ほんとに？」

美和は明るい声で言った。

「え？」

「……だから見ないでくれるってこと」

「あ、ああ、ほんとにそうするよ」

「ありがとう。ごめんなさい」

「じゃあ……新宿中村屋わかる？　遠野さんがいるビルから駅の方に戻るとガラス張りのお店があるから、そこの中で席をとって入り口に顔を向けないようにして待ってるよ。ゆっくり来てくれればいいから」

「うん」

華島はレジの中の書店員たちに丁寧な礼を言ってエスカレーターの方に戻りかけ、それが上昇専用だと思い出して踵を返した。奥に階段があるのを電話の最中に見て知っていた。

一階に降り、通路を抜けてエスカレーターとブティックLeneの間を過ぎ、顔を伏せて道路の向こうのビルを見ないようにした。美和は窓際のハンガーにかかっているディスプレイ用のトレーナーの後ろにいて、その華島に小さく頭を下げた。

そこから奇妙なデートが始まった。

新宿中村屋本店の少し奥まっている入り口から華島徹が中に入ると、ありがたいことに十人ほどの団体が帰った。華島は白いワイシャツに灰色のベストを着た店員のあとをついて歩き、腰の高さくらいの仕切りの向こう側にある二人用の席に近づいた。席はどちらも外の新宿通りに横顔を向ける形になっていて、華島は入り口から見ると手前にあたる椅子に座った。美和が来ればそちらから華島の背中が見える位置取りだった。

水を運んできたウェイトレスが茶系のスカートに同系色のチェックのシャツという制服らしきものを着ていたこと、腰に巻いたエプロンが真っ白で清潔そうだったことを、華島ははっきり覚えている。なぜなら、それが「その日のデートの最後に見た光景」と言ってよかったから。

ウェイトレスにコーヒーを頼み、さてまったく美和を見ないためにはどうしたらいいのかと華島徹は考えた。少し首を横に向けるくらいでは目の焦点を合わせないというだけで姿形はほぼわかってしまう。下を向いていても足が見えるから美和を脅かしてしまうだろう、と徹はあわてた。いつ美和が来るかわからなかった。

華島徹はほとんど本能的と言っていい迷いのなさで、まっすぐ前に体を向けたまま、まぶたを閉じた。

すると耳が敏感になった。

足音くらい聞いても遠野さんは怒らないだろう。

混雑した店内で他の客たちの存在が消えた。カランカランと氷がコップにぶつかりながら運ばれてゆき、スプーンが陶器の皿に置かれてカチャカチャ音を立てた。ざわざわと周囲の話し声はよく聞こえた。けれどそれは電話に混線してくる雑音のようなものだった。控えめに流されていた店の、おそらく有線放送の音楽が次第に明瞭に響いてきた。

なんだ、こうして目を閉じていれば、自分たちはいつもみたいに二人きりじゃないか。

75

『Just the Two of Us』（詞　ビル・ウィザース　1980）

透明な雨粒が落ちていく
そして美しいことに
太陽の光がやがて
僕の心に虹を作る
時々君を思う時にも
一緒にいたい時にも

二人きり
二人きりでいればかなう
二人きり
僕ら二人でいれば
砂上に楼閣を築きあげて

たった二人
君と僕

愛を探すんだ　泣いてる時間はない
涙なんて無駄さ
花を育てる水にもならない
待つ者に恵みは訪れる
でも待ち過ぎたらなんにもならないよ
僕たちの道を行かなくちゃ

二人きり
二人きりでいればかなう
二人きり
僕ら二人でいれば
空に城を描きあげて
たった二人
君と僕

透明な雨粒の音がする
窓に当たって落ちてゆく音
それはやがて朝露となる
愛しい人よ
夜が明けて昇る太陽を見る時は
君と二人でいたい

二人きり
二人きりでいればかなう
二人きり
僕ら二人でいれば
砂上に巨大な楼閣を築きあげて
たった二人
君と僕

（P．U．チダムバラム提出）

76

『ＢＬＩＮＤ』（報告　金郭盛／台湾）

店の前から思いきってガラスの中をのぞいてみると、徹の横顔が奥の方に小さくあった。薄暗い静寂の真ん中で背をぴんと伸ばして、過去の彼方に閉じこもっているように見えた。

彼は自分のために目を閉じていた。

内臓を優しくつかまれる感覚に驚きながら、美和は自動ドアを通って店内に入り、店員たちの歓迎の声の中、水が流れるように徹に近づいた。その動きに合わせて一曲が終わり、フェイドアウトしていったという。

徹の真横を通る時は息が止まった。白いシャツの上に着たブルーグレーのジャンパースカートのすそが徹に触れたように思った。

向かい側に回り込んで椅子を引く前に、美和は息を無理やり吸った。うつむいたまま黙って椅子に座り、膝にバッグを置き、意を決して顔を上げると、店内に次の音楽が流れた。

遠野さん？

徹が目を閉じたまま寂しそうに微笑んだ。

うん。

美和がそう答えると徹は続けた。

音でわかったよ。歩幅もこんな感じだろうなと思ったし、椅子の引き方もああそうだろうなあって。思った通りだった。

いらっしゃいませ、とウェイトレスが徹のコーヒーと美和の水を運んできて順番にテーブルに置いた。一瞬、ウェイトレスは驚いた様子で徹を見た。待ち合わせ相手の前で目をつぶっている青年を。

ウェイトレスの視線をさえぎるように、アイスコーヒーを美和は頼んだ。日本でよくオーダーされる冷やしたコーヒーだ。

遠野さんが他人に話してるの初めて聞いた。

あ、そっか。

そうだよ。

徹はテーブルの上に手を這わせ、コーヒーカップを探した。美和があわててその手に自分の手を添えようとし、すっと引いたことを徹は知りようもなかった。

こうしてるといつも眠ってる感覚が起きてくる感じがするな。

そう言いながら徹は熱そうにコーヒーをすすった。豆の香りが空気に乗って美和の方へ流れて来た。

カップをソーサーの上へ注意深く置いてから徹はさらに何か言おうとし、一度眉を寄せるようにして美和の方へ軽く右耳を向けた。こういう自分への集中の仕方が徹の誠実さのすべてだと美和は思い、徹の額にかかった髪の毛をかきあげてやりたいと感じた。

徹は美和がまたわからなくなったような気がして不安を覚えていた。ようやく待ち合わせ場所に現れ、席についてしばらくはその存在が強く感じられたのに、声を出さずにいる美和は乾いた場所で霧を吹くようにふっと消えた。ヒールの足音で体の重みを伝え、動きから起こる風で身ごなしのおっとりした様子を伝えてきた美和は、電話で話している時と違って、いつ「切れた」のかわからなかった。

だから徹は話しかけなければいけないと思った。美和の方から来る音を聞くために。

ええと、僕は今どう見えてるのかな？

徹はそう聞いた。

美和は思ったままを答えた。

すごく穏やかな顔してる。

あはは、それって死体の時の表現じゃない？

あ、ごめん。でも……たぶん怒ったりもしてないし、落ち着いてて。穏やかなのは前からわかってたけど、ほら、……電話だと顔は見えないでしょ。

ああ、まあね。

今は見える。落ち着いた声が穏やかな顔から……出てくる。

でも、僕は。

お待ちどおさまでした。アイスコーヒーです。

あ、ありがとうございます。

そこで少し待ってから徹は続けた。

……もういい？

うん、行った。

でも僕はまだ遠野さんを見てない。

ごめんね。

いや今見たいって言ってるんじゃないんだけど。

ごめんなさい。

徹はわずかに顔を左に傾けて、天上から降ってくる音を聞くような表情をした。こう考えていたのだという。

自分が目を開けてしまったらどうなるのだろう。まぶたを上げて前の席へ目を向けてしまったら、遠野さんが一番恐れていることを僕は一秒もしない瞬間に楽々と行うことが出来るのだ。

ということは、と徹は目の前の濃霧をかきわけるように考えた。今、遠野さんは大ピンチだ。

そうか！

徹はあやうくまぶたを上げるところだった。

おっとっとっと。

え、何？

美和は心配そうに聞いた。

いや、なんでもない。

徹はそう言い、どうすれば遠野さんを安心させられるだろうかと考え、いや黙っていてはいけないと思ってまたあわてた。

ええっと、なんか、目をつぶってると頭が冴えるみたい。

困り顔をした徹を見て、美和は吹き出した。まぶたの向こうで目玉がさかんに動くのが見えていたから、考え事にふけっているのはよくわかった。徹は美和のことを考え、美和の言葉に反応した。そのこと自体は、それまでずっと続けてきた通話と同じだった。

少しだけいつもの電話と違うことがあるとすれば、美和にとっては徹の表情がわかること、そして徹にとっては美和の動きが風になってそよいでくること、そして二人にとっては近くの席に座った他人の話に耳を傾けられることだった。

二人はぽつりぽつりと話し始め、時々息をひそめて男子学生たちの難しそうな言葉遣いや、外国人と日本人の片言の会話、江戸っ子を思わせるおじいさんたちが話す昔の新宿の話を聞いた。その体験は他愛ないけれど、想像だにしないものだった。お互いが黙って聞き手になることは。

特に美和には、自分の左手の席に座った初老の紳士がかすかな青森訛りの残る言葉で二人の中年女性に語っていた新宿中村屋の歴史が印象的だった。二十世紀最初の一九〇一年、長野県での養蚕事業をたたんで上京していたクリスチャンの創業者は、東京でパン屋を買い取って成功させた。そして十数年後には娘が結婚したインド独立運動の闘士ラス・ビハリ・ボースという恰幅のいい男をイギリス政府からかくまって支援し、自然にインドカレーのレシピを受け継いだ。つまり、そこは蚕のそばから離れた人の開いた喫茶店であった。

徹も紳士の話にじっと耳を傾けていたそうだ。

そうしている徹を美和はじっと見ていた。

77

『BLIND』（報告　P.U.チダムバラム／インド）

遠野美和はその日本と我が国インドの友好に深く関係する歴史的な店舗の中で華島徹の屈託のなさに驚いたのである。

あと一時間しか新宿にいられないと伝えると、じゃあそれまであたりを散歩しようと言い出したからだった。後ろをついてきてくれればいいから、と徹は真剣な顔で（目は閉じたまま）言った。

なぜ一時間しかいられないのかとか、まだ自分は目をつぶっているべきかといったことを徹は一切口に出さなかった。だから、グラスの底の氷をストローで動かしながら、美和は自分から弁解せざるを得なくなった。氷はまとっていたアイスコーヒーの色をするする脱ぎ捨てて溶けたという。

「私、ここから三時間半くらいかかるところに住んでるから」

「三時間半？」

徹はつぶったまぶたを広げるような変な表情で繰り返した。よく目を開けなかったものだと美和は思った。

「新宿まで三時間半ってことは……」

徹が顔を少し上へ向けて考え出すので、どんな路線を思い浮かべているのだろうと思ったが徹の言葉の続きは予想と違った。

「じゃ遠野さん、朝の七時半頃には家を出てたの？　わ、俺、もっと考えて待ち合わせればよかった」

「あ、それはいいの。慣れてるから」

「慣れてる？」

「そう。……都会に行くには時間がかかる」

Tで始まる言葉はなるべく避けてしゃべるようにしていたが、時々かわりの単語が出ず、無理をして言ってしまわねばならなかった。すると息が詰まり、口が音を待って開いたままになった。そうした音が出ていったあと、美和は顔を赤くし、その赤さをまた恥じたものだった。

けれど、徹には何も見えないのだった。

「わかる。僕も田舎が金沢のちょっと奥の方だから」

「そうなんだ。私は群馬なの。桐生」

美和はそれまで言わないでいたことをさらりと言った。

「桐生って桐生第一の？」

「そうなるよね。ほぼ確実に〈高校野球〉のこと言われる」

戦後の日本人（ことに男性）は各都道府県代表の高校生チームによる野球全国トーナメントに自分たちそれぞれの「栄光、闘志、悔恨」などなどを反映させがちで、その伝統は徹のような一九七一年生まれの若者にもいまだ残存していたのだった。というか、徹は事実、群馬県に関して他に何も知らなかったという。

美和はますます気楽になり、生まれた街の中央を通る広い道路の両端に江戸時代から明治・大正・昭和にかけての蔵や織物工場がたくさん残っていると語り出し、さっきの初老の紳士が話していた養蚕業（女性客二人を含む三人はもう店を出ていた）は私の街でも奈良時代から盛んだったのだと言った。

すると、徹は金沢でも絹織物は大事な産業だったと学校で習ったと言い、けれど富岡製糸場の真似で作った金沢製糸場は武士の悠長な経営で大失敗に終わったらしいと笑った。

「その製糸場が私の群馬にあるんだよ。群馬の……」

「え、そうなの？　じゃ遠野さんたちがうまくやってたことを、僕らはうまくやれなかったのか。悔しいな」

徹は顔をわずかにうつむかせると何かを考え込むように黙った。

しばらくしてから徹はぱっと顔を上げ、早口で聞いた。

「遠野さん、今何時？」

美和は高校二年の春休みに、祖母からの〈お年玉〉（正月にお祝いとして目上の者からもらう金銭）で買った真珠色の盤面の時計を見た。

「一時二十分」

「わ、またそんなにしゃべっちゃったのか。何時に新宿駅を出たい？」

「二時過ぎがいいんだけど。……中央線快速で神田まで行って上野に行って、そこから……高崎まで行って。一本逃すと三十分くらい平気で、あとが来ないから」

「わ、全然時間ないじゃん。出よう出よう」

徹はそう言って立ち上がった。ジーンズの後ろポケットから財布を出し、それを空中に差し出してごめんと言う。

「この中から払ってくれますか？」

「あ、私遅刻したし、わがまま言ったせいで喫茶店に入ることになったんだから」

「いやいや。最初のデートでバシッと決めないと園田さんに怒られる」

「園田さん？」

「とにかく財布ごとお願い。僕、ほら、なんにも見えないから」

「ああ」

仕方なくそのカーキ色の防水生地で出来た、中身が詰まりすぎてころんと丸くさえある財布を受取って美和は椅子を離れ、徹の左手首をつかんだ。洗いざらしの紺のトレーナーの袖の下に薄い時計をはめているのがわかった。

いざなうと徹は目を閉じて椅子の背を触りながら通路に出、ゆっくりと反対を向いた。後ろから美和が今度は右手首に自分の右手を添えた。少しずつ徹は歩いた。他の席にいる客がテーブルの端の物を気を遣ってどかしてくれた。

「なんか変なこと始めちゃったね」

「うん、……徹くんが笑わないでいるのが不思議」

「真剣だよ、僕は」

「右足……段、気をつけて」

「わかった」

徹は美和の右肘をつかんだ。強く握ると壊れそうな仕組みの肘だった、とのちに徹は言っている。でも柔らかい筋肉が両側に伸びていて、それが洗いたての香りのさらさらしたシャツの中できゅっと動きました、と。

美和もまた、かすかにぶつかる徹の体がよく引き締っていると思った。その背中と首は思いのほか厚く隙なく緊張しており、見た目や声からはイメージ出来ない日々の労働の跡を美和は感じた。

代金を払い、ドアを開けて徹を通らせながら財布を返したあと、美和は入り口のところにいた黒いスーツの店員に頭を下げた。店員はすまなそうな表情になって言った。

「気がつかずに申し訳ありませんでした」

「はい？」

「あの、お待ち合わせのお客様をもっと入り口近くにご案内出来ればよかったのですが。素早くお入りになったものですから」

スーツの店員は徹を指先を揃えた手で示した。

「いえ、ありがとうございます」

美和はそう言い、つかんでいた徹の右手首をきゅっと強く握った。それは電話で言えば、二人の決まりのあの音を鳴らすのと同じだった。

徹は何も気づかないのか右に体を向け、優しく手首をひねって美和の指を解くと、彼女の左肩を体温で探るようにして見つけて、その上に右の手の平をそっと、触れるか触れないかという力で載せた。美和が少し先を行く形で二人は歩き出した。

ピッ。

徹は数歩行ってから、右前方の美和に向かって言った。

美和は笑った。

合図わかってたんだ、と言いながら。

新宿中村屋からSUZUYAの前をゆっくり通過した。時間をかけてパスタ屋の店先を行き、左斜め前に三峰館というビルのある角に来た。渡れば美和が電話をかけさせてもらった洋品店のあるビルで、向かいが新宿紀伊國屋書店だった。そこまで徹は誰かに顔をぶつけそうで恐ろしく、なるべく美和の後ろに寄り添うように歩いた。段差がわからず自然すり足に近くなり、周囲の気配を知りたくて顎が軽く上がった。

目をつぶっただけで、あれだけ混雑していた街並みから人が半分以上消えていた。話し声と足音がしなければ、人はいないも同然だった。ただ風だけがよく吹いた。行き交う人からもその微風は来た。

風と風の間は透明だった。そのすかすかの空間に、通りかかる店からポップスの音が流れ込み続けているように思った。目の前に突然壁が現れることがあって徹を脅かしたが、美和はその壁の中を突っ切った。何度かそれが続くと、誰かが作る影なのだと推測された。視力をなくすと、光と影のゆらめきが確からしい形に感じられるのだった。

時々、呼び込みの声もした。それらの音以外、定位置にあるものはなかった。人は話し声によって唐突に現れ、動いて消え、予想もしない場所からまた出現した。飛行機の音が上空から線になって聞こえたのを、徹はよく覚えている。

目を閉じたまま足元がおぼつかない徹に体を寄せながら、やがて美和は左後方に向かって小声で街を実況し始めた。それほど長く一人で誰かに向かってしゃべり続けたことは生まれて初めてだった、と本人も言っている。

シンディ・ローパーみたいな真っ赤な口紅の女の子が来る。髪の毛も黄色に染めてます。革のミニスカートに短い白シャツに革の……チョッキ。……東京だなあ。……誰も振り向かない。男の子も革ジャンとか黒いパンツとか多い。ここはロックっぽい街なのかも。桐生もちょっとそういうとこあるんだよ。あれ、こんなところに刃物屋さんがある。昔からのお店なのかな。なんか安心するね。向かいはマンモス喫茶カトレア。ああいうところ入ったことないから憧れる。え？　……なぜかっていうと……東京の大学生っぽいでしょ。私は桐生でずっと暮してきたから。わいわいしてお酒飲んだあとみんなでクリームソーダとか頼んでそう。夜遅くまでやってるはず。

そしてじゃーん、三越……デパートの看板が先に見えてきました。道を渡って左は伊勢丹です。石で出来たビル。ヨーロッパみたい。さすが新宿だなあって思う場所がここ。まさか……徹くんと歩くとは思ってなかった。母が好きなの、三越。母は銀座か日本橋に行っちゃうけど。……でも三越に行くためだけに……東京に宿泊するんだよ。昔はひと月に一回は宿泊してた。姉と一緒によく帰ってこなかったなあ。私は妹だから留守番が多かった。え？　メイテツ？　マルコシ百貨店？　知らない。へー、金沢のデパートか。行ってみたい。着物売り場とか凄そう。

実況の間に二人はたくさんの人に追い越された。ようやくその先の丸井デパートの前を過ぎると、明治通りをそろそろと右に曲り、徹の指示に従ってすぐの狭い新宿中央通りに入ると、二人は新宿駅方向へと引き返した。それは以前失敗したあの待ち合わせのあとで美和から電話がかかってくるまでの二日間、『あらはばきランド』の事務局で見つけた『るるぶ』の該当ページを悔いと不可解さに突き上げられながらにらみつけるようにして過ごしたからこそ、徹にはまさに〝目をつぶっていてもわかる〟道なのだった（『るるぶ』とは日本を代表する旅行ガイドブックであり、当時国内どこへ行くにもこの雑誌が必要とされた。インターネットが二〇〇一年以降も世界に普及していくならば、こうした観光情報の環境も劇的に変わるだろう）。

今度は徹が実況した。頭の中の地図を言葉で再現したのだった。美和はその時の徹の言葉のほとんどを覚えていると言い張った。彼女によれば、徹はこう言った。

遠野さん、角の左は『LIKE A VIRGIN』ってパブじゃない？　すごい名前だよね？　右にてんや、ある？　天ぷら丼のチェーン店。らんぶるは喫茶店ね。で、じき左手にモリエールビルが出て来て、そこの一階がカフェラミル。ここも喫茶店。チェーンの。もしもあの時会えたらここでお茶飲んだのかもなとか、いや違うよ遠野さんを責めてるんじゃなくて、なんて言ったらいいんだろう、来ててもよかったんだよなって、そしたらどうだったろうと考えて、あ、やっぱり妄想か。わ、なんかつまずいた、大丈夫大丈夫、小石？　石だらけ？　なんでこんなところに。舗装されてるのに。いや、道路はめくれたりしないでしょう、煙の匂いもしないし。ダメだよ、嘘言っちゃ。あ、すいません、ぶつかっちゃいました。ええ、そうなんです、僕、今は目をつぶってて。

　やがて、天ぷらの匂いがしてきた。双葉通りという小道を右に折れれば、つな八という店と船橋屋という店があった。どちらも天ぷら屋だった。そこまでで店を出てからの二十五分が過ぎようとしていた。新宿のほんの一角を歩くだけで、彼らは濃厚なコミュニケーションを終えていたのである。

「そうだったのか。ごめん、遠野さん。ここからまっすぐ行けばマイシティってビルが見えるから。変な名前だけど。あ、知ってる？　その下が駅。新宿駅の中央東口。だから急いで。僕はここで本当に右に折れるよ。そしたら目を開けて新宿紀伊國屋に寄って、出来れば店員さんにお礼を言って帰る」

「私こそごめんね。目をつぶらせちゃって。それで街を歩く……だけだなんて」

「平気平気。っていうか、すごく楽しかった。今も楽しい。さ、早く早く。あ、その前に僕の体を右に向けといて。それで十数えたらパチッと目を開けて歩いていくから」

「ほら、急いで」

美和はすでに触れ慣れた徹の二の腕と背中に手を添え、その体を天ぷら屋の方に向けた。

「うん、わかった。……徹くん、ありがとう」

「じゃあね」

「うん、じゃあまた」

美和は早足で歩き出した。

五つ数えてから振り向くと、新宿中村屋で見たのとは反対側の、左の横顔をこちらに向けて、徹が寂しそうに立っていた。そのまわりだけ空気が薄くなって光っているように見えた。徹は何かを考えていた。

ぼんやりと自分も立っていた美和は、はっと気づいてくるりと踵を返した。背後で徹が目を開き、まっすぐに進み始めたはずだった。

78

『ＢＬＩＮＤ』（報告　エマ・ビーヘル／オランダ）

徹に会いに行った日、午前七時半どころか、五時過ぎには家を出ていた。急に「パン・ド・フォリア」を休むために、東京で買って調べたいパンがあると嘘をついたからだし、母にあてて同じ内容のメモをテーブルに置き、実際に以前から気になっていた天然酵母バゲット（全粒粉使用の短いもの）を数本、美和は早朝の代々木のパン屋で買っていた。見事な割れ目、いわゆるクープが斜めに何段も走ってその縁《へり》の焼き色が樹木の根のような、固いパンだった。

帰りの両毛線の列車内でちぎって食べたそのバゲットの味が、美和には忘れがたかった。当日の徹の冗談を幾つか思い出すうち、喉の奥に涙が流れ込んできたことも。

その天然酵母バゲットには洞窟コーポレーションの黒岩社長が上野で生まれて初めて食べたというパンのかけらを想像させるような何かがあった。人間の思い入れが練り込まれた、ひとつの理想かもしれなかった。潮の味こそしないが、中のベージュ色の身に不規則に開いた穴の向こうからはバターの濃い香りがあふれ出し、よく噛んで唾液に溶かすと、古い蔵の奥で醸されたように感じる菌の臭みが小麦粉と混ざって口内に丸い空気の渦を生じさせた。そこに幸福の感覚とでもいうようなものが唇から風のように吹き込んだ。レールの継ぎ目が起こす連続した音までもが咀嚼をリズミカルに促し、舌全体にからむ甘さを引き出した。もっと小麦のアクがあっていいと思うとそうなった。もっとガムみたいに粘っていいと思うとそれは粘った。

このパン。想像力と小麦粉と酵母がまじってふくらんだこういうパンを私が作りたい。

高崎駅から少し離れたところにある二号店のバックヤードで、遠野美和はエプロンを身につけてパン生地をこねた。先輩たちが銀色の保温器からパン種を出し、台で発酵を確かめながら成形し、棚に並べて焼いている横で美和はただただ自分の思うパンを作ってよかった。それが黒岩茂助から命じられた使命だったし、美和にはそう出来るだけの「天才的なパン感覚（ヘレン・フェレイラ）」があったという。小麦粉はシンプルでよいという木暮小枝の主張に同意し、北海道の麦のブレンドを使った。ただ、そこに何か別なものを入れて味に複雑な奥行きを生み出さなければならなかった。実際に食べたバゲットと同じように干しブドウから培養した天然酵母だけでは、とうてい自分の考える強い風味にはならなかった。

ほんの二ヵ月半前、まさに天然酵母を勉強し始めた時、美和は興味を持ったパン屋の電話番号を間違えた。それが徹の留守番電話を耳にするきっかけだった。当時美和は複数の酵母によってふくらませたそれぞれのパン生地をドッキングさせて焼けないか、と考えていた。例えば、生まれたての仔牛が初めて飲んだ乳が小腸を通る時に出来る動物性酵母パネットーネと、イチジクやキウイを醸して作る植物性酵母を両方味わえるパン。その雪だるまのような形、不ぞろいの団子のような形のパンを。

発酵時も窯の中でも膨張率が生地の塊ごとに変わるが、むしろそこが面白い。別々の人間が寄り添っているようでいい、と素人らしい大胆さでもって美和は構想をふくらませていた。だが、ほんの少し話しただけで、木暮小枝には一蹴された。焼けといわれれば焼ける。けれど、保存期間があまりに違いすぎる。

パネットーネを使うと一ヵ月以上、時には数ヵ月パンはもつ。雑菌の繁殖を受け付けない強さがあるからだ。しかし、植物性酵母から作ったパンは一週間もすれば傷む。その不均衡は作品としても商品としても欠陥でしかない、と木暮は言った。私たちが楽しみで作るにはいいけどね、と。

「売れないと言ってるんじゃないの。美和ちゃんが社長に作れと命じられているのは、のちのち世界を変えるパンだから。そんなパンを作るために私たちは全国から集まった。社長が釈迦なら大木は弥勒、私は阿弥陀。社長が首相なら大木は官房長官、私は厚生大臣。ふざけてそう呼び合って私たちは実は真剣にやってる。パン・ド・フォリアはそういう店なの。私たちのフォリア、私たちの狂気は理想が焼ける熱さのこと、その膨らみの激しさのことです」

いまやプロのはしくれとなった美和は、小枝を満足させたかった。試行錯誤しながら理想にたどり着き、いつかたくさんの人たちに喜ばれるパンを美和はいちから作り出したかった。そのためには、使う酵母を絞ってそこから圧倒的な風味を醸し出す必要があった。

出来る、と思った。私のような新参者がそう思ったんです、と美和は言っている。恋におちた者は必ず不安と恍惚のふたつに襲われる。美和はつまり後者によって楽観的になっていたのだった。

すでに入社前から実験の続く小瓶十本ほどがあった。顕微鏡もプレパラートもビーカーも入社前に黒岩からもらっていた。木暮小枝が分けてくれた酵母もあった。暑い季節で母のカイコ小屋が役に立った。そこは常にカイコ飼育の適温二十五度に保たれていた。美和は食べ終えられた桑の葉脈からカイコを筆で振り落としたり、乾いたフンを取りのけたりすることを条件にして、ビニールハウスの奥に小さな棚を置かせてもらい、そこに小瓶を並べた。『酵母ノート』と一緒に。

焼き方はあまりに難しいので最後は大木明に頼むにしても、美和には絶対に譲れない出来あがりの、鮮烈なイメージが浮かんでいた。

田舎風酵母バゲットと当時は心の中で名づけていたそれ、焦げ茶色と薄茶色が斑に混じって、よく見ると表面に粒々と脂の焼けた跡が残っている皮、そこが地割れのように裂けた奥で膨らんで空洞だらけになっているしっとりした生地。そのすべてを最初は木暮小枝、次に大木明に試してもらいたかった。そして最後は黒岩社長に。もし少しでも認めてもらえたなら、自分は残りの数個を大切に持って帰るのだ。

そのパンの皮を、パンの中身を、私は徹くんの口に放り込みたい。目をつぶったあの人の口に。それから自分の口にも。

美和はそう考えて薄桃色の空気を感じ、胸いっぱいになった。

母・壮子によると、美和は家に帰ってても珍しくよく笑っていた気がするという。あんまり注意して見ていなかったけれど、何も話しかけなくてもあの子はたぶん笑っていました。そして小瓶を持って帰ってきては、空気や土の入ったそれをすぐにカイコ小屋へと運んで調べている様子でした。気がふれたのだろうと香が言っていたのをおぼろげに覚えています。

美和は桐生の市内にある蔵、渡良瀬川、裏山の無料動物園、さらに上の遊園地、山の奥、あるいは上毛線で二時間かけて県内の風穴に行き、わたらせ渓谷鐵道に乗って終点近くの足尾銅山付近へ出かけ、そこに漂う天然の菌を採取しようとした。これは〈白神山地〉（ちょうどその前年の一九九三年、世界遺産に登録されていた）の土から小玉健吉博士がやがて一九九八年に発見、増殖させて日本中のパン界を一気に変えた「白神こだま酵母」の、無鉄砲な一九九四年遠野美和版と言ってよかった。

すでに一般的ではない果物を数種類発酵させていたのにもかかわらず、彼女はそれでパンを焼いてみようとはしなかった。もっと新しい何か、あの記憶の中でふくらんだ風味を醸す何かが必要だ。美和は数万回に一回とも言える採取の偶然に賭けて、その何かを見出そうとしていた。

つまり浮かれていたんです、と美和は照れ笑いをしたものだ。すべてが終わったあとのインタビューで。

本当はすでにめぼしい酵母を採取し終えていたのではないかという者も調査員の中にはいる。

79

『BLIND』（報告　ルイ・カエターノ・シウバ／ブラジル）

僕はその日何度も自分が本当にデートをしたのかどうかわからなくなった。

あれは夢におちる暗さの中でまぶたの裏に動き出す幻想のようなものだったのではないか。新宿駅から私鉄に乗って帰宅する間も、自分のアパートに戻って部屋の蛍光灯のスイッチを入れてからも、両耳の奥にカチャカチャいうスプーンとカップがぶつかる音がかすかに続いた。

ベッドに腰をかけて目をつぶるとその音は途端に消え、感覚が研ぎ澄まされて周囲を探り始めた。部屋の窓の下にある隣の大家の一階から漏れ出してくるテレビの音、その庭で木々の葉のこすれる様子、つい数分前に開けて入ってきた扉の方からは細い道を親子連れがしゃべりながら通るのがわかった。

そして、確かに自分はさっきまで遠野さんといた、と思った。彼女は僕の前にいて声を上げ、こちらの手首に触れたし、僕が肩に置いた手に髪をさらさらとまとわりつかせた。

けれど目を開けると、蛍光灯の白い光の中に衣装ラックや簡素な机、合板で出来た小さな本棚、実家から送られてきた段ボール箱とそこからはみ出ているインスタントラーメンの袋、ベタベタとマグネットで冷蔵庫の扉に貼ってある払い込みの済んだ公共料金の領収書が見えた。見えると遠野さんは消えた。

僕はまた目を閉じるしかなかった。見ないことで遠野さんの存在が濃く強くなるのにとまどったけれど、いつまでもとまどっているより目をつぶって耳を澄まし、そこに出現する遠野さんの生々しい感触にひたっている方がよかった。

翌六月八日水曜日、僕はその真っ暗な世界に自分から飛び込んだ。朝起きて歯を磨いている間とか、通勤している混雑した車内で、「レイン・レイン」の朝礼を聞き流しながら、あるいは施設の裏に古くなったポンプを運んでブラシで洗っている時とか、昼休みに本部地下の食堂の一番端の席に座ったままで、あるいは一階企画部の通路側の棚の上に置かれた小さなケージの中で丸くなって眠っているベンの前で、「レイン・レイン」の操作室に戻ってモーター音に異常がないか耳を澄ましている最中に、僕はそっとまぶたを下ろした。するとすぐさま、遠野さんの気配がそばに来た。

「で、その、そうだな、さぞ眠いんだろうな、徹。昨日はその、あれか、もう結ばれたわけか」

気落ちしたような声がいつの間にかそう話しかけていた。僕は遠野さんを遠くへ追いやり、まぶたを大きく開いて自分の右側を見た。

声の主は園田さんだった。

「何言ってるんですか。話が早過ぎますよ」

そうたしなめると、園田さんは少し痩せたかに見える面持ちで頭を下げた。緑色のユニフォームをしばらく洗っていないらしく、胸や腹のあたりに米粒が数種類の乾き具合でついていた。

「あ、あ、すまん。そうかもしれんな。俺にはほら、その、人間のことがあんまりよくわからないから。特に男女のことはさ。だからてっきり結ばれたのかなと思って」

「ですから、なんでそこだけ短絡的なんですか？」

「あ、そうかそうか。申し訳ない。俺がダメなんだ。はっきりしない男で。お前が妙に眠そうだからさ、ついそういう鋭い指摘をしてしまったわけだ」

「鋭い指摘？」

「うん、だって図星だろ、お前」

そういうわけで、園田さんの思い込みの激しさだけは以前と変わらなかった。

「で、彼女はどんなギャルだった？」

「ギャルって……園田さん」

「いや、だからどんな人だったんだ、お前の遠野さんは？」

「どんなって、うーん、強いて言えばマシュマロみたいな」

「うん」

「たんぽぽの綿毛みたいな」

「うんうん」

「鍋の底で温まって溶けてく砂糖みたいな」

「ん？」

「日だまりみたいにあちこちに揺れてる人でした」

「お前、詩人だな」

園田さんは賛嘆か嫌味かわからない調子で言い、僕を初めて見る人のように見た。

並ぶ白黒モニターのうち、中央の大きな画面には〈嵐が丘〉に降り始めた冷たい雨が映し出されていた。

「詩とかじゃなくて、そう言うしかないんです。僕はひと目も彼女を見なかったから」

「うわー出た。わけがわからねえ。なんだ、そりゃ。お前らはどうして普通の恋愛が出来ないんだ？　平凡な、どこにでもある、波風の立たないような」

「普通ですよ。僕たちはいたって普通です」

「バカ言え。間違い電話で知りあって」

「そんなの普通でしょう」

「デートの約束したけど、それは別人格で」

「ああ、まあ」

「もう一度待ち合わせてみたら、今度はお前がひと目も見なかったとか言い出すし。なんなんだよ、その超常現象みたいな、その、現象は。それで日だまりみたいにあちこちに揺れてたって、心霊かよ」

「あ、そういうものかもしれません」

「ふざけるな、徹。そのどこが普通だ。心霊は普通じゃねえぞ、心霊だけは」

「僕たちは普通だと思ってるんです。あ、遠野さんがどう思ってるかは聞いてないけど、少なくとも僕は普通です。普通に育って普通の大学出て普通に就職して普通に女性と知りあって、それでちょっと最初はつまずいたけど普通に、いや、わりと普通にって感じかな、デートしたんです」

園田さんは聞きながら操作盤のつまみをいじっていた。〈ジャスト・ビフォー・ザ・レイン〉の天井から白い薄靄が落ち始めていた。〈竹林〉ではその日最初の雨上がりが演出され、淡い日が差した。〈ロンサム・デザート〉では神田さんの名人芸で砂漠の表面数センチのところに風の渦が巻き、園田さんからの嵐の指示がいっ来てもいい状態だった。〈サンダー・フォレスト〉のモニターを打つ雨粒は激しく流れ、映像が溶けて歪んでいた。

園田さんはいともたやすく、各部屋の雨を調和させた。オーケストラの指揮者のように。その美しさ、世界の彩りの豊かさ奥深さ、確固としたビジョンの揺るがなさを知っているのは、園田さんと同じ操作室の中にいる僕だけだった。

しばらくの間、園田さんはモニター全体に目を走らせた。何も言わなかった。各部屋からの音、操作室の機械の唸りが続いた。ああ、ここには沈黙があるようでいて、ないのだなと思った。反対に遠野さんと二人で新宿を歩いた時、僕は時おりふっと訪れる騒音の隙間の静けさに喜びを感じた。その空白があるからこそ、思わぬ位置から聞こえてくる遠野さんの声が新鮮で、雪交じりの土から芽吹いてくるような薄い黄緑色の閃光を僕は感じたのだ。

けれど、操作室ではブーンと底鳴りする音、雷鳴につぐ雨の音、カチリカナリとパイプ水量を切り換える音、空調の圧迫感のある音は絶え間なく続いていた。僕は音の空白が欲しかった。音の白い空白と視界を失った闇がセットになってこそ、よりくっきりと遠野さんが思い出せた。

「普通じゃねえよ」

終わりのない雑音の中から園田さんがそう言った。

目の前の操作盤の自動スイッチをカチリとオンにして、園田さんはぼんやりと立ち上がったのだった。

「ちょっと徹、来てくれ」

重い扉を開けて、そこからふらふらふらっと園田さんは外へ出た。頭の上の白い靄が微風で揺れているのを後ろから見て、僕はそれが目印であるかのように歩いた。

N扉から園田さんはスタッフ用のバックヤードに入り、そこから左に折れて本部へ行くのではなく、右に曲った。ほとんど業務に関係のないエリアでイベントに使う山車（キャストが乗って移動するフロート）や、もう捨ててしまってもよいはずの錆びた鉄骨などがあちこちに置かれていた。敷地内には雑草がびっしりと生えていた。

いつの間にか、土が広い範囲に大きく盛り上がって台形にならされている場所があった。そこだけ黄色っぽく、色があたりの土壌と違っていた。どこかにその分掘られた穴があるはずだが、見当たらなかった。近づいてみると、土は下から一気にせり上がってきたようだった。敷地の向こうにもその向こうにも、同じ土は出現していた。

僕はそのうちのひとつに表土を崩しながら走り上がって「レイン・レイン」の方を振り向いた。ドーム型とはいえ、建築費に限りがあって立方体の上の方だけを丸く湾曲させた作りの我が空色のアトラクションは、外壁に大きく描かれた虹といい、その隙間に飛ぶ白い鳩の群れのような柄といい、ずいぶん雨で汚れてきていた。ランドの入場客のほとんどはまだそのニセドームにまではたどり着いておらず、昆虫各種の腹部がベンチ形にくり抜かれて鎖につながれ、とてつもない遠心力でぐるぐる回る「昆虫ブランコ」や、怒りを含んだような目をした黒い馬に乗っていた。

園田さんは脇目もふらずに歩いていき、真北を行き過ぎてすぐのところにあるスタッフエリアのフェンスが一枚ずれて出来た狭い隙間から、腹の出た体をなんとかすり抜けさせて裏山へ入った。熊のように葉をガサガサ揺らす音を追いかけ、僕も敷地外に出た。

斜面に間伐は行き届かず、細い樹木が並び、頭上で葉を競って広げていた。下生えの草もまた上へ上へと伸びていた。曇っていたせいもあり、あたりには暗く湿った空気が淀んでいた。そこを迷いなく園田さんは上がった。なぜ自分を小山に連れて入るのか、聞く暇もなかった。僕はさすがに目を閉じることが出来ず、遠野さんの助けを求めることも出来なかった。

しばらくして、ほんの少し平地になった場所に出た園田さんは「ここだ」と言って腰をおろした。僕はちょっと下の方で立ち止まり、転げ落ちないように気をつけながら体を回転させた。山といってもランドのあるあたりは太古の昔に隆起した丘のような場所だと、入社時に教わったことがある。その高みから『あらはばきランド』全体が見えた。真南には木々を削り取った一本の道の上にロープウェイの鉄索が下がり、最も下に駅の赤い屋根があった。街はその向こうに扇状に広がっていた。

「徹、まずご挨拶だ」

「え？」

僕は園田さんが何を言っているのかわからず、正直なところ背筋がぞっとするのを感じた。何かが狂っているという感触があった。

「ほら、俺の後ろに祠があるだろ」

言われてみれば小さな岩が木の根元に生えるように置かれていて、その正面が削られて二人分の形になっているのがわかった。全体が苔むしているから、まるでランドのトピアリー（草木を型に添って這わせる飾りのことだ）のように見えた。長い年月の雨風で表情も消え、衣服の様子もわからなくなっていた。

「あ」

と僕は会釈をした。まるで恐ろしくなくなった。

「あらはばきの神様だ」

「園田さん、神仏とか信じてるやつはバカだって言ってましたよね。それに、あらはばきって二体じゃないですよ。僕、大学で一年間だけ民俗学サークルに入ってたからちょっとわかるんですけど、いわゆる縄文的な男根信仰と」

僕はデリカシーのない一人の先輩と折り合いが悪くなって早々にやめてしまったサークルでの、聞きかじりに近い知識を披露し始めた。

「しーっ」

「はい？」

「神様の前でお前、そういうエッチなことを言うなよ。例えば初対面の外国人に、あ、貴方は目が緑だからスイスの方ですか、毛深さから言ってもっとゲルマンかな、では男根の方を見せていただけますか、とか言うか？」

「いや、それは例としてどうですかね。そもそも僕はこの神様をあらはばきって言っちゃ失礼かなと思ったから」

「いいんだよ。ここから俺たちを見て下さってるのがこの方々なんだから」

「そう思うなら、いきなりお尻向けて座らない方がいいですよ」

「俺はなじみだからいいの。今朝も来たし、昨夜も来たし」

言われて祠の前を見ると、スタッフエリアの地面に白く咲いていたドクダミが数本並んでしなびていた。他の花が置かれて枯れているのもわかった。

「じゃ徹、こうするよ。あらはばきランド神。それでいいだろ？」

「え、それはそれで社長、いや会長が別にお祀りしてるじゃないですか。この山頂に」

「ああ、そうだった。すまなかったな。俺は考えの浅い人間だからさ。せめて、俺独自のあらはばき神ってことで手を打ってくれよ。あっちは水沢傳左衛門のってことで」

「こちらは双体道祖神でほぼ間違いないと思いますが、まあ園田さんがどう呼ぼうとまあ、それは勝手です」

「ソウタ……総祖神」

「双体道祖神。男女が抱きあう形の、基本的に道の辻にある古い民間信仰の神様です」

「うわ、やっぱり男女なのか！」

「そうだと思いますよ。石が削れて背丈がわからなくなってますけど、元はどちらかが少し大きいと思います。僕がサークルの先輩から教わったところで言うと、そもそも」

「そもそもはいい。そういうの、俺どうでもいい。もっと大事なことを話そう。徹、まあここに座ってくれ。頼む」

そう言って園田さんもランドを見下ろすように腰をかけ直した。僕も園田さんに寄り添うように座って、薄く雲のかかった街並みを見、ロープウェイを見、結局は「レイン・レイン」の鳩の糞だらけの屋根を見た。あれは早く自分たちで掃除しなければならない。

それからの話は短かった。

ほぼひと月前の夜、園田さんは「この世ならざるもの」をランド内で見た。長い髪で白い衣をはおってその下は裸だった。それが「あらはばきちゃんトレイン」に乗って真っ直ぐ自分に向かって来た。

その夜から、あの人じゃないかと自分は考えている。園田さんは消え入るような声で言った。木々の間に風がひとつ吹けば、園田さん自身がふっと消えてしまいそうだった。

あの人が死んで俺に会いに来たんじゃないか、と初めは思って操作室で葬式をしたと園田さんは言った。線香がないから煙草に火をつけて酒飲んで悲しい思いをして、と。

「ところが、お前が美和ちゃんのことを言うからさ。生きてるのに別人が現れたって。だから俺が見たのも生き霊かもしれねえと思ったんだ。これまで一切そういうの信じて来なかったけど、もしあの人に言いたいことがあるなら俺は聞きたいんだよ。

俺の信条が全部引っくり返ってもいい。聞きたい」

「ひとつ言っときます。遠野さんは生き霊になったわけじゃないです」

「じゃますます多重人格ってことになるぞ。佐々森が彼女のことをなんて言ってるか知ってるだろ？　だから生き霊くらいの方がまだいいんじゃないか、全員のために」

「生き霊くらいってどんな程度問題ですか。そして全員って誰と誰ですか？」

「お前と美和ちゃんと、あと俺」

「園田さんは勘定に入ってませんから。ただ、園田さんが香港で会えなかったってという女性に対してそこまで気持ちが高まっていることはわかりました。その人が言いたいことを聞きたいんだってことも」

「さっき、あそこじゃお前のことをなんだかんだ言ったけど」

園田さんは指にはさんだ煙草の先で下の「レイン・レイン」の空色の屋根、大きく渡る虹、そこに飛ぶ白い鳩の群れ、そして本物の鳩の糞を示した。いつの間にか煙草には火がついていた。山の中で吸うべきものではなかったが、僕は黙っていた。園田さんはあとを続けた。

「あの日から毎晩あそこで寝てるんだ。徹、俺も普通じゃねえんだよ」

ぼそっと告白した園田さんは、その直後にぴょんとアマゾンツノガエルのように飛び上がった。

「うわ」

重い体が僕にのしかかり、一緒に斜面を転がった。

「蛇、蛇」

園田さんは草の潰れる青い匂いの中でまだ僕の上に乗ったまま、指をさした。道祖神の前の樹木に細くて青い蛇が巻き付いていて、するすると回転して紐が解けるように離れていくのが見えた。

「あちち」

今度飛び上がったのは僕だった。園田さんが左の指にはさんだ煙草から赤い火が落ちて僕のユニフォームの左腿のあたりを焼いていた。

「悪い悪い」

園田さんも立ち上がって数歩斜面を降り、僕が叩いて消した火の跡の穴を中腰になって確認した。

「大丈夫だ、徹。こうやって唾でもつけて」

「やめて下さいよ」

僕は園田さんが一度なめて伸ばしてきた手を払ってその場に座った。

園田さんも僕の横に腰をおろした。

ふう、とどちらかが息を吐いた。腹の底から抜けていく空気のような音だったから園田さんのため息だったかもしれない。

僕たちは「レイン・レイン」へ目をやった。それしか見るものがなかった。自分たちの拠点、汚くても普通じゃなくても愛着のあるエセドーム型の施設しか。

建物の左側の入り口付近に黒いカラスのようなものが見え隠れしているのがわかった。よく見ればカラスは人間の大きさをしていて、腹は真っ白で、つまりはエプロンをしていた。

藻下さんだった。

一体なぜあんなにせわしげに動いているのだろう。時々両手を顔の前で組んで、彼女はまるで祈りの儀式のようなことをした。あとで意味がわかるその仕草を、僕はいぶかしげに眺めた。

園田さんは何も気づいていなかった。

「あっちは平和だな、くそ」

そう言ったのだから。

80

『ユリコ・シマハシ様』

送信者　　カシム・ユルマズ
送信日時　2001/7/21/22:16

ユリコ様、初めまして。

祖父カシム・ユルマズからことづてがあり、あなたに至急連絡を取るように言われました。

私はカシムの孫ザムバック・ユルマズと言います。十七歳になるイスタンブールの高校生です。

学校でコンピュータを習っているため、私は祖父からEメールについて過大な信頼をおかれているのですが、こうして見知らぬ異国の方にメールを書いていてもそれが届くかどうか自信がありませんし、まして内容が正しく伝わるものか心配でなりません。

ともかく、この祖父のアドレスを使ってまずお伝えしておきます。

祖父は生きています。

倒れたのです。夏の朝に、庭の木のそばで。

私の姉ラレ・ユルマズ（トルコ語で「チューリップ」という意味です。花は祖父の庭の大切な要素です）がたまたま父から祖父のユスキュダルの家へ寄ってインドの友人から送られてきた紅茶の茶葉を渡すように言われていなかったら、意識を濁らせたまま祖父は命をなくしていたかもしれないそうです。いつもなら祖父と共にいる義母アルザーンがクルド人問題での義援金を募るため、家を長く空けてヨーロッパを回っているところでしたから。

軽い脳梗塞を起こしたとのことで、昔から我が家がよく知っている総合病院で何度となく精密検査を受けているのですが、祖父は本当に幸運なことの連続で、まるで糸の上を歩くように生き延びたのだそうです。

傾斜のある庭（ユスキュダルは坂の多い街で、港を見下ろす祖父の屋敷は……あ、きっとご存知ですね。あなたは訪ねてくださったことでしょう）の石畳には厚い書物が蝶のように開かれて落ちていて、祖父はそこに頭を載せていたといいます。ちなみにそれは私たちには読めない日本語の古い詩が縦に並ぶ本で、ページの端が風に吹かれていた。もしも倒れた祖父の頭が庭に敷き詰められた石にぶつかっていたなら……背筋の凍る思いです。

また、私の姉は新米だけれど看護師なのです。したがって祖父を荒っぽく揺すったりもせず、そのまま本を枕がわりに使ってズボンのベルトをゆるめ、携帯電話で救急車を呼び、脈を取りながら祖父の名前を耳元でしっかり発音して、彼を必死に「魔界」から呼び戻したのだそうです（お恥ずかしいことですが私たちの国には救急病院が足りませんから、こういう時に姉が自分の勤める場所へと直接祖父を運び込めたのも、大変運のよいことだったと聞きます）。

祖父はあなたとの約束は必ず守ると伝えるように厳命しました。私たちはくわしくその約束の内容を知りませんが、九月上旬に飛行機に乗れるように急いで治してくれと祖父は病院に着いた途端、まだ十分には回らない舌で繰り返し言ったそうで、駆けつけた私たちに向かってお医者さんが苦笑しながら教えてくれました。

脳に残ったダメージはきわめて小さく、心臓にも他の臓器にも今のところまったく問題はないそうですが、私たち家族は率直に言って心配です。飛行機の気圧が彼の脳に好影響を与えるとは思えず、お医者さんも正直、うまく祖父の気分を変えようとしているとも聞きます。けれど、あなたもきっとご存知でしょうが、祖父が一度言い出したことを撤回するなどとはとても考えられません。

ユリコさん、ごめんなさい。

私はほんのちょっとあなたからのメールを読んでしまいました。そんなことをするつもりはなかったのです。ただ、祖父に言われてパソコンを開き、メールソフトを立ち上げ、聞いていた名前からあなたのメールを探し出して（といっても他に受信していたのはトルコ企業が送りつける広告メールばかりでしたから、見てすぐにあなたとわかりました）返信をする時、ふと文章が読めてしまった。視界に入ると意味がわかってしまったのです。

そして私は知りました。

あなたも倒れたのだ、と。

遠い日本で。

午後の道端にうずくまるようにして。

本当に素敵な文章でした、と言っては失礼になるでしょうか、あなたは具合を悪くされたのだし、私は盗み読みしたのですから。

私は祖父とあなたの文に共通点があると感じました。似たタッチの線や色が見えてきたのです。そもそも同じ時期に気を失っているとはまるでひとつの脳で生きているようではありませんか。

けれど、これ以上あなたの手紙を読むつもりはありませんから安心して下さい。私は祖父の孫です。名誉を重んじることはユルマズ家代々の教えです。私の名誉のため、カシムの名誉のため、そしてあなたの名誉のため、に誓います。

さて、明日の朝、またお見舞いに行って、あなたにメールを出したことを祖父に報告いたします。ただ、あなたからのメールをほんのちょっと読んでしまったことを、祖父に告白すべきかどうか迷っています。

あなたもまた体調を崩している、と教えてあげたいのです。返信がないのを心配していた、とも祖父に言いたい。

けれど、それを言うとあなたからのメールを読んだことがわかってしまうのです。祖父は一体どう思うのでしょう。そんなことは十二分にわかっていて彼は私に伝言を頼んだのでしょうか。

それより何より、なぜ私は見知らぬあなたにこんなことを打ち明けているのでしょう。

ただ、考えてみれば、これはあなたにしか告白出来ないことなのです。私のこの秘密は、あなたの秘密なしには成り立たないのですから。

ごめんなさい。こんなに長く書くはずではありませんでした。送信したあとでこのメールは自分用にだけプリントアウトして、データはきれいに削除しておこうと思います。祖父が戻ってきた時に読んでしまわないように。

突然のメール、失礼いたしました（とはいえ、手紙も電話も人との街での出会いも、突然でないものなどあろうかとよく祖父は言って、私が使いがちなこの表現を笑うのですが）。


イスタンブール新市街のビル五階よりあなたへ

81

『ＢＬＩＮＤ』（報告　Ｐ．Ｕ．チダムバラム／インド）

　さて、晴れて最初のデートにこぎつけてから二日後の一九九四年六月九日、彼らはまた電話で話した。

　徹にとっては声から相手の感触を思い出す通話であり、美和にとっては声から相手の表情を思い出す通話であった。

　そうして彼らは次のデートをすると決めた月末二十七日まで、都合六回の電話をした。

　恋におちていた美和は何を言っても夢見がちに聞こえてしまうのを嫌って、話の冒頭から酵母にまつわる難しい単語をつい並べてしまい、時には故郷渡良瀬川の淡水から酵母を探していること、わたらせ渓谷鐵道で終点近くの足尾まで行って銅山のそばで小瓶を振り回したことなど話しては、途中から徹が退屈しているのではないかと恐れた。

　徹はむしろそのような未知の話題に終始する美和を誇らしく思ったし、ちなみに足尾の話題においては、日本初の公害事件を起した銅山が美和の町付近にあったのだと知って運命を感じた。

当時農民運動を束ねた田中正造は一九〇一年、つまり二十世紀最初の年に明治天皇へ直訴を企てたのだった（日本においてエンペラーへの直訴は死を覚悟せねば出来ないことと受け取られていた中で）。田中が持っていた書状の元の文面は幸徳秋水というアナキストによって書かれていた。秋水はのちに天皇暗殺計画の汚名を着せられて拘束され、処刑されたのであったが、それらの事実を徹こそが熱く美和に語った。母の俊子にかつて聞かされたことのある偉人たちの名前が、昔は関心がなかったのにもかかわらず今はすらすら自分の口から出てくるのが不思議だった。

故郷の歴史を教えられて、美和もまた思い出すことがあった。自分の父・遠野太一がそもそも公害の歴史を調べるために、関西の大学から桐生のアパートに仮住まいし、毎日のように足尾へ出かけて当時のことを伝え聞く古老にインタビューをしたり、渡良瀬川上流の岩をあちこちで動かしては水を試験管に入れて成分を自主検査したと聞いたことがあったからだ。目的は違うが、川に試験管を沈めている父の姿が水の温度や顕微鏡が目に当たる感触で想像出来ると美和は言ったし、そう話している間ずっと徹の親譲りの歴史への興味の質が自分の父のそれと重なっているように感じた。

一方、徹からは美和の時々あがくような吃音の混ざった話のあと、仕事で学んだごくささいなことが語られたものだった。雨粒の大きさを人は自国で慣れ親しんだ季節に結びつけて感じること、だから〈サンダー・フォレスト〉が南米人には寂しい乾季にもなるし、〈竹林〉に激しい雨季を想像するアラブ人がいること、またどれくらいの角度で床を斜めにして雨に傾斜をつけてやると実際吹いている以上の風を感じるようになるか、放送終了のあとのテレビのようなホワイトノイズを室内に足すだけで雨水の節約になること、目を閉じて雨音を聞いているとどんな人種でも子供の頃を思い出すらしいことなどを口にのぼらせたのだが、美和は時にその話を徹と二人、雨の中で聞いているように錯覚することがあり、一緒に育った子供時代があるようにさえ思った。

六回の通話の後半は常に次の約束の日にまつわる話題になった。新宿だけでなく、青山渋谷にも吉祥寺にも浅草上野にも美和の桐生高崎、徹の故郷金沢にも一緒に行きたいと二人は話し、美和が出身高校としては初めて修学旅行（日本の学生は教育の一環と称してさかんに集団旅行をさせられる）が海外になった時に熱中したハワイのホノルル動物園（特にフェネックという耳の大きなキツネを美和は強く推薦した）にも、徹が憧れていて英文学を専攻した美和にも見せたいイギリス北部の『嵐が丘』の舞台になった荒れ地にも、アフリカ中部の砂漠にも奈良の寺の奥の院にも、いっせいに大地に花が咲くという短い夏の南極にも出かけてみたいと互いに言葉を交わすのだった。

「まだ一度しか会っていない二人が遠い海外にまで行く自分たちのことを話すのは端からは滑稽に見える。けれど、彼らは体験の少なさゆえにこそ触れ得る永遠の前で手をつないでいたのだ」とは、エマ・ビーヘルの言葉だ。

うぶな話だった。まるで子供だ、と言ったのは逆にヘレン・フェレイラである。彼女は第二次大戦後に占領軍を率いたマッカーサー元帥の、日本人の精神年齢は十二歳だという意味の言葉を引用し、日本の青年たちは今もって十代前半だ、と微笑んだものだ。

そして、あっという間に彼らに六月二十七日は来た。

ただし「彼ら以外」にとっては決してあっという間ではなかった。

例えば……。

82

『なんでちゃんかく語りき』（報告　故アピチャイ・パームアン／タイ）

私は見たんです、一九九四年六月八日、華島くんと園田さんが裏山でイチャイチャしているところを。社内報を作るんで総務に借りてるキヤノンの初期型EOS Kissでバシバシ撮ったんですけど、昼休みにロープウェイで駅に降りて二駅先まで行って一時間プリントで焼いたら結局、豆が二粒みたいにしかなりませんでした。ズームはけっこう利いたんだけど興奮して手ぶれが激しくて。悲しかった。いや、写真のことじゃありませんよ、華島くんと園田さんの関係です。あ、そういうことだったのかと思いました。あまりにも仲がよすぎるなっていう写真は他にもあったんです。デジカメ？　そんなの一般市場に出てくるの、翌年とか翌々年とかですよ。

同性を好きになるのはまったくかまわないし、私自身も親にポーツマス、って言ってもアメリカのじゃなくてイギリスの方のです、一九〇五年に日露戦争で日本が勝利を得て講和条約を結んだところ……じゃない方の全然関係ないポーツマスでパブリックスクールに入れられてた頃は、クラスにそういう女の子いたし、男の子いたし、女の子でも男の子でもない子がいたし、私もまさにそういうどっちでもない子に引かれて抱きあったり軽いキスをたくさんしたりしてるうちになんか本気で好きになって手紙交換したり長電話とかしたたし、パーティでつるんだし、部屋のセミダブルのベッドでくんずほぐれつになったりしたこともありました。サミーって子で十四であそこがすごくおっきかった。卒業してロンドン行って作家のエージェントになったって聞きました。のんびりした港町のポーツマスで育った子がすごくがんばったんだなと思いました。

　だから私、そういうのどうだっていいんです。ずるいと思いました。だったらなんで言ってくれなかったのかなって頭にきただけです。ずるいと思いました。遠野美和なんていう架空の存在を作っちゃって、実は園田さんみたいなオジサンと操作室にこもってイチャイチャしてたとか、そういう姑息な、あ、コソクっていうのは makeshift のことね、Should we talk in English? No?

　だから、なんていうか私はすごくイヤだったんです。だまされてるのは自分だけだったっていうか、新田くんがしょっちゅう「レイン・レイン」で私を見張ってて操作室に行こうとすると話しかけてきたり、ある時なんか華島くんに質問したいと思って裏通路でつかまえようとしたら後ろから引っ張られてずるずる〈嵐が丘〉に戻されたりしてたのも、こういうアレだったんだなと思いました。なんかいかにも日本的な、集団的な、閉鎖的な、陰湿な、マッドな、イヴ・セジウィック言うところの homosocial な、あ、セジウィックご存知なんですか？　そうアメリカ女性の、小説分析の、フェミニズムの、そうですそうです。で、私はえーこってそういう職場だったの？って。みんな知ってて隠してたの？って。なんで？と思いました。はい。なんでちゃんって言われてますよ、私は。でも、マジでなんでって思いません？　え、思わない？　なんで思わないのかなーって、それ含めてなんで？ですよ、マジで。

遠野美和はいないってことを、私はみんなにわかって欲しいと思いました。なので次の週の水曜日の昼休み、っていうのはショックで数日休んじゃったからなんだけど、ランドのあっちこっちの知り合いに伝えに行きました。華島くんが電話で知りあった人に夢中ってことはその頃までに私が笑いざらいぶちまけてたんで、笑いざらい、あ、洗いざらいなんですか？　アピチャイさん、日本語くわしい！　何、洗いざらいって？　なんにも洗ってないのに。私洗ってます？　ともかくですね、遠野美和っていう名前はもうランドでそこそこ通ってたんです。だから、その噂の子がいないって話を聞いた人はみんな驚いてました。

だけど、私はそれが園田さんと華島くんの肉体関係をシークレットにするための小細工だったことまでは言えなかった。モーター部門の徐桃代さんにも、植栽担当の高山さんにも、「恐怖の恐怖館」のイッちゃんにも、行き帰りにその日一日の情報を交換するロープウェイ操縦の柿坂文明さんにも、私は言えませんでした。華島くんが傷つくと思ったからです。日本だと同性好きだってだけで平気で差別されるし、もし嘘ついてまでゲイだってことを隠しておきたかったんなら、私が騒ぐべきじゃないなと考えたので。

でも、おかげで私こそ行く先々で言われ始めたんです。なんでちゃん、なんでそんなこと言うの？　遠野美和って華島くんの彼女でしょ？　園田さんからも聞いてるよ。でも、その人がいないと何がどうなるの？って。ユー、どうかしてない？って。

私悔しくて、あの写真とか他にも考えてみれば怪しいってショットを色々撮ってあったからみんなにそれを見せて、真実をマクロしちゃった方がいいのかもと思って、え、アクロ？　バクロ？　バ？　マクロじゃなくて？　だって真実をミクロからマクロに拡大するんだから、違います？　なんで？　じゃバクロでいいです。もう真実をバクロしちゃわないといけないのかもと思いました。華島くんのためにも、私のためにもなるはずだという結論です、finally extremely、はい。

そこに封筒さんが介入してきました。そう佐々森さん。あなたカイニュー、わかります？　intervene、うん、he had begun ね。〈嵐が丘〉の裏の通路で、確か六月第三土曜日でした。また休むわけにいかないなって思った記憶あるんで。午後二時半でした。ちょうどキャストの入れ替え時間で、私は十五分休んでからイヌイットの毛皮のフェイクに着替えて〈コールド・コールド〉に出ようとしてたんですね。そしたら、裏通路の奥にある女子用のカーテンの向こうから、封筒さんの声がしました。藻下さん、変な動きしてるよね？って。恐かった。足音もなく近づいてきて、いきなりだから。

変な動き？　っていうか封筒さんなの？　私が上半分イギリスのメイド、下半分イヌイットの状態でそう聞くと、封筒さんはこっちの質問を無視して続けました。

遠野美和がほんとはいないなんて言いふらしちゃ困るんだよ。あれが僕らの作った架空の存在だなんて。よそのアトラクションの連中が「レイン・レイン」を白い目で見始めてるよ。そりゃそうでしょ、僕らだけでありもしない恋愛を作り上げてるだなんて。先日『ヌー』が発売されて、変な写真が出回ってランドが浮き足立ってるっていうのに。実際に徹くんはだまされてるんだからね、あの希代の悪女にって封筒さんは、こっちが着替え中だってことをまるで気にせずにしゃべった。キダイって言うのは extraordinary ね、彼は extraordinary bitch って言ったんです。Miwa is ×××× ing bitch, he said.

それがいないとかいるとか別な次元の話でまわりが盛り上がっちゃったら、リアルな被害がより大きくなる。雑誌は面白ければなんでも取り上げちゃうよ、今なら。そもそも昨日どんなデートをしたのかさえ、徹くんはもう教えてくれなくなってるんだよ。預金通帳渡しちゃってるとか、連帯保証人になっちゃってるとか、知らないうちに親の財産ぶんどられてるとか、そういうことが始まっててもおかしくないじゃないですか。藻下さんはそういうこと考えないわけ？　遠野美和は確かにいる。いるからタチが悪いんだ。なんでちゃん、君もロンドンのけっこうな大学から転入してきたんだろ。実は飛行機のエンジンを設計出来るらしいって新田が言ってたよ。それでなんでランドなんかに来てバイトしてるのか知らないけど。ＩＱ高いんだから妄想ばっかりしてないで現実と向き合わなきゃダメだよ。

そこまで言われて、私はあの写真を見せてしまいたいと思った。見れば私の言っていることがわかるはずだった。不慣れな恋をしているような人が、こんな風に他の相手といちゃつくわけがないんだ、操作室に二人でこもる時間が長すぎる、園田さんは夜もそこに泊まり始めてるんだし、華島くんもいたっておかしくない。私こそ「現実と向き合」ってるんじゃないか。妄想にふけってるのは封筒さん、ユーだよって思った。

私はいったん黄色いカゴに放り込んだ〈嵐が丘〉の衣装のポケットの中から半透明のビニール袋に入った紙焼き写真を取り出した。本部地下の食堂でぼんやりごはん食べてる華島くん、ランドの裏の敷地で新しい配水管を組んでる華島くんと園田さん、作業が終わるとハグしあう二人、朝礼で全員並んで撮った写真の中のちらっと見つめあう華島くんと園田さん、そのあと華島くんと私だけで撮ってもらったはずの写真の後ろで変な顔をしてる園田さん、本部二階でクリスマス会をした時にサンタクロースの衣装を着せられてしまった華島くんと後ろから抱きついて笑っているＴシャツ姿の園田さん、大山くんと音楽の話をしてる華島くんにレンズ向けたら走り出てきた新田くんと園田さん、そして最新の写真に例の日の昼休み、山でくっついたり離れたりしていた小さな人影が何枚も写ってた。中には園田さんが山肌で華島くんを抱きしめて転がってるのとか、華島くんの股間に顔を近づけてる一瞬もあった。私は写真を袋ごとカーテンの下から外へ滑らせた。

見て下さい。写真をめくっていけばわかりますよ。華島くんは園田さんの彼氏なんです。最後の十枚は先週のお昼です。日付が入ってるでしょ? 二人で裏山に入って、わざわざ私を見下ろしながらヤラシイことをしてるところです。そんな華島くんが女の子を好きになるわけがありませんよ。だいたい誰が遠野美和からの電話の声を知ってるんですか? 華島くんは電話番号も知らないって言うんですよね? それはそうでしょう、そもそもいないんだから。待ち合わせに行ってすっぽかされたって当たり前。いないんだから。

封筒さんはしばらくカーテンの外で黙っていて、どこかに行ったのかと思うくらいでした。ただポタポタ垂れる水の音だけはしてたから、彼が〈サンダー・フォレスト〉の熱帯雨林ガイドをしたあとで合羽を着たまま駆けつけてきて、じっとそこに立って写真を見てることがわかりました。そのうちカーテンの下から写真の束が監獄への差し入れみたいに戻ってくると、低い声が聞こえたんです。

徹くんが園田さんといちゃついてるだなんてまずい噂が出回るくらいなら、彼が最悪のビッチにだまされててくれた方が、藻下さん的にもプライドが保てるんじゃないの？　違います？

そのあとで、封筒さんはもっともっと低い、台風の時に窓から吹き込んでくる風みたいな感じの声で言いました。

頼むからその写真を捨ててよ。少なくとも、例の山のやつ。それだけでいいから。

なんで？　と私は頭に来て強く言いました。

そしたら答えは短かった。

なんでも。

封筒さんがタッタッタッというういつもの軽い音をさせながら持ち場へ帰って行くのがわかりました。私はその時、写真を捨てないと面倒なことになると思いました。封筒さん、逆上すると面倒だから。

半透明の袋の感触が少し違うとカーテンの中で私は思いました。写真を出してみると、裏山の十枚がそっくりありませんでした。封筒さんがすでに抜き取っていたんです。

私は翌日までに写真を焼き増ししようと思いました。同じ写真を三枚ずつ焼いて、本部入り口やイベントスペースの横の『我らあらはばきあんファミリー』っていう掲示板やらに貼ってみて、それを見た人たちがどう判断するか確かめてからでないと封筒さんの言うことは聞けない。私だって怒らせると面倒なんだ、と教えてやる必要がありました。
ええ、だからそれが六月十九日の昼過ぎです。東京はずっと雨でした。

83

『遠野香の日記　1994／6／20』

桐生は昼から雨。先週はけっこう晴れてたのに。ジメジメしててやだ。イラつく。朝食は全部母がつくった。続く不眠はさらにすごいらしい。カイコのことでコーフンしすぎじゃないのか。伝説の白月に近い子たちが生まれた、育ってるとうるさい。なんか背中の星のマークがブンレツしてきてるとかなんとか、なんのことやら。納豆、昨夜の残りのひじきと豆の煮物、トウバンジャンをかけたゆで豚、目玉焼きとブロッコリーのゆでたやつ、大根と豆腐のみそ汁、大根の漬物。妹は妹で漬物をじっと見つめてそのまま部屋にもって帰った！　その乳酸キンからパンつくる気かよ？　大丈夫なの、わが家？
8：32AMのバスで会社。いつもの席に座れず駅まで立ってた。なんで混んでたのか、こんな田舎のバスが。しかも中が梅雨で臭い。そのうえ途中からおなかがゆるい気がしてきて焦った。生理の終わりによくあるやつ。私はストレスに弱いから。新人マキオも含め会社の誰もそのことを信じてくれないけど。まったくドンカンなやつら。

今日はクレームの多い日だった。マキオのミスで先方にわけのわからない鬼の面の金型が届いたり、ワラビーのアクセサリーが蕨の形になってたりした。でも私がバンバンこなした。あやまりまくった。誠心誠意あやまった。日本語でも英語でも時々カタコトの中国語でもあやまった。あやまりながら四*コママンガを何本も描いた。『クレームくん』にけっさくが二本出た。

サコタがごくろうさまと声かけてきたが、マンガのことを言ってるのかも。いやみな男だな。残業する気もなく、タイムカード押して帰宅。19：17バス。希山停留所付近、通行人がみんなうつむいてる。不安な感じ。

帰ると、休みだった妹はまた庭のビニールハウスで研究。母もそこでカイコを選別してる。棚の上の方に目当ての〝子〟たちを集めてるんだそうだ。二人ともそんなことより、ごはん作っといてほしかったよ。なんなのよ、うちの家族。私がいないと回らない。二人に注文聞きもせず、そば竹にＴＥＬしてきつねうどんセットをふたつ(母、自分)、さらしなセットをひとつ頼む。

妹、あの日の泣き声はなんだったんだってくらいの勢いで毎日はしゃぐ。みっともないくらい。どうしたって一人じゃのりきれないようなことだったはずなのに。

こんなのは初めてだ。あの子がさっさとあきらめなかったのは。小学校の時のマサムネくんとか、中学の時のユウコちゃんとか、高校の時のマイコン部とか、すぐに仲がわるくなったもんだけど。

今回のやつはしぶとい。

月曜ドラマ『ゴウカ船』は不調。お金持ちたちと船員がからんで次々事件起こす。基本ずっと室内。すごくセットっぽい。そりゃそうだ。ごうか船の中ってセットそのものだもん。私はおじいちゃんに昔のせてもらったから知ってる。作り物の感じが気持ちわるかったのをおぼえてる。

主演タマチリリコがかわいそう。このドラマに賭けて他の仕事全部断ってるって雑誌にあった。ま、ざまみろなんだけど。清純ぶりっこにちょっとムカついてた私としてはね。

さてタマチはともかく妹。この日記を読んで気づいてほしいんだけどなー。ていうか読んでるよね、あなた。あなたを助けられるのはおねえちゃんだけだよ！　その誰かよくわからない人じゃないんだよ！　まさかあなた、あの人と話してるんじゃないよね？　電話番号ちがうもんね。あなたが切ったあと、リダイヤルしてみた私。市外局番はトーキョーだったよ。高崎じゃなく。

タマチリリコ風に長いシガレットを指にはさんで顔の横にかまえて、こう言うしかない。

「*謎は深まりますわね」

＊四コママンガ　日本では四つのコマに分かれた短いマンガが、特に二十世紀の新聞掲載によって流行、定着している。

＊謎は深まりますわね　ドラマに出てくる決めゼリフ。最高視聴率五・三％で夜九時台としては完全な失敗だったらしく、セリフもまるで流行らなかったようだ。

（注　佐治真澄）

84

『ＢＬＩＮＤ』（報告　ワガン・ンバイ・ムトンボ／セネガル）

『あらはばきランド』の本部ビル入り口に、広報の掲示板があった。そのコルクボードの上になんでちゃんこと、藻下京子がスナップ写真をベタベタと貼ったのが六月二十日だった。

他には社員への保険対応の連絡、ランド内の忘れ物一覧といった地味な印刷物が普段通り画鋲で貼られており、目立つものといえば「某雑誌記事に関する問い合わせはすべて総務の太田まで。他の方々は一切何も答えないで下さい」というサインペンで手書きされた達筆と、まさにその某雑誌の記事のコピーをホッチキスで留めて誇らしげにぶら下げて閲覧させているという対応の矛盾で、誰一人藻下京子の思いをくみとることなく見過ごしたという。

イベントスペース横の『我らあらはばきあんファミリー』の掲示板にしても反応は同じだった。そもそも六月のイベントは〈あじさいデイズ〉で金髪を頭の上へこんもりさせたドラァグクイーンのようなフラワー・アーチストが午前十一時と午後三時に公開活け花を行い、屈強な半裸の男三人（各アトラクションのキャストが持ち回り。指定は「屈強」だったが、趣味が神輿かつぎという営業の浅間日出夫以外に屈強な者がいなかったため、単に半裸なだけの男だった）が組んだ馬に乗ったアーチストが完成品を正門脇へ持っていくという、おそらく水沢傳左衛門がどこかのバーか何かで彼女と知り合ってその場で考え出した企画で、舞台の周囲にほとんどゲストが寄りつかなかったし、キャストもスタッフも自分たちがあらはばきランドを支えているという自負はおおいにあっても、まさか「あらはばきあんファミリー」が「我ら」だとは感じていなかったため熱心に見る者は皆無であった。

たまたま写真群を目に留めた希有なゲストが「ほのぼのファミリーですね」とその場に置いてあるメモ帳に感想を書いてフクロウ形の木箱に入れたのが、藻下京子をひどくいらだたせたと我々は聞いている。「ほのぼのファミリーじゃねえんだよ、ほものファミリーなんだ！」と本部で大荒れに荒れたのだそうだ。

仕方なく藻下は翌日、休憩時間をさいて、本部の掲示板の前で写真の説明をした。これわかります？　こういう二人なんです。聞いて下さい。一人は華島くんで、一人は園田さんです。仲良すぎじゃないですか？　なんでそっち行っちゃうんですか？　この写真とかどうです？　いや違います。売ってるんじゃないんです。売れるわけないじゃないですか。ブロマイドじゃあるまいし。あ、なんで華島くんのが欲しいとか言うんですか、宮下茜さん？　なんでですか？　ひょっとして「昆虫ブラン」スタッフの分際で華島くんに憧れたりしてるんですか？　え？　全部園田さんと一緒の写真ですよ。華島くんオンリーはここにはありませんって。私はごっそり持ってますけど焼き増ししません。小柄な宮下は顔を赤くしてうつむいて去った。藻下は昼食を食べていなかったのでおなかをぐーぐー鳴らした。

聞いて下さい！

宮下以外に立ち止まる者は、プレゼンテーションをやめて食堂へ行こうと誘ってくる新田くらいしかいなかった。そのエントランスの藻下を犀川奈美が建物の外から見ていた。本部内での禁煙を命じられて屋外で傘をさしながら煙草をふかし、犀川は雨のつたうガラス越しの藻下を見つめ、藻下の後ろに広がるもう一枚のガラスの向こうに山桜の新緑、「ビックリハウス」の屋根、「レイン・レイン」のドームの上方、そして裏山の上を覆いっぱなしの灰色の雲を視界に入れていた。事情はまるで聞こえていなかった。ただあの子が見苦しいほど理解して欲しがっているのはわかる。本当ならしゃべる度に喉から血を吐いている。両目からは悔し涙があふれて散っている。両手の指先に青い火がつき、髪は逆立って自分の首を絞めている。犀川は霊視をするようにガラスに挟まれた藻下京子を見た。

その翌日もまた翌日の昼間も。

三日後には写真はすべて剝がされた。犀川奈美の命令で。

犀川はその日、ランド終業後に藻下を連れて車を走らせ、自分があの男と昔よく通っていた店まで食事をしに行った。話を聞いてやりたかったし、聞いて欲しいとも思ったのだった。

こうして、彼らにも六月二十七日は来た。

85

『ＢＬＩＮＤ』（報告　ルイ・カエターノ・シウバ／ブラジル）

一九九四年六月二十七日、東京は前日の雨があがって晴れ、夏の猛暑を十分予想させる暑さになった。

僕たちは前回別れた新宿中央通りと双葉通りの十字路で十一時に待ち合わせていた。僕は新宿紀伊國屋書店の方を向いて立ち、遠野さんはＪＲ新宿駅側から来る、という約束で。

鉢合わせを恐れて僕はＪＲ駅を経由せず（遠野さんを見たことがないのに、自分は遠くからでもひと目でわかってしまうと思っていた）、反対側の地下鉄新宿三丁目駅の方から新宿通り沿いを双葉通りの角まで歩き、天ぷら屋地帯へと斜めに左折すると待ち合わせ場所に十時四十五分には着いてくるりと振り向くと、ビルの冷たい壁に左手をついていつでも目をつぶれるようにした。

青いベルトのスウォッチでは十時五十二分だった。

「早いね」

と声が後ろから聞こえた。背中に小さな手が添えられた。

ビクンと体をはね動かして、僕はあわてて目を閉じた。思わず笑ってしまった。自分がまるで、かくれんぼをしているうちに何をしているか忘れてしまった子供のようだったから。

遠野さんも背後で笑った。いい香りが漂ってきた。僕の右斜め前に来た遠野さんはそのまま体を寄せてきた。

僕はその体の線を頭の中でたどっていき、左肩の上に右の手のひらを置いた。二人が一人になったような感覚があった。

「さて今日は……どちらへ？」

と遠野さんがこちらを向いて言うのがわかった。

結局どこへ行くのかそれまでアイデアを出し過ぎてすっかりわからなくなっていて、会ったら決めようと電話で話していたのだった。

僕は本当にその場で思いついたことを答えた。

「歌舞伎町」

遠野さんがとまどうのが、すぼまる肩の緊張で伝わった。

日本を代表する盛り場だった。第二次大戦の後、空襲で焼け野原になった新宿に歌舞伎小屋が作られる計画があったのだ、と以前大学の先輩に聞いたことがある（ちなみにその時は歌舞伎町入り口近くの回転寿司屋に連れていってもらった。ベルトコンベアの上に寿司が載っていて安いのだ）。しかし小屋はついに実現せず、名前だけが残ったのだそうだ。だからなのか、僕にはそこがいつまでたっても悔しさを晴らせずに怒りの暴発する寸前の空気を漂わせている気がした。ぎらぎらネオンが光る町の中にはいろんなタイプの性的サービス営業の店が多く、小さな飲み屋がひしめく中に客引きがあちこち立っていて、よくにらみつけられた。

「大丈夫。僕がいるから」

と僕は同じ姿勢のまま力強く言った。

「もしも何かあったら……どうする？」

遠野さんは素直な声で聞いた。確かに、方法についてはまるで考えていなかった。

「ええと、走って逃げるから。方向は僕が逐一指示するよ」

「目を……閉じ……目はそのままで？」

「いや、さすがに開けるでしょ、目は」

「そうだよね」

「いい？」

「うん、いいよ。迷わずに開けて」

「むしろ恐い人にからまれたいな。自然に遠野さんを見ていいことになるから」

「必死に走ってる私が……徹くんからの第一印象ってこと？」

「やめる？」

「ううん、いいよ」

遠野さんは動いた。僕もそれにつれて足をそろそろと前へ出した。

それが第二回のデートの始まりだった。

何かにぶつからないよう、転ばないよう、ゆっくりと恐れずに進むためには遠野さんを信頼しきっていなければならなかった。僕はそのつもりだったけれど、度々歩みは止まった。何気ない音、空気の揺らぎが自分の前に立ちはだかり、特に顔を打ってしまう気がした。すると途端に足がすくんだ。

遠野さんが位置を変え、ほとんど僕の真ん前に来た。自然に歩幅が小さくなったが、守られて前進出来た。僕は右手を遠野さんの右肩に乗せることにした。

新宿通りまで出た。そこを左に曲がれば、前のデートでも二人で歩いた道だった。風は淀んでいてふわっと町全体を覆っていた。そのせいか音の輪郭がぼやけて聞き取りにくかった。

向かいが紀伊國屋書店になるあたりまで来ると、足が場所を覚えているような気がした。店頭のスピーカーが同じ位置にあるからだろうか、かかっている音楽は違ってもかすかに懐かしく感じられた。

「この先の横断歩道を右に曲がって、三峰っていう男物の服屋の角をそのまま入っていくから」

「うん」

遠野さんは道行く人の実況をしなかった。首を小さくきょろきょろ動かしているのが肩の動きでわかった。

「信号、赤だから止まるね」

足裏にボコボコした突起が感じられ、それが目の見えない人用の、黄色い横断歩道前のしるしだとわかった。

「……徹くん」

「うん？」

「渡ったら少し左に行って、三峰館ってビルの角を入ってくんだよね？」

「うん」

「そしたら歌舞伎町なんだよね？」

「え？」

「もうすぐ、そこからなんだよね？」

「遠野さん、違うよ。まだ先。狭い道を行って鶏鍋屋とかラーメン屋とか過ぎて右手にアドホックってビルがあって、抜けると広い靖国通りで、そこを確か左か右に行って信号渡って、それでやっと歌舞伎……」

「行かなきゃ……だめかな？」

「ん？」

信号の色が変わったのが、電子音でわかった。『通りゃんせ』という童謡が、行け行けとはやしたてた。

後ろから何人もがぶつかるようにして通り過ぎた。遠野さんも少し揺れたから、彼女の右側にも通行人が大勢信号待ちをしていたのだろう。

「えっと、行って何かすること決まってる?」

「いや、そう言われると特には……」

「じゃ三越とかは? 伊勢丹、男の新館は? 買わなくてもいいから、丸井は? ファッション館AでもBでも」

電子音がピポピポ鳴り出して人をせかせたが、僕たちは渡らなかった。行くあてもなくスリルを味わおうとしていたのは男の、とりわけデート経験のない僕の貧しい発想で、女性とのデートとしてはなんの価値もないらしいと気づきつつあったからだ。

ただし、デパート巡りで女の人の服ばかりの店内を上から下まで目を閉じて歩き回ることにも意味がないと路上で遠野さんも認めたのだけれど。

そういうわけで、僕たちは信号を離れてすぐの喫茶店に入って計画を練り直すことにしたのだった。

我々の新宿中村屋で。

カップのあげおろし、水の入ったコップのあげおろしに関しては遠野さんの手が伸びてきて、無言でしかるべき位置を教えてくれた。さあどうしようか、と僕はコーヒーを飲みながら、遠野さんはミルク付きティー（日本では略してミルクティーという。まるでミルクで煮出したような表現で）を飲みながら考えた。

電話ではたくさんの脱線をしながら空想にふけってよかった。けれども、いざ会ってみると少し移動するだけでも時間がかかった。ひとつの案に見切りをつけて他のプラン、さらに他のプランへと移っていくのは、現実世界では数秒ではすまないことだった。だから「完全な計画」が必要になった。

新宿中央通りのカフェラミルへ移動して話し合いを続行する案、すっかりお昼なので双葉通りに戻って天ぷら定食を食べる案、前に遠野さんが憧れると言っていたマンモス喫茶カトレア移動案などを次々と積極的に出したのだが、すべてやんわり却下された。

「私もおなかすいてきたし、もちろん一緒にお昼は食べたいんだけど、その前に少しだけ動こうよ。今も喫茶店にいるんだから」

と笑われたりしながら。

新宿御苑、と言い出したのは遠野さんだった。

「日焼けしちゃうくらい暑いけど、きっと気持ちいいはず。……確かこのへんでしょう？」

「あ、僕、今日そっちから来た。すぐそこだよ」

「それでね、これはほんとはおみやげにと思ってたんだけど」

遠野さんはそう言いながら、隣の椅子に置いたバッグをガサガサやり出した。底の方から何かを取り出す音をさせたあと、遠野さんはコーヒーカップをつかんでいた僕の右の手の甲に触れ、思わずカップを放した手のひらに音の正体をそっと押し当てた。

紙がその何かに巻き付いていた。固かった。握ると棒状だった。遠野さんの力が向こうで消えた。軽かった。

「剝製？」

「え？」

「小さいワニとか大きいトカゲとか」

「本気で言ってる？」

「うん」

「まあ、確かに剝製と言えないこともないけど。小麦粉の剝製って意味では。バゲット。半分切って持ってきたの。ミニパックに私の好きなお店のバターも入れてきたから。……溶けちゃってるかもしれないけど、ひたして嚙んでもおいしいよ」

「あ、いい香りがしてきた」

「これね、例の私が実験してるパン。大木さんに昨日、営業時間のあと焼いてもらったの。バゲットが完成形ってわけじゃないけど、一応色々やってみてて。公園で食べようよ」

遠野さんはそう言ってパンを握った。

僕の手のひらからそれは抜けて消えた。

エサ欲しさに人を追う池の鯉みたいに、僕は立ち上がって遠野さんの肩を探し、店を出てまた新宿通りを規則的に歩いた。さっき手にしたものを早く口に入れてみたかった。

「こっち？」

「そう。しばらくまっすぐ。大きな交差点があるからそこを右」

「この間曲がった……ところ？」

「そこを曲がらずにもうひとつ先で右折……だったと思う」

僕は頭の中の地図を点検したけれど、実際にあたりを目で見て思い込みを修正するとか、交差点の名前を確認し直すということが出来ないと焦りで記憶が真っ白に光るのがわかった。光はあるべきものを消した。

「あれ？　ここを行ってこないだは丸井を右に行ったんだから、まっすぐ行き過ぎて。すごく大きな公園だからわかると思うんだよね、遠野さんにも」

「道から見える?」

「見える見える……あ、見えるかな?」

しばらく無言になった。人ごみの音の質が変わってきて、新宿二丁目に近づいたのだと思った。そこから先はしゃべり声よりも車の音がまさった。特に、前方遠くを横切るタイヤの音が際立ち始め、それ以外には後ろからカツカツとヒールを鳴らして道の脇のビルに入っていく女の人の音、数人の会社員らしき男たちが仕入れ値の話をしながら僕たちを追い抜いていく音、どこかの横断歩道で鳴る電子音くらいしか印象にない。

「あ、緑の香りがする」

と遠野さんが突然言い出した。僕も鼻を動かした。言われてみればそんな気もした。

「右に木が見えるよ」

「それ、新宿御苑だね」

遠野さんはわずかに歩く速度を上げた。僕はしっかりついて行き、大きな風が吹き抜ける交差点を渡って右に曲がった。

確かに草の匂いが濃くなった。木々が風に揺れるさわさわした音が上方にあった。

人の気配はなかった。鳥の鳴き声が届いた。目の前にぽっかり空洞があるのが耳と鼻でわかる気がした。御苑の入り口まであと少しだと思った。

「え、あ、えー？」

遠野さんが明らかな落胆を示して言った。

「どうしたの？」

「今日は月曜で休みだって」

「休み？　月曜定休？　しまった」

新宿門らしき場所の前で止まったままの遠野さんの斜め後ろで僕も立ちつくした。こんなに歩いてくるのなら、雑誌を見てきちんと調べておかなければならなかった。失敗だった。梢の葉がまた風でさわさわいった。

「じゃ、もう少し先まで行って、いい場所見つけてそこでランチにしましょう」

遠野さんがさらりと言った。

「ランチ？」

「ここ危ないから一回、道を渡るね。あそこのほら、って見えないよね。大きな木が立ってるとこまで行こう」

「木？」

「うん。他に座れる場所なさそうなの。まあ木にだって座れないんだけど」

日陰に入るのが温度と光の濃度でわかった。土の湿り気の匂いもした。遠野さんに導かれて道路を再び渡り、旧新宿門の前だと教えられるままに立ち、そこにある太い木の幹に背中をもたせかけた。滑らかな木肌だった。横で遠野さんも同じ木によりかかるのがわかった。

「じゃ始めましょう。飲み物は少ししかないけど、入れてきた紅茶がまだあったかいから」

遠野さんがそう言い、バッグの中からさっきのバゲットを取り出す音をさせた。パン切りナイフもあるのか、キリキリとバゲットの皮が鳴った。タッパーウェアのフタを開けるような音に引き続いて、バターの香りが鼻をつき、すぐに風に乗って消えた。遠野さんはそれをパンに塗り出したはずだった。

「口、開けて」

言われるまま僕は口を開け、わずかに上を向いた。

軽く乾いたものが唇の間を通ると同時に香ばしさがきた。自然に顎が動いた。固い皮が舌を押し、それからしっとり軽い感触のふわふわしたものが香り、唾液を誘った。さらに噛みたくて仕方がなくなり、上下の歯を合わせると皮が崩れ、その下から潤滑油みたいなバターがしみ出したのを舌が口の中で混ぜ合せた。粘り始めた塊は酸味が強くなり、皮のかけらが散ってアクセントになった。のみこむと喉の内側を優しくすられる感触がした。

僕はボキャブラリー少なくささやいた。

「うまい」

「ほんと？」

遠野さんも声の調子を落として言い、それから自分もパンを口にしたようだった。

パリッと皮を噛む音がした。小さな風が吹いた。

「蝉？」

御苑の中の木から気の早い蝉の声が聞こえた。

「蝉だね」

と言いながら、遠野さんが振り向くのがわかった。

「あ、かたつむり」

と遠野さんは言った。数歩離れてから戻ってきた遠野さんは同じ場所に戻り、僕の手の甲に薄い貝のようなものをあてた。右手で覆ってみるとずいぶん大きなかたつむりだった。中身は引っ込んでいたから落とさないように気をつけないといけなかった。

「こういうの平気なの？」

「え……徹くん、平気じゃないの？」

「いや、僕はなんとも思わないけど。ただ女の人に載っけられたことはないな」

笑っているうちにぺたりと冷たい感触がきて、薄い殻からかたつむりが身を出してきたのがわかった。あと二週間もすれば梅雨という東アジア独特の雨季が終わる。かたつむりの季節が。「レイン・レイン」が一年のうちで最も無意味に見えると評判の時期を乗り越えるのだ、と僕は思った。

紅茶が保温ポットのフタに注がれる音がした。香りの強い紅茶だった。

遠野さんは右手で僕の左腕に触れ、かたつむりごと上げた手を導いてカップを持つように促した。吸いつく貝が落ちないようにゆっくりと口元へ持っていくと、舌が熱い紅茶で洗われ、またパンが欲しくなった。

御苑入り口の大木に背をつけ、もらったパンを次々と胃袋にのみ込みながら、僕は以前喫茶店の中で感じたあの錯覚をよみがえらせていた。世界に自分たち二人しかいない。車が至近距離を通り過ぎても、その感覚は続いた。

遠野さんは黙ってせっせとパンを切り、僕に与え、自分も食べた。

やがて日の加減か、ちらちらと木漏れ日が落ちてきたのがまぶたの裏に伝わった。

蝉は僕らが背中をつけている木の上でも鳴き出した。

86

『水沢傳左衛門一代記　別伝c』（報告　故アピチャイ・パームアン／タイ）

六月二十七日深夜。

すなわち美和と徹がパンを分けあいながら紅茶を飲んだ日の夜、長野県（やがて『二十世紀の恋愛を振り返る十五ヵ国会議』の会場となる山梨県と隣接した地域）では強力な化学兵器ガスが一般市民の住む町にまかれ、深夜十二時を回る頃犠牲者が出た。犯行に及んだ宗教団体が特定されるのは、翌年三月二十日地下鉄で再び有毒ガスがまかれたあとである。

戦争に使用することさえ禁じられている化学兵器を、都市の中でしかも無差別テロのために使う者があらわれてしまったと世界が知るまでに、九ヵ月かかった。「テロリストにさえ思想と仁義がなくなった。人類は無知の闇に入った」とはジョルダーノ先生が地下鉄での事件の数日後、母国イタリアの新聞に発表した有名な短いコメントだ。

我々は身を翻して時間を遡り、世界が「無知の闇」に入ってしまう前の日々へ向かおう。

そしてのろのろと丁寧に歩き、その時の到達を出来る限り遅らせよう。

南無釈迦如来、私アピチャイ・パームアンはあなたに帰依し奉ります。

一九九四年六月二十七日。

東京都晴後一時雨。

群馬県桐生市曇り。

大阪府小雨。

福岡県曇り。

札幌市曇り。

長野県曇り。

そんな梅雨雲の下の深夜である。

二日後の二十九日に株主総会を迎える水沢電鉄の行方をめぐってパソコン通信内ではかまびすしい議論が続いていた。中でも重要な時間帯の、ほんの数十分のログを掲載する。

〈なぜだ。なぜまだ傳左衛門側から有力な対抗案が出ない？〉（1994/6/27/23:46）

〈ないものは出ないっしょ〉（1994/6/27/23:47）

〈Aランドでいいわけないだろ。幽霊まで出てるんだぞ。アンバランスじゃぞ〉

（1994/6/27/23:55）
〈お化けって傳左衛門派なの？〉（1994/6/27/23:56）
〈少なくともAランドには似合わないよね。お化けは『あらはばき総選挙』に出られないよ〉（1994/6/27/23:56）
〈俺の主張は毎日同じ。対抗案をリークして株主を迷わせろって。そうじゃないと傳三の一人勝ちになるぞ〉（1994/6/27/23:57）
〈ないものは出ませんって〉（1994/6/27/23:57）
〈ありますよ、対案。渋谷良子が株主総会で傳左衛門代理を務めて発表します〉（1994/6/28/00:02）
〈嘘いえ〉（1994/6/28/00:02）
〈何そのガセ〉（1994/6/28/00:02）
〈kazeさん、その情報に確証あるの？〉（1994/6/28/00:03）
〈kazeさん、誰かに乗っ取られてる？〉（1994/6/28/00:03）
〈kazeさん、なんで傳左衛門は出ないの？〉（1994/6/28/00:04）
〈どんな案なの、kazeさん？　知っとけばここで意見戦わせて、我々の修正案を伝えることは可能なんじゃない？〉（1994/6/28/00:05）
〈中身は俺も知らない。奴から聞いた〉（1994/6/28/00:08）

〈ame情報か。なら信憑性あるな〉（1994/6/28/00:08）
〈おい、これこそ傳左衛門派のリークじゃないか〉（1994/6/28/00:08）
〈中身は？　中身は？〉（1994/6/28/00:09）
〈ameに聞いてください〉（1994/6/28/00:11）
〈そう言われても肝心のameさんがこの頃あらわれないからな〉（1994/6/28/00:11）
〈あ、ちょっと俺抜けます〉（1994/6/28/00:12）
〈どしたの、kazeさん？　重要な時に〉（1994/6/28/00:12）
〈なんか救急車が走り回ってる〉（1994/6/28/00:13）
〈何言ってんだ？〉（1994/6/28/00:13）
〈変な匂いがする〉（1994/6/28/00:14）
〈何？〉（1994/6/28/00:15）
〈どこ？〉（1994/6/28/00:15）
〈町がなんか変〉（1994/6/28/00:15）
〈どこの？〉（1994/6/28/00:15）
〈町田市〉（1994/6/28/00:16）
〈kazeさん、町田なんだ〉（1994/6/28/00:17）
〈町田って東京？〉（1994/6/28/00:17）

〈そう、東京の西の方〉(1994/6/28/00:18)
〈長野のほうかと思ってた。なんか勝手に〉(1994/6/28/00:18)
〈あ〉(1994/6/28/00:18)
〈え？〉(1994/6/28/00:18)
〈何？〉(1994/6/28/00:18)
〈ああ〉(1994/6/28/00:18)
〈は？〉(1994/6/28/00:18)
〈すいませんでした、皆さん。夜中に目刺し焼いてた学生がいたって言ってます〉
(1994/6/28/00:18)
〈誰が？〉(1994/6/28/00:18)
〈目刺し？　夜中にそれも目刺し？〉(1994/6/28/00:18)
〈今アパートの下を野次馬が帰ってきて、窓から聞いたら教えてくれた。煙かったって〉(1994/6/28/00:19)
〈えー？〉(1994/6/28/00:19)
〈kazeさん、ごまかして傳左衛門案言わずに逃げようとしたんじゃない？〉
(1994/6/28/00:19)
〈だね〉(1994/6/28/00:20)

〈トンズラ許さじ〉（1994/6/28/00:20）
〈さあ教えろ〉（1994/6/28/00:20）
〈教えろー〉（1994/6/28/00:20）
〈ameが言うなって言うから〉（1994/6/28/00:21）
〈じゃヒントヒント〉（1994/6/28/00:21）
〈じゃ書きますね〉（1994/6/28/00:21）
〈キタッ〉（1994/6/28/00:22）
〈おい〉（1994/6/28/00:22）
〈おい〉（1994/6/28/00:22）
〈発表！〉（1994/6/28/00:22）
〈渋谷良子は『何ひとつ変えない案』を出すそうです〉（1994/6/28/00:23）
〈は？〉（1994/6/28/00:23）
〈え？〉（1994/6/28/00:23）
〈おい〉（1994/6/28/00:23）
〈おい〉（1994/6/28/00:23）
〈おいっ〉（1994/6/28/00:23）

〈強気〉(1994/6/28/00:24)
〈傳左衛門派、強気〉(1994/6/28/00:24)
〈カッコイイ〉(1994/6/28/00:24)
〈いいかも〉(1994/6/28/00:24)
〈何、それ？〉(1994/6/28/00:24)
〈ジジイ派〉(1994/6/28/00:24)
〈やりよる〉(1994/6/28/00:24)
〈賛成〉(1994/6/28/00:24)
〈賛成〉(1994/6/28/00:25)
〈ワッショイ〉(1994/6/28/00:25)
〈ワッショイ〉(1994/6/28/00:25)
〈ワッショイ〉(1994/6/28/00:25)

情報は遊園地好きの間、ゴシップ好きの間にまたたくうちに広がった、時になぜかワッショイという日本の祭りの代表的なかけ声をともないながら。まるで枯れ野を焼く火のように。

六月二十七日の深夜から朝にかけて日本全国に。

変えない、というメッセージが熱狂をともなって。

87

『BLIND』（報告　金郭盛／台湾）

六月二十七日午後一時、新宿御苑の脇道。

一九九四年の東京ではその日初めて最高気温が三十度を越えた。

美和は汗ばみながら、トートバッグの中にバターを入れたタッパーと小さなパン切りナイフと紅茶入りのポットをゆっくりしまった。

蟬がずっと鳴いていた。

徹は獣の皮膚のような手触りがする一本の太い木に背中をもたせかけて、目を閉じたまま木漏れ日の中にいた。手の甲にかたつむりをつけ、それを振り落とさないよう左手を上げて動かさないようにしながら。地上の貝はまるで鎖のようだ、と美和は思った。

スカートのすそをはたいてパン屑を払い、美和は徹と向かい合った。

徹のつぶった両方のまぶたの下で眼球がきょろきょろ動いていた。薄いまぶたが徹とは別の生き物みたいだった。

美和は右手の指でかたつむりの殻をつまんだ。さっきまで乾いて固かったのに、湿気を帯びて弱く脆くなっているような気がした。

ゆっくり徹の手の甲から剝がそうとすると、かたつむりは皮膚に張りついて抵抗した。美和は殻を離さず、力をかけ続けた。徹の皮膚が伸びた。とうとう徹から地上の貝を取り去った美和は、柵の向こうの草の中に落とした。徹にも音でそれはわかった。

顎を軽く上げたままで、徹は自分の胸に近づき直した美和を感じていた。髪のほんの何本かがそよ風で揺れて自分の汗ばんだ首へ触れ、くすぐられるような、刺されるような感覚がした。何もせずに耐えて動かないことは心地よかった。手の甲があの生き物の分泌した何かで赤く腫れ始めているような気がした。

と、一瞬、美和の気配が消えた。

再びあらわれた時、美和は両肩を押さえ、軽い力をかけてきていた。徹は木に背中をつけたまま、ずり下がるようになった。両足を突っ張って徹は美和よりも低くなった。

また美和が消えた。

待っていると、やがてそれは唇にあらわれた。

本当に美和なのか確信が持てなかったという。自分の唇に触れている何かは蝶より重く、小鳥より軽かった。かたつむりが宙を飛んで戻ってきたようにも思った。

けれどそれは人の温かさをしていた。よく乾いた唇が、こちらの唇を挟むようにしていたのだった。

キスが初めてでどうしていいかわからなかった、と美和は言っている。

そしていったん始めたキスをいつ終えればいいのかを知らなかった、と。

蟬がただ鳴いていた。

風が来て、美和の細く柔らかい髪であろうものをパラパラと草の蔓のように動かし、徹の両方の頰を覆わせ、叩かせ、香らせた。蒸し暑い大気を生み出す日の光が、別の温かさを発する物体によって遮られていた。

蟬よりずっと高い場所でホホキ、ホホキイと鶯が鳴いた。

唇が剝がれ落ちるように離れた。

美和のささやき声が落ちてきた。

……徹くん、目を開けて一緒に帰ろ。

もし徹が自分の姿を見てがっかりしたとしても、今のまま一方的なことを強いている嘘の幸せよりましだ、と美和は思ったのだった。あの鶯のひと声を聞いた瞬間に。

一方、徹は美和の言葉が本心から出たものだろうかと疑った。

遠野さんはもっと自分の思う通りにした方がいい。

徹は自分が口にした言葉に自分で驚いた。

え？

美和もそう言って口をつぐんだ。

僕のことなんか気にしないで、遠野さんのやり方をして欲しい。

徹は低い姿勢のままで続けた。

それでいい。

徹は木から背中を離した。

そして自分の前に立っているはずの美和の肩を探し、その後ろの背中に両手を回して軽く抱きしめた。柔らかい体のどこにも抵抗して押し返してくる力がなかった。なのにだらしなく溶けるようではなかった。地軸が地球の中心を指すように、美和の体も地に刺さってまっすぐに立ったままどこまでも傾斜出来るのではないかと思った。徹の顎が美和の肩の上にあった。髪の熱さが徹の右頰にあり、互いの肋骨がこすれた。美和の背の柔らかさが徹の手のひらにあった。

その時、ヤブ蚊らしきものが来た。

蚊はぞっとするような周波数で音を立てながら、徹の右耳の中に入った。

うわ。

徹は右手で耳を打ちながら、はねるように飛び下がった。背中が木にぶつかった。

ずり落ちてバランスを失い、徹は瞬間、思わず目を開けてしまった。

コットンのロングスカートらしきものが目の前に広がっているのと、そこから出ているまっすぐな二つの足首とショートソックス、そしてこちらを助け起こそうと差し伸べられた両腕が見えた。

あわてて徹は目を閉じて顔をしかめ、体が熱く燃えるくらい自分を呪った。あれほど気をつけていたのに、なぜ今、自分は目を開けてしまったのか。

「レイン・レイン」でいつもポケットに入れている、配水管の方向を応急に変えるための太い針金が欲しかった。それがあれば、斜めに切り取った断面で目玉を切り裂いてしまえるのに、と一瞬思った。

いや、それではもう遅いのだった。自分は遠野さんの白いスカートと、真っ白の足、そして濃く白い霧のようなものがまとわりついた手を確かにこの目で見てしまったのだから。

うつむく徹は太い幹に添って体勢を立て直しながら、せめて記憶から映像を消し去ろうとした。さっき白かったすべて、まるですべてが園田さんの頭の上の靄みたいだった様子をきれいに消してしまいたい。

え？

徹は閉じた目をパチパチさせた。

白かったすべて？

……徹くん、平気？

徹はまぶたをひくつかせて、自分が見たものを脳の中で再生しようとした。美和は重ねて聞いた。

……大丈夫？

徹は答えずに立ち上がって首を思いきり左に曲げ、美和を注意深く視界から外すと、まぶたをぱちりと上げた。

道のずっと先の方、新宿門の前あたりの道路に男女らしき二人がいて、やはり休園日であることを受け入れかねているのか、そこに立ちつくしていた。

彼ら二人は漂う白い靄に包まれていた。

空を見上げると青さが目にしみた。

木々の若葉はくっきりと浮かんでいた。

再び視線を下げると遠くのふたつの靄が寄り添って遠ざかり出した。

ということは、と徹は思った。

人間だけが白くぼやけて見えないのだった。

88

『ＢＬＩＮＤ』（報告　ルイ・カエターノ・シウバ／ブラジル）

説明に時間がかかった。

僕は今、遠野さんが見えない。

というか、見えてはいるんだけど全体に白く靄みたいなものがまわりにあって、それは僕自身の体にも言えるんだけど。

というようなことをもごもごと言った。

すると目の前の上下左右に伸び縮みする遠野さんの靄から声が聞こえた。

「気を遣ってくれてありがとう。感想が言いにくかったら、今度の……電話ではっきり言って」

「ああ、いや、そういうこと……になるよね。僕でもそう考えると思う。人間だけ選んでぼんやり白く煙ってるなんて、ふざけたこと言うなって感じだよね」

僕の表情こそ遠野さんにどう見えていたことだろう。焦点を合わせる先がわからずに、靄が風に吹かれて綿菓子みたいにほぐれて消える様子や（綿菓子というのは溶けた砂糖を噴出させて糸状にしたものをまとめたお菓子のことだ）、きっとこのあたりが目じゃないかと思うところへちらちらと目をむけ、僕は終始微笑んでいたわけなので。

盲いてしまった僕はむしろ面倒な手続きから解き放たれていた。

「ふざけてないんだよ、ちなみに。こうしてヘラヘラしてるのは、やっとこれで自由になったから。こんな能力を授かるなんて夢にも妄想にも思わなかった。僕は、これはちょっと残念だけど、もう遠野さんの肩につかまっておそるおそる歩かないでいいし、見ないように見ないようにって自分に言い聞かせてびくびくしないでもいい。だって遠野さんは空気に溶けていく白い靄で、背はだいたいわかるけどするするけっこう高いところまで伸びたりするからイメージが変わり続けてて、そうだな、僕はこれまで何回も体にぶつかって感じは知ってるから、その思い出と白い靄を足して遠野さんをとらえてるんだよ」

というようなことを、今度はだらだらと言った。解放感がうれしさとあいまって僕をハイな状態にしていた。事実、そのへんの記憶はとても曖昧で、蟬の声も鶯の声も車が通り過ぎていく音も覚えていない。

のちに遠野さんは、覚えているべきことはあの時何もなかったと言っているらしい。僕の目が不思議な視力を持ったと少なくとも僕が主張し出したこと以外、全部どうでもいいのだそうだ。まったくだと思う。

午後一時半を過ぎていた。

僕たちに残された時間はほぼ三十分。

それも新宿駅方向に向かって。

ただ、僕は今までと歩行速度が違っていた。

「とにかく歩いちゃおう」

と僕は浮き立つ思いを声にして、まずは新宿通りの方へと歩き出した。

すると遠野さんは後ろで言った。

「私は信じないけど、それでもいい？」

「いいよ」

僕は即答した。

「私にがっかりしてるんだったら……電話で言うって約束してくれる？」

「うん」

またも即答。

僕は遠野さん（白い靄）の方を振り返り振り返りしながら、もうさっきのカップルがいない御苑新宿門の前を通り過ぎ、右側の新宿通りに目をやった。

そこにも濃淡の変わる白い靄がちらほらと行き来していた。中には大きめの塊になって動いている集団らしきものもあった。

なんにせよみんな煙っていた。

新宿通りを風になびく白い繭たちが動いていた。

89

『ザムバック・ユルマズへ』

送信者　島橋百合子
送信日時　2001/7/22/10:06

初めまして、島橋百合子と申します。

カシムのことをお伝えいただき、まことにありがとうございます。

私は彼が日本に留学していた時代、つまり五十年前の古い友人です。まるで時の向こうから遡ってきた亡霊のように、私はあなたのおじいさんと今年再会したのですよ。そしてこの電子メールというものを楽しみ始めていたのです。

ザムバックさん、いえザムバック、私のことはユリコと呼んで下さい。そしてこの名前もまた花から取られているのです。私のとうに亡くなった父が山歩きが好きで、ヤマユリという白い大きな花びらを森林の中で開いて立つ、それこそ亡霊かと見まがうような孤独な植物を見つけるのが好きだったのだそうです。十九世紀には球根が日本から輸出され、ヨーロッパの方々が熱狂したと聞いています（ただし私たち日本人はもともと、その球根を剝いて食べることの方に熱中していました。まだ毛皮を着て狩りなどしていた時代から）。

変なことを長く書いてしまいました。カシムには絶対に無理をしないで欲しいと伝言して下さい。脳梗塞は恐ろしい病です。特に言葉の巨人にとっては失語につながるその症状を、今以上に悪化させてはなりません。

彼のことを大切に思う私から、もうひとつ伝言をお願いします。

カシム、文通だけでとても楽しい日々でした。空き地のこと、素晴らしい夢を見せていただきました。

これからは書物の中であなたと言葉を交わしましょう。

ありがとう。

ユリコより

90

『ＢＬＩＮＤ』（報告　佐治真澄／日本）

本当なんです。

と、華島徹は主張する。

我々にはその「症状」が始まった六月二十七日から、元の視力が取り戻されるまでの事実を確認する術がない。

普通の青年でしかなかった華島に実際そんな奇妙なことが起きるものかとまどう者も少なくなかろう。彼はあくまでなんの変哲もない日本の青年で、ちょっとした恋愛をしていただけではなかったか、と。

少なくとも我々は、『ＢＬＩＮＤ』調査委員会が立ち上がった一九九八年、視力臨床研究の世界的権威であるポール・デイビス博士に米国からの来日を要請し、ヘレン・フェレイラの強力な後押しもあってそれに成功したのであった（後押しの詳細についてはよく知らない。ともかく門前払いだった時期のあと、是非自分の名前を手紙に添えさせてくれとヘレンに言われ、我々は同じ文面を印刷した末尾に薄いブルーのインクで署名をしてもらったのである。マサチューセッツにある、博士の名前を冠した研究室へそれを送り直すと、驚くほど素早く応諾の返事が来たのだった)。

白髪で長身のポール・デイビス博士は六十七歳とは思えないてきぱきした動きで、デュラジア大学医学部の検査室内の機械を点検し、そこに華島徹を迎えてすでに白い靄を見なくなった彼の眼球、視神経、硝子体、網膜、脳視床下部などなどを数日間精密に検査したが、角膜異状、水晶体異状、硝子体剝離、脳の異状を過去に起こした形跡は一切なく、弱視、視野狭窄、ましてや盲目といった現象は器官的にはまったくあり得ないと結論づけた。それも人間だけが白く煙って見えるなどということになると、「単純に言って科学的でない」と博士は笑ったものである。

けれども、と診断結果を言い渡すポール博士は、唇の片方を上げる皮肉な表情をして我々(この時立ち会っていたのは私、佐治真澄とルイ・カエターノ・シウバの二人。華島本人は自宅へ帰っていた)を見た。

ハナシマトオルは盲目経験のない者では不可能である独特な感覚の描写、人間だけが白いという視界の外界との整合性、微細な心理の記憶を口頭でも、調査による文面、膨大なアンケートでも我々の手元に残してくれています。そこには一切の矛盾がない。心因性視力障害の症例は正直なところいまだに驚くほど多いのです。悲しみのあまり目が見えなくなった、あるいは見たくない世界が闇の中に沈むといった文学的なことは。

　恋は盲目、というやつです。ポール博士は今度は笑わなかった。そして記録のために回していたビデオカメラに向かって長い指の先を軽やかに動かしながら繰り返したのである。

　いや、恋は盲目だった、と時制は正確にしなければね。我々はいつでもあとからそれに気づく。

　したがって私は、と博士は細いフレームの丸眼鏡を外して我々に言った（それこそ正確にはビデオカメラの奥の誰かに向かって、と録画を見た誰しもが言う）。

　ハナシマトオルが特定の物体に対してのみ盲目であったという奇異な出来事を完全には否定出来ません。「白靄《しろもや》症候群」とでも仮に名付けておきましょうか。以降、こうした奇怪な症状は各国から報告されるのかもしれない。数年後から始まる二十一世紀には。少なくとも現在のところ、彼が世界初の例だと認めておきましょう。その意味では「ハナシマ症候群」とさえ言ってもいい。この命名が、引退前の私の最後の業績になるかもしれませんな。

　ポール・デイビス博士はビデオカメラの丸く突き出たレンズから視線を外さず、両手の指を白衣の腹の前で組んでこう言った。

　この白い靄は、あなたがた恋愛学者にはさぞ興味深いことでしょう。

特に、互いを見ることに余念のなくなった二十世紀という映像の時代の恋愛を研究するあなたがたには。

けれど、私たち「目玉屋」にはまことに迷惑な話です。

91

『BLIND』（報告　金郭盛／台湾）

それから日本中が「レイン・レイン」のような雨の世界に閉ざされ、そこを連日ひとつの夏が猛烈な気温をともなって横切っていくと、余韻の鎮まらないうちに曖昧な秋が忍び寄った。

彼らが初めてその木の下でくちづけをした新宿御苑の椋でいえば六月末のあの日、もし美和が高い場所を見上げてさえいれば上方で枝が分かれて広がる特徴的な様子を覚えていたことだろう。

そして鳥のような翼を持っていたなら、すでに葉の根元で咲き終えた雌花が緑色の実をつけているのを見たはずだ。ごく小さな若い果実は、美和と徹が何度かまるで自分たちの聖地のようにそこを訪れ、顔を寄せあい、何かささやき交わしていた初夏、そして真夏、頭上でゆっくりと育っていった。

美和は木を樫かブナのようなものだろうと思っていたから、やがて秋が深まってドングリが落ちるだろうと徹に言った。特に我々東アジアの温帯で生まれ育った者にとって、ドングリは強い郷愁のもとだ。かつてそれは命をつなぐ大切な食物であった。その事実を知らない都会の子供たちでさえ、あの艶めいた実を見つければいまだに拾い集めて隠さずにいられない。まるで動物の習性のように、我々はその果実を偏愛する。

だが御苑の愛の木は実際は椋で、実は落ちることなく暗紫色に熟し、鳥たちだけがそれをついばむことが出来た。美和と徹はドングリが落ちてこないというその事実を知らずに終った。十月、十一月、二人は樹木の下にいることがなかったからだ。別な行き先を彼らは得ていたのである。

例えば、歌舞伎町の奥の映画館で、彼らは十月十一日火曜日、クエンティン・タランティーノ監督の封切り作『パルプ・フィクション』を観た。徹はギャングが汚い言葉を大声で相手に浴びせかけるシーンで目をつぶりがちになり、人の頭が撃ち抜かれるような残酷なシーンでは実際に何度も目を閉じたという。つまりほとんど見ていなかった。美和はその間じっとスクリーンを眺めて笑い声をあげさえした。

十月三十一日月曜日には徹へのおわびのように、やはり新宿で今度はアニメーション『ナイトメアー・ビフォア・クリスマス』を観た。今度は徹も最後まで映像を見つめ続けて暗いユーモアあふれる物語とセリフを楽しんだし、パンフレットも買った。徹は実写でもアニメーションでもスクリーンの中の人物はことごとく明瞭に見えた。ただ相変わらず、券売窓口にいる人や目の前の席に座っている観客は白く靄がかかっていた。

だからかえってその頃、映像の中の人間が夢のように奇妙にきらめいて感じられた、と徹は言っている。観客も映画館のスタッフもみな白い湿気のまとまりのような、作り立ての砂糖菓子のような、ゆらめくエクトプラズムのようなのに、役者やニュースキャスターといったメディア上の人物だけは色鮮やかに輪郭を持って存在し、くるくると表情を変え、指先の動きひとつで意味を伝えあったからだ。

〈ちなみに、二人が『パルプ・フィクション』を観た前日、十月十日は一九九九年までは『体育の日』として休日であった。「パン・ド・フォリア」は定休日を街の子供たちのために返上して各学校での運動会（日本では、学校や企業が成員による体育競技を決まった日に行う）にパンを提供した。そのため十月二週目の休みはその年、変則的にずれて翌火曜日となったのである。なぜそこまでして美和たちがパンを焼いたかというと、「徒競走のコース上に糸で柔らかいパンを吊るしておき、それを手を使わずに食いちぎらないと先に進めない」という謎の競技『パン食い競走』が日本では一般的だからである。この見物客を笑わせる競技も運動会それ自体も、どこか近代軍隊の遺習を残すように思われる（補足：P．U．チダムバラム）〉

十一月、彼らはまた会った。

十五日火曜日。美和は新しいパン開発を名目に会社を休んだ。

そして昼過ぎ、性交をした。

新宿区役所近くにあるモーテル街で。

彼ら日本人はその場所を「ラブホテル」と呼ぶ。

美和は実直で優しい交わりだったと小さな声でしかしはっきりと言っている。

徹は自分からくわしく語ろうとしなかったが、美和が話していいと言っている、それどころか話して欲しいと望んでいると伝えると、やがてとつとつと自分たちがどのような体験をしたのか話し出した。

よく掃除された部屋の浴室に入ってシャワーを浴びた。洗面所に置いてあった薄手のバスローブに着替えると徹は美和を待った。御影石のような床にひたひたと静かな音を立てながら美和は来た。

消えかかっては生まれる白い靄が縦長に無駄なく伸びていて、何も着ていないのだろうと思った。美和は白いバスタオルを一枚、片手で床に垂らすように持っていた。

その体のまわりで靄は熱い湯にたつ煙のようにしきりとちぎれては生まれた。

徹は急いで照明を消そうとしたが、複雑なシステムになっていてあちらがついたりこちらが消えたりした。その間に白靄はベッドシーツの中にもぐり込んだ。触れた皮膚が温かかった。

枕元の青いライトが残った。徹は青く染まるシーツの端をつかんで、それをベッドからはぎとった。中から出てきた美和という白い靄もまたところどころ青く染まっていた。バスタオルがその腰の下に敷かれていた。

徹は着ていたバスローブを脱皮するように脱ぎ去り、目を閉じた。触覚と匂いと音でこそ美和がわかると思ったからだ。

指先で肩を探し、首を確かめ、顔を顔に近づけた。すべてを見てくれているはずの美和が口づけてくれるに違いなかった。

唇はいつになく湿っていて、その奥はもっとそうだった。徹は舌をさしこんで、迎えに出てきた美和の舌を吸うようにした。左手で乳房を探ってつかみ、そのまま腰へと体をなぞって撫で、足にからまる足を感じると、それを足で押さえつけた。

触れる部分だけが現れた。肩の丸みの突端が右の手のひらにあり、そこから離れて腰骨の一部が現れ、抱きかかえると形のいい後頭部が、額を付けたままの額とは別に現れた。すべてはバラバラだった。視覚で補うことが出来なかったから、あたかも壊れた人形のように足のすぐ上に乳房があり、肋骨の近くに太腿の付け根があるように思われた。

徹はその上、美和の肌のそれまで触れたことがなかった場所の陶磁器のような湿気と肌理に驚き、耳には自分の名前を呼ぶ声を聴き、喉で言葉にならない返事をし、相手の輪郭を無理やり把握するかのように二の腕を握って上へ覆いかぶさった。

自分という白靄の一部分から斜め上へと尖っていく先端を徹は想像出来た。それが近づくのは、開かれてふたつに分かれた白靄、青い光でまだらになっているはずの美和の中心で、それもまた他のどこともつながっていなかった。自分の先端だろう場所に徹は薬局で買って来たコンドームをつけようとしたが、そもそも未体験のことだったし正確な位置が見えないしでうまく行かなかった。目の前に持ってきて元の状態に戻したかったが、すでにそれは白靄の一部になっていた。

助けたのは美和だった。横たわっていた白靄は起き上がってそっとコンドームをつかみ取り、よく観察して裏表を直すと徹のペニスにそれを着せた。つまりそれが結果的に彼らの最初のペッティングだとも言えた。徹君には見えないから仕方ありませんでした、と美和は言っている。

その後の徹も美和に助けられた。腰を美和という湿った靄の奥へ差し入れていったが何度も思わぬ骨にぶつかり、ついには彼女の指だろうものに包んでもらって導かれ、肌よりも温度の高いぬるっとした筒めいたものへとおさめていったのだった。途端に本能的としか言いようのない力で背中が動いた。下腹部に骨が当たった。

痛がる声であわててとどまって腰を引き、目を開けて青と白の靄の中から髪を探し出して撫で、じっとそのままでいた。最初の時のようにくちづけを、今度は徹から美和の頬の上を唇でなぞっていく形で、した。やがて再び自分の名を切なく呼び始めた靄のそよぎに徹は目を見張り、ぎこちなく体を振ろうとする雪の精のような青白い靄の奥からふたつのふくらみを見つけてつかみ、彼女の名を呼ぶと、なんの合図かわからない声がするのを聴き、しかしそれに合わせてしびれが尾骶骨から生まれるのを感じて、コンドームをつけているのにあわてて腰を抜き取り、伸縮している靄の上に押しつけて白い射精をした。

荒く息をしながら靄の下の方を覗くと、白いバスタオルに染みた赤が鮮やかにちらついた。

それを見ないように美和は言い、徹にしがみついてじっと何かがおさまるのを待った。

『ＢＬＩＮＤ』（報告　エマ・ビーヘル／オランダ）

二人が肉体的にも結びつきあった十一月の末（美和によれば、二十八日月曜日の午後九時過ぎ）、家の電話が鳴った。呼び出し音は一年前の年末から「We Wish You a Merry Christmas」のままだった。

美和は庭のビニールハウスにいて、カイコ飼育の後始末が済んでいない（済んでいないどころか、母・壮子はまだ実験的に何十頭かのカイコを無理やり孵化させていた）棚の奥の机の上で、酵母培養にいそしんでいた。

母は同級生花房と夕食、姉も会社関係の宴会でそれぞれ不在だったから、子機はハウスの中に置いてあった。

ここで、カイコについて報告しておかねばならない重大事がある。美和が電話をとるまでの時間を遅らせて、ヘレン・フェレイラの精密なまとめから引用をしておこう。

一九九四年の六月中旬、美和の母・壮子が会長を務める『伝説のカイコ〈白月〉を復活させる市民の会』（結局、参加者は壮子と花房由香里の二人のみ）は遠野家のビニールハウス内での種の掛け合わせの中で、〈白月〉にまで退化しつつある幼虫を数十頭得たことに気づいたという。三齢という二回の脱皮を経たあとの段階であった。それらのカイコは桑の葉を異常な量食べるにもかかわらず体が大変小さく、腹の第五段目と第八段目の節に出る半月紋、星状紋がそれぞれ三つと四つの斑点で合わせれば北斗七星になったと言い、確かに写真で確認すると明治末期の短い期間に出現した〈白月〉に大変よく似ている（付記するが、カイコが真っ白だというのは日本人特有の思い込みで、それはおそらく明治開国以後の外資獲得のため、あらゆる模様の幼虫から白い種だけを残したイメージ戦略の結果である。繭にしても純白であることが重視され、作為によってそうしていたのであり、海外ではいまだに虫、繭ともに多種多様な色がある。さらに日本人の強い思い込みを正しておくならば、養蚕は明治以降政府によって全国化された産業で、江戸時代までは絹糸を主に輸入していたのだし、それゆえの銀の流出が大き過ぎたからこそ鎖国をしたという説も有力だ）。

壮子は狂喜乱舞し、そのカイコが四齢、五齢と脱皮していき、少しずつ柄を変えていく様子を日がな一日写真に撮り、美和が酵母を慎重に育てている机の上に桑や新聞紙や軍手を投げやると、花房に逐一の動きを電話し、地方大学研究室の若い大学助教授をハウスに何度も招待してはその度に断られ、嫌がる香の部屋に幼虫をつまんで持ってゆき、夜になっても頭にライトをつけてビニールハウスに入っては孵化が遅れた下の段の棚から目当てのカイコを見つけて二段目へと移動させ、より多くの繭を採ろうとした。

　ところが、七月初旬、糸を吐き始める前の最後の「眠」に入ったはずのカイコ、人類が奪いきれなかった動きを無目的に始める時期の芋虫が次々といなくなったのである。最初は数頭、続いて十数頭ずつ、最後にはすべてが棚の上から消えた。桑の葉をめくっても、カイコを載せた竹網の下を念入りに見ても一頭もいなかった。あり得ないことだった。移動能力を完全に奪われたカイコがあとかたもなくいなくなったことについて、壮子は「〈白月〉は病気で絶滅したのではなく、一気に数千年分の退化をして野生化し、外の世界に逃げたのではないか。まるで私のカイコたちのように」と言っている。

　一方、『伝説のカイコ〈白月〉を復活させる市民の会』副会長・花房由香里は「ここだけの話、遠野さんの家のビニールハウスにネズミが出入りしていたんじゃないかと思います。養蚕農家はネズミの被害を恐れて猫の神様を祀り、神社まで建てたくらいですから」と言い、出来ればその発言を記録しないで欲しいと会長に気を遣った。

　こうした奇異な現象があったからこそ、壮子は八月にも残しておいた卵を温め、猛暑によって飼育に失敗し、逆にカイコを飼い得る限界といえる十一月中旬（虫はビニールハウスであれば問題なかったがエサの桑の提供がぎりぎりだった）、〝〈白月〉にまで退化した〟卵の残りを最後のチャンスとして孵化させていたのだった。一度あらわれた奇跡を再び目の当たりにし、ひとつでもいいから繭を採ってみたかったし、掛け合わせで生まれた卵は使い果たしていた。

だからこそと言うべきか、留守番の美和はこんな風に言われていた。

「ハウスのドアは絶対に開けっぱなしにしないでちょうだい。あなたが油断したせいで世紀の大復活が水の泡なんだから。このハウスは私たちの繭なの。お父さんに白っぽい透明ビニールを見つけてきてもらったのもそのためじゃない。なのに繭が出来る寸前にカイコがいなくなっちゃった。糸一本張らないうちにハウスが空っぽ。あなたさえぼんやりしてなければ、こんなに苦労してないんだからね」

さて、いわれなき罪さえ着せられた美和を、これ以上待たせておくわけにはいかない。受話器を取るところから、金郭盛風に語ってみようかと思う。

白いゴム手袋を外し、クリスマスの調べを奏でる子機を美和は耳にあてたのだった。

もしもし、と言うと少しためらいがあってから低い声が響いてきた。

……もしもし。

はい、もしもし。

ええっと。

はい？

あ、あの……。

え、……どなたですか？

お久しぶり。黒岩茂助です。

あ、社長！

え？

美和です。

あ。

こんばんは！

あ。あ。美和ちゃん？

黒岩茂助から直接電話がかかってきたのはそれが初めてだった。美和は緊急の用件に違いないと思い、落ち着いてその内容を聞こうとした。だが、黒岩の方がしどろもどろになった。しばらく何かよくわからないことを切れ切れに口走ったあとで、彼はようやくこんなことを言った。

えー、その、君が開発中のパンはどうなってるかな？

……ですからおととい報告した通り、粉の配合はほとんど決まりました。渡良瀬川上流の水を丁寧に濾過して使います。ずっと探していた酵母も結局動物性にするとい

う結論です。しかし、むしろ味の決め手になるのは小麦粉の方に混ぜるものでした

し、酵母にもさらに同じものを混ぜます。まだそれが何かは秘密ですが。それで……

でもこれ、全部お話ししましたよね？

摂氏二十五度のハウス内でうっすら汗をかく美和以上に、電話口の向こうの黒岩が息を不規則にし、どっと汗をかいているように感じられた。

そそくさと切れた通話のあと、美和は黒岩茂助が「久しぶり」と言っていたのを思い出した。自分にかけてきたならそんなことを言うはずがなかった。だとすれば母か姉に、社長は用があったのだった。しかも以前にも電話で話したことがある。

どういうことだろう？

すかさず、電話がまたクリスマスと正月を祝い出した。社長がかけ直してきたのに違いなかった。思い切って疑問を直接ぶつけてみようと思い、美和はまた通話ボタンを押して子機を耳にあてた。

もしもし。

もしもし。

あ、パパか。

なんだ、パパじゃダメなのか。

ううん、違う違う。そうじゃないの。

そうじゃないって？

どうでもいいことだよ、パパには。

ふーん、そうか。

父はいつものようにのんびり受け止めた。そのリズムが美和にはちょうどよかった。だからなのだろうか、美和は父の前でだけは口から出る言葉にひっかかりを感じてこなかった。その不思議はずっと意識されていたことだが父に話したわけでもないし、自分でもはっきりと認識したことがなかった（我々の調査で初めて美和は「父の効用」を知ることになる）。

ママは？

出かけてる。

え？

出かけてる。

ごめん、なんて言った？

父・太一は急に耳が遠くなる傾向があった。それは生まれつきのことらしく、子供に遺伝しないかと何度も自分と最初の娘・香の血液検査を望んだのだと聞いていた。

で・か・け・て・る。

ああ、そうか。で、眠れてるか？

うん。毎日ぐっすり。

いやいやお前じゃなくてさ。

あ、ママ？

そう。

全然眠れてないみたい。カイコがどうとか相変わらずずっとしゃべってて。

そうか、眠れないか。香は？　外？

うん。会社の人が一人辞めるから送別会だって。なんか、今年入ったばっかりの男の人がノイローゼだかで辞めるんだって。お姉ちゃんは喜んでたけど。でも辞める本人が宴会に来ないっていう送別会なんてあるかな？

さあな。

父はそうやって、壮子と香がいるかどうか一応聞いてみせた。けれどその不在などとっくに知っているはずだ、と美和はいつものように思った。自分だけが休日の月曜だとはいえ、こんな夜の時間帯にかけてくれば二人が在宅している可能性の方が高いのだから。

美和はその謎について聞いてみようと思った。父にはなぜ自分たちの出入りがわかるのか。父は近くで見張っているんじゃないか、と。黒岩茂助に疑問を投げかけようとした勢いが、父に向かったのかもしれなかった。

ねえパパ、どうしていつも私一人の時なの？

何が？

電話。

そうかな。

そうだよ。

ま、たまたまじゃないか？

そんなわけないよ。絶対私しかいない。

いや、それはお前がいるからだよ。

は？

だから、お前がいない時にパパがママと話してることだってあるかもしれないじゃないか。それはお前の知らないことだろ。

でも、今日パパから電話が来たとか言うと、ママもお姉ちゃんもすっごく驚くよ。

気でも遣ってるんだろ。

どうして？

お前のいない時にも俺から電話が来るってお前にわかったら、お前が寂しいだろうからさ。

お前お前言ってるけど、そんなことパパもお姉ちゃんも考えてくれたことないでしよ。

そんなことないよ。

パパの作り話じゃなくて？

え？

作り話じゃなくて？

ああ。じゃ、こういうのはどうだ。パパとママと香の運勢が似てて、それでたまたま二人がよそで活動してる時に電話しちゃうとか。

それ、私の方じゃない？

ん？

私の運勢とパパの運勢が似てるんじゃない？

あ……そう言うべきなのかな。

美和は机の引き出しの奥にある小瓶から、自分の机の上のミキサーに天日干しした木の根のかけらのようなものを入れ、砕いた。うるさいモーター音は、父への抗議を含んでいた。

なんだ、雑音がしないか？

秘密の隠し味を作ってるとこ。たぶん科学的にも世界で誰もしてないことを、私が成功させます。

あ、あれか。パンか。

そう、「パン・ド・フォリア」の。あ、パパ、そういえばさっきうちの社長から変な電話があってね。

美和は黒岩茂助からの急な電話について話し、「久しぶり」という言葉があったことを教えたが、途中からそれは父に打ち明けるべきことではなかったと直感した。

事実、父・太一は相づちを打たなくなり、話が終わったあともしばらくじっと黙り込んでいた。

そしてこう言って電話を切った。

ふざけるなよ、あいつ。今度こそ俺からきっちり話をつけたるからな。

中身が空のプラスチック容器同士をぶつけるような音が、美和の耳に残った。電話が切れたその音の記憶の中心に、父の聞いたこともない感情的で切迫したリズムの裂けるような声があった。

話をつけたる、と父は関西弁で言った。

知らないはずの黒岩社長をあいつと呼んだ。

今度こそ、と不可解な言葉を使った。

ふざけるなよ、と声を押し殺した。

美和は子供の頃に一度そうだった時以来初めて、父に対して言葉の緊張を覚えた。

今しゃべったら吃音が強まってしまうと思った。
けれども話しかけるべき父はすでにいなかった。

93

『BLIND』（報告　ワガン・ンバイ・ムトンボ／セネガル）

六月二十四日に西新宿の様々な種類の店舗が入っているビルの地下にある居酒屋でおおいに飲み、食べ、語り合った犀川奈美と藻下京子は、少なくとも異性への過剰で純粋な愛の持ちようという点で意気投合したし、それを互いに助長するように作用した。

犀川はビールを極力冷やすという日本独特の飲み方でアルコールを摂り続けながら、古いランド仲間である園田が典型的なロマンティストであり、女性を実際以上の存在へとまつり上げてはかえって遠ざけるタイプの人間で、だからといって男同士の愛の中で身を焦がすような度量があるわけでもないと断じ、ただし遠野美和なる人物が実際はいないという話は自分にも十分理解可能で、それは確かに園田と徹の二人で築き上げた中学生じみた妄想かもしれないと繰り返し、だとすればあなた藻下京子はそれが作り話であることを暴くべきだと小魚シシャモの卵粒などを相手の顔にさかんに飛ばしては力説した。

また、つられて急ピッチでビールを飲み、さらに敗戦直後から存在する〝安い蒸留酒をホッピーという炭酸飲料で割ったもの〟を数杯飲んだ藻下京子は夜中二時頃、犀川から自身の悪霊との大恋愛についての静かな告白を聞き始め、店の壁に頭をつけながら感動と泥酔によって噴き出る滂沱の涙をだらだらテーブルの上の小皿へと流し、今が奈美さんの幸せの頂点でそれはずっと続くだろう、なぜなら相手はもう死んでいるのだからこれから改めて死ぬこともない、永遠なのだ奈美さんが死んでも間違いなく悪霊同士が失礼しました霊同士が愛しあう、なんでそんなforeverな恋愛を可能にしたのかなんで私がそう出来ていないのかなんでなのだと灰皿を片づけに来たアルバイト店員にまで疑問を投げかけた。

犀川奈美はそんな藻下京子を弟子のように愛しく思い、あなたもあたしとあたしのいい人がどうまぐわっているのかを見なさい『ヌー』なんかに載って今は動きが取りづらいからあたしは欲求不満なのよ京子が協力して夜のランドであたしたちを守ってちょうだい撮ってちょうだい、そのかわりあたしも華島徹とあなたの仲をとりもつから遠野美和なんていう存在しないかもわからない女はダメなんだから京子のように一途で迷惑なくらい愛情の濃い女は男を幸せにします。

と、この夜というか朝方、『あらはばきランド』に恐るべきコンビが誕生したのだったし、おかげで恋愛模様の波乱は増しに増したのだけれど、彼女たち同士の固い信頼、エールの送りあい、そこから生じる鉄壁の自己肯定感に関しては結局本人たち以外に知る者がなかった。

したがってランドにまつわる話題はあの半裸の神の度重なる出現ではなく、例えば六月末、水沢電鉄の株主総会で意外にも傳左衛門一派が過半数を取り、特に傳三側からの提案『あらはばき総選挙』が「わけのわからない素人迎合主義であり、客に受けるはずがないし、経営の方向を誤る」とあっさり却下されたこと、つまり「マーケッティングか、あらはばきか」という争いにおいて「マーケッティング」商法が敗北した事実であった。九〇年代中頃、日本の経済至上主義に果敢にもいったんブレーキをかけたのは、遊園地の良心を信じた株主たちだったことになる。

その結果に対して地鳴りのような怒り声をあげながら秘書に引っ張られて会場を出たという水沢傳三は七月中旬「反あらはばき」なる言葉を公の場で使い、飛び跳ねる魚らしき絵の上に大きなバツをつけたTシャツを数人で着用して、「ランド駅」前に立って中傷ビラをまくパフォーマンスに出た。会長傳左衛門がランド開発において「森林伐採、二酸化炭素過剰排出、水質汚染、屎尿の処理不足、農薬による昆虫殺傷」を推進していたというのであった。周囲は魚らしきものをエコロジーの象徴と解釈した。それが実はイルカであり、むしろ彼の父そのものをあらわすと気づいた者は、新聞の写真で様子を見た傳左衛門の秘書・間壁以外にいなかったという。

続いて八月、ランド周辺はその傳左衛門の政治スキャンダルの話で持ちきりになった。園田が早くから嗅ぎつけていた通り、検察は水沢電鉄の不正な開発事業に複数の政治家が噛んでいることの証拠をつかみ、当事者並びに証人として傳左衛門の身柄を拘束した。これは遊園地業界の新聞どころか、大手新聞すべてに記事として掲載され、与党の政権基盤をも揺るがすと報道するマスメディアもあった。

こうして十二月の臨時株主総会で傳三一派が完全勝利するのは、シロアリ塚の下にシロアリがいるように誰の目にも明らかなこととなった。しかも、傳三の憎悪は砂漠から染み出す石油に火がつくように燃え盛り広がり続けて見えたから、発言権を握ったらすかさず自らの計画に着手するだろうと思われた。

それはすなわち、『あらはばきランド』の終焉を意味した。

動揺は夏のランドの風紀を乱し始めた。滅亡が決まった帝国はそういうものだ、敵の侵入以前に自ら崩れてゆく。夏の「レイン・レイン」で言えば、あのＤＪＢＭが催し物ステージの方に進出し、夕方から大きな音でダンスミュージックをかけ始めた。ランドの自由さとはこういうことだ、と言い張って。音楽をゲストと共に楽しむ分にはけっこうなことなのだけれど、その間大山は担当の〈ジャスト・ビフォー・ザ・レイン〉の見回りも、〈エブリバディ・ラブズ・ザ・サンシャイン〉の降雨システムの調整も最小限で済ませていた。そうしてステージ上のＤＪセットでシャーデーの『スムース・オペレーター』をかけ（その年、ベスト盤が出てリバイバルしていた）、ジャミロクワイの『Revolution 1993』をかけ、ザ・ブームという日本の有名バンドが前年に大ヒットさせたオキナワソング『島唄』をかけ、また四月に銃で自らの頭を撃ち抜いたカート・コバーンを追悼すると言ってニルヴァーナの『スメルズ・ライク・ティーン・スピリット』をかけた。爆音、というやつで。そのヒット曲満載のわかりやすいＤＪプレイ目当てでランドを訪れる客は少なくなく、しかしチケット一枚で一人ずつ入り、それをフェンス越しに渡してまた誰かが入るというやり方が横行した。

園田は大山を叱らなかった。ただ暗い目をして操作室にこもり、自分ならではの雨を降らせるばかりだったからである。その横に徹がいたが、徹は美和と歩いて打ちつけあった体の感触を肩で、腿で、嗅覚で思い出しながら園田という小太りの白靄がのろのろと動くのを見、その頭上らしき場所で元来の薄い靄がただようのを見てはその仕事を時間の許す限り学ぼうとした。のちに何の役に立つのかは考えないようにしたという。他のどんな場所でもその技術の生かしようがないことは、森の木の上に登った猿が二度と降りて来ないくらい明白なことだったからだ。「レイン・レイン」は「レイン・レイン」でしかなかった。

九月も十月も、東京に雨は降った。「レイン・レイン」でも日々降り、陰鬱な自暴自棄を誘うような孤独な雨音を響かせた。もうそのアトラクションが味わえないのかと悲嘆に暮れるマニアックなゲストは地方からパソコン通信上で連絡を取り合って、数日館内にこもった。風神こと神田はそのいちいちを顔でなくハンドルネームで知っていて特別な砂嵐で歓待したことが、彼らのチャットルームの過去のログでよくわかる。

そのようなランドの中では、犀川奈美が悪霊との甘い時を過ごすために念入りな計画を立てながら半裸で夏の夜、秋の夜のアトラクション内を経巡ったからといって、もはやほとんど噂にならなかった。職場を愛するスタッフ、キャストは日々の勤めに集中し、それぞれがあり得べき遊園地の姿をゲストに見せようと集中していた。ランドを愛するゲストは独特なアトラクションの味わいを記憶のすみずみにまで残そうとした。彼らに悪霊だの半裸の神だのはどうでもよかった（女の姿を追い続けて夜のランドを勘悪くうろつき回る園田は別として）。

園内での無視は、犀川を支える無意識の地盤にエネルギーの供給がないということでもあった。しかも、すべての行動を藻下京子が総務の備品であるＳＯＮＹの小型ビデオカメラで撮影し、それを明け方の本部で再生しては悪霊が映っていないか確かめ、まったく何も映っていない、酒に酔ったように体をくねらせている半裸で白い布を体に巻き付けている中年女性の少したるんだ腹や二の腕やアップになった時に見える真っ赤な口紅以外には、という状況では犀川の不満は募るばかりだった、あたしのあの幸福感はどこへ行ったのだろうなんで大切なあの人が急に来なくなった気がするのだろうなんでこの子があたしを撮っているのだろうすっかり自分の恋愛より撮影に夢中じゃないかなんでだろう。

さらに言えば、藻下京子の写真を奪った佐々森がそのあともしつこく園田と徹の写真を捨てるように詰め寄り、二人が恋愛関係にあることなどあり得ないと何度も言い、自分はそういう誤解を招くような徹の写真がこの世に存在することに友人として強い嫌悪を感じると強弁し、本来の徹はこういうノーマルなやつなんだと二人で撮った紙焼き写真を見せてくることが、藻下京子と犀川奈美の週に一度の酒盛りにおいて佐々森の中に潜む園田への嫉妬なのではないかと話し合われた事実など、ごく小さくまったく取るに足らないことだった。

彼らの来るべき破滅の前では。

94

『親愛なるユリコ・シマハシへ』

送信者　ザムバック・ユルマズ
送信日時　2001/7/24/21:21

これは私信です。

つまり祖父からの伝言ではなく、あなたにとっては子供同然のような私からの、それでも心をこめたメッセージです。

なので私のアドレスから送っています。

ユリコ、私は自分の祖母の姿を写真でしか知りません。私の母を生んだ翌年、彼女はユスキュダルの祖父の家を出たまま、いまだに行方がわからないからです。

また、もう一人の血のつながらない祖母は牢獄につながれて病死しました。政治犯だったのだと聞いています。

そして私は義母アルザーンの、詩人だったというお母さんのことも写真でしか知りません。抑圧されたクルド人を解放するための戦いに出かけたきり安否がわからないと聞いています。

寂しいかと聞かれたら、私は寂しいと答えるでしょう。三人も祖母がいるのに私はそのうちの誰に抱かれたこともなければ、言葉を交わしたこともなく、動いている様子、しゃべる声さえ一切知らないのですから。

だからこそ、私は祖父カシム自身の寂しさを思うのです。私は生まれた時から祖母たちを知らない。けれども祖父はそのすべてと愛しあい、触れあい、言葉をかけあい、互いに理解しあっていたはずなのです。その伴侶の三人を三人とも、祖父は失ってしまっているのでした。

古今東西の恋愛詩の編纂は、ディライという美しい名前の祖母を山岳地方へ送り出したあとから始まっていることをあなたならきっとご存知でしょう。決して祖父は公に口にしたことがないけれど、私はとても大きな事実だと思っています。

二度と恋をすまい、とその晩祖父は決めたのだと思います。一九七七年の冬、十二月八日のことだそうです。以来、祖父は書物の中でだけ恋愛に遊んだ。縦横無尽に、そして甘く濃くリズミカルに辛辣に浅く優しく残酷に。世界中のありとあらゆる恋愛詩の狩りをし、藪から追い立てては確実に仕留めた。吊って毛皮をはぎ、肉を乾かして塩を振って保存した。もしくは綺麗な液体の中で永遠に泳がせた。恋愛の言葉同士を思いがけなくつがわせることもあったし、悲しみに暮れる言葉を一瞬にして劇薬で輝かせて恋愛詩の代表にしてしまうこともあった。

それは出会った女性の心をたやすくつかむ祖父カシムが、もはや自らの恋をしないと固く決めているからこそ出来たことなのだと思います。

ユリコ、祖父が女性宛に出した手紙をあなたに見せて差し上げたいほどです。私はパーティの席上、周囲の笑いのただ中で読み上げさせられた文面を幾つか覚えています。もちろん祖父の名誉のためにここに再現することはしませんけれど、その厳粛で真面目ひと筋の、なんの恋の火種の憶測も不可能な様子は、いつもの剽軽でお洒落で上品で、時に軽薄にさえ見える祖父のユーモラスさとはまったく違っていたものです。

あの恋愛詩の大家カシム・ユルマズ、スピーチの名手、パーティのホストとして国内随一、大統領の恋文を代筆したという伝説さえあるほど女心に精通した祖父が、その技を自分の筆としては女性相手に封じていたに違いないことを私は子供心に知っていました。たくさんの人がからかうからです。まるで偶然起きた失敗のように。

だからユリコ、正しくはユリコ夫人と呼ぶべきかもしれませんけど、ともかく花の名前を持つあなた。あなたに送られた祖父の文章がどの一行をとってもイキイキと軽快で音楽のように自由で生命力に満ちていることに、私は驚いたのです。

ごめんなさい。

私は読んでしまっていたのでした。

Eメールの始まりから今までを、つい。

私はその事実の上で、どうしてもひとつのことを知っていただきたいと考え、何日かを迷いながら過ごしました。

はっきりと率直に申し上げます。

私はこんな祖父の私信を見たことがありません。もちろん私たちに隠れてどんな文章を女性たちに書き送っていたかわからないのですけれど、祖父が二重人格でない以上、言葉と女性に関する厳格なルールが彼の中にあったことは確かです。

だからユリコ、私はあなたと祖父に米国ロサンジェルスで会って欲しいと思っています。

もしも姉ラレ・ユルマズを始めとする親族、友人たちが反対しようとも。

祖父はあなたに会いたいはずだから。

あなたの花

95

『BLIND』（報告　ルイ・カエターノ・シウバ／ブラジル）

人間が白い靄に包まれて見えないと、相手が誰かわからない。だから、近くに来る人がいると僕は目を合わせるような合わせないようなふりを装って耳をすませなければならなかった。相手が話し出す直前に聞こえる唇と唇が離れる音、息を軽く吸う音さえ僕は聞き分けるようになり、そこで長四角の靄がやはり佐々森だったのかとか、本部の経理が来たのだとか、ずいぶん近くに座るからまず間違いなかったがやはり藻下さんだったのかとか一瞬で判断した。

しかし例えば「ランド駅」のホームや改札に数人がいる場合や、自宅に帰ろうと東亀沢駅から歩き出す細い道の途中で知りあいに会う場合は困った。話しかけられればすぐに笑顔を見せて取り繕ったけれど、向こうは避けられていたように思うらしかった。目を泳がせるように歩いているから仕方のないことだった。

また自分が見えないのには笑ってしまうくらい困った。シャワーを浴びているとどこまでがお湯の煙でどこからが体かわからなかった。石鹸の泡が取れているのかどうか常に不明だったし、会社の体重計に日々忘れずに乗らないと太ったか痩せたか自覚出来なかった。何より困ったのは服で、ハンガーに掛けてあればわかるのだけれど、感触で腕を袖に通し、裾へ足を入れ始めると途端に白くなってしまう。なのでベルトはズボンをはく前に通しておかないと面倒なことになった。ベルトループがひとつも見えなくなるからだ。

僕は自分の状況を恨めしく思ったりしなかった。それどころか、遠野さんが与えてくれた聞いたこともない形の「盲目」は、そのまま僕たち二人だけの恋愛がきわめて順調に続いている証拠だった。

朝起きて自分が白髭であることはすっかり忘れていて服を着替え、見えもしないのに鏡の前に行って髭を電気カミソリで剃り、指で顔のあちこちを確認して満足し、髪をくしゃくしゃ触って外に出る。そして近所の白髭を見つけて微妙な会釈などする時、僕はしょっちゅう、胸が高鳴るというのはこういうことなのかと思った。恋愛の効力がいまだに切れていないとわかるからだった。

さらに秋に遠野さんとセックスし始めたあと、それまでの恋い焦がれる時の鋭い痛みと同時に、幸福な白い潮だまりみたいなものに自分が浸りきり、そこにプカプカ浮きながら何度となく波で上へ上へと突き上げられるような感覚に溺れ、その足元のおぼつかなさに不安と喜びが両方湧いてきて、ふたつの要因が結局ひとつの心臓を同じようにドキドキさせるのがわかった。

遡れば春から梅雨、初夏から真夏、僕らは自分たちをしっかり抑えながら交際を続けていた。少しでもどちらかが求めすぎれば関係のバランスは変わってしまうだろう、と遠野さんも僕も言葉にしなくてもわかっていた。例えば仕事の休みをもっと取って会おうとか、電話の回数を増やそうとか、僕が遠野さんの家の電話番号を教えてもらうとか、もう見ていいと許しをもらって白い髭を取り払うよう努力してみるとか、そういうことを僕たちは丹念に避けた。

壊れてしまうのが恐いのだった。愛情が強くなり過ぎて相手と自分を束縛するのは十二分にわかっていた。調査員の皆さんは、そんな抑制が出来るのは七十過ぎの老人くらいだと言った。文通でもしていた時代ならまだしも、電話でやりとりする恋愛にしては慎重でまるで優等生のようでつまらないじゃないか、と。

そういう時、僕は必ず言った。

あの電話があったからかもしれませんよ。少なくとも週に一度はあったんですから。

「……徹君、私をだますのはもうやめて」

「本当の私をあなたは知らない。気持ちは少しも動いてないのに会いに行ってる」

「私、今日待ち合わせ場所に行ったのに、徹君はいなかった」

「放っておいて欲しい。冷たくして一人にして欲しい。あなたを壊してしまう」

「目が見えないって、あれは嘘でしょ？　そんなことあり得るわけがない。嘘なんでしょ？」

たいていは僕たちが一度楽しく電話で語らったあとだった。眠たそうな遠野さんの声で、それは一方的に二言三言しゃべっては切れた。

僕が彼女をだましてる？

僕が待ち合わせをすっぽかしただって？

無意識の中で、遠野さんは僕をまだ信頼しきっていないのかもしれなかった。そのもう一人の遠野さんを、僕は正直だと受け取りたかった。疑いをなくすよう、僕が彼女を見守らなければならなかった。

園田さんにも佐々森にもこの電話についての相談は出来なかった。すぐに交際をやめろ、電話番号を変えてしまえと言われるに決まっていたから。僕は一人で二人の遠野さんのことを考えた。

だから均衡を崩したくないのだった。たとえ僕の目の中で人がみな白靄でも、遠野さんに反発するもう一人の遠野さんがいても、それでも僕は満ち足りていた。そして満ち足りた時間はほんのわずかな変化で失われてしまうように思っていた。


長く電話で話す方の遠野さんとは、十二月六日に海へ行った。

他県に囲まれて海のない群馬県民として、海デートは憧れ中の憧れだと以前から聞いていたのだった。

ではなぜ夏にそうしなかったのかといえば、もしも海に行くとしたらそれが千葉であれ、湘南であれ、日帰り出来ないからだった。

そして僕たちは冬の晴れの日、午前中の早い時間に新宿駅のホームで待ち合わせ、急行電車に乗ってまず、その前年に十周年を迎えていた東京ディズニーランドへ行った。

僕たちは二人でイッツ・ア・スモールワールドに入り、カリブの海賊に並び、ホーンテッドマンションをあきらめてスプラッシュ・マウンテンに乗った。全部、水に関係するアトラクションで、研修中に園田さんと何回か来た時は排水とかポンプの位置ばかり見ており、アトラクション間の移動中にも植栽の高い樹木の合間に緑色に塗って見事に隠された細い灌水パイプを見つけては喜んでいたのだけれど、遠野さんと一緒にいるとそのすべてが架空の夢の世界に埋没した。

夕方からはクリスマスのパレードがあった。『あらはばきランド』であれば「あらはばきちゃんトレイン」に金銀のモールがかけられ、中央の山桜に電飾がつき、BGMにDJBMのかけるクリスマス系ヒット曲が流れる時間帯で、お客さんは三々五々帰り始めるものだった。

けれど、ディズニーランドではまばゆい光を放つ宝石のようなフロートが次々現れ、その周囲をこの世ならざるキャラクターたちが舞い踊り、子供たちと思われる白靄は手を振り、キャラクターは振り返し、そのことが繰り返されれば繰り返されるほどあたり一面に魔法が深くかかってゆくと、空が黒く染まるのさえ夢の力ではないかと思うくらいで、僕はぎゅっと握っていた遠野さんの手が何度も僕に何かの合図をしてくるのを感じた。

その夜は敷地の中のホテルに泊まった。園田さんが憔悴しきった表情で、しかし遊園地仲間のツテをたどって優先的に予約してくれたのだった。フロントで住所など記入する時、名前が別々だったから喉がカラカラになり顔が赤らんだ。自分のその姿を見ることが出来ないのは幸いなことだった。

僕たちはかわいらしい部屋でパジャマに着替え、窓からディズニーランドを眺め、また手をつなぎ、ぼそぼそとたくさんの話をした。

留守番電話に入れるメッセージはなぜあんなに自分の声と違うのだろうとか、電話でしか話していなかった時のお互いの声は、今こうして会って話しているのとまるで違うと僕たちは話した。

君の声にはうっすら訛りがあって、それがすごく懐かしいような温かいような気持ちになると僕が言うと、遠野さんはうまく隠してしゃべってるつもりなのにと残念そうに言い、とても恥ずかしいという意味の数文字を、どうやら少し遠くの土地の使ったことがないらしい言葉で言った。

月を見るのが好きだと月を見ながら言い、仕事の帰りに駅までの山道を首が疲れるほど見上げながら下っていくことがあると言うと、遠野さんは自分も後ろをついていきたいと言った。なぜ後ろかというと、もしつまずいても僕にぶつかれば転げ落ちずにすむからだそうだった。

　やがて遠野さんは、もしもこのままずっと付き合って、そしてこれは完全にもしもの話だけど家庭を作ることがあっても、徹くんの目は私のせいで人を白い靄として見て過ごすのだろうかと言い始め、ごめんねと頭を下げた。

「僕はこれも面白いけど」

　そう言うと、遠野さんは何度も口を開こうとする音をさせ、しかし結局黙ってしまった。

　白い靄が窓からの風で少し薄らいでいるような気がした。僕は細くなったその靄を片腕で抱き、自分の靄にぐいっと近づけた。どちらがどちらかまるでわからなくなった。

　僕らはその部屋で夜遅く眠り、翌日早朝ディズニーランドの対岸にある葛西海浜公園へ行って芝生の上に座ると、内海の波を見つめた。シンデレラ城が向こうに立っていた。ほんの一時間ほどだったが、遠野さんは声の調子が上がるくらいに喜んだ。冬なのに靴を脱いで、というか僕には白い靄から靴が出てきたように見えるのだったが、足を水に浸した。冷たいと言って遠野さんは笑った。

　二人とも仕事に帰らなければならなかった。

　東京駅へ向かう京葉線の、銀地に赤いラインの入った電車の中で、僕は隣の白い靄に向かって言った。

「僕は遠野さんを見なくちゃいけないの？」

ガタンゴトンとレールの音が続き、低いモーターの音がした。

車両はぽつりぽつりと座席を占める靄たちを目的地まで運んだ。

96

『ザムバック・ユルマズ様』

送信者　島橋百合子
送信日時　2001/7/25/15:43

ザムバック、イスタンブールも暑いのでしょうね。

私の神戸も連日摂氏三十度を越えています。

坂の下から熱風が吹き上がってきて、まるで猛火がそこにあるようです。

そんな今朝早く、あなたからの手紙を読みました。六時間遡って投函された、まるで過去から甦って来るような若者の私信を。私に時間を超えさせてしまう力が、その文面にはありました。

ありがとう、ザムバック。

決してご家族とは対立しませんよう。

私だって安藤医師に外出を控えなさいと言われているのです。娘にも山の奥の気温の低い施設へと移らないかと説得されています。長く住んで遠く見渡してきた市街を離れたくはないのだけれど、一度倒れてしまうと意地を通しづらくなるものなのですね。私自身そのことを強い後悔とともに思い知らされているところです。

だからラレさんたちがおっしゃることも私にはよくわかります。カシムを心配する方々の気持ちはそのまま、私に対する私の娘の気持ちでしょうから。

とはいえ、ザムバック。

あなたの応援もとてもうれしいのですよ。

本当のことを言えば、あなたの思う通りになりますようにと心の奥で願っている私もいるのです。文通だけで楽しい日々を過ごしてきたけれど、それをこのまま続けているだけで光栄なのだけれど、それでもと思う私が。

けれどザムバック、何も考えずにいて下さい。

すべてはカシムが決めるのですから。

私はあなたの手紙を読んでそう確信しました。このことはカシムには絶対に内緒です。

あなたはあなたの大切な人たちに煙たがられぬようになさって下さい。

カシムが旅に出ると言い、そこでもしも体調を崩してもあなたは彼や親戚のみなさんに責任を持つ必要はないのです。

そしてまた、カシムがそこを動かないと言っても、あなたは私に責任を感じてはいけない。

すでにあなたは私たちに素晴らしい贈り物をして下さいました。

それで私の魂の空き地は満ち足りています。

友情をこめて

百合子より

97

『ユリコ！』

送信者　カシム・ユルマズ

送信日時　2001/7/25/15:26

やっと我が家に帰り着いた。

石畳の坂の途中の、二階の窓から金角湾を見下ろし、船着き場あたりで売っているサバを揚げてパンで挟んだ名物の匂いを想像しているところだ。二度と食べてはいけないものを。

ザムバックから事情は聞いているね？

私は九死に一生を得たんだ、ユリコ！

今、この生は神からのプレゼントだとよくわかる。本で言えば追記だ。補遺だ。

いや、もしかすると訂正なのかもしれない。

なんであれ、愛しい人よ。

私たち老いた者には冒険が必要だ。

死を先延ばしにすることが生の目的ではない。

それは若者がやるべきことだ。

死を間近にした私たちはむしろ力強く旅立たねばならない。

九月にロサンジェルスで会おう。

そのために私はあらゆる治療とあらゆるリハビリテーションにいそしむ。

集中治療だよ。
ついでに私は、人生の中で心のどこかに巣くってしまった諦めやら言い訳やら自暴自棄やらを、集中的に追い払おうと思う。
つまり私たちの旅立ちの真の行く先は……。
新しい生そのもの！

おっと、体に障るといけないので今日はここまで。

この星に帰還した飛行士

98

『カシムへ』

送信者　島橋百合子
送信日時　2001/7/26/07:31

おめでとう、カシム。

99

『ＢＬＩＮＤ』（報告　金郭盛／台湾）

冬の間に目が見えるようになる気配はなかった、と徹は言っている。

たったひとつの予兆すら。

そして、それでよかった。

厚手のコートを着てきたと言う美和の白い靄が自分に寄り添ってくるのを見て、それが周囲のどの靄よりのんびり動くのがわかったし、彼女の心が晴れていると決まって上へ上へとそよぐのも知った。

自分はどう見えているのかと徹は度々聞いたが、美和には答えようがなかった。顔形、服の色ならよくわかる。けれど徹が聞いているのは白い靄の様子だった。美和にはそれが見えなかった。

十二月に初めて二人で外泊をしたことは、ルイ・カエターノ・シウバがすでに語った。私が報告するのは、美和と徹が家に帰り着いた日のあくる日、十二月七日水曜日のことだ。

二人はしゃべり足りなかったことを電話でしゃべった。まだそんなものがあり、しゃべればしゃべるほど湧くように出てくるのにお互い改めて驚いた。

そして電話を切っておよそ三十分後。

「もう一人の遠野さん」から電話があったのだった。

立て続けに彼女はしゃべった。

「なぜ私を家に帰さなかったの。私はこんないい加減な人間じゃなかった」

「友達の家に泊まると母に言った。そのつもりだった。でもついて行くとホテルだった」

声の底に怒気が低く含まれていた。

「父親がいないからって、軽く見られちゃ困る。私には母も姉もいる」

「手出しはもうやめて下さい」

「私を壊さないでよ」

何も言い返さなかったし、謝りもしなかった。ただ、白い靄の中で「もう一人の遠野さん」がまるで蛹のように硬く体をこわばらせ、抑えきれない感情に震え、心を黒く淀ませ目をつぶり涙をにじませ、もしかするとベッドに倒れて歩くことも出来ないまま子機を握り、こちらが耳を傾けていることだけを頼りに言葉を外側に吐き出しているのではないかと考え、自分が出来るのはひたすら聞くことだけなのだと思った。そう思うしかなかった。

以来、美和との電話ごとに、すなわちほぼ三日に一度ずつ、それが続くようになった。

十二月十日も、十三日も、十六日も、十九日も、クリスマス直前の二十二日も。その多忙なクリスマスをまたいで電話は二十六日月曜日にもくるはずだった。一九九四年最後のデートで直接会って話し、さらにその夜電話で話した直後に。

デートでは上野動物園に行った。

寒い時期の寒そうな動物たちを見に。

水族館はその二年前に閉鎖され、両生爬虫類館に変わる間だったから施設の中でぼんやりと暮らすサンショウウオやワニを眺めることはかなわず、汗をかいてコートを脱ぎ、セーターを脱いだりしながら（徹からすればコートを白い鞄から取り出し、セーターを出現させると言った方が適切なのだが）。熱帯や亜熱帯の再現の仕方を学び直すことも出来なかった。

ただ最高気温でさえ摂氏十度を切る寒空の下、猿山の前でもホッキョクグマの前でもハシビロコウの前でも二人は鞄の端と鞄の端をつなぎ合わせ、つまり手を握りあった。ライオンの前でも象の前でもレッサーパンダの前でも。上野動物園はその日、手を離してはつなぐという習性の二頭の動物を他の多くの種に見せる施設だった。

駅前まで坂を下りて、二人はふらふらと交差点を渡り、細い道をひとつ入って昭和風の椅子に赤い別珍が貼ってある喫茶店を見つけ、少し疲れたのか冷たいコーヒーをそこで互いに頼んで黙りがちになった。

徹には疲れ以外にひとつ理由があった。

その日の夜、電話で話したあと、もう一度かけてくるだろう美和に必ず言おうと決めていることがあったのだった。

自分は今日も君と会った。

隠し事なく思いつくことを語り合った。

たぶん駅の中に入ってから通路の柱のかげで、別れ際にキスをするだろう。君を抱きしめるだろう。名前を小さく呼びながら、僕の体の一部はジーンズの下で硬くふくらんでしまうはずだ。

君は来年になっても会いたいと言う。またどこかに泊まりたいとも言うだろう。なにしろ今年最後のデートだから。

その上、僕らは家に帰ってきてからもさっきまでしゃべっていた。

そして今、僕は君に言う。

「もう一人の遠野さん」の方に。

僕は君と会って話したことがない。

君は一方的に電話で罵声を浴びせているだけで、僕の目の前に現れない。

低い声で短く話して消える君と、僕は一度でいい、納得いくまで話したい。

君の話が理解出来れば僕は別れるつもりだ。

徹はそれらの言葉を頭の中で吟味していた。美和がさわさわと白靄を椅子の脇にまで広げてリラックスし、冷えたコーヒーの残りをストローでそのもやもやの中に吸い上げている間にも。

それでね、遠野さん。あらはばきランドはもう今まで通りではいられないよ。

徹は「もう一人の遠野さん」にそう言った。

今日まさにこの時間にやってる臨時株主総会ですべて決まってるはずだ。完全黙秘して官僚一人と自分だけ告訴されて幕引きを図る会長は、それでも当然これで正式に全権を奪われる。

だからランドが変わっちゃう前の姿を、見ておいて欲しいんだ。

年末も正月も君は忙しい。ランドも今注目度が上がっているから来場者が増えるだろう。

そう考えていくと、一月十六日月曜日。

それがベストだと思う。

この日に来て欲しい。

午後一時でいいかな?

新宿に着いたら都営地下鉄に乗って鶴池駅で水沢線に乗り換えて三つ。そこからロープウェイで上に上ってエントランスから入場して、右にイベントスペースと黒馬だらけのメリーゴーラウンド、左に崩れかけのお屋敷みたいな恐怖の恐怖館を見ながらあらはばきちゃんトレインの線路に沿って山桜の巨木の脇を通って、まっすぐ。カブトムシやテントウムシやアゲハの幼虫やノミの形の空中ブランコが揺れてるのをやり過ごせば、正面に虹と青空と鳩が描かれたドーム型のアトラクションが見えてくる。

そうだよ、僕の「レイン・レイン」だ。

そこで僕は君を待ってる。

一九九五年一月十六日に。

だが、果たして「もう一人の遠野さん」がそんな誘いに乗るものだろうか、と徹のみならず我々調査員全員が思ったものだった。

100

『BLIND』(報告　ワガン・ンバイ・ムトンボ/セネガル)

なんでちゃんこと藻下京子が、「霊を映す者」として『あらはばきランド霊異記8』にまで登場するほどの強い人格を得たのが六月下旬。

だがそれから半年の間、「霊を映す者」は霊を映すことがなかった。

半裸の神たる犀川奈美は人目を避けながら夜のアトラクション内に出没し、かつてのあらはばきちゃんトレイン上での悪霊との合一を再現しようとしたのだが、ビックリハウスの裏手の雨ざらしの鏡置き場にも、イベントスペースの舞台上方にあるスタッフ用の通路でいわゆるキャットウォークと言われる場所にも、熟練の警備員である森口さんの目を盗んで本部近くのエントランス前をあえて走り抜けた時にも、もう一度過去をなぞってみようと葉の落ちかけた山桜にハシゴをかけて登ってみても、待ち人（待ち霊）は来なかった。

最初のうちは少なくとも犀川奈美自身には悪霊とくんずほぐれつしている感覚があったのだという。トイレBの個室内で強く抱きしめられたり、フェンス裏の資材置き場で唇を吸われたり、「レイン・レイン」の脇を通る時に片方ずつ胸をつかまれたり、と。ところがその犀川にレンズを向けている藻下のビデオには姿が一切映っていなかった。悪霊なんだから映像には残らないのは当たり前だと西新宿のビルの地下の居酒屋で犀川は朝方、撮ったばかりのビデオ映像を店のテレビモニターで確認しながらしかし不服そうに言った。藻下京子は私が悪いんです、すいませんと何度も謝った。そして、なんで私が悪いんでしょうとも付け加えた。

二人はずっと、再生画面の中にぼんやりした光の揺らめきや電波障害のような画像の乱れが現れることを期待し続けた。犀川奈美が摂氏十五度を下回る気温の中で半裸でいる以上、また明らかに悪霊が私の体にちょっかいを出して来ていると証言する限り、ビデオテープになんらかの変調がなければまるでそれが犀川奈美の妄想だと暴くことになってしまうからだった。

もっとお色気が必要なのかしら京子、と首までビールに浸るような状態で犀川はある深夜に言った。あの男がちっとも自分に近づかなくなり、触れず、香りを嗅ぐこともなく、手のひらで撫でず、性器にも肛門にも指を這わせないし、背中へと腕を回して爪を立ててない。ずいぶん前からそうだ。

でも奈美さんはもうほとんど裸なんですから、藻下は答えた。いえ京子、あの人が要求してる可能性もあるのよ、まだまだ脱げって、あの人が見たいというより私を屈服させたいあまりにあなたの前で、私への辱めで。え、二十日締め？　違う違う、はずかしめ、indignity よ。Oh, I see. そうなると奈美さん、屈服と愛情とわざとする無視と誘惑と、私が撮るのはなんかそういう深いエロスになってきますよ。望むところね。望みますか。望むわ。

この時、藻下京子はいくら酔っても言えなかった、実は撮影の間中、自分の尻を撫でたり髪を撫でたりする何かが現れ始めていたことを。耳たぶに息を吹きかけて声を出させようとしたり、カメラを持つ手の指を開かせようとしたり、ついには肩を抱きすくめてきたりする何か。のちに藻下は「死者からのセクハラ」と呼ぶことになるが、それが犀川の待ち望んでいる男であろうことは容易に推測された。けれどそれでは悪霊を含めた三角関係になってしまうのだった。いや正確に言えば奈美さんは関係に入っていない。この男は今、私にしか興味を持っていないんだ。なんでかは人に聞かなくてもわかる。こいつが好色だからだ。面倒くさいヤツ、いつかセイバイしてくれる。Say bye?

この生者と死者の絡まりあった複雑げな男女関係をさらに複雑にする事実があることを、酔いどれた半裸の神と「霊を映す者」は見逃していた。毎回もっとよくビデオ映像の画面の端、遠くピントを合わせていない場所を観れば、何度か、それは映っていた。半裸の神を探して血眼になり、自分の存在に気づかれぬよう懐中電灯も持たずにランド内をひたひたと歩き回っている者の小さな影、その頭の上にただようかすかな白い靄が。

園田吉郎であった。

一夜だけ、園田は自分に向かってくる白い衣をなびかせた長髪の女を見た。それがかつて愛していたのに自分から諦めてしまった相手だと思った。彼女が生きているのか生きていないのかわからないが、ともかくランドまでやってきて自分を探しているように感じた。本当はどうなのか聞きたいと願った。

だからあちこちくまなく探していたのだ。

あの夜、闇の中で両腕を広げていた女を。

自分へと一直線に移動して来た人を。

閉園時間を過ぎると朝まで、ランドの隅々まで。

半年もの間、よくこの三人が出くわさなかったものである。それがむしろ霊異だ、天意だ、もしくは運命のいたずらだったのだと言う調査員も少なくない。

そして、ついに十二月二十六日月曜日夜。

正確な日付では日本時間一九九四年十二月二十七日。

園田は本部の建物の地下で見てしまうのだった。

全裸の犀川奈美が白いジョーゼットを肩に一枚まとうところを。

外は摂氏五度を切る寒さだった。山の上ではぽつりぽつりと雨が降り出していた。

本部に暖房はついていたが、それも一階で残業するという虚偽の申請を出した犀川と藻下のための最低限の稼働であって、地下はむしろ外より冷え冷えとして暗かった。

101

『BLIND（もうひとつの霊異記）』（報告　故アピチャイ・パームアン／タイ）

園田吉郎は会えない女に恋い焦がれ、ランド内にその半裸の存在がいまだ出現することがあるという噂を頼りに彼女を追い続け、だがいっこうにチャンスを得られずもはや諦めの気持ちが勝るようになった状態でその夜、本部ビルを訪れたのだった。ロッカールームの中にカップ麺といういかにも日本らしい非常食が入っていたのを急に思い出したからだ。ちなみにソース焼きそばという汁なし麺だった。一度湯を注いでからそれを三分後に捨て、ゆであがった麺と具材と特製ソースを混ぜ合わせて食すというシステムである。

発泡スチロールの容器の底の刻印を見て、園田は賞味期限が切れているのを確認したという。それでも食欲はまったく衰えなかったそうだ。当時、食が最も細くなっていた園田だったが、そのソース焼きそばに対してだけは違った。頭に思い浮かぶと舌の根から唾液が噴き出し、たまらない気持ちになったという。「レイン・レイン」の操作室にも買い置きが常にあった。ただ、その前夜に食い尽くしてしまっていたそうだ。園田は新たな食料を買い出しに行く気力も失っていた。

園田は本部の廊下奥にある小さなガス台で静かに湯を沸かし、フタをはがした容器へとヤカンから注ぐと三分を自分の席で待とうと歩き出した。

その時、背後の暗いコンクリの階段の下方からささやき声が聞こえたのだという。社員食堂の方から。

フタを閉じた熱い焼きそばの容器を片手に持ったまま、園田は引き寄せられるように闇へ吸い込まれた。スリッパの音を消すように歩いた、とのことだ。湯がこぼれないようにという配慮もあった。

最初に水沢傳左衛門の姿を思い浮かべたのだそうである。すでに検察による拘束は解かれていた。だがちょうどこの日の昼間、十二月の臨時株主総会で会長職を追われたのだった。大株主渋谷良子も発言の正当性を疑われ、力を封じ込められた。『あらはばきランド』は実質的に傳三のものとなり、それはつまり「レイン・レイン」の終わりを意味した。同時に、黒馬だらけのメリーゴーラウンド、あらはばきちゃんトレイン、ウォーターあらはばきちゃん、ビックリハウス、恐怖の恐怖館、そして山桜の。

〝会長〟はこれまでのランドの資料を一人眺めているのではないか。

誰も振り返ることなく乱雑に、食堂の奥のふたつの部屋へと追いやっていた雑誌掲載ページ、航空写真、かつて第二次大戦の敗戦日である八月十五日に必ず発表を行っていた「私とあらはばき」作文コンテスト受賞作、山桜をデザイン化した七宝焼きという金属工芸や甲虫の形をした「土鈴《どれい》」と呼ばれる土を焼いて作った鈴、といった人気のなかった記念品の数々。

それらこそがランドの歴史だった。もうじき終わるだろう楽園の。

あらゆる資料が詰め込まれた段ボール箱は地下の廊下の左側にもうずたかく積まれていた。その半ばゴミのような紙の集積をかすかに右側から照らしているのは、食堂の銀色の扉が開いて漏れ出している光だった。園田は廊下の左端に寄って、斜めに扉の中を覗いた。そこにいるのが水沢傳左衛門だったら、自分は走り寄って抱きしめるだろう。その際、持っているカップ麺をどうするべきだろうか。

だが、天井の非常灯の薄明かりに照らされて動いているのは女らしき者で、長テーブルの前で片膝を突き、こちらに背を向けてごそごそと作業をしていたのだった。テーブルの上には衣服のようなものが置かれていた。

そのうずくまるようになった女が、なんでですか？　と低い声で言っているのが聞こえた。

ということは、もう一人いるのだ。体を傾け首を伸ばして角度を変えた。問いを発している女の向こうにすっくと立っている女が見えた。長い髪を肩にまとわせ、軽く顎を上げた女の表情は上からの光のせいで陰になってわからなかった。女は前方に顔を向けたまま両手を十字架に磔にされたように横にまっすぐ伸ばしていた。

全裸だった。

あの人だ。あの体だ。あの夜見た女。自分が追い求めていたあの人が、なぜこんな場所にそれも他の誰かをつれて潜んでいるのか。

脇腹は痩せていてあばら骨の影が何段か出来ていた。白い肌は淡雪のようだった。小さな乳房の中央にまわりから一段分だけ膨らんだ乳輪があり、さらにその先端で乳首が寒さからなのか尖っていた。

女が口を開ける動きを見せた。

ベンちゃんをおびき寄せるためよ。

犀川奈美だった。

カップ麺を落とすところだった、と園田は言っている。ひとつには香港で会えなかった人だと思い込んでいた相手が実は犀川奈美だとわかったからだった。そしてもうひとつには犀川奈美があまりにも美しいと思ったからである。

あの子は絶対あの男のそばにいるのよ。だから今日こそどんな過激な方法でだって、あいつを惹きつけなくちゃダメ。これは私の恋愛の問題だけじゃない。ベンちゃんを救う唯一の道なの。あの子は人質に取られてるんだから。巫女が託宣を述べるように犀川は声を震わせて言った。

　その日の昼、ロボロフスキーハムスターのベンがケージから忽然と消えたことは園田も噂に聞いていた。一階企画部の通路側の棚上に載っていたケージは半年の間に数回買い替えられて大きくなり、中に置かれた運動用の透明パイプも複雑に組み合わされて回し車が見えないほどになっていたので、ベンの不在は午前中に出社した犀川奈美によってしか発覚しなかったという。事務員のうちの誰もケージに触れていないと証言した。そもそもベンが他の者になつかないよう、エサをやるのは犀川だけと決められていたのだった。

　黄褐色のハムスターを見かけた人は本部まで連絡するようにと犀川奈美自身による放送がランド内のスピーカーからゲストに向けても数度流されたし、同様の知らせ、というより命令が各アトラクションの内線電話連絡網でも伝えられた。犀川奈美本人はカツカツとハイヒールの音をさせて、その日一日ランドを探し回っていた。

　なぜ歪みも穴もない檻からベンが消えたのか。どう考えてもランドスタッフの誰かによる嫌がらせだ。あるいは何か悪いことの超自然的予兆に違いない。犀川はそう触れ回った。もしこの時点で華島徹が事態をきちんと耳に入れていれば、美和の家で一群のカイコたちが跡形もなく消え去ったこととの関連を考えついたかもしれないが、彼は日々ランドの行く末を案じ、自分と美和の幸せを嚙みしめるのに精いっぱいで、園田言うところの「クソネズミ」がどうなろうと知ったことではなかった。

というわけで、犀川は思うさま自説を展開することが出来た。悪霊があのかわいい私の齧歯類をつれ去ったのだ。犀川は相棒である藻下にそう断言したのだという。あの男は私を苦しめて私の気を惹くためにベンちゃんを隠してる。

だからこそ、と甘く白い吐息で寒い地下を満たすように全裸の犀川奈美はささやいた。京子、私は今夜こそ逆にあの人を惹きつけて離さないからね。

そう告げて白いジョーゼットを一枚肩にはおった犀川の両足は、ハイヒールのままで夜まで続いたベン捜索によってあちこちが切れ、血まみれになっていた。藻下京子は切り傷擦り傷ひとつひとつに丁寧に馬油を塗り込み、絆創膏を貼っている様子だった。まるでキリストを癒す罪深き女のように。

ただ、この世界の女王のごとき犀川奈美が惹きつけたのは悪霊よりも誰よりも前にまず園田吉郎だった。

ダメ押しは、今夜こそ逆にあの人を惹きつけて離さないという下から吹き上がってくる蒸気のようなささやきだった。それが園田を直撃した。

不意に恋におちた。

力が抜け、カップ麺が落ちた。

ギャ――――――ッ！

地の底から響いた悲鳴は犀川と藻下のものではなかった。熱い湯を足に浴びた園田の絶叫だったのだという。

犀川はその瞬間不快な音の方を見、そこに人間ならざるものがいてちょうど顔を上げ、こちらを向いて目を丸くしているように思った。何かによく似ていた。

102

『BLIND』（報告　佐治真澄／日本）

「パン・ド・フォリア」の十二月は大わらわだった。のちにくわしく語るが、黒岩茂助の様子のおかしさに振り回されながら、スタッフたちは定番のパンを作り、同時にクリスマスシーズンの特別なラインナップを店に並べなければならなかった（その年度の特製パンはイバラの冠つきクロワッサン、サンタの袋形蒸しパン、クリスマスカラー二色あんパン、葉を練り込んだ狂気のヒイラギパンの四種であった）。

その中、遠野美和は二号店のバックヤードで専用の作業台を与えられ、特別な酵母をパンの発酵に適合するように育て、生地が思い通りふくらむようじっくりと時間をかけて温度を保ち、成形し、大木明の手で最も適正温度に近いだろう窯の他のパンの隅に置いてもらって、焼いた。

すでに試作のレベルは超えており、空気もパン生地によく入って断面のほとんどが空隙であり、それを薄く伸びた生地が奇跡的につないでいた。大木明は気に入ったパンの断面にイカ墨をつけ、「パン拓（釣った魚に墨をつけて和紙に記録を取る魚拓から発想したらしい）」を作業場の白壁に残した。これはよほどの出来でないとしないことであった。臭いからだ。

さてあの日、というのは十一月二十八日だが、家に黒岩社長が電話をしてきて以来、店内での美和への対応がおかしくなった。少なくとも美和本人は「奥歯にパンがはさまったような感じ」だったと言っている。日頃おはようと言っていた茂助がおはようございますと言いかけた。美和がいるのに気づくとすっと別な用事もないはずの場所へ移動した。

父・太一は黒岩茂助に関して「今度こそ俺からきっちり話をつけたるからな」とすごんだのだった。四年間どこにいるかわからない父がどうやって「話をつける」というのだろうか。社長の態度からすると、もうその話しあいが始まっているのではないか。父は近くに戻ってきていないか。このサンタクロースの来る十二月に。

美和はそう思って心にざわつきを覚えた。

理解できない状況への不安と喜びがそういう気分にさせた。暗い色と明るい色が混ざり、ひとつの色にならずにキャンバスの上にあるようなその感覚は、徹との恋愛の初期に覚えたものにも似ていた。

事情をまったく知らないはずの母・壮子にも同じく混乱めいたものが見受けられた。

〈白月〉に似ていると思われるあのカイコたちは十一月半ばに卵から孵化し、十二月頭までにみるみる育って中の半分くらいが注目される特徴的な紋を背に浮き出させた。

これよこれよ、もう絶対に逃がさないと壮子は言い、ますます眠らなくなり、ビニールハウスの中で美和の酵母研究の邪魔になるくらいぶつぶつと独り言をつぶやいて過ごした。

「本当なら美和をハウスから追っ払いたいんだけどね。あなたは疫病神だから。それでも私が目を離した隙にカイコが謎の失踪をするといけないから、一人でも多く監視してもらう意味でそこに置いてるのよ。あなた昔から目がいいから」

美和は中学一年の頃から近眼気味だったから、母が誰と間違えているのかわからなかった。姉も軽度の近視だった。ともかく、それでも母は機嫌がよかった。よいからこそ聞いた者の心が傷つくような軽口を次々に叩いた。

「私は毎晩まともに眠れないけど、これまでと何か違うのよ。すっごく眠いの。眠いのに眠れないのね。これ、どういうこと？　体は眠ろうとしてるのに頭がその邪魔をしてるみたい。カイコもこんな気持ちなのかしら？　ねえ、美和。聞いてるの、あなた。眠に入るカイコはこんな気持ちなの？」

知らないと言えば不機嫌になるし、そうだろうと答えればなぜそう思うのか執拗に聞いてくる。香ならうるせえのひと言ですませるだろうが、美和は返答に困った。まして母のろれつが回っていないのを聞くと心配になった。

そしてカイコが第五齢を迎え、じきに最後の眠に入って自分の周囲に糸を吐き始めるだろうという十二月十九日月曜日の夜（桑の調達も限界だった。温暖化が進んでいるとはいえ、葉はたいてい端が黄色くなっていた）、壮子はビニールハウスの中でこう言い始めた。

「この、眠さ、なの。眠いから寝たい。でも私が眠らせて、くれない。これだけ眠い、ということは、パパが、近くにいる。あの人の、取り柄といったら、これ、しかないから。私が、眠く、なるの。パパが、近くにいると、眠くなる。ぐっすり、眠れる。だから選んだのよ、私は。でも、まだ家の近くには、来てない。だって眠って、ないでしょう、私は。私だって、今は、眠ってる、場合じゃない。カイ、コ、復活、させ、る、から」

壮子は部屋に戻った。美和は酵母を増やす最後のチャンスにさしかかっていて、夜中までハウスの中にこもり、母親の指示通り暖房と明かりをつけっぱなしにしたまま外に出てきちんと鍵をかけ、自室で寝た。

翌朝早く、壮子の悲鳴が庭から聞こえた。それは途切れることなく怒声に変わった。

最上段のカイコ棚に移した幼虫のすべてが黒いフンの粒だけを残して消えていた。駆けつけた美和の前で壮子はよつんばいになり、土の表面を払っては穴を探そうとした。その行為自体が穴を掘る大型犬のように見えた。結果どこにも穴や隙間がないと判断した壮子は地方大学の研究室に電話をし、まだ朝で誰も出ないことにいらだちながら、記者会見をすると繰り返した。何を記者会見するのかと聞くと、自分の大発見が盗まれたのだと答えた。まさに盗まれた、合い鍵を作った人がいる、この発見を欲しがる人間はあの研究室のあの学者しかいないと騒いだ。騒ぎながら眠たさのせいで白目になった。そのままビニールハウスの中で壮子こそが最後の眠に入りそうだった。

母を抱きかかえるようにして寝室につれていって寝かせ、「パン・ド・フォリア」で引き取ってきた試作品各種を電子レンジで温めて食卓に出した。ギンガムチェックのブランケットをマントのようにはおった香がいつものように父の椅子に座ったまま、皿の上のパンを突き放すように見ていた。

「あんたが朝帰りしてから変なんだからね」

香は唾を吐くように言った。

「え?」

「ママは十二月五日、ハウスでずっと待ってたよ」

「私を?　私は……電話したよ」

「すりゃいいってもんじゃないでしょ。朝一番でパン買うためにわざわざディズニーランドのホテルに泊まるかね?　わっかりやすい嘘八百だよ、まったく」

「あ」

「別に誰と何やろうとあんたも大人なんだからいいんだけどさ。ママだけは苦しめないで。あんなバカな人だけど、彼女にはもうあたししかいないんだ。変な男に引っかかってもらっても困る」

「変な人じゃないよ。……と、と、と」

「トオルでしょ。ハナシマトオル」

「……、……」

「全部調べはついてんの。ロクでもないチャラチャラした、二股も三股も平気でかけるやつだよ、美和」

そう言って香は日々食卓に置かれる試作のパンをつまみ、バターもつけずにかじって牛乳ですぐに飲み下した。顔色を変えず、エサでも食べるように引き裂き、口に入れるその様子を美和は確認した。予約でスイッチの入っていたガスヒーターが再び点火して、カチカチボボボボボと音を立てる中、美和は言った。

「二股？」

「そうだよ」

「……どういうこと？」

「自分で調べてよ。もういいから二度とそいつとは泊まってこないで。ポーッとしちゃってるところ申し訳ないんだけどさ」

香はそれきり美和にひとことも声をかけようとしなかった。美和もまた言葉を失ってうつむき、姉との会話のすべてを何度も思い返した。

いや会話だけではなかった。遠野美和は香がどのパンをどんな表情で食べたかについても克明に覚えており、溜まっては膝に落ちる涙ごしにそれを歪む映像として思い出すのだった。

103

『カシムへ』

送信者　　島橋百合子
送信日時　2001/7/27/11:46

しばらく手紙を控えようと思っていたけれど、これだけは書いておかねばと軽くかけた冷房の中でキーボードを叩きます。

私も調子がいいわけではないので、あなたのその集中治療室には私も入っているようなものだということ。それから九月には前に書いたように現地にいる私の孫も参加するから、ザムバックちゃんも是非どうぞということ（私の旅立ちの目的のひとつは彼女に会うこと！）。

古今集と伊勢物語に共に引かれている和歌をひとつ引いておきます。私の好きな後者のバージョンで。


老いぬればさらぬ別れのありといへばいよいよ見まくほしき君かな

在原業平という平安時代きってのプレイボーイのもとに彼の母が送った手紙の中の一首、と言われています。どんな別れがあるかわからない年齢になったからこそますます会いたくなると、博覧強記のあなたには説明するまでもないでしょう。
でも、あなたは少し思い違いをしているはず。
私がこの歌を贈った相手はあなたではなく、ザムバック・ユルマズなのだから。
では彼女にもう一度歌いかけましょう。

老いぬればさらぬ別れのありといへばいよいよみまくほしき君かな

百合子より

104

『ＢＬＩＮＤ』（報告　ルイ・カエターノ・シウバ／ブラジル）

その年の末から翌年一月十六日までのおよそ二十日間、たくさんの事がバタバタと同時に起きた。「最大最長の波乱期」のうちでも類を見ない激動期、と調査員の人たちは定義しているそうだ。
そして、彼らが語る僕たちの話はそこでおしまいなのだという。

一九九五年一月十六日、あらはばきランドでの午後一時二十六分までで。

以降のことは彼らにとっては取るに足りない後日談に過ぎないらしく、そのまま僕たちが近くの市役所に直行して婚姻届を出したのだとしても、幸福な二ヵ月半ほどを過ごしてからふとした口ゲンカが原因で電話をしなくなったのだとしても、翌日早朝に二人で別の街へ行ってしばらく誰にも連絡がつけられないような体験をしたのだとしても、視力を取り戻したという僕の言葉が巧妙な嘘だったのだとしてさえも、『二十世紀の恋愛を振り返る十五ヵ国会議』にはもう報告しないと聞いている。恋は語ることで残される。そしてすべてを語るのは愚の骨頂だ、というのだ。

そう知ってみて初めて僕は、その日のあの時間まで自分はもっとうまく行動出来たのではないかと悔いるような気持ちにもなったし、二十代半ばのわずか二十日間をかけがえのない時間として振り返り、慈しむようにもなっている。

遠野さんも同じ気持ちらしい。

まず十二月二十六日夜、僕は「もう一人の遠野さん」にランドに来てくれと言った。

同じ日の深夜、本人の話によると園田さんは「予想外の恋におちた」。

あくる日の休園日、午前中のみの機械調整に出かけた僕に向かって白い靄の上にさらに靄を漂わせている園田さんは、なぜかやけどをしている右足を〈コールド・コールド〉から氷を詰めて持ってきたバケツに突っ込み、酒臭い息でしきりに話しかけてきたものだった。片思いの相手は「心霊のようで心霊でなく、過去好きだった人のようでそうでなく、知ってる人っていうか知らない人っていうか、ただすでにおっぱいの形とか他の普通じゃない色々なことも知ってしまった」そうなのだった。何が何だかさっぱりわからなかった。

同じ日の昼前、休みであるはずの藻下さんがふらりと「レイン・レイン」に来て、〈嵐が丘〉のレシーバーから「華島くんに話しておきたいことがある」と操作室に話しかけてきた。ためらう僕に向かって、園田さんは行って直接聞いてやれと言った。あの子はイカれてる。だけど人を好きになることなんて全部イカれてるんだ、と。

枯れ草をなびかせて冷たい風が吹く〈嵐が丘〉の中、藻下さんらしき白い靄がすっくと立っていた。調査員さんたちによるとその日は彼女のお気に入りのスタイルで、カーキ色のつなぎの上に黒い革ジャンパーをはおり、ごつい編み上げブーツをはいていたらしい。

本部ビルで寝ていたのだと言った。声帯が腫れているような声だった。知ってると思うけど、犀川奈美さんと近頃ずっとつるんでてゆうべも一緒にランドの中にいたのね。あの人のパワーがほんと凄くて、私は感動しっぱなしで。でも昨日の夜中、本部の食堂で着替えてると。え、着替えてると？　いいのそのへんは、私たちにだって女性特有の色々があるんです。ああ、そうですか。

ちょうど奈美さんが裸になった時なんだけど。裸？　この寒いのに裸？　華島くん、ちょっと話の腰を折らないで欲しいんだけど、だから女の色々があるって言ってんでしょ。はい、すいません。で、誰もいるはずない地下の廊下でバサッて音がして、しかもそっちでギャ――ッて悲鳴がした。私はびっくりして心臓マヒになるかと思った。

〈嵐が丘〉の自動灌水装置が動き、風に雨が混じり出した。藻下さんは白い靄の中に入っていく小雨の粒をものともせずに続けた。それでもね、私は裸の奈美さんを守らなきゃと思って、ドアの方へ行ったのね。なんなら戦うこともあり得ると拳を握って、バタバタバタバタって走って逃げてくやつの足音を聞いた。

奈美さんは今確かに見たって言った。今そこにいた。目が合ったたって。でも闇の中にきゅっと消えてったたって。いや、奈美さん、きゅっなんてもんじゃありませんでしたよ、バタバタ階段を上がっていきましたって言っても、違う京子あの人よ今のはあの人だったいつの間に太っちゃったんだろうかわいそうに何か悩んでいたんだわ。

奈美さんと半年べったり付き合ってきて、彼女の無我夢中の恋愛ぶりがすごいなあと思って、意味わかんないこと言われる度に振り回されるのも面白いなあと思ったり頭にきたりして居酒屋で大げんかしたり抱き合ったりしてきたけど、さすがにゆうべは呆れた。なんで？　あんなのが私たちの追ってきた悪霊さんなわけないし、奈美さんからははっきり見えたはずだし、彼女の思い込みが単純過ぎてこういうのが自分だったんじゃないかってすっごく反省したりで、だからって華島くんへの気持ちをなくしたわけでもないんだけど、ひとまず私の一番ホットな季節は終わったってことを誰よりも華島くんに言いたくて。

藻下さんの短く深い沈黙が続き、それがゴーゴーいう低い風の音の中に溶けた。悪霊というのが何なのか知らないけれど、藻下さんの真剣さが伝わってきた。やがて藻下さんはつぶやいた。

あれは違うよ。奈美さんだってわかってるに決まってる。あれ、園田さんだよ。廊下に落ちてたの、いつものカップ焼きそばだもん。

また同じ時期、遠野さんの家の方でも激動はあったわけなのだった。ニセ悪霊がランドに現れた夜から一週間ほど遡った十二月二十日、飼っているカイコの失踪によって遠野さんのお母さんが激高し、同時に切れ切れの強い眠気に襲われるようにもなったのだった。そして、何より彼女の姉・香さんに僕たちの交際についての「苦言」を呈されもした。

「苦言」はその日から毎日続き、僕に胸が燃えるような悔しさを与えた。理解されなさへの絶望で目の前が暗くなった。依然として人が白く見えていた僕には、世界のコントラストがモノクロームであまりにもくっきりしていた。僕たちは確かに軽はずみな外泊をしてしまった。けれどいい加減な気持ちでそうしたのではなかった。お姉さんにそれを知って欲しかった。どうしたらわかってもらえるだろうかと僕たちは電話で話し込んだ。

年末年始、急激に元気になった園田さんは妙に「男らしく」ふるまうようになった。僕は細かく見ることが出来なかったが、佐々森たちが言うには寒いのに腕まくりをしたり、髭を伸ばしっぱなしにしたり、ドカドカ音を立ててランド内を歩いたりというのが主な「男らしさ」だった。しかも神田さんによるとしばらく遠のいていたパソコン通信の中に復帰し、そこで傳三システムをけちょんけちょんにけなすかと思えば、正しい遊園地論をヨーロッパの例など挙げながらえんえん書き続けたそうだし、反傳三派である自分の職業をほとんど隠さなかった上、「愛のためにあるべき『あらはばきランド』」という決めゼリフみたいなものをさかんに使い始めたのだそうだ。本当の意味は僕以外にわからなかったはずなのだが。

そして実際、遊園地マニアたちが「ラストランド」と呼ぶ二週間ほど、つまり早くも水沢傳三がエントランス工事に着手すると予告された一月中旬までの間、園田さんはヒーローになった。操作室にいても「レイン・レイン」の入り口に呼び出されることが多く、そのうち書を贈るための「色紙」というほぼ正方形の硬い紙にサインなどもするようになった。途中から園田さんは「KICHIRO」という字を崩して書くようになり、読めないと苦情を言われて元の漢字に戻したりもした。名前の部分はそうやって変化したけれど、その横に書かれる文句は終始同じだったことも報告しておこう。

〈俺園田吉郎はこれまであらゆる遊園地マニアに雨を捧げてきた。どんな大雨の日にも晴れた日にも。いやマニアだけじゃない。悲しみにくれたことのあるすべての人間に。生きてる者にも死んだ者にも、親にも子にも、お年寄りにも。でもって誰より孤独な男と女たちに。愛のためにあるべき『あらはばきランド』にて〉

文はとても長かったので、文字はたいてい色紙の裏にまで及んだ。だから名前も結果、裏に書かれた。

傳三一派はこの園田人気の芽をつまなかった。どうせエントランスの工事開始にともなって緊急休園に入り、その間にめぼしいアトラクションはすべて潰してしまうつもりだったから。それまで騒ぎたければ騒げばいい。かえって全国から注目を浴び、『Aランド』への期待度が上がる。そう考えていたのに違いない。

園田さんは調子に乗った。

「ラストランド」がにぎわっている正月特別営業の三日目、すなわち一月三日の夜、がぜん入室者が増えているパソコン通信のチャットルームで、園田さんはこう書き込んだそうだ。

「やつらが動くのは三週目だろうな。俺は一方的にやられるつもりはないよ。俺の天国を連中に荒らされるくらいなら、自分からド派手に決めてやる。みんな一月十六日、昼休みのあとに来い」

　僕がその日のことを園田さんに前もって言っておかなかったのは痛恨のミスだった。まさに同じ日の同じ時間、僕は「もう一人の遠野さん」と対決しなければならなかったからだ。

　しかし予定は変えられそうになかった。

「もう一人の遠野さん」は十二月二十六日以来ちっとも電話をよこさなかった。

　こうして、激動の頂点はどうしたって一九九五年一月十六日、午後一時に始まる他ないということになってきた。

　事実、そうなってしまった。

105

『ＢＬＩＮＤ』（報告　エマ・ビーヘル／オランダ）

徹も美和もこの時点では何も知らない話だ。

遠野壮子の副交感神経が交感神経に対して不均衡な優位を誇った一九九四年十二月中旬から下旬、確かに遠野太一は家族が住む群馬県にいたのだという。

黒岩茂助の証言によると、どうやら〈信州〉からぐるりと都市の北側を遠回りし、山伝いに浅間山あたりから赤城山まで来たが、思うところあって桐生市に降りるのをやめ、再び西へと歩を進めて榛名山から妙義山まで回り込んでから高崎市にたどり着いたのだそうだ。日本列島に古くからある川という川の水を自分は出来得る限り採取して回ったと太一は言ったようである（だが、そんな生活が本当に可能だったろうか、二十世紀末の日本で）。

髭はぼうぼうと顔を覆い、額と頰は黒い日焼けの上でさらに赤かったと黒岩から聞いている。待ち受ける黒岩の顔にも豊かな髭が生えていたから、二人が会った〈カラオケボックス〉というトイレサイズの密室では原始人同士が胸ぐらをつかみあったりにらんだり頭をつけて押しあったりしているようだったそうだ。店員は何も見ていない。

私が悪かった、と黒岩は言った。

これは太一にではない。彼らが会見をした〈カラオケボックス〉を再び訪ねた私エマ・ビーヘルに、黒岩が言ったのだった。エマさん、私はあんたをだましていたんだ。

「私は遠野壮子への未練をすっかり捨てきったと見せかけていた。その方が誰にとっても都合がよかった。がしかし、太一さんとのことまで〈洗われて〉いるならもう仕方がないよ、エマさん。どこから話そうか」

ウィスキーの水割りをがぶりと飲み、黒岩は目玉をぎょろりと一回転させた。

黒岩は度々遠野家へ無言電話をしていたのだった。いつからかと太一に聞かれ、四年前からだと答えたという。本当かと襟をつかまれ、本当だと目をそらさず言った。

「なんで電話なんかするんや」

太一さんはそう言った、と黒岩はつぶやいた。当然の話だ、わけがわからないだろう、と。

「あんたが家を出ていったからだ」

黒岩はそう答えたのだそうだ。

「出てさえいかなかったら、私もこんな情けないことはしなかったよ、太一さん」

壮子の家から夫・太一が去ったと聞いて、もしかすると自分への気持ちが関係しているんじゃないか、まったくあり得ないことで、万が一に決まっているが俺への思いがくすぶってるんじゃないかと、黒岩は思ったのだった。

壮子たちがあの時、自分を〈洗った〉からだった。黒岩の調べと推測では結局、父親・菅宮数一の意向がすべてとなり、壮子の意見など一切取り入れられず、自分はその出自から彼女の夫ではあり得なくなった。一方、大学院で学んでいた太一はその頃、渡良瀬川上流にいまだに足尾の鉱毒が残存しているのではないかと疑い、実際に幾つかの証拠をつかみかけていた。彼を婿に迎えて大学をやめさせ、近辺の土地の価値を下げるような研究など封印してしまえと菅宮数一は考えたのだと、それこそ苦い毒でも舐めたような表情で黒岩は言った。

「それでつじつまは合う、と当時私は考えた。壮子自身は私を嫌ったわけではない、とひそかに思うことで小さなプライドを保ったのです、エマさん」

そこへ太一が四年前、突然出奔した。

お恥ずかしいことに、と黒岩は大きな声で言った。その話を聞いた瞬間、目の前に茜色の光が差すような気がしました、と。その光の中で私の心臓が動き出して、長い年月の間にこびりついた埃をはねのけ始めるのがわかりました。私は忘れていなかったんですよ、エマさん。自分は長いことずっと、やっぱりあの女に愛されていたかったんです。まさかと思えば思うほど、私は遠野壮子に電話したくてたまらなくなった。

無言電話をしました。

何度もしました。

そしてある夜、誰かが電話口に出ました。こちらがじっと無言でいても、しばらく相手は通話を切らなかった。壮子だと私は思いました。それで数日我慢してからまた同じ時間にかけた。再び電話を取る者がいた。黙っていた。

数回目、ついに私はもしもしと話しかけた。すると、向こうから壮子の声がもしもしと答えました。私は窒息してしまいそうだった。魂が体からごっそり抜けていくと思った。

パパ？

やがて壮子はそう言った。私は違う違うと言いたかった。しかしその時は黙って耐えた。壮子と自分の無言の時間が何物にも代えがたかったからだった。

無言電話はこうして三年ばかり、太一さん、あんたの留守に二ヵ月に一度くらいずつ続きました。そしてある日のこと、私は長い沈黙のあとで思いきって自分の名前を言ったのです。私、黒岩ですが、と。口の中から火を吹くようにして。すると相手は淡々とこう言ったのでした。

遠野香です。

声は壮子にそっくりなのでした。ということは、それまで互いに黙って時間を共有していたのは彼女だったのでしょうか。私にはわけがわからなくなりました。

直後の冬、しかし今度は美和ちゃんが「パン・ド・フォリア」の新卒面接にやって来ました。それが遠野壮子からのメッセージでなくてなんだろうか、と私は思い惑いました。彼女は私の思いに火をつけて遊んでいるのか、この私に焦がれ死ねというつもりだろうか。私は同じことをこの〈カラオケボックス〉の中、至近距離で太一さんに言いました。

すると学者あがりの遠野太一はこちらをにらみつけたまま、アルミニウム製の灰皿を壁に叩きつけて怒鳴りました。

「あほ、そんなわけあるか。全部偶然に決まっとるわ、ぼけ」

その迫力は素晴らしいもんだった。力ずくで事を終えようとする者の目つき。カタギの男がこの私を即座に殴り殺しそうな空気を体全体から発していた。初めてツラ突き合わせてしゃべって、私はこの男のメンツを立てなきゃいかんと思いました。私は泥棒猫のようなことをこそこそやっていた人間なのです。ただし、やつがどうして家を出たかを聞いてからでした。

「太一さん、あんた遠野家からいったん降りた人間だろう。今さら壮子さんを守ろうとするのはおかど違いじゃないか。なあ、なぜ降りた？　なんで四年前、自分の家を捨てた？」

俺はそう言ってやったんですよ、エマさん。

黒岩茂助はそう証言した。熱いのか途中で靴を脱ぎ、黒い靴下を脱ぎ、シートの上で〈あぐら〉という両足を交差させる座位を取りながら。ウィスキーの瓶を片手から離さずに。

そして、答えはこうでした。

あなたは退屈な人間だと言われたから。

エマさん、こんなひどい言葉がありますか？　ひどいというのは、この言葉を私に伝える遠野太一の方ですよ。その残酷さです。私はこれでまた恋い焦がれるじゃないですか。

太一さんが退屈なら、私はどうなんです？

まったくみじめです、エマさん。こんなことを思いながら私は毎日美和ちゃんと顔を突き合わせるんです。壮子の声を聞きたくていまだに無言電話をかけてしまうし、出た相手が本当は親か娘かわからんのです。

こんなみじめで卑劣な私を自分は許せない。

と、ここまでを語った黒岩の言葉を、私エマ・ビーヘルは百パーセント信じようとは思わない。彼はすでに『なぜ彼女はパンなのか』というインタビューにおいて、今回明らかになった事実を様々巧妙に隠していたのだから。

壮子は太一に、退屈だとそんな端的な言葉を本当に言ったのだろうか。太一が一切を答えようとせず、壮子がすべてを忘れている以上、今では何もわからない。

そして、「あなたは退屈な人間だ」というセリフは、以前のインタビュー時に彼のマンションから帰る私が叩きつけた言葉なのであった。あの寒い夜、泥酔した黒岩は裸で座り込んだまま、エマさん、あんたが必要だと玄関で靴を履く私へと瀕死の犬が鳴くように繰り返したのだった。私は彼に聞こえるように言った。

退屈。

黒岩は私に意識的にか無意識的にか当てつけようとして、壮子との物語にこの言葉を織り交ぜたのではないだろうか。入り組んだ感情を持つ、あの男は。

かと言って私は、〈カラオケボックス〉での彼の告解が完全な嘘だと言うのでもない。

黒岩茂助は信用出来ない。

それだけが真実だ。

(我らが「預言者」であり「神のごとき存在」である米国代表の金獅子ヘレン・フェレイラは、調査報告の場で公式に「黒岩の証言に多々疑いがあるのはとうにわかっていた。エマ・ビーヘルは彼に思い入れ過ぎて盲目になっていただけだ」と発言している)

106

『ザムバックからユリコへ』

送信者　ザムバック・ユルマズ
送信日時　2001/8/15/21:06

今日も秘密レポートです。

祖父の八月は美しく過ぎています。

坂の上の真っ白い漆喰の壁に囲まれて。

鮮やかな緑色の木の扉に鍵をかけて。

黒海沿いの別荘ではやっぱり暑いだろうし、医師に勧められた首都アンカラでの治療も祖父の気に入らず、結局イスタンブールの家で室内から庭のザクロの赤黒い花やマルメロのレモン色の実を見て過ごすのが一番だということになりました。

今日も朝早く、ボスポラス海峡が白く霧で覆われる時間（知らない人が見たら海峡沿いのビル群が煙を立てていっせいに沈むように思うでしょう）から義母アルザーンが運転する車でかかりつけの医師のもとへ行き、昼前までガラス張りの部屋でリハビリテーションを行うと、特別に与えてもらった病室で友人と語らい、私たちの通貨リラを変動相場制にしたことの是非を論じ、アメリカとの軍事協調への反対声明作りに参加したそうです。

ちっとも休んではいないように見えますけれど、お酒は夕方に白ワインをグラスひとつきりにし、お薬も指示通り飲んでいます。祖父にしてみれば別人のような変わりよう、そして適度な「知的運動の日々」なのだとか。

雨の降らない乾いた時期です。

祖父のいるユスキュダル側から海峡を見下ろせば、なみなみと水が湛えられているのがわかります。私たちが住む海峡の反対側の新市街ではさざ波が小刻みに果てしなくどこまでも続く感覚があります。

イスタンブールはいずれにせよ、海の街。来月あなたと会うロサンジェルスとはまたどこか違った場所です。きっと神戸とも何かが異なっているでしょう。同じ海の街でも。

海を呑み干せど
我らの唇いまだ

浜よりも渇きおり
途方に暮れし我ら
満たされんと
海を探しさまよう
我ら忘れおり
浜のごとき唇の
この我が身こそ海なりき

十二世紀から十三世紀を生きたファリードゥッディーン・アッタールというペルシアの神秘主義詩人が残した詩です。

幼い頃の私を膝に乗せた祖父がよく口ずさんでいた不思議な言葉の列。

我が身こそが海だなんて。

その唇が浜辺だなんて。

二週間ほど前から祖父に習っているあなたの国の『よろずの言葉の書』では、かつての都ヤマトにある三つの重要な山が三角関係だったのだそうですね。

火のうねる山ウネビをめぐって、香る山カグヤマと耳の山ミミナシが争ったとか。

それを遠くからミワ山という最も聖なる、神そのものである山が蛇がとぐろを巻くような姿で黙って見ているのだと、祖父は笑いました。我関せずが一番だと遠回しに示しているのかと思っていると、祖父は言いました。

海も山も人だからね、と。そして祖父は目尻の皺を深くして庭の木の葉にはねている光を見ました。いや人もまた海山だと言い直した祖父は、今度は私の目を海の底を見るようにのぞいて続けました。それが詩人というものの大切な感覚なんだよ、ザムバックと。

私は祖父が倒れてくれてよかったと心の奥で思いました。そんな風に孫に話をしてくれる人じゃやなかったから。

またレポートいたします。

夏のスパイ

107

『BLIND』（報告　佐治真澄／日本）

ついに問題の一九九五年が訪れて彼らの国家が度重なる緊急時を迎え、その混乱の中で過度の管理体制を自己目的的に固めていくことによって衰亡と分断と怨嗟の道を下降し始める。

同じ時の流れの末端にいた若い男女は、それまで耳元でとぎれとぎれに相手の声を聞きあい、微笑んでは惑い、慎重に輝き、距離を測っては遠ざかり近づいていたわけだが、それでもいつの間にかジェットコースターのレールの頂点へと至って、噴き上がる幸福の水流に貫かれるのだろう。

あらはばきランドも、「パン・ド・フォリア」も大きく揺れながら年を越した。ランドではアトラクションごとにリーダーが傳左衛門派、傳三派のふたつに分かれてしまい、前者は「遊園地原理主義」を唱えて営業時間から営業形態までを自分の好きなようにしたし、後者は新たなAランドに向けてさっさとバックヤードの片づけに入っていた。そこにはルールも合意もなかった。スタッフがメリーゴーラウンドの黒馬に乗っているかと思えば、見たこともない電車マニアがあらはばきちゃんトレインの運転を行っていることもあり、ついにはエントランスでのチケットもぎりを近所の子供がしていることさえあった。

一方、１０５節でエマ・ビーヘルがレポートした黒岩社長の精神的な動揺はクリスマス以後、年末年始の「パン・ド・フォリア」内でも目立ち始めており、新種パンの売れ行きについて涙を流して喜ぶこともあれば涙を流して悔しがる日もあって、いずれにせよ涙が目からあふれて仕方なかったのだとスタッフはみな当時社長の周囲に張りつめていた異様な雰囲気、それがもたらしたすべての店舗での信じられないミスの連続を証言している。くるみパンにくるみが入っていなかった、レーズン入り食パンがほとんどレーズンで出来ていた、クロワッサンひとつに1030円（その頃、日本の消費税は3％）の値札を付けた、大粒イチジク入りカンパーニュの上にメロンパンが載せられ、あたかも新春を祝う二段の「鏡もち」という日本独自の風習めかして売られていた。顧客にも不安は伝わったらしく狂気のクロワッサンに狂気が入っていないとの苦情もあったし、懐かし蒸しパンが懐かしくないと嘆く声もしきりだったという。

当然、華島徹と遠野美和にもそれぞれ影響があった。

まず華島に関して言えば、園田の度重なる不在に困惑した。年末年始も営業するあらはばきランドで園田はことあるごとに本部ビルへ行き、中に犀川奈美がいないか白い息を細く吐きながら確かめた。いなければ戻ってきたが、いても園田は戻ってきた。声をかけることが出来なかったのだという。ただし犀川が中にいる時、園田は「レイン・レイン」の操作室からすぐにまた本部付近へ行った。恋する中年は自分でもその落ち着かないつきまとい行動を嫌悪していたらしく、華島の横で腿らしき場所を叩いて舌打ちをすることが多くなった。唯一園田がじっとしているとすれば、午前午後に一度ずつ勝手に設けた「全室びっしょりタイム」のすべての部屋での豪雨の操作と（正確な時刻は決まっておらず「皆さまただ今より雨、ジャンジャンジャンジャン降らせまーす」の連呼を放送することで開始された。日本特有の縦置きピンボールめいた遊技〈パチンコ〉での店内放送に影響されていたらしい）、操作室の電話線に国産ノートブックパソコンをつないでチャットルームで気炎を上げる時間くらいで、あとはその白い靄の上に靄をただよわせている雪だるまみたいな存在はどこか全体にうっすらピンク色に染まったような気配をさかんに出していた。

美和は父が黒岩茂助に会ったのかどうか、まるでわからなかった。ただ十一月二十九日から約一ヵ月半、黒岩に避けられているように感じた。新しいパンの試作品が出来る時だけ、黒岩はほとんど三白眼になって集中をアピールしながら美和自体は見ず、支店の焼き窯の前に現れた。美和は細かに酵母の調子を変え、バターと加水の温度を変え、生地の練り具合を木暮小枝に相談し、寝かせ、大木明に数種の焼き時間で仕上げてもらい、そうしていながらも今家に父から電話が来ていないかと考えることがあった。リビングのテーブルに突っ伏してぶつぶつ愚痴を言いながら眠りかけている母がその電話を取ったとしたらどうなるだろう、などと。

あれこれと気の散る状況で、美和は華島のことを思うとすっと体に水が通るような気持ちになった。味方といえば華島だけだと思ったし、それだけで十分だった。

一月十六日に私は徹君の職場へ行く。それまでに自分がなんとか納得出来るレベルのパンをひとつ作っておきたい。

美和はそう決めていた。

自分がもう一人の自分を上回ってみせるために、確かなよすがが必要だと美和は考えていた。剣のような寄り添ってくれる樹木のようなバゲットか、楯のようなシェルターのようなカンパーニュか、とにかくそういったお守りめいたものが。

その間も、あのネズミは毎晩走っていたのだろうか。彼らの一日の走行距離は二十キロと言うから、もし眠らず休まずに走り続けたとしてアメリカ大陸までは一年半。だとすれば、六年半後に出現するのはたやすいことだ。海の底のケーブルの中やトンネル、汽船、排水溝、電線の上、ダクト、トラックの荷台などに身を潜めながら、回し車を回す速度で円筒形の「時」の真ん中を走ったのだとすれば。

さて前日の一月十五日（我々の会議の一年前に、同じ月の第二月曜と法律で定められるまで、第二次大戦終結の四年後から長らくずっと、この日は『成人の日』として若者が二十歳となり大人になったことを祝っていた）。その年初めて東京では最低気温が氷点下まで下がった。晴天の午後六時半過ぎ、遠野美和は「パン・ド・フォリア」から直接遠出をした。母には置き手紙をしてあった。その横には置きパンがあった。

ママへ。私のパンが完成しました。明日の朝にでもぜひ食べてみて下さい。それから、私はどうしてもやらなければならないことがあって今夜は帰りません。すべて解決して明日戻ります。心配しないでね。

母・壮子は心配しなかった。ろくに読まなかったからである。リビングのテーブルの上に置いてある一枚の四つ折りにされた便箋を、夕焼けの中でうつらうつらしながら手にした壮子はその細い神経質そうな文字を見て美和のものとも香のものとも判断がつかず、開いたままゴミ箱の中に落とした。そして横にあったバゲットを一度とって香りを嗅ぐと、満足げにうなずいて端をちぎり、むしゃむしゃと食べたのだという。

もし壮子がここで手紙を読んでいたとしても、彼女は美和に連絡をとろうとはしなかっただろう。壮子はそういう人間だったし、そもそも携帯電話の出現以前、人はいなくなった相手をぼんやりとしか想像出来なかった。

想像されない美和は出発から数時間後、華島が教えた東亀沢駅北口改札に着いた。大きなバッグの中に前日焼き上がったバゲットを二本詰めて。空はすっかり暗くなっていたが、駅前商店街の街灯やネオンはそこがまるで昼間のように明るくアスファルトを照らしていた。

改札を出たところに華島徹はいた。封筒やなんでちゃんの非難めいた視線を浴びながら、華島は日曜日のあらはばきランドを早退して約束の時間より三十分も早く、券売機の並ぶ場所になるべく目立つように立っていた。二人が携帯電話を持っていればそんなことをしなくてすんだろう。ましてや華島には美和の姿が見えなかった。だから三十分の間、白い靄が続々と改札から外へ出るのへ視線をやり続け、誰が誰か見えもしないのにそこに美和が混じっていないか、うっかり自分に気づかずに駅前を迷い出していないか不安になった。

二人は翌日、一九九五年一月十六日の午後一時まで一緒にいるつもりだった。

108

『ザムバックへ』
送信者　島橋百合子
送信日時　2001/8/29/06:30

ザムバック、お元気ですか？

私は予定通り、九月九日の午前の便で関西国際空港を発ちます。前日、神戸から大阪へ移動してホテルに一泊するという念のいれよう。

ちなみに東洋で九月九日といえば「重陽」の節句、節目の一日です。奇数を陰陽の陽としますから九は一番大きい陽の数で、それが二つも重なるので古くは危険な日だったと言います（チョウは重なるという意味）。けれど、私からすればそれはひたすら「最大の力」の日。陽の一番強い力をふたつも借りて、私は雲の上で十六時間を見事に巻き戻し、前日深夜のロサンジェルス国際空港へ着きます。

あなたと私の孫とはメールでの連絡がつきましたか？

彼のアドレスをお伝えした時、勘のいいあなたはお気づきになったかもしれませんね。

そうです。孫の名は「樫」です。アドレスはそのままをアルファベットにしたもの。日本の森林に欠かせない、常緑の高い樹木。ドングリという小さな実をたくさんつけるブナ科の強い木。英語ではまさにevergreen oak。

その名を孫につけたのは私です。当時、カシムの名前が思い出されていなかったといえば嘘になります。あくまでも忘れ得ぬ懐かしい人としてですけれど。私は頭に浮かんだその音をそしらぬ顔で、娘に提案した。父親の姿も覚えていないかわいい子、五月生まれのアヤメに。アヤメもまた植物の名前です（私たちの共通語で言えばアイリス。もとはギリシャ語で「虹」を指すそうですね。当時は同じ姿のショウブと区別もつかず、それが子供を守る五月五日の節句という風習に使われるからこそ思いついたことです。私は彼女を奪われたくなかったのです。主人こそが死の苦難から守ってくれるものを必要としていたというのに）。

ずいぶん脱線しました。

樫の住むアパートメントに着いて仮眠をとったら、それまでにファックスで教えておいて下さるという番号にかけてみます。あなたがカシムに与えたという国際電話の出来る携帯電話機に。

とはいえまだ八月末。

早すぎる確認です。

追伸

今日はお昼を食べがてら坂を車で下りて街の一番大きな書店へ行き、トルコ語の辞書を買おうと思います。英語でだけカシムやあなたとしゃべるというのもつまらないでしょうから。もしあれば詩集なども手に入れたく。

109

『ＢＬＩＮＤ』（報告　ルイ・カエターノ・シウバ／ブラジル）

ひと晩を僕の部屋で過ごしてから、どんな白靄よりも魅力的に白い遠野さんはこちらがねぼけまなこでいる早朝に起きて着替えをし（緑色を基調としたギンガムチェックのパジャマが靄から出てきたかと思うと、バッグの中から出てきた白シャツやジャンパースカートがみるみる蒸発するように煙って靄へと吸い込まれていった様子を今でも鮮やかに思い出せる）、あらはばきランドへ行く準備を整えた。

一月十六日は晴れて寒い日だった。

東亀沢の駅前のファストフード店で、それぞれ好きな朝食セットを食べた。小さなテーブルをはさんでお互いをにこにこ見ている二人の一方が、まさか目の前でハンバーガーが白い靄の奥に消え、一部をかじられて出てくる繰り返しに魅了されているとは誰も思わなかったろう。

僕らは早めの電車に乗り、水沢電鉄の路線に乗り換えてランド駅に着くと、スタッフ用入構証をロープウェイ操縦の柿坂さんだろう靄に見せ、遠野さんと二人で乗ることを曖昧な仕草で示すと案の定何の疑いも持たずに車両に入れてくれた。

エントランス前まで上がって、本部に寄らずに「レイン・レイン」まで歩いた。スタッフが行き交うランドの様子を、遠野さんは楽しいと言った。遊園地の裏側を見られるなんて思ってもみなかった、と。そして改めてランドが切り開いた斜面を仰ぎ、東京の山は優しい、群馬のはゴツゴツだからと何かの例えのように付け足した。

園田さんはすでに操作室にいた。なにしろその日は「ド派手に決めてやる（中略）昼休みのあとに来い」と公に宣言していた当日で、僕にも園田さんが何をどうするのかわかっていなかった。ただ年始からずっと各部屋のパイプをいじり、灌水システムの目盛りをいっぱいにしたり、「全室びっしょりタイム」を通じて一定時間内の雨量を一日ごとに強くしたりしているのには気づいていた。

外に遠野さんが来ていると言うと、園田さんの頭の上の靄がとんがった。あわてて立ち上がるのがわかった。パンパンと音がしたのは服をはたいたのだろう。乾いた麺の切れ端のようなものが白靄から外に飛び散った。そして靄自体が操作室を飛び出した。

二人が何をどう話したのかは知らない。数分後、園田さんでしかあり得ない寸詰まりの白靄が、遠野さんのおっとりした動きをそのまま示す白靄を連れてきた。どちらも小さく笑いあっていて、ことに興奮しがちな園田さんが予想外の落ち着きと親近感をあらわしているのに僕は驚いた。

午後一時に「もう一人の遠野さん」が来ることは前日伝えてあった。しかしそれを本人とともに待つという意外な展開を初めて聞いた園田さんは軽い混乱をあらわしながら、それでも遠野さんの方を向いてまた笑った。

「君が君を待つとは面白い」

園田さんはよそいきの声を出した。落ち着いているというより気取っていたのだった。園田さんはテレビドラマで見る探偵のような口調でさらにまろやかな声を出した。

「君がその君なら、ここで豹変して入り口まで走っていくわけだよね」

「そうです」

遠野さんはにこやかな声で答えた。

「その時は……徹君に名前を呼んでもらえるそうです。そしたら私は私に戻って私を……捕まえられるんじゃないかって」

「私が私に私を……？」

「だからですね、園田さん」

「徹、お前はうるさい。こちらのレディに聞いてるんだよ、俺は。さあ続きをどうぞ」

「つまり私はこの私ですけど、もう一人の私がいるんだったら私がそれになるのを見ていてもらって、すぐにこの私に向かって名前を呼んでくれたら……」

「ああ、なるほど。もうけっこう。さっぱりわけがわからん。しかし喜んで呼びましょう。美和ちゃん、でよろしいっすか？」

園田さんは僕より親しげに彼女を呼びたがり、しかも気取った路線も変えなかったため言葉が変な並びになった。だが遠野さんはうなずいたらしく、満足げな吐息のようなものが園田さんの顔あたりから出た。

それから昼過ぎまで、園田さんは各部屋へ行って調整めいたことを行い、特に〈ロンサム・デザート〉で神田さんと思われる人影と何か綿密に話し、普段は入らない屋根裏の通気孔スペースに二人で身を潜めたが、そこで何をしているかはモニターには映らなかったし、ＤＪ大山がまるで話がついているかのように館内に大音量の音楽を流したため、現場で漏れる音からの推測もかなわなかった。

僕は仕方なく各部屋でプログラム通りの雨を降らせ、そのコントロールを遠野さんに見せた。実際雨がどんな水温と大きさかを知ってもらいたかったのでスタッフパスを渡し、〈嵐が丘〉以外の場所ならどこへでも行ってみてもらった。ただモニターから見る様子では、すでに佐々森も大山も新田も遠野さん訪問に気づいているようで、彼女らしき靄がゆったり部屋に入ると機敏さでスタッフとわかる白靄が凍りつくように止まった。園田さんが各自に打ち明けて回ったに決まっていたが、ということは〈嵐が丘〉の藻下さんにも話は伝わっているはずだった。

110

『ユリコへ』

送信者　カシム・ユルマズ
送信日時　2001/9/9/11:16

連絡ありがとう。

私もこれから発つよ。予定より一日早く。

出来たばかりのイスタンブールのアタチュルク国際空港へ行き、いったんケネディ空港へ降りて短い休養を兼ねての野暮用を済ませてから、三時間を遡って西海岸へまっしぐら。

私は上空で時のネジをちょうど十時間巻くわけだ。

過去へ過去へ。
しかしそこにあるのはあり得べき未来だろうと確信している。
さて、ザムバックが外で呼んでいる。
娘アルザーンがじきに私の書斎のドアをノックするだろう。
では魂の空き地で会おう、ユリコ。
君は未来から来て過去を変える人。
九月十一日に私たちの歴史をすり替えてくれるに違いない。

海の詩人賞受賞者

111

『BLIND』（報告　P.U.チダムバラム／インド）

「レイン・レイン」各部屋のうち上の階にある〈嵐が丘〉と〈ロンサム・デザート〉の屋根裏に最も太いパイプが通り、そこから地下階の〈サンダー・フォレスト〉〈コールド・コールド〉の屋根裏、一階〈竹林〉〈エブリバディ・ラブズ・ザ・サンシャイン〉の天井へと大量の水を供給していた。

ランドのフェンスの外側に埋め込まれた巨大な貯水タンクには三百トン以上の水が保存され、一日にその半分が使われることもあったという。ウォーターあらはばきちゃんを園田吉郎が敵視していたのは、この豊富な水の一部を「ガキがションベン漏らしてるような滑り台」に使用されることへの不満からだ。

園田は神田の協力を得て、一九九四年の年末から翌一九九五年の初めにかけた深夜「レイン・レイン」の主パイプの頑丈な継ぎ目にそもそも付いていた火災時用の栓を再点検し、同時に神田が〈ロンサム・デザート〉で砂塵を巻き上げている送風パイプの別利用についても検討を繰り返していた。

ちなみに園田が犀川奈美の裸身を目撃してしまった十二月二十六日の深夜（正確には二十七日）も作業は行われていたのであり、軽いやけどをして戻ってきた園田の目がうろたえきっていたのを神田は新天地である沖縄の居酒屋『風の館』で証言している。

降り出した雨が予想外に強まったのかと神田は思ったという。彼らはちょうど「レイン・レイン」のニセドーム型のコンクリート製の屋根に下からドリルで亀裂を走らせていたところだったから、雨は都合が悪かった。そこをあとから軽くゴムで補修する計画だったからである。

「雨漏りがするレイン・レインじゃ洒落にならねえし、俺らのやってることに気づかれたらまずいと思って」

神田はそう言っているが、園田はただひたすら胸が躍る胸が痛い胸が飛び出すとつぶやき続けたので、同音の「棟」が意味する建築上の重要箇所に問題があったのだと思ったそうだ。しかし棟が躍る棟が痛い棟が飛び出すとはどう構造的に問題なのか聞いても、問題なんかないと園田はその度怒るように答えたという。

112

『ＢＬＩＮＤ』（報告　金郭盛／台湾）

一九九五年一月十六日、午後一時。

恐れに立ち向かうようにして美和が「レイン・レイン」の入り口前に立つと、「ド派手なこと」を見にカメラを持って二重三重になって群がっている遊園地マニアの向こう、ランドの山桜のあたりからよく知っているせっかちな歩き方で近づいてくる者があるのを認めた。

「もう一人の私」だった。

113

『電話記録』

発信者　ザムバック・ユルマズ
発信日時　2001/9/11/10:03

おじいちゃん。

どうか連絡して下さい。

私たちは約束したサンタモニカの海岸沿いのカフェにいます。

ケネディ空港でトランジットせずに先に来た私は無事です。

ユリコさんと一緒です。

あなたと海の詩人賞委員会のルドルフさんだけがいません。

二人が急に思いついたと言ってた、自由の女神をバックにした授賞式用の写真撮影はすでに昨日終わっているはず。

もう一日滞在を延ばして、別時刻での撮影などしていない限り。

私たちは今、あなたがたがいただろうマンハッタンの南端を、カフェのテレビで観ています。

濃い煙に巻かれて崩れ落ちていくビルの姿を何度となく。

114

『ＢＬＩＮＤ』（報告　エマ・ビーヘル／オランダ）

新田が藻下から頼まれてその日の様子の撮影を担当したビデオテープに、すべて明瞭に映っている。

「レイン・レイン」の前まで来たのは遠野香だった。

西部劇のガンマンが敵対するグループを皆殺しにするような冷たい目つきで、彼女はさっと道をあける群衆の中を進んだ。

つられるように美和と徹も反対側から人ごみをかき分け、入り口前まで出た。カメラはその美和たちの後ろに回り込み、背中越しに香の正面をとらえている。香はふかふかのベージュ色のコートのポケットに両手を突っ込んだまま、徹と美和をねめつけていた。

ハナシマトオル、あんたが来いって言うから会社まで休んだっていうのに、サシで話すんじゃないの？　何、このヤジ馬？

香はまず至近距離から徹を一撃した。周囲の者たちもいわれのない非難を浴び、気圧されて静かになった。徹からの返事を聞く間もなく、香の二発目は美和の頭を狙っていた。

その中になんであんたまでいるの？　ゆうべはどこに泊まった？　ママへの手紙、ゴミ箱に入ってたから読んだよ。どうせ男のとこだろうとは思ったけどやっぱりね。美和、あんたがこういうヤツにだまされるから困るの。そうやっていつまでもしっかりしないからパパはいなくなるし、ママはあんな風だし、家の中ががたつく。

香はそこで徹の方を見て、お前はわかっているのかという顔をした。その時美和はなぜ目の前の男が徹だとわかるのかと疑い、姉はすでに彼の姿を知っているのだと思った。香はまわりを見渡して続けた。

で、なんなんだよ、この連中は？　他人のもめごとに頭突っ込むなって言うんだよ。おいこらビデオ撮ってんじゃねえよ。何？　新田？　スタッフ？　知らねえよ、私は。こっちは自分の妹に正しい意見を言いに来てんだよ。いい？　この子は人に強く出られると何でも言うことを聞いちゃうの。それで何度も変な男にひっかかっていいように扱われて危ない目にあってんの。違わないよ、美和。私はあんたの日記ずっと読んでるんだよ。家にあんたあての電話が来たらコールバックして身元を探るし、証拠をつないで確実な推理もするの。私たちの家を守るために。

見物人の多さが災いした。興奮のせいか声がわずかずつうわずってゆくのを香自身抑えられなくなった。息をつぐ暇もなく、彼女は自分たちのことをしゃべった。それまで誰にも聞いてもらったことがなかったかのように。そこまで感情的になる予定ではなかった、と香は言っている。

だからって私はこの子だけをずっと意識してたって話じゃありませんからね。私は身の回りのすべてに正常さを求めてるだけですから。そのひとつが今はたまたま妹の美和だってことで。わかります？　なぜかって言うと私は母親の自己中心主義から生き延びたサバイバーだから。父親も出ていった。この子も壊されて生き延びられそうにない。思いつきとおしゃべりだけでまわりを振り回し続けてきた母親から、私が保護するしかないんです。今は一日のほとんどを熟睡してるような母親から。

美和、ちょっとどこ行くの？　そこの雨降らせ男も、そうだよハナシマトオルだよ。人間が白い靄に見えるとかいうとんでもない大嘘つき、待て。聞けよ。こんなに人集めといて逃げる気？　何、あんた関係ないでしょ、ハゲ。あんたも一味か、このつぶれかけの施設の。え？　知らねえよ。うるせえな。私はそっちのハナシマトオルに用があるんだ。黙ってろ。

美和、その男はこっちにもカノジョいるんだよ。なんとかちゃんって言う女。男にまつわりついて離れないような、変なノッポの帰国子女。チャット読めば全部わかるって。この「レイン・レイン」とかいう場所、ほんと腐ってる。バッカじゃない？

香はそこまで戦線を拡大するべきではなかった。目の前の群衆の視線が気持ちと共に香から離れ、その背後の人物に移ったのだから。

115

『電話記録』

発信者　島橋百合子
発信日時　2001/9/11/10:11

カシム、なぜ通じないの？

116

『ＢＬＩＮＤ』（報告　ワガン・ンバイ・ムトンボ／セネガル）

「変なノッポの帰国子女って私？」

一人の女がエントランス前の人の輪から現れ出て、香の真横へとにじり寄った。なんでちゃんであった。

「遠野美和自体、こっちは受け入れてないのに、そこに私が姉でございます的に勝手に入ってきて気分よくしゃべってるあんた、名を名乗れ。私はこの隙に徹君に改心してもらおうと思ってたけど、まずこの冬のウサギみたいにぶくぶく着ぶくれた女を成敗しなきゃならない。これこそ、Say byeだ！」

なんでちゃんこと藻下京子は〈嵐が丘〉キャストの衣装のまま外に出てきており、つまり黒い髪をひっつめて高い白襟の黒ドレスをまとい、その上にフリル付きの白エプロンをかけて細く締めた腰元に両手をあて、ほとんど遠野香に脇から覆いかぶさりそうな勢いでまくしたてた。

「だいたいなんですか、私がいなきゃ世界が回らないみたいな言い方。あなたいつから神？　神がなんでこんなすたれかけの遊園地に来てんだよ。帰れ。帰ってもっと困ってる子供たちを救え。今聞いてる限り、この美和って子だってサバイバーじゃないか。サバイバーだから人を好きになってるんでしょ。心を潰されてたらそんな余裕ないよ。逆に好きになってそうなったのかもしれませんけどね、あれ、なんか助け船みたいになっちゃってるけど、え、それってどういう船なんですか、助け船って？　帆がないやつ？」

藻下京子がうっかり別なテーマに向かいかけると、遠野香が盛り返してきた。当然、藻下にというより並み居る群衆へと香は身振り手振りで呼びかけたのだという。減り続ける味方を増やすためには声も大きくせざるを得ず、より強い調子で訴える必要が生じた。その判断が彼女にとっては手痛いミスとなった。

一気にしゃべるうち、自分では計算出来ない思いに突き動かされたからである。

117

『ＢＬＩＮＤ』（報告　エマ・ビーヘル／オランダ）

サバイバー？　こんな気の弱い子がサバイバーなわけないでしょ。ずっとそうなんだから。美和、覚えてるよね、原俊介。毎朝バスに乗る時間が同じだってだけで告白してきた思春期まっさかりのニキビ面の高校生。この子もすっかりその気になっちゃって。いい？　私はハナシマトオルにも、この昔風のドレス着てるノッポにも聞かせてんの。ちゃんとわかって欲しいから。美和はね、そのときだって私が守りました。原なんとかが、美和に告白するつもりでこの私に間違い電話して告白したんだよ。姉妹の声も聞き分けられないのに告白するとか、その時点でどうかしてるよ。全員がそう。ここにいるハナシマもそう。私が美和のふりをすれば、美和だと思って聞いてるの。つまりこの子のことなんて全然わかってないんだよ！　だから、私は断ってあげたわけ、交際を。原なんとかの時も、ハナシマなんとかの時もね。この子はしばらく落ち込んでた、ノートにあれこれ自分責めるようなこと書いてたけど、結局原くんとバスの中で話してるときが一番楽しかったって書いてたよね。これ以上、望んだらダメなんだってさっぱり割り切って。傷ついたようで、この子はもう十二分に満足してるの。それ以上傷つかないようにずーっと私が守ってきたからだよ、わかる？　幼なじみのユウコちゃんだってそうでしょ。彼女が引っ越してから、この子はずいぶん落ち込んでかわいそうで見てられなかった。そんな気も知らないで、ユウコちゃんたら新しい学校で、友達ができただの、好きな人ができただのって、とうとうあんたに恋愛相談までしてきたから、私もついにキレたよね。あんたの代わりにあんたの名前で立ち直れないくらいひどい手紙書いてやったし、電話もした。ユウコちゃん、吐くぐらい泣いて謝ってたけど鈍くない？　美和だったら、ずっと黙って我慢して、ぼろぼろになるとこだったよ。そういうこと、あんたは気づいてんの？　ねえ？　美和は今まで一度もほんとに傷ついたことないはずなんだ。あんたを傷つけるものから全部私、私があんたを守ってきたの！　そういう私と、何にも出来ない美和と、どっちが悪いの？　結局私が悪く言われて美和、あんたが危険な目にあうんだからね！

118

『電話記録』

発信者　島橋百合子
発信日時　2001/9/11/11:33

不通

発信者　島橋百合子
発信日時　2001/9/11/11:40

不通

発信者　島橋百合子
発信日時　2001/9/11/11:45

不通

発信者　島橋百合子
発信日時　2001/9/11/11:52

不通

119

『BLIND』（報告　ワガン・ンバイ・ムトンボ／セネガル）

なんでちゃんこと藻下京子は自分を見ようともしない相手がしゃべり続け、じきに叫び出すのをしっかりと聞き終えた。時にはうなずきさえしたのは余裕なのか、それともディベートに対する公平性を保持するためかはわからなかった。

ただ、息を乱す香に同情して話をうやむやにすることなどなかった。姉に駆け寄ろうとする美和を手で制し、ひとつ間を置いてから彼女は最初に香にこう言ったと伝えられている。

「あっそー」

しかし、これは「Asshole!」だったことがビデオではっきりわかる。なんにせよ挑発的な言葉の勢いに対応して、周囲からおおというどよめきがあがった。香は気付け薬を飲まされたように急激に戦闘的な目になって藻下を見た。藻下は言った。

「なんでそういう風なの、日本の女って」

得意の「なんで」を使って、藻下は軽くジャブめいたものを繰り出した。一方の香はせり上がる感情を抑えながら、いつでもアッパーカットで一発逆転してやるという顔で藻下をにらんだ。藻下は小説『嵐が丘』の世界がまさに始まる一八〇一年、つまり十九世紀初頭のイギリスから来た理性の使者のごとく、しかし次第に熱をこめてしゃべるのだった。

「バカはあなたでしょ、ね、お姉さん。それは人を守ってるんじゃない、依存って言うんだよ。あなたこそ妹なしじゃ生きていけないんじゃないの？　サバイバーってそんなんじゃないから。悪霊まで愛しちゃうようなすっごい人のことだから。サバイブなめてもらっちゃ困るんですよ。あなたみたいに自分より弱い人間にべったりくっつきまとって、相手のindependence……なんて言うの日本語？　自主独…立？　ああ、ありがとう、ハゲのおじいちゃん。その付けヒゲ似合うわね、ともかくその独立性をね、自分が壊してる。ねえ、名前なんていうのって言ってんじゃん。私は京子、通称なんでちゃん。あなたのこと、これからは大いばりちゃんって呼んでいい？　大いばりちゃんだって自分の人生を好きに生きていいんだよ。その母親から姉妹そろって離れなさいって。その勝手なベタベタ、お母さんの血じゃないか。まったく気持ち悪い！　What creepy sisters!」

藻下京子は続いて、美和の脇に立つ徹を指さした。名弁護士のような立ち居振る舞いであった。

「それから華島君。その美和って子は、この大いばり家族の呪いからもう放たれてるよ。とっくの昔に。そもそもその子は、なんていうの、こう、満足のキャパをずーっと長いこと小さくされてたわけだよね。それ以上欲しがらないように育てられちゃって、我慢させられて逃げることも考えないようにされて。そういうタイプ。だけど、見て。この子の目は全然もう違う。この私が認めるよ。認めざるを得ないよ。それなりに面倒な人生やってきてるからね、私だって。こんな大勢の前でフラれながらも、私藻下京子は自分が信じたことを言いますからね。美和さん、あなた、自分がすっごく幸せってこと、いい加減理解して。怖がることないんだから。華島君もそう。二人ともだよ。あ、大いばりちゃん、私に成敗してもらったあんたも入れたら三人、いや華島君から自由になる私も入れて都合四人か」

120

『ＢＬＩＮＤ』(報告　佐治真澄／日本)

遠野美和はじっと下を向いていた。

こうして大切な事柄が自分たちの頭上で勝手に解決してしまいそうだった。

それではダメなのだった。自分こそが終わらせないと、あるいは始めないと。

三人目の発言者は、小さいけれどよく通る声で話した。

「藻下さん、怖がらないでいいって言ってくれてありがとう。お姉ちゃんがこんなにしゃべるの見るのも初めてだったし、すごく心配してくれておかげでひどいことといっぱいしてたの教えてくれて、それもありがとう。素直に忘れたくない日になりました。けどお姉ちゃん、言っておくけど私知ってたから。お姉ちゃんが私の日記とかノート読んでるの知ってたし、私もそっちの読んでたし、私が読んでるのを知ってて嘘書いてるのも知ってたから」

　声には崩れそうな感情の揺れがなかった。その強さが頼もしいと徹は思った。美和の肩を抱く手を下ろすと、白い靄は一歩だけ前に出てこう言った。

「それと、逃げることも考えないようにされてたわけじゃないんです、藻下さん。方法がうまく見つけられなかっただけで、私だって考えてきました。そして、やっと理想のやり方を思いついて実行しました。お姉ちゃん、昨日私が置いていったパンは口にした？　何ヵ月か試作して完成したオリジナル製法のパン。そう、ありがとう。ママは？　焼かずに端をちぎって……食べるよね、テーブルに置いておくと必ず無意識にそうするから。あれ、黒岩社長が一昨日の昼、涙を流して誉めてくれたの。黒岩さんが戦後間もなく口にしたパンの味がするって。潮の味。結局、酸味がそうとうあったはずなのね。おそらく当時は腐ってただけじゃないかと思うんだけど。それはともかく、あれ、酵母はカイコなの。生のカイコを潰してペースト状にして寝かせて発酵させて小麦粉と水で練って、他によく干したカイコを砕いてフレークにして入れてバゲット状にして焼いて。私は、ママが大事にしてるあの虫を自分で全部使い果たしたかった。一番いい時に採って。それを知らずにおいしそうにパンを……食べるママとお姉ちゃんを見たら胸がすっとするだろうと思って。けど、私は虫で復讐したかっただけじゃなくてね、カイコの中に変わった乳酸菌があるのを見つけたの。世界の……

誰もまだ知らない事実だから、これ。それは発酵の力にもなるし、ママとお姉ちゃんの健康にもいい。きっとこれから世界を変えるパンなんだよ」

一気にそこまで言ってから、美和はこう締めくくった。

「そういうわけで、私だって私なりにやることはやったんです」

そして顔をしっかり上げたまま一歩元に戻り、徹の脇に立つと彼の手を握った。まるであなたと二人でしゃべったのだと言うように。徹はその柔らかい手を、尊敬と称賛の思いとで握り返した。

藻下はその様子をじっと見ていたが、やがてブーツの音を響かせて香の真正面に移動した。香はぼんやりと藻下を見上げた。

藻下は両手を大きく広げ、晴々と言った。

「ほら、これでお互い自由。で、カイコって一体何？」

新田はにっこり笑ってそう言った藻下に思わずにじり寄ってアップで顔を映し、ブーツのヒールで思いきり足の先を踏まれた。ぐらりと下がったカメラの画面の中には、やはり両手を広げかけた香が映っていた。

藻下と香の二人は軍人のように互いを抱きしめあい、藻下は何を称えてか相手の背中をぽんぽんと叩いた。香はその藻下の耳元でカイコの説明をし、時々吐きそうになるのをこらえた。実際に少し吐いたのは藻下の方だった。

その後、ひとつの呼吸ほどの静寂があり、わーんという子供のような高い声が空に舞い上がった。美和が雲を見上げるようにして嗚咽し始めたのだという。徹は手を放し、白靄の肩をしっかり抱いた。美和は全体重を生まれて初めて他人にかけ、軟体動物のようになって意味のわからない言葉を叫んだ。

園田はあんぐりと口を開けていた。何が何だかわからなかった。

むしろ事態をよくわかっていたのは群衆であった。香と藻下の論争にきっちり耳を傾けていたからだ。彼らはカメラマンを含めて拍手をし始めた。関係者でもないくせに、いやだからこそと言う者もいるが、群衆の拍手はそれから長く続いた。

入り口付近にいた神田がその時、園田に目配せをしたと言う者がいる。彼らはそれぞれいるべき場所へ走り去った。

今度は彼ら二人が贈るメインイベントを始める時だった。

ドン、という低い音が響いた。群衆から低いどよめきが生じた。それに重ねるようにもう一度ドン、と音がした。のちに小型ダイナマイトが〈ロンサム・デザート〉の天井裏で爆発したのだとわかる。

気づけば「レイン・レイン」のニセドームの上から水が漏れてきていたという。明るい騒ぎ声があったのは「ド派手なこと」という園田の予告があったからだろう。通常ならば危険な事故と本能的に感じてパニックが起こってもおかしくなかった。水はすでにそういう量になっていた。

少し離れて全体をとらえたがり、写真を撮り始めた群衆は外壁に描かれた虹に亀裂が入るのを目の当たりにした。鳩の尻のあたりから水しぶきが上がるのも見たし、下から噴き上がる水によって分厚いコンクリートの一部がグラグラ持ち上がっている様子も記録に残っている。

天井裏を通る送水パイプのバルブがすべてゆるめられ、というか回し取られ、そこに「レイン・レイン」が使用するすべての水が一気に流れ込んでいたのだった。特に〈ロンサム・デザート〉のあたりから水が細かくしぶいて空を目指すのは、風神こと神田さんがおそらく破壊した天井に向けて強風を下から当てているからだろうと徹は思った。

またドン、という音がした。

それは音響機材をビニールでぎりぎり守りながら「ド派手」な音量でスラッシュメタルを鳴らし始めたDJBMのプレイの始まりであった（ちなみにBM自身によればスラッシュメタルとは「いわばヘビーメタルとパンクを合わせたもの」だそうだ）。ギターがギーギー言い、ドラムがひたすら細かいリズムを刻み、ベースの低音がうねる中で誰かが超音波的に高い声で何かしきりに心急くように歌っていた。

屋根からの水しぶきはより太く白くなり、まるで靄のようになったと徹は言っている。そう長くはもたないだろうことは群衆にもわかっていたようだ。自分たちに向かって落ちてくる雨粒を口を開けて受け、両手をあげてあらん限りの声で雄叫びを上げたのはそのためだろう。

最後の雨のショーを一番前で見ていたのは遠野香と藻下京子、そして操作室へ走っていった徹を見送った美和だった。彼女たちには屋根は濡れて黒く見えた。そこに透明な水が膜となって流れ落ちていた。上の方ではまだ白く水が噴き上がっていた。

じきに水量はがくんと減った。思わず頑張れという声が背後の誰かから出るほどだった。声は群衆の中に広がった。頑張れ、頑張れ。しぶきが止まり、また少し上がり、ぷしゅぷしゅいう音が聞こえた。水は飛び上がり、下がった。

ふざけるな、商業主義者ども。

そういう声がしたと言う者がいる。もしかすると神田が中で叫んだのかもしれなかった。

愛のためにあるべき『あらはばきランド』、とも聞こえたという者が少なくないから、園田が操作室から〈ジャスト・ビフォー・ザ・レイン〉あたりまで移動して、周囲の水栓を開けていたのかもしれない。本人たちの記憶もこのへんはあやふやだ。

誰かが上空を指さした。

水の粒子が淡く漂う中に太陽が射し込み、虹が出来ていた。

それはたわいもない小ささで、ほんの何秒かしかこの世になかったという。けれどもあんなに愛らしい虹はなかったと特に女性たちの多くが証言している。

そして虹の彼方、山の上空を龍のような白い雲が体を伸ばしながら横切った。

虹という漢字は蛇などを示す虫偏（ふたつの要素が合わさって表される漢字の、偏とは左側のパーツを意味する）で構成される。その奥に母体のような巨大な白龍が出現したことに人々は古代人的な心の揺れを感じたのではないか、とP．U．チダムバラムは言っている。ヘレン・フェレイラはこの意見を黙殺し、のちにファックスの文面でレポートに書き込まれないよう求めた。

西に移動するその白い龍に向けてか、消えゆく虹か、あるいは使い切った水にか、また拍手が鳴らされた。熱狂的というより、日本で祈りの際に打つ両手の音のように。それはパラパラと、しかしやむ様子がなかった。

園田がすっきりした笑顔で建物の裏から歩いてきた。後ろに徹がいた。

群衆、いや観衆はそちらに手を向けた。彼らの後ろにはランドのキャストやスタッフが集まっていた。傳左衛門派も傳三派も。

その中には犀川奈美もいた。

犀川は自分の体の芯がほてるのを感じていた。天井の頂点が抜け、コンクリートがひび割れてめくれ、あちこちで鉄枠が見えている「レイン・レイン」を美しいと思うのは私だけだろうと犀川は確信し、方向も定まらない噴出を続けた水の残りが天井から垂れている様子をセクシーだとひとりごちた。

その時、自分の目が園田から離れないことに気づいた。拍手を浴び、無造作に頭を下げ、寒風の中でもずぶ濡れの体を拭きもせずにいるむさくるしい園田、あの夜半一糸まとわぬ私の体を盗み見てカップ麵をお湯ごとこぼしたのはこのいつでも不器用だった破壊者であって欲しい。そうだ、あれが悪霊であったはずもないのだ。ランドのプロジェクトの初めからいた男、ぶっきらぼうで言葉が荒く、育ちの悪さを隠そうともしなかったが、一度思い込んだら絶対にあとには引かなかった園田吉郎を、私は今好ましく思っている。

犀川は誰かが自分を見ているかのように体の線をひねり、片方の腰に手を当て、顎を高く上げてなおも園田をじっとりと見つめた。

実際彼女を見ている者があったのだと、故アピチャイ・パームアンは主張している。それこそが犀川の探し求めていたはずの悪霊だった。騒ぎの大きさに興味を持って本部ビルの女子バイト員の共同ロッカーから出てきた悪霊は、カツカツと音を立ててランド内に入っていく犀川を見つけ、ふわふわ宙を浮きながらその背中を追ったのだという。

そして犀川が新しい恋、正しく悪霊の言葉を再録するならば「性欲のはけ口」「うずいた体に水をかけてくれるブサイク男」を発見する様子を真後ろから、また一度など真正面に回り込んで見た。

あきれましたよ、と悪霊は二〇〇〇年に故アピチャイが催したランド跡地、Aランド建設用に掘り返した土から巨大な縄文時代の遺構が発見されて工事中止になったままの場所での夜の降霊会で言ったそうだ。いくらなんでも俺と全然タイプ違うじゃないすか、私は見た目重視って言ってたくせに俺の次があれってことないでしょう、ほんと頭来て取り憑いてやろうかと思いましたね。

降霊会で筆記係を務めたワガン・ンバイ・ムトンボは「自ら霊媒になった故アピチャイは臭い生ゴミでもくわえさせられたような口調でそう言ったし、その臭いが本当に彼の口から流れてきた」と報告している。

さらにムトンボ調査員はこうも言う。

「そのあとお祀りしてあったサケを悪霊は瓶一本たいらげ、殺す殺す糞め誰かに取り憑くと夏の星の下の闇で息巻いた。すると私の愛する故アピチャイ、鈴の音の振動のように繊細な物腰で少年のように無垢なタイ人の声は、取り憑くなら私に取り憑きなさいと言い、俺はお前に憑いて国を渡り、美しい女や女装の男を見つけて渡り歩くとうなり返され、そう思うなら是非そうしなさい、あなたはやがて私が敬う高僧ルンポー様に帰依し、心の安寧を得るであろうと言った。一瞬も恐れを見せなかった勇敢な故アピチャイ・パームアン、浅黒く光る滑らかな土のような肌のあの人は、故郷に帰るとすぐ悲惨な事故に遭った。私が止めていればよかったのだ、悪霊を聖水で鞭打ち、針で刺し、その場で別な時間へ送ればよかったのだ、大きな罪と後悔のために私の魂は暗い」

さて、かの悪霊にそれほどの力はあるまいと結論づける我々は、一九九五年に戻ろう。

気づけば「レイン・レイン」から鳴り響いていた激しい音楽はすっかり止んでいたのだった。

スピーカーかターンテーブルが壊れたのに違いないと多くの者が自然に考える中、しかしＤＪＢＭだけはあきらめていなかった。

水ふりしきる館内、〈エブリバディ・ラブズ・ザ・サンシャイン〉の裏通路で彼は一枚のレコードに針を置いた。黒い溝に水滴が点々とついていた。針はそれを弾きながらレコード盤をひっかいた。

音は出た。ケーブルがショートしているのか電子音が時折よじれてつきまとったが、それでもやがて一九八〇年の落ち着いた歌声が『あらはばきランド』に響いた。

透明な雨粒が落ちていく
そして美しいことに
太陽の光がやがて
僕の心に虹を作る
時々君を思う時にも
一緒にいたい時にも

二人きり
二人きりでいればかなう
二人きり
僕ら二人でいれば
砂上に楼閣を築きあげて
たった二人
君と僕

かつて長い間きつい吃音に悩まされたと言われる歌手ビル・ウィザースの滑らかで甘い声、華島徹の家の留守番電話のＢＧＭとして使われた園田おすすめの楽曲は、美和にとって自分たち二人の恋愛のテーマ曲だった。父がなぜそれを自分に聴かせたがったのか、美和はわかった気がした。幸福、なのだった。たった二人という、一番サイズの小さな幸福が虹のように空にかかって見えていた。一方、虹の下に集うスタッフやキャストはその音楽をまるで「レイン・レイン」の葬送曲のように聴いた。

一人園田は追憶に胸しめつけられていた。その曲は香港で会えなかった女性の大好きなソウルナンバーだったから。

間奏でグローヴァー・ワシントンJr.が気持ちよさげにテナーサックスを吹き始めるのを背にして、建物の反対側から神田らしいひょこひょこした歩き方をした薄い靄が去っていくのを徹は目撃したという。

園田によれば、神田は右手に小さな木彫りの何かを握っていた。

121

『カシムへ』

送信者　島橋百合子
送信日時　2001/9/15/10:06

カシム。

長い手紙になります。

どこにいるかわからない貴方のアドレスへと私は書かずにはおれません。

四日間、貴方を待ちました。

今も待っています。

約束のカフェで朝から夜まで。

あの日、海の詩人賞の記念撮影をニューヨークで行ったはずだとザムバックは言っています。賞を運営する委員の一人で、あなたを会場まで連れて行ってくれることになった写真好きのルドルフ・ノイマンさんと共に。

私はそう信じて今日も待ち合わせの、海の前のカフェにザムバックと二人でいます。無事を報せる電話を待って。

心配しないで下さい。どうせ飛行機は飛ばないのです。アメリカ全土で。いつ運航が再開されるか見通しはまったく立っていません。

カフェの天井から吊るされたモニターはスイッチを切られたままです。もうあの光景を見たくないのは私たちも店主も同じこと。風が土ぼこりをここまで運んでくるような気がします。今日もまた。他の店では大勢の人がテレビに釘づけです。

私たちは海風のそよぎ入る店内の丸テーブルの上で、貴方がザムバックに預けておいた新緑色のアタッシェケースを、陰鬱な顔つきをしながら広げている。私に読ませるために上から下まで順番通りに整えたのではないかとザムバックが言う、あの再会の時に貴方が出席していたヤマナシでの『二十世紀の恋愛を振り返る十五ヵ国会議』の膨大な量のレポート、そして意図的かそうでないのかわからないけれど、貴方が途中に挟み込んでいる私たちの文通のプリントアウトを。

私はザムバックの助けを借りながら、『盲目《BLIND》』という名前の詳細なレポートに並ぶ英語の雨に目を落とし、そこからひとつの恋愛のたどたどしい始まりを探っています。薄暗いカフェの少し奥の頼りないランプの下で。

夕方になれば昨日と同じように私の孫、樫が私たちと食事をしに来るでしょう。海辺に立って空をぼんやり眺めるザムバックの横に行き、樫はいっぱしの紳士らしく肩を抱いて彼女を慰めるのではないかと思います。

あの日も彼らはそうしていたから。

私はあの朝、カフェからアスファルトの広い道路とその向こうの長いビーチを椰子ごしに見ていたのでした。

そして三十分ほど前に貴方の代わりに待ち合わせのカフェに来たザムバックから矢継ぎ早に投げかけられた言葉を思い出していた。

　ユリコ、会えて光栄です。とってもうれしい。樫さんも初めまして。夜には祖父も来ます。是非知人のやっているヨルダン料理店で夕食をとろう、とのことでした。地図は持っています。で、それまでこれでも読んでいて欲しい、と重いカバンを預かりました。どのページも麦の芽のように青々とした物語だよ、と伝えてくれとのこと。

　ところで、ユリコ。今の今まで言い出せなかったのでいきなり打ち明けますけど、ザムバックというのがトルコ語で百合だということを知っていましたか？　私はあなたの名を付けられていたんです。

　そうだったのか、と私はあてどもない気持ちになりました。そのことの隠れた罪めいたものとほの暗いうれしさと、青々としているのは自分たちではないかという複雑な思いとで、私はいつをどう思い出せばいいのかわからないまま、過去の白い靄の中に身を置いた。

　そうしているうちに、ぐらぐらと地面が揺れる気がしました。あとから思い出せば、あのことが東海岸で起こり始めた時刻でした。

　瞬間、まるで海から上がってきたかのような一匹の小さな濡れネズミが動転するように左右へ頭を振りながら白砂の上を転がり、一心不乱に道路を渡り、カフェの脇へ入って背後に去っていくのを見ました。恋する者たちのために必死の形相で遠い世界から駆けてきたネズミだ、と私は思った。今度こそ世界をよい方向へ変えてくれるのではないか。一度は私のいる神戸へも向って来た。一九四五年に眼下を火の海にした大空襲の夜。あるいはもう一度、どうか火が鎮まってくれと手を合わせた一九九五年一月の朝に。そしてついに間に合った、と私は考えたのです。

私のカシムはニューヨークになど寄らなかった。ルドルフさんと二人、授賞式のための写真を撮りにロサンジェルス郊外の山のふもとへ行き、そこで大きな地震にあって夜まで立ち往生しただけだ。広大な工場跡地やゴルフコースで黄色い土は点々と深く陥没し、一部はどこか別の場所へと消えた。

人は一人も失われなかった。誰一人。

過去をそう変えるために、ネズミも私もここに来た。

ああカシム、ごめんなさい。いつまでも私は書いてしまいそうです。これでは読む貴方が大変でしょう。

ともかく、私はもう少し待っています。

たとえ貴方に会うことがかなわないまま日本に帰ることになったとしても、貴方が読ませたかったという文章を一言ずつ私の言葉に直しながら、私は待ち続けるでしょう。

貴方を読んでいれば私は不幸せではない。

122

『BLIND』（報告　金郭盛／台湾）

園田は一人、「レイン・レイン」の裏口に近い場所で観衆に胴上げされた。少し離れたところで腕組みをし、片足を軽く曲げて外側に流すポージングでそれを見ているのは犀川奈美だった。

遠くからパトカーと救急車のサイレンが聞こえた。ロープウェイとは別の緊急時用の狭い道をたどって、高い音は近づいた。

香は平静さを取り戻し、美和に近づいてこう言った。

パン、86点。

そしてげっぷをこらえながらきびすを返し、来た道をすたすたと戻り始めた。藻下京子がそれを追った姿が、新田の撮ったビデオテープに残っている。友達になれそうな独特な人物だったから、とのちに藻下は言っている。

香は「髪の毛が薄茶色いオランウータンみたいなおじさん」と一緒の車両で下の駅

へ降りたのだそうだ。おじさんはうーうー唸りながら忍び泣きし、時々笑ったりもしたという。その横の座席に、さっきまで自分たちの演説の真ん前にいた頭の薄い、明らかに付けヒゲで濃いサングラスをかけた老人が近づき、後ろに立つスーツの男に何度も「マカベー、マカベー」と呪文のようなことを言ってカバンを開けさせると、札束を出してオランウータンに渡そうとしたらしい。

するとと、森の賢者は老人を片手で張り倒し、逆の手に握っていた木彫りの魚みたいな物を持ち直して窓から投げ捨てたのだそうだ。そのまま車内は静かになり、老人とオランウータンと札束を失った男は同じシートに並んで座ったまま黙って前を向いて共に揺れ、駅へと下った。わけわからないし全員やっぱりバカ丸出しだった、というのが香の表現だ。

一方、香を追う藻下が何歩かで止まったのは新田が片手で彼女の手をつかんだからだった。そこで新田が何を言ったかはビデオが止められているからわからない。ただ、藻下京子が何度もこう言うのを、「昆虫ブランコ」の小柄なスタッフ宮下茜が目撃している。

なんで？　なんで私なの？　いいの？

さて、では我々の主人公美和と徹はどうしていただろう。

彼らは誰もいなくなった「レイン・レイン」の入り口前にいて、ニセドームの正面の割れ目から漏れる〈ジャスト・ビフォー・ザ・レイン〉からの、東南アジアの夕焼け色をした照明にうっすら照らされていたのだった。両手をつなぎながら向かいあって。

徹は言った。

ド派手だったね。

美和は笑い、うなずいて答えた。

私は今、幸せを嚙みしめてるところ。パンみたいに。

僕も食べたかったな、カイコパン。

え？　ゆうべのがそうだよ。

は？　ゆうべの？

うん。ねえ、私、まだ白く見えてる？

白く……？

私はもう逃げも隠れもしない私なんだけど。

……あ。

霧が晴れるように視界が明瞭になったのだという。いや、すでに靄はなかったのかもしれないとも徹は言っている。

徹君？

美和は聞いた。言葉は奇跡的にひっかからなかった。
もっとも、ひっかかったとしても二人の気持ちには何の変わりもなかった。
徹は握った美和の両手をもっと強く握って言った。
はじめまして。
二人の視線は刺さりあい、抜けなかった。

123

『ヤマナシ・レポート』(下)

故カシム・ユルマズ(トルコ芸術音楽大学)
二〇〇一年九月二十日付
「イスタンブール読書新聞」より

こうして一気呵成に我が人生の盛りと衰えを記し、小さな部屋でタイプライターに覆いをかけた時、私の涸れた泉に清らかな流れの顕れが一瞬訪れた。

それはドアの下から廊下の光と共に物質化して侵入したのだった。「Finally(最後に)」と題された一枚の号外であった。

五月半ばの、私たちのイスタンブールなら強い日差しが街と海を照らす頃のヤマナシで、自分たちが五日間の討議を繰り返してきたあと、最終発表があった。そのテープを文字にしたものがカーテンの隙間から朝焼けがこぼれそうな室内に届いたのだ。

私は倦怠とともにそれを読んだ。

眠るための準備のような気分で。

すると、私の読者よ。

そこで語った者たちの声がまざまざと甦り、彼らの記憶が立ち上がってくる力によってか、私自身の過去もまた鮮やかに血管を流れ始め、しばし血の沸くような気分を味わったのである。そう、しばしだけれど、確かに私は清々しい嘆きと、ゆるやかな諦めの境地で決して実現しない呼びかけに期待するような思いにとらわれたのである。

これは私だけのためかもしれない。

だが、読者よ。

ここに私を勇気づけた若き学者の声を再現させていただきたい。

二十世紀の恋愛を掘り起こした者の声を。

捨てがたい理想主義と、いささかロマンティックな学問の徒が、青々とした麦の芽のごとく風に揺れるひと組の男女へと自分たちのノスタルジーを響かせる様が、わずかなりとも伝わるように思うからだ。

『ただいま過分な御紹介にあずかりました、デュラジア大学人間科学研究所准教授・佐治真澄でございます。

むしろジョルダーノ先生の長年にわたる御研究こそが我々恋愛学者の導きの星でありました。一九六四年「沈みゆく船の甲板で出会う異性の印象は二割増し理論」の発表、翌六五年の「人はなぜ水中で恋におちないか」、七〇年から八年越しとなりました「失恋は路上でか室内でか論争」とジョルダーノ先生ら路上派の輝かしい勝利……

(中略)。

まず、一人の男がおりました』

私はこの他人の文章から始まる長い恋愛の話を書こうと思うに至ったのである。

体験出来なかったことも体験すべきでないことも輝かしい体験のひとつだと教えてくれるような物語を。

完成を待っていてくれるだろうか。

私の読者よ。

124

『BLIND（補遺）』（報告　佐治真澄／日本）

華島徹の飾らない言葉を近くで聞き取った佐々森が、突然封筒のような長細い背中をぐらぐら揺らしてロープウェイの方へ歩き去ったことを付け加えておくべきだ、とヘレン・フェレイラは強調している。

なぜなら「レイン・レイン」の最後を遠くから看取った警備の森口の脇をゆき過ぎながら佐々森公一は唾を吐き捨てるようにこう言い、我々人類の長きにわたる営為を見事に貧しく総括してしまったのだから、と。

「まったくどいつもこいつもいつも恋ばっかりしやがって」

運営本部の中では電話のベルが鳴りっぱなしだったそうだ。会社に一台だけ残っていた黒電話という、政府から貸し与えられる形式の、まだ長い電話線が互いを不自由につなげていた頃の音だったと森口は言っている。機械から機械へと伸びる赤い糸がふと脳裏に浮かんだ、とも。

スタッフは出払っていて受話器を取る者はなかった。発信者の番号を記録する機能はなかったから誰からの電話かわからないし、留守番電話にもならなかった。
そういう時代の最後の音のひとつが、果てもなく誰かを呼んでいたのだという。

解説

「いとうせいこう」は流転する

上田岳弘（作家）

いとうせいこうさん、と言えば90年代に青春時代を過ごした僕からすれば、「テレビの人」という印象が強い。それもどこか、正統的な折り目正しいテレビ番組、というよりはアングラ臭がただようもの。裏側と言うか骨組みと言うか、視聴者向けに飾り立てられた表層だけではなくて、それを支える仕組みを丸ごと見せるような、そんな雰囲気の番組によく出ていたような気がする。

あるいは、こうも思う。いとうせいこうさんが出演することで、否応なく番組自体がそういう色を帯びるのではないか。もっとも40歳になって、年齢的にはすっかり大人になった僕は、テレビ番組に限らず、あらゆる創作物にはいろんな作り手が関わっていて、テレビ番組で言うならば、プロデューサーさんなり、ディレクターさんなりが持つ製作意図がまずあることを知っている。だからそういった人たちと、いとうせいこうさんとは、一種の共犯関係にあったのだ。幼い頃はこの世にあるものは、なんでも天与のものだと思いがちなものだ。

ただ、主には情報技術の発展にともなって、ものごとには仕組みがあって、製作者が「見せようとする表面」の裏側に様々な思惑が渦巻いていることを知る機会は増えてきたように思う。それは発信者が増えたがゆえに、つまりはアングラ的な視線や意見が大量に情報伝達の経路に乗っているためだろう。今の子供たちはきっと、僕の子供時代よりもその裏側というか骨組みというか、仕組みのようなものが見えやすいことは間違いない。

そんなご時世にあって、いとうせいこうさんが今どんな風にテレビに出ているかは知らない。なぜなら、大学生くらいまではテレビをしょっちゅう観ていたが、今では地上波のバラエティ番組を観ることがほとんどなくなってしまったからだ。大衆芸能の王様であったテレビ——ことに、おそらく日本で独自の進歩をとげている「お笑い番組」は、「笑い」という根源的な衝動を大衆に呼び起こすことで、放っておけば凝り固まってしまう権威に突っ込みを入れ、悪影響をおよぼす権力や風習を崩すのに一役買っていたことは間違いない。

けれども、失われた30年を経て令和にいたった今や、かつてのコメディスターは、自身が同調圧力を生み出す側へと回り、時の権力者と夕食をともにする。そのような状況が、既存権力を補佐し強化していることは間違いなく、芸人が本来持つべき仕事とは逆の働きをしてしまっている。これは、これまでテレビに熱中してきた視聴者への裏切りと言っても過言ではないだろう。

2013年に約20年ぶりに小説を発表して以来、いとうせいこうさんの名前はむしろ文芸誌で見かける機会が多くなった。その小説『想像ラジオ』は、季刊文芸誌『文藝』に発表されるや否や大きな話題になった。2011年3月11日に起こった、東日本大震災への反応を文学者たちが示しはじめた嚆矢《こうし》の一本だった。のちに単行本として刊行された『想像ラジオ』は第26回三島由紀夫賞の候補となり、その2か月後には、第149回芥川龍之介賞の候補となった。同年、第35回野間文芸新人賞を受賞した。続いて発表した「鼻に挟み撃ち」もまた、第150回芥川賞の候補に選ばれた。にわかに文学作品の発表がさかんになったように思われる。しかし、そもそも、いとうせいこうさんの作家としてのキャリアは当時で20年を越えていた大ベテランでもある。ただ、作家としての面を長らく見せていなかっただけのことだ。

おそらくは彼の中ではテレビタレントであることも、編集者であることも、俳優であることも、ラッパーであることも、そしてもちろん作家であることも、全部パラレルに存在している。2011年、震災のショックから久しぶりに「作家としてのいとうせいこう」が呼び起こされ、しばらくは作家としての顔を僕たちに見せた。時とともに別の在り方へと流転してしまう、いとうせいこうさんのことだから、「作家としてのいとうせいこう」に滞在していた彼が書いた本作は、まさに今書かれるべき内容であるに違いない。

「若者の○○離れ」という言葉が慣用句になって久しい。ここの○○にはいろんなものが入る。例えば「車」が入ったり、「パチンコ」が入ったり、「たばこ」が入ったりする。多くはあまり良しとされていないもの、浪費であったり、悪癖であったりするのが面白いし、近頃の若者がクレバーになっていることの証左であるようにも思える。しかし、浪費や悪癖は、別の言い方をするならば「消費」そのものであり、資本主義社会においては「消費」は善、というより、社会が成り立つ前提のようなものである。眉を顰《ひそ》められながらも、無駄に良い車を求めたり、ギャンブルにはまったり、たばこを吸い続けることは底堅い消費として意味があった。
○○の中には他にもいろいろなものが入る。例えば「恋愛」もその一つかもしれない。統計的にも若者の恋愛経験の割合は漸減《ぜんげん》しているらしい。もちろんまったく存在しなくなったりはしないだろうが、人間の本能にも根差したはずのその行いから離れてしまう（そのように見える）のは、その成立してきた環境がすっかり変容してしまったからだろう。想いを募らす時間はＳＮＳの無駄話に埋められる。そもそもＬＩＮＥの動画通話がつながったなら、いつでも恋しい相手とつながることができる。つながらないのだとすれば、それは相手からの拒絶にほかならない。すべては白日の下に。これでは恋心が醸成されるような隙間などまるでない。そもそも恋愛小説に必要なのは、いかに結ばれないかであるはずだが、偶然が排除された結果として、「単に相手が気に染まないから」以外の結ばれない理由をみいだすのは困難を極める。本作の舞台設定が携帯電話の存在しない時代であることにはもちろん理由があるのだ。

若者の○○離れ。ここでいう、若者とはなんだろう？　とふと思う。若者、つまりはこれからの人間ということではないか？　若者の「恋愛」離れ、ということは「人間」が恋愛から離れているということではないか？　しかし、たまたま作家としての自分にとどまった時期のいとうせいこうさんはなぜこの時代、「恋愛」の収集家たちの話を書こうと思ったのだろう？

きっと彼は「恋愛」と「人生」とを重ねているのではないか。僕はそんな風に思った。恋愛というものの成立要件を見つめることで、すべてがあけすけで、本音がダダ漏れで、強い者がただ強く勝ち続けると言う実も蓋もないこのご時世において、「人間」であるために何を取りこぼしてはいけないのか、そのことを考えようとしたのではないか。

素晴らしい表現はいくつもあるが、とりわけ蚕《かいこ》の暗喩が効いている。野生の蚕のように、かつてはもっと強く、もっと自由で、もっとよく見える眼をもっていたはずの人間。あらゆるものが見えすぎる今だからこそ、書かれるべき、そして読まれるべき作品であると僕は思う。本作でいとうさんが描きだすものは、前時代に対するノスタルジーとは似て非なるものなのだ。

私事だけれど、僕は2017年9月に最大手ネット企業（Yahoo! JAPAN）と組んで初めての連載小説を始めた。その連載は既に完了しているのだけど、その準備期間中にいとうせいこうさんは、同じ会社と組んで「国境なき医師団」についてのルポを始めていた。作家との協業事例として先方が挙げてきたことで僕はそれを知ったのだった。本作を書き上げたいとうせいこうさんは、早くも流転を始めていたのだ。

本作は、流転し続ける「いとうせいこう」が「作家としてのいとうせいこう」としての顔を僕たちに見せていた時期に作り出した、貴重な長編小説だ。

読む快楽を存分に味わえる本作をこれから手に取る読者を、僕はうらやましく思う。

しかしそれにしても、いとうせいこうさんは一体、次は何をするのだろう？　とか言っている間にも、きっと彼は流転しているのだ。

本書は二〇一六年三月、小社より単行本として刊行されました。

参考文献

『「声」の資本主義　電話・ラジオ・蓄音機の社会史』吉見俊哉（講談社　一九九五年）
『イスラムの言葉』ナセル・ケミール編、いとうせいこう訳（紀伊國屋書店　一九九六年）

|著者| いとうせいこう　1961年、東京都生まれ。編集者を経て、作家、クリエイターとして、活字・映像・音楽・舞台など多方面で活躍。『ボタニカル・ライフ』で第15回講談社エッセイ賞を受賞。『想像ラジオ』が三島賞、芥川賞候補となり、第35回野間文芸新人賞を受賞。他の著書に『ノーライフキング』『存在しない小説』『鼻に挟み撃ち』『どんぶらこ』『「国境なき医師団」を見に行く』『小説禁止令に賛同する』『今夜、笑いの数を数えましょう』などがある。

我々《われわれ》の恋愛《れんあい》

いとうせいこう

講談社文庫
定価はカバーに
表示してあります

2019年11月14日第１刷発行

発行者――渡瀬昌彦
発行所――株式会社　講談社
東京都文京区音羽2-12-21　〒112-8001
電話　出版（03）5395-3510
　　　販売（03）5395-5817
　　　業務（03）5395-3615

Printed in Japan

デザイン―菊地信義
本文データ制作―講談社デジタル製作
印刷――――信毎書籍印刷株式会社
製本――――加藤製本株式会社

ISBN978-4-06-517651-1

講談社文庫刊行の辞

二十一世紀の到来を目睫に望みながら、われわれはいま、人類史上かつて例を見ない巨大な転換期をむかえようとしている。

世界も、日本も、激動の予兆に対する期待とおののきを内に蔵して、未知の時代に歩み入ろうとしている。このときにあたり、創業の人野間清治の「ナショナル・エデュケイター」への志を現代に甦らせようと意図して、われわれはここに古今の文芸作品はいうまでもなく、ひろく人文・社会・自然の諸科学から東西の名著を網羅する、新しい綜合文庫の発刊を決意した。

激動の転換期はまた断絶の時代である。われわれは戦後二十五年間の出版文化のありかたへの深い反省をこめて、この断絶の時代にあえて人間的な持続を求めようとする。いたずらに浮薄な商業主義のあだ花を追い求めることなく、長期にわたって良書に生命をあたえようとつとめるところにしか、今後の出版文化の真の繁栄はあり得ないと信じるからである。

同時にわれわれはこの綜合文庫の刊行を通じて、人文・社会・自然の諸科学が、結局人間の学にほかならないことを立証しようと願っている。かつて知識とは、「汝自身を知る」ことにつきていた。現代社会の瑣末な情報の氾濫のなかから、力強い知識の源泉を掘り起し、技術文明のただなかに、生きた人間の姿を復活させること。それこそわれわれの切なる希求である。

われわれは権威に盲従せず、俗流に媚びることなく、渾然一体となって日本の「草の根」をかたちづくる若く新しい世代の人々に、心をこめてこの新しい綜合文庫をおくり届けたい。それは知識の泉であるとともに感受性のふるさとであり、もっとも有機的に組織され、社会に開かれた万人のための大学をめざしている。大方の支援と協力を衷心より切望してやまない。

一九七一年七月

野間省一

講談社文庫 最新刊

講談社文庫 最新刊

池井戸 潤
半沢直樹 1
〈オレたちバブル入行組〉
やられたら、倍返し！ 説明不要の大ヒットドラマ原作。痛快リベンジ劇の原点はここに！

半沢直樹 2
〈オレたち花のバブル組〉
君は実によくやった。でもな——本当の窮地は大ピンチを凌《しの》いだ後に。半沢、まさかの!?

林 真理子
大《お》原《はら》御《ご》幸《こう》
〈帯に生きた家族の物語〉
着物黄金時代の京都。帯で栄華を極めた男と父に心酔する娘を描く、濃厚なる家族の物語。

中山七里
悪徳の輪舞曲《ロンド》
ドラマ化で話題独占、「御子柴弁護士」シリーズ最新刊。これぞ、最凶のどんでん返し！

宮部みゆき、辻村深月、薬丸 岳、東山彰良、宮内悠介
宮辻薬東宮
超人気作家の五人が、二年の歳月をかけて〝つないだ〟リレーミステリーアンソロジー。

浜口倫太郎
ＡＩ崩壊
ＡＩに健康管理を委ねる２０３０年の日本。突然暴走したＡＩはついに命の選別を始める。

円居 挽　原作 福本伸行
カイジ ファイナルゲーム 小説版
虚と実。実と偽。やっちゃいけないギャンブルの数々。シリーズ初の映画ノベライズが誕生！

椹野道流
新装版 **壺中《こちゅう》の天** 鬼籍通覧
搬送途中の女性の遺体が消えた。謎の後に残るのは狂気のみ。法医学教室青春ミステリー。

諸田玲子
森家の討ち入り
赤穂《あこう》四十七士には、隣国・津山《つやま》森家に縁深き三人の浪士がいた。新たな忠臣蔵の傑作！

講談社文芸文庫

塚本邦雄

茂吉秀歌『赤光』百首

解説＝島内景二

近代短歌の巨星・斎藤茂吉の第一歌集『赤光』より百首を精選。アララギ派とは一線を画して蛮勇をふるい、歌本来の魅力を縦横に論じた前衛歌人・批評家の真骨頂。

978-4-06-517874-4 つE11

渡辺一夫

ヒューマニズム考 人間であること

解説＝野崎 歓 年譜＝布袋敏博

フランス・ルネサンス文学の泰斗が、ユマニスト（ヒューマニスト）——エラスムス、ラブレー、モンテーニュらを通して、人間らしさの意味と時代を見る眼を問う名著。

978-4-06-517755-6 わA2

池井戸　潤　ルーズヴェルト・ゲーム
岩瀬達哉　新聞が面白くない理由
岩瀬達哉　完全版 年金大崩壊
石月正広　糸のさだめ〈結わえ師・紋重郎始末記〉
糸井重里　ほぼ日刊イトイ新聞の本
岩井志麻子　私　小　説
乾　荘次郎　妻敵《めがたき》討《う》ち
乾　荘次郎　夜　襲〈鴉《からす》道場日月抄〉
乾　荘次郎　介　錯〈鴉《からす》道場日月抄〉
石田衣良　LAST［ラスト］
石田衣良　東京DOLL
石田衣良　てのひらの迷路
石田衣良　40《フォーティ》 翼ふたたび
石田衣良　s e x
石田衣良　逆《さか》島《しま》断《たつ》雄《お》〈進駐官養成高校の決闘編1〉
石田衣良　逆島断雄〈進駐官養成高校の決闘編2〉
石田衣良　逆島断雄〈本土最終防衛決戦編1〉
石田衣良　逆島断雄〈本土最終防衛決戦編2〉
井上荒野　ひどい感じ―父・井上光晴

井上荒野　不恰好な朝の馬
飯田譲治 梓河人　黒　帯
稲葉　稔　椋鳥の影〈八丁堀手控え帖〉
池永　陽　風を断つ
池永　陽　炎《えん》を薙《な》ぐ
井川香四郎　冬の蝶〈梟与力吟味帳〉
井川香四郎　日照り草〈梟与力吟味帳〉
井川香四郎　忍《すい》冬《かずら》〈梟与力吟味帳〉
井川香四郎　花《はな》の詞《ことば》〈梟与力吟味帳〉
井川香四郎　雪の花火〈梟与力吟味帳〉
井川香四郎　鬼《き》雨《う》〈梟与力吟味帳〉
井川香四郎　科《しな》戸《と》の風〈梟与力吟味帳〉
井川香四郎　紅《くれない》の露〈梟与力吟味帳〉
井川香四郎　惻《そく》隠《いん》の灯《ひ》〈梟与力吟味帳〉
井川香四郎　三人羽織〈梟与力吟味帳〉
井川香四郎　吹《すい》花《か》の風〈梟与力吟味帳〉
井川香四郎　飯　盛　り　侍
井川香四郎　飯盛り侍　鯛評定
井川香四郎　飯盛り侍　城攻め猪

井川香四郎　飯盛り侍　すっぽん天下
井川香四郎　御三家が斬る！
井川香四郎　御三家が斬る！〈殺しの鬼棲む妻籠宿〉
伊坂幸太郎　チルドレン
伊坂幸太郎　魔　王
伊坂幸太郎　モダンタイムス(上)(下)
伊坂幸太郎　P　K
伊坂幸太郎　サブマリン
岩井三四二　逆ろうて候
岩井三四二　戦国連歌師
岩井三四二　銀閣建立
岩井三四二　竹千代を盗め
岩井三四二　一所懸命
岩井三四二　鬼《き》弾《だん》〈鹿王丸、翔ぶ〉
絲山秋子　逃亡くそたわけ
絲山秋子　袋小路の男
絲山秋子　絲的メイソウ
絲山秋子　絲的炊事記〈豚キムチにジンクスはあるのか〉
絲山秋子　ラジ＆ピース

講談社文庫　目録

絲山秋子　絲的サバイバル
絲山秋子　北緯14度〈セネガルでの2ヵ月〉
石黒　耀　死都日本
石黒　耀　震災列島
石黒　耀　富士覚醒
石黒　耀　忠臣蔵異聞〈家老 大野九郎兵衛の長い仇討ち〉
石井睦美　皿と紙ひこうき
犬飼六岐　筋違い半介
犬飼六岐　吉岡清三郎貸腕帳
犬飼六岐　蛻《もぬけ》
石川大我　ボクの彼氏はどこにいる?
石松宏章　マジでガチなボランティア
伊藤比呂美　とげ抜き〈新巣鴨地蔵縁起〉
伊東　潤　疾《はや》き雲のごとく
伊東　潤　戦国鬼譚 惨
伊東　潤　虚《うつ》けの舞
伊東　潤　叛《はん》鬼《き》
伊東　潤　国を蹴った男
伊東　潤　峠越え
伊東　潤　黎明に起《た》つ
伊東　潤　池田屋乱刃
池田清彦　すこしの努力で「できる子」をつくる
市川拓司　吸涙鬼
石飛幸三　「平穏死」のすすめ〈口から食べられなくなったらどうしますか〉
石井光太　感染宣告〈エイズウィルスに人生を変えられた人々の物語〉
磯﨑憲一郎　赤の他人の瓜二つ
池田邦彦　カレチ 車掌純情物語 1
池田邦彦　カレチ 車掌純情物語 2
池田邦彦　カレチ 車掌純情物語 3
岩明　均　文庫版 寄生獣 1
岩明　均　文庫版 寄生獣 2
岩明　均　文庫版 寄生獣 3
岩明　均　文庫版 寄生獣 4
岩明　均　文庫版 寄生獣 5
岩明　均　文庫版 寄生獣 6
岩明　均　文庫版 寄生獣 7
岩明　均　文庫版 寄生獣 8
伊藤理佐　女のはしょり道
伊藤理佐　また! 女のはしょり道
石黒正数　外《げ》天《てん》楼《ろう》
石川宏千花　お面屋たまよし
石川宏千花　お面屋たまよし 彼岸ノ祭
伊与原 新　ルカの方舟《はこぶね》
稲葉圭《よし》昭《あき》　恥さらし〈北海道警 悪徳刑事の告白〉
稲葉博《ひろ》一《いち》　忍者烈伝
稲葉博一　忍者烈伝ノ続
稲葉博一　忍者烈伝ノ乱〈天之巻〉〈地之巻〉
伊岡　瞬　桜の花が散る前に
石川智健　エウレカの確率〈経済学捜査員 伏見真守〉
石川智健　エウレカの確率〈よくわかる殺人経済学入門〉
石川智健　60《ロクジュウ》〈誤判対策室〉
石川智健　第三者隠蔽機関
戌井昭人　ぴんぞろ
石田　千　きなりの雲
井上真《ま》偽《ぎ》　その可能性はすでに考えた
井上真偽　聖女の毒杯〈その可能性はすでに考えた〉
井上真偽　恋と禁忌の述語論理《プレディケット》

2019年9月15日現在